KNAUR

Über die Autorin:
Anaïs Goutier ist das Pseudonym einer 1985 geborenen Autorin und Kulturwissenschaftlerin, die im Bereich der interdisziplinären Frauen- und Geschlechterforschung publiziert und forscht.

ANAÏS GOUTIER

Fly me to the Moon

In seinem Bann

Roman

KNAUR

Es handelt sich bei dieser Taschenbuchausgabe um eine überarbeitete Fassung des E-Books »Fly me to the Moon – In seinem Bann«, erschienen bei neobooks 2013.

Besuchen Sie uns im Internet:
www.knaur.de

Wenn Ihnen dieser Roman gefallen hat und Sie auf der Suche sind nach ähnlichen Büchern, schreiben Sie uns unter Angabe des Titels »Fly me to the Moon« an: frauen@droemer-knaur.de

FSC
www.fsc.org
MIX
Papier aus verantwortungsvollen Quellen
FSC® C083411

Vollständig überarbeitete Taschenbuchausgabe August 2015
Knaur Taschenbuch

Umschlaggestaltung: ZERO Werbeagentur, München
Umschlagabbildung: Günay Mutlu/Getty Images
Satz: Adobe InDesign im Verlag
Druck und Bindung: CPI books GmbH, Leck
ISBN 978-3-426-51671-3

2 4 5 3 1

Vorbemerkung

Alle in diesem Roman erwähnten Namen sowie alle darin geschilderten Handlungen, Personen, Orte und Begebenheiten sind frei erfunden. Ähnlichkeiten mit lebenden oder verstorbenen Personen sowie mit realen Ereignissen oder Schauplätzen wären zufällig und sind nicht beabsichtigt.

Es existiert ein unbekanntes Land,
voll seltsamer Blumen und zarter Düfte.
Ein Land, von dem zu träumen die Freude aller Freuden ist.
Ein Land, in dem alle Dinge vollkommen sind und vergiftet.

(Oscar Wilde)

Eins

Sometimes you get so lonely
Sometimes you get nowhere
I've lived all over the world

(David Bowie)

Wir betrachteten das Objekt, das auf einem niedrigen Podest vor uns lag wie auf einem Seziertisch. Einige der Studierenden gingen um den Tisch herum, beäugten den allansichtigen Gegenstand auch von der Rückseite und den schmalen Seiten. Wenige Neugierige gingen sogar in die Hocke oder beugten sich über das obskure Gebilde, um seine intimen Details auszumachen. Die meisten aber blieben hinter mir zurück, bildeten, gespannt auf meine Ausführungen wartend, einen Halbkreis um mich, und ich sah in ihren Mienen das Unbehagen und die gleichzeitige Faszination, die dieser verbotene voyeuristische Blick hervorrief, zu dem uns der Künstler mit aller Macht verführte.

Vor uns lag ein nackter weiblicher Körper mit vier verrenkt gespreizten Beinen, ähnlich einem siamesischen Zwilling, am Bauch zusammengewachsen, ohne Oberkörper und Kopf, dafür mit zwei klaffenden, geröteten Spalten. Die schwarzen flachen Sonntagssandalen und die weißen Söckchen an allen vier Füßen ließen das entblößte, sich windende Geschöpf im Kopf des Betrachters zu einem Mädchen werden, zu einem unschuldigen minderjährigen Mädchen.

Obwohl ich dieses Werk aus unzähligen Abbildungen kannte und ihm sogar bereits zweimal in anderen Ausstellungen in natura gegenübergestanden hatte, waren meine Empfindungen noch immer ebenso zwiespältig wie die meiner Studierenden. Es schockierte mich jedes Mal aufs Neue, diesen hilflos ausgelieferten Körper vor mir zu sehen, der so schutzbedürftig wirkte und dabei auf so brutale Weise entmenschlicht.

»Was Sie hier sehen, ist eine von Hans Bellmers berühmt-berüchtigten Puppen«, begann ich mit belegter Stimme. »Formal handelt es sich um Versatzstücke von hölzernen Schaufensterpuppen aus den 1930er-Jahren, zusammengehalten von einer Metallkonstruktion und Gips-Kitt. Zunächst dienten diese und ähnliche Puppen Bellmer lediglich als Modelle für seine Skizzen und Zeichnungen oder er setzte sie wirkungsvoll in Fotografien in Szene. Was wir hier haben, ist also weniger ein eigenständiges skulpturales Kunstwerk, denn eine Requisite, ein kunsthistorisches Artefakt.«

Nach dieser kurzen formalästhetischen Einführung hätte ich die Frage nach subjektiven Eindrücken und Interpretationsansätzen gern ins Plenum weitergereicht und die Wirkung auf den Betrachter mit den Studierenden diskutiert, doch wie befürchtet, folgte auf meine Aufforderung lediglich betretenes Schweigen.

»Möchte sich wirklich keiner von Ihnen zu dieser Arbeit äußern?«

Mein Blick wanderte über die Gruppe, dann gezielt zu denjenigen Seminarteilnehmern, die sich die Chance auf einen Redebeitrag normalerweise nie entgehen ließen.

»Larissa, Carola, Fabian? Sind Sie wirklich alle so sprachlos vor Entsetzen?«

Ein schwaches Grinsen, dann der schülerhafte Blick auf die eigenen Schuhspitzen. Selbst zu einer banalen Werkbeschreibung ließ sich keiner bewegen.

»Also gut. Ich kann verstehen, dass Sie sich mit dieser Arbeit schwertun. Aber ich kann Ihnen versprechen, dass uns in dieser Ausstellung noch einige Werke begegnen werden, die es Ihnen nicht unbedingt leichter machen werden als die Puppe. Und ich habe nicht vor, Ihnen einen Rundgang mit Frontalunterricht zu servieren. Schließlich haben Sie sich alle wissentlich in ein Seminar über Schockstrategien in der Kunst eingeschrieben. Das nur als Zuruf, und jetzt zu Bellmers Puppe.«

Aus dem Augenwinkel nahm ich wahr, dass drei Männer den Raum betreten hatten, sich aber vermutlich unseretwegen zunächst den gerahmten Zeichnungen und Druckgrafiken zuwandten, statt mit der prominent in den Raum gesetzten Puppe zu beginnen.

Dennoch sprach ich eine Nuance leiser, als ich fortfuhr.

»Um ein Kugelgelenk, die Bauchkugel, sind zwei weibliche Unterleiber mit den dazugehörigen unteren Extremitäten gespiegelt. Obwohl derart fragmentarisiert und verfremdet, dass man sich an Tod Brownings Film *Freaks* und Frankensteins Monster erinnert fühlen könnte, wirkt dieser Körper auf beunruhigende Art menschlich und bemitleidenswert. Diese Echtheit und Lebendigkeit verdankt die Puppe der Detailversessenheit ihres Schöpfers. Die blasse, porzellanfarbene Haut der Beine und des Bauches lässt die fleischfarben klaffenden Vulven und die unnatürlich geröteten Hinterbacken noch deutlicher hervortreten. Das sind eher die Attribute von Gummipuppen denn von Schaufenster-Mannequins. Der weibliche Körper wird also radikal modifiziert und auf seine am stärksten sexuell aufgeladenen Teile reduziert. Schon auf dieser Ebene wird diesem Körper Gewalt angetan. Hinzu kommen die biederen Mädchenschuhe und die unnatürliche, krampfartig-verdrehte Körperhaltung. Man kann als Betrachter kaum umhin, hier ein Gewaltverbrechen, ein minderjähriges Opfer von sexuellem Missbrauch zu assoziieren.«

Als ich meinen Blick erneut über die Gruppe schweifen ließ, stellte ich fest, dass die drei Herren den Saal gar nicht verlassen hatten, wie ich zwischenzeitlich angenommen hatte, sondern sich zu uns gesellt und meinen Ausführungen vom Rand der Gruppe aus gelauscht hatten.

Sie alle trugen Maßanzüge, und ich nahm an, dass es sich um Frankfurter Banker handelte, die ihre Mittagspause zu einer der neuerdings so populären *Kunstpausen*, einem kurzen Ausstellungsbesuch, nutzten. Während mir für zwei von ihnen, dem leicht untersetzten Endfünfziger mit weichen Zügen, Halbglatze und Randlosbrille und dem schlaksig wirkenden Asiaten mit der mausgrauen Krawatte, ein kurzer Seitenblick genügte, um sie in meine imaginären Typ-Schubladen einzusortieren, blieb mein Blick an dem dritten Geschäftsmann länger hängen.

Er war überdurchschnittlich attraktiv, gertenschlank, aber nicht hager, mit einem äußerst scharf geschnittenen Gesicht. Mir fiel auf, dass er als Einziger der drei keine Krawatte trug. Seine dunklen Haare, in denen die ersten silbrigen Reflexe spielten, wirkten wie vom Wind zerzaust und sein weißes Hemd mit dem schmalen Kragen war ein bisschen verknittert.

Dennoch saß der sündhaft teure Hedi-Slimane-Anzug wie angegossen.

Ich merkte, dass ich leicht ins Stottern geriet, während ich meinen Blick einfach nicht von ihm zu lösen vermochte. Noch schlimmer wurde es, als er meine Konzentrationsschwierigkeiten offenbar umgehend registrierte und mich anlächelte.

Himmel, dieses Lächeln! Es war nur ein ganz feines Schmunzeln, das seine sinnlich geschwungenen Lippen umspielte, nicht breit oder gar hämisch, sondern sympathisch, wenn auch mit einem Hauch von spöttischem Amüsement. Und es ließ seine wachen graublauen Augen strahlen, die unter perfekt geformten Brauen genau auf mich gerichtet waren.

Endlich fand ich die nötige Kraft, meinen Blick von ihm abzuwenden, doch ich sah aus dem Augenwinkel, wie er mir wenig später freundlich zunickte und seinen Begleitern dann mit einer ausholenden Geste bedeutete, ihm in den nächsten Raum zu folgen. Einen Moment lang sah ich den dreien nach, und mir fiel auf, dass ich noch nie einen Mann gesehen hatte, der so ging. In seinen gemessenen und gleichzeitig kraftvollen Bewegungen vereinigten sich Anmut und männliche Selbstsicherheit auf eine nie gesehene, äußerst anziehende Weise.

Wir brachten noch fast zwei Stunden in der Ausstellung zu, die das künstlerische Schaffen Hans Bellmers auf kongeniale Weise dem Werk Louise Bourgeois' gegenüberstellte, deren radikale Installationen und Objekte nicht minder schockierten und ebenso sexuell aufgeladen waren wie die ihres männlichen Künstlerkollegen.

Für die hochkarätige Dauerausstellung der Sammlung Reed im ersten Stock blieb uns nur noch wenig Zeit, doch alle Seminarteilnehmer waren zu einer halbstündigen Überziehung der Sitzungszeit bereit, da viele von ihnen zum ersten Mal diese beeindruckende Sammlung von Ikonen der fantastischen Malerei zu Gesicht bekamen.

Als wir das Museum für fantastische Kunst verließen, schien die Sonne warm und strahlend auf das parkartig angelegte Grundstück am Schaumainkai.

Drei Studentinnen im ersten Semester, die in der nächsten Woche ihr allererstes Referat über Paul McCarthy halten würden, hatten noch ein paar Fragen zur Aufteilung ihres Vortrags und zum Medieneinsatz. Da ich die drei Mädchen bisher als sehr gewissenhaft und eifrig kennengelernt hatte und mich über ihr Engagement freute, verwies ich sie nicht, wie üblich, auf meine Sprechstunde am Dienstagnachmittag, sondern lud sie zu einem Cappuccino auf der Terrasse des Museumscafés ein.

Ich riet ihnen, den biografischen Teil so kurz wie möglich zu halten und die genauen Daten zu Leben und Werken lediglich im Handout aufzulisten. Außerdem gab ich ihnen noch ein paar Tipps zur PowerPoint-Präsentation und einige Literaturhinweise.

Nachdem ich ihre Fragen hinlänglich beantwortet hatte, verabschiedete sich Laura wegen eines nachfolgenden Seminars. Carola und Kristin blieben noch sitzen, obwohl ich gern einfach noch ein paar Minuten das Gesicht in die Sonne gehalten und meinen Gedanken nachgehangen hätte.

Die Terrasse mit ihrer edlen Teakholz-Bestuhlung war an diesem frühen Mai-Nachmittag bereits gut besucht, und alle schienen das schöne Wetter nach einer recht verregneten Woche zu genießen.

Die beiden Damen am Nebentisch unterhielten sich auf Italienisch, während die Männer hinter mir ein gepflegtes British English sprachen und die vier älteren Frauen zwei Tische weiter genauso *babbelten* wie meine Oma. Genau das liebte ich an Frankfurt.

Irgendwann kam das Gespräch über Paul McCarthy zum Erliegen und ich hoffte, dass mich die beiden Mädchen nun allein lassen würden. Das taten sie aber nicht.

»Was sind das eigentlich für Leute, die ein ganzes Museum spenden, Frau Dr. Lauenstein?«, fragte Carola.

Ich nippte an meinem Cappuccino.

»Unglaublich reiche Leute«, gab ich einsilbig zur Antwort. Ich hatte keine Lust, mich nun auf das nächste Thema einzulassen.

»Reich und sozial«, ergänzte Kristin.

»Ja, auch das«, brummte ich. »Allerdings muss man zwischen Spenden und Leihgaben unterscheiden. Zunächst einmal handelt es sich bei der Sammlung Reed um eine auf zehn Jahre begrenzte Dauerleihgabe an die Stadt Frankfurt.«

»Wissen Sie etwas über die Stifter?«, fragte Carola weiter.

Ich lächelte.

»Der Name Reed dürfte eigentlich auch Ihnen etwas sagen, Carola. Oder kennen Sie die gleichnamige Hotelkette nicht?«

Die Mädchen machten große Augen.

»Aber ich dachte, das wäre eine englische Kette«, gab Kristin zu bedenken.

»Stimmt. Aber soviel ich weiß, war die Mutter des jetzigen Konzernchefs Frankfurterin. Die Villa in dieser exponierten Lage war bereits in Familienbesitz. Und vor einigen Jahren hat der Erbe in seiner grenzenlosen Großzügigkeit entschieden, die bis dahin unzugängliche Privatsammlung in eine Stiftung zu überführen und das Museum für fantastische Kunst in der Heimatstadt seiner Mutter zu eröffnen.«

»Aber das ist doch super! Warum klingen Sie dabei so kritisch, Frau Dr. Lauenstein?«

»Natürlich ist das für Frankfurt ein riesiger Gewinn, für den wir sehr dankbar sein müssen. Und selbstverständlich ist es wunderbar, dass diese Werke von Weltrang nun endlich der Öffentlichkeit zugänglich gemacht werden, statt auf Nimmerwiedersehen im Wohnzimmer irgendeines Oligarchen oder Scheichs zu verschwinden. Aber genau dort verbargen sich auch diese Kunstwerke über Jahrzehnte hinweg, und wie viele sich noch immer in den Villen und Luxus-Apartments des werten Herrn Reed türmen, wissen wir natürlich auch nicht. Außerdem besetzt Mr. Reed auf unbegrenzte Zeit den Posten des Museumsdirektors und künstlerischen Leiters, obwohl seine eigentliche Profession das Immobiliengeschäft ist. Ein Hotelier und Playboy, der laut Presse ständig um die Welt jettet, aber nie eine kunstwissenschaftliche Vorlesung besucht hat und kaum drei Tage im Jahr in der Stadt verbringt, in der sein Museum steht – das finde ich doch schon recht abenteuerlich und … anmaßend.«

Unser Gespräch über den Londoner Hotelmagnaten Reed, der sich ein Museum als Spielzeug hält, führte uns auch noch zu einem kurzen Exkurs über Steueroasen und Heuschreckenkapitalismus, doch mein wiederholter Blick auf die Uhr und ein Wink zur Kellnerin signalisierten endlich auch meinen beiden hartnäckigen Tischpartnerinnen, dass es an der Zeit war, aufzubrechen.

Ich hatte kein großes Interesse daran, auch noch auf dem Heimweg von Kristin und Carola in Beschlag genommen zu werden. Also war ich froh, dass die Kellnerin mit der Rechnung noch auf sich warten ließ und ich die beiden Mädchen endlich durch das große Tor verschwinden sah.

Auch die beiden Herren in meinem Rücken schienen sich voneinander zu verabschieden. Ich bemerkte, dass es sich um den attraktiven Mann aus der Ausstellung und seinen asiatischen Geschäftspartner handelte, den er bis zum Tor begleitete, um dann kehrtzumachen und auf die Caféterrasse zurückzukehren.

»Darf ich mich einen Augenblick zu Ihnen setzen?«

Die Frage war an mich gerichtet.

Verdattert bejahte ich.

»Danke sehr, Frau Dr. Lauenstein?« Er intonierte es als Frage, dennoch war ich mehr als verblüfft, als er meinen Namen aussprach. Das musste er auch meinem Mienenspiel angesehen haben, denn er beeilte sich zu erklären: »Verzeihen Sie, ich habe ein wenig Ihren Ausführungen gelauscht und habe gehört, wie Ihre Studenten Sie angesprochen haben.«

Er sprach mit einem leicht britischen Akzent und einer sanft-herben Stimme, die mir eine Gänsehaut über den Rücken jagte.

»Ja, ich habe Sie in der Ausstellung gesehen«, erwiderte ich freundlich lächelnd.

Etwas Besseres fiel mir in diesem Augenblick nicht ein. Schließlich fühlte ich mich völlig überrumpelt, plötzlich und unerwartet mit diesem Mann am Tisch zu sitzen, der aus der Nähe noch atemberaubender aussah. Er hatte die Beine lässig übereinandergeschlagen, und mein Blick fiel auf seine schönen schlanken Hände mit den perfekt manikürten Nägeln und der *Omega* am linken Handgelenk. Auch sein ebenmäßiges Gesicht wirkte aus der Nähe noch schöner. Wie gerade seine Nase war, wie hoch und scharf geschnitten seine Wangenknochen.

»Mir hat gefallen, was Sie über Bellmers Puppe erzählt haben«, sagte er.

»Danke.«

Er zeigte wieder dieses feine Lächeln, das mir schon vorhin so imponiert hatte.

»Nicht unbedingt ein einfacher Einstieg für eine Ausstellung, aber ein treffender und folgerichtiger bei diesem Themenkomplex.«

Er winkte die Kellnerin herbei, und auf seine Geste hin überschlug sie sich fast, während sie mich dahingegen zehn Minuten lang mit Nichtbeachtung gestraft hatte.

»Bringen Sie uns bitte noch etwas zu trinken, Sandra. Was möchten Sie, Frau Dr. Lauenstein?«

»Eigentlich zahlen«, entgegnete ich verdattert und hörte sein melodisches, perlendes Lachen, das zu seinem feinen Lächeln passte.

»Bitte machen Sie mir die Freude und bleiben Sie noch einen Moment. Als mein Gast.«

Ich gab mich geschlagen. »Dann bitte noch ein Cappuccino«, sagte ich.

»Gut. Und für mich einen doppelten Espresso. Danke, Sandra.«

Die junge Frau wurde rot, als er ihren Namen schon zum zweiten Mal aussprach, knickste dann tatsächlich und verschwand im Laufschritt aus meinem Blickfeld.

»Es freut mich, dass Sie der Puppe als Einstieg etwas abgewinnen können«, nahm er das Thema wieder auf. »Natürlich ist es ein Wagnis, ein so polarisierendes und in gewisser Weise plakatives Werk als Auftakt zu verwenden, aber Ihr fachkundiges Urteil bestätigt mich in meiner Auffassung.«

Ich runzelte die Stirn.

»Verzeihen Sie, Frau Dr. Lauenstein. Ich vergaß, mich vorzustellen. Ian Reed.«

Wahrscheinlich entglitten mir in diesem Moment sämtliche Gesichtszüge. Er reichte mir diese schöne aristokratische Hand und ich wäre am liebsten im Erdboden versunken.

Sein Händedruck war zupackend, fast ein bisschen zu fest und vor allem irritierend lang. Während er meine Hand festhielt, sah er mir geradewegs in die Augen, und es kostete mich ziemlich viel Willensstärke, diesem tiefen, forschenden Blick standzuhalten und nicht verunsichert wegzusehen.

»Ich habe übrigens ein paar kunstgeschichtliche Vorlesungen besucht, wenn diese Studien auch zugegebenermaßen ohne Abschluss blieben«, bestätigte er meine schlimmsten Befürchtungen. Er hatte unserem Gespräch also tatsächlich zugehört. Ich glaube, ich wechselte meine Gesichtsfarbe wie ein Chamäleon.

Doch dann umspielte wieder dieses anziehende Lächeln seine Lippen, als er ergänzte: »Keine Sorge, ich nehme Ihnen nicht übel, was Sie sonst noch über mich gesagt haben. Lediglich dieses Detail wollte ich gern korrigiert wissen.«

»Das ist mir wirklich sehr unangenehm, aber wenn Sie mir zugehört haben, wissen Sie auch, dass ich Ihr Museum für eine große Bereicherung und einen nicht zu unterschätzenden Gewinn für die Frankfurter Kulturlandschaft halte.«

»Schon gut, Sie brauchen sich nicht in Lob zu ergehen, Frau Dr. Lauenstein. Außerdem schätze ich ehrliche Kritik.«

»Das ehrt Sie, Mr. Reed«, erwiderte ich und meinte es auch so.

»Aber Sie haben mich auch einen Playboy und später einen Steuerflüchtling und Immobilienhai genannt.«

Er fixierte mich streng mit seinen verwirrend schönen Augen, und ich errötete erneut.

Ich räusperte mich. »Nun, Sie wissen, was man über den *Lauscher an der Wand* sagt, Mr. Reed?«

Er lachte herzlich und entblößte dabei seine strahlend weißen Zähne.

»Ja, das sagte meine Nanny auch immer.«

Doch kaum wiegte mich sein Lachen in Sicherheit, wurde seine Miene wieder ernst und mein Herzschlag beschleunigte sich abermals.

Er hob seine perfekt geformten Augenbrauen.

»Ich denke, Sie sind mir einen Gefallen schuldig, Frau Dr. Lauenstein.«

Ich runzelte die Stirn.

»Haben Sie heute Abend bereits irgendwelche Verpflichtungen?«

Irritiert schüttelte ich den Kopf.

»Gut. Dann verlange ich, dass Sie mit mir zu Abend essen. Ich erwarte Sie pünktlich um 19.30 Uhr in der Lobby des *Grand Reed*. Soll ich Ihnen einen Fahrer schicken?«

»Nein, das ist nicht nötig«, hörte ich mich selbst sagen.

Er hatte mich derart überrumpelt, dass ich seiner bestimmenden Art und seinem unverschämten Befehlston im Augenblick rein gar nichts entgegenzusetzen hatte.

Als wir uns etwa gleichzeitig erhoben, zeigte er mir erneut sein äußerst gewinnendes, leicht überhebliches Lächeln.

Wieder reichte er mir seine Hand, doch diesmal war sein Griff sehr viel gefühlvoller, und zu meinem Erstaunen führte er meine Hand an seine Lippen, um einen sanften Kuss daraufzuhauchen. Dabei sah er mir auf eine Weise in die Augen, die ich kaum beschreiben kann und doch nie vergessen werde. Ich hatte das Gefühl, als schaue er mit seinen faszinierenden graublauen Augen bis in die tiefsten Tiefen meiner Seele.

Die vier Stunden bis zu meinem unverhofften Date mit Ian Reed brachte ich mit einem kurzen Telefonat mit meiner besten Freundin Kiki, einer intensiven Internetrecherche, einem entspannenden Vollbad und einer nervenzehrenden Exklusiv-Modenschau vor meinem Schlafzimmerspiegel zu.

Was um alles in der Welt trug man zu einem Abendessen mit einem Milliardär? Selbst wenn ich es gewusst hätte, wäre in meinem Kleiderschrank wohl kaum das Entsprechende zu finden gewesen. Nicht, dass ich nicht genügend Auswahl gehabt hätte. Mein Kleiderschrank war zum Bersten gefüllt. Ich mochte Mode. Und besonders in Zeiten des Schlussverkaufs erwachte angesichts der Designer-Schnäppchen allerorten regelmäßig die Jägerin in mir. Ich hatte sogar schon Seminare zur Mode- und Kostümgeschichte gehalten. All das half mir in meiner jetzigen Situation aber herzlich wenig weiter.

Da ohnehin kaum eines meiner Kleidungsstücke aus der aktuellen Saison stammte, entschied ich mich letztendlich für ein fliederfarbenes Sommerkleid von Betsey Johnson, das ich vor zwei Jahren bei einer Studienreise nach New York erstanden hatte. Es war mein erster Transatlantikflug, mein erster langer Flug überhaupt gewesen und damit für mich als von Höhen- und Flugangst geplagtem Menschen schon ein äußerst denkwürdiges Erlebnis. Der Big Apple hatte mich jedoch für jegliche Unannehmlichkeiten entschädigt. Eine ganze Woche lang hatten Kiki und ich uns die Füße wund und sogar blutig gelaufen, ein Museum, eine Ausstellung, eine Galerie, eine Sehenswürdigkeit nach der nächsten abgeklappert. Zum Shoppen blieb da wenig Zeit, und so war das fliederfarbene Betsey-Kleid neben den paar üblichen NYC-Souvenirs mein einziger Kauf geblieben und bis heute mein liebstes Andenken.

Ich hatte mich auf den ersten Blick in den zauberhaften Millefleurs-Stoff verliebt, und als Kiki meinte, das zarte Blauviolett entspreche genau meiner Augenfarbe, musste ich es einfach haben. Und siehe da, es passte wie angegossen und schien in dieser kleinen ausgeflippten New Yorker Boutique nur auf mich gewartet zu haben.

Ich mochte, wie sich das eng geschnittene Kleid um meine Hüften legte und wie die unzähligen kleinen Glastropfen am unteren Saum bei jedem Schritt leise klimperten und um meine Waden spielten. Der schmeichelnde Wasserfallausschnitt und die kunstvolle Ausbrenner-Optik aus Seidenchiffon und Samt verliehen ihm einen eleganten Charakter.

Das nächste Problem waren meine Haare. Man konnte nicht gerade sagen, dass sie im Alltag übermäßig anspruchsvoll oder widerspenstig waren. Eher war meine aschblonde, in meinen Worten straßenköterfarbene Mähne sogar von recht unkomplizierter Natur und ich widmete ihr meist eher geringe Aufmerksamkeit. Doch wehe, mein übriges Ich wurde von nervöser Unruhe erfasst. Das spürten meine Haare genau, und mein allgemeiner Gemütszustand übertrug sich umgehend auf sie. Dann erwachte die Diva auf meinem Kopf.

Nach mehreren vergeblichen Versuchen, sie zu bändigen und irgendetwas Elegantes aus ihnen zu zaubern, griff ich genervt zu der abgegriffenen Simpelklemme, mit der ich sie tagtäglich im Uni-Alltag zusammenhielt. Das Ergebnis war nicht gerade eine Galafrisur, aber es erfüllte seinen Zweck.

Obwohl ich mir immer wieder sagte, dass es eine vollkommen unverbindliche Verabredung mit einem Mann war, dem ich mich in keiner Weise verpflichtet fühlte, mit dem mich außer dem Interesse für fantastische Kunst rein gar nichts verband und den ich sicher niemals wiedersehen würde, stieg meine Nervosität von Minute zu Minute. Die Informationen, die ich über ihn im Internet eingeholt hatte, machten mich dabei nicht gerade ruhiger. Das Forbes Magazine nannte ihn unter den reichsten Männern der Welt und führte ihn in der Liste der einflussreichsten Unternehmer weltweit. Andere Magazine hatten ihn wiederholt zum begehrtesten Junggesellen gewählt. Ian Reed war 42 Jahre alt, kinderlos, wohltätig, offenbar weitestgehend skandalfrei und führte ein unstetes Leben ohne festen Wohnsitz.

Ich blickte auf die Uhr. Schnell noch die Katzen füttern, dann wurde es höchste Zeit, aufzubrechen. Mir wurde ein bisschen übel. Was, wenn ich dieser Verabredung nicht gewachsen war? Ich verkehrte nicht in solchen Kreisen. Mein Kosmos war die Universität. Die einzig »reichen« Leute in meinem Bekanntenkreis waren einige Künstler und Galeristen, die es *geschafft* hatten und denen ich ihren Erfolg von Herzen gönnte. Aber Ian Reed war ein ganz anderes Kaliber. Was, wenn ich mich blamieren würde? Kurz blitzte der Gedanke auf, einfach nicht hinzugehen.

Nein, das konnte ich nicht machen. Ich hatte ihm mein Wort gegeben. Und ich hatte einen ganzen Nachmittag nichts anderes getan, als mich auf diesen Abend vorzubereiten. Wie hätte ich Kiki erklären sollen, dass ich vor lauter Feigheit gekniffen hatte? Außerdem hätte ich es mir wohl selbst nie verzeihen können. Ich kannte mich. Ich hätte mich noch in Jahren und Jahrzehnten gefragt, wie es gewesen wäre, mit Ian Reed auszugehen, und was um alles in der Welt ich an diesem Abend verpasst haben mochte.

Mit klopfendem Herzen und schweißfeuchten Händen lenkte ich meinen kleinen Suzuki Cappuccino in eine Parklücke in der Bethmannstraße vis-à-vis dem *Grand Reed*. Es war fünf Minuten nach halb acht. Natürlich kannte ich das luxuriöse Traditionshotel, war schon hundertmal daran vorbeigegangen, doch heute sah ich das beeindruckende Gebäude mit seiner historisierenden Fassade und den goldenen Lettern über dem imposanten Säulenportal wie zum allerersten Mal.

Ich zögerte, über die Schwelle zu treten, doch der junge Portier im grauen Frack nahm mir die Entscheidung ab.

Meine Absätze klackerten auf dem spiegelglatten, hochglänzenden Marmorboden des Entrees, als ich den mittleren Teil der dreiflügeligen Lobby betrat, in dem sich die Rezeption befand. Das alles war noch gigantischer, als ich es mir vorgestellt hatte, und ich war gerade dabei, meinen erneut aufkeimenden Fluchtinstinkt niederzukämpfen, als ein zierlicher älterer Herr mit Schnauzbart und schwarzem Frack hinter einem der Rezeptionstresen hervortrat und sich zu mir gesellte.

Ich öffnete den Mund, um ihm mein Anliegen zu erklären, doch ich klappte ihn wieder zu, als er mich bereits ansprach.

»Frau Dr. Lauenstein?«, fragte er ebenso höflich wie vorsichtig.

Das war heute schon das zweite Mal, dass ich über die Nennung meines Namens in Erstaunen geriet.

»Ja«, bestätigte ich konsterniert.

»Herzlich willkommen im *Grand Reed*. Mein Name ist Wilfried Suter, ich bin der Concierge. Mr. Reed erwartet Sie in der großen Halle. Wenn Sie mir bitte folgen wollen?«

Wie ferngesteuert tat ich, wie mir geheißen, und ließ mich von ihm in den nächsten Saal der Lobby führen, in dem unter einem riesenhaften Kronleuchter Gruppen von Chesterfield-Sesseln um einen Steinway-Flügel angeordnet waren, auf dem ein junger Pianist *Fly me to the Moon* spielte. Ich ließ meinen Blick durch die Halle schweifen und registrierte, dass nur wenige der Sessel besetzt waren, als sich Ian Reed aus einem von ihnen erhob und quer durch den Saal auf uns zukam.

»Ich freue mich, dass Sie gekommen sind. Ich habe gehofft, dass Sie eine Frau sind, die ihr Wort hält«, sagte er mit einem strahlenden Lächeln, ehe er zum zweiten Mal an diesem Tag meine Hand küsste.

»Sie sehen bezaubernd aus«, ergänzte er, ohne meine Hand loszulassen, und es klang aufrichtig aus seinem Mund.

Er führte mich zu zwei Chesterfield-Sesseln, die etwas abseits vom Flügel und dafür näher an dem spektakulären Jahrhundertwende-Kamin standen, und der Concierge folgte uns mit ein paar Schritten Abstand.

»Ich dachte, wir nehmen hier einen Aperitif, ehe wir drüben dinieren«, erklärte Ian Reed und bedeutete mir, Platz zu nehmen, ehe auch er sich setzte.

Im Gegensatz zu mir trug er noch genau das Gleiche wie am Nachmittag, und auch die Haare schien er sich zwischenzeitlich nicht gekämmt zu haben. Dennoch sah er einfach umwerfend aus. Es war gerade diese lässige Nonchalance in seinem Auftreten, gepaart mit der über alle Zweifel erhabenen, weltmännischen Selbstsicherheit, die ihn so anziehend machte.

»Lassen Sie uns zwei Kir Blackberrys bringen. Das wäre dann alles. Vielen Dank, Wilfried.«

»Sehr gern, Sir.« Der alte Herr deutete eine Verbeugung an und ließ uns dann allein.

»Worüber amüsieren Sie sich?«, fragte Ian Reed, und seine silbrig schimmernden Augen betrachteten mich aufmerksam.

Ich hatte geglaubt, nur in mich hineingelächelt zu haben, und fühlte mich ein bisschen ertappt, als ich gestand: »Im ersten Moment dachte ich, Sie hätten zwei Mobiltelefone bestellt.«

Jetzt lachte auch er dieses perlende Lachen, dessen Klang mir schon vorhin so gut gefallen hatte.

»Ich hoffe, Sie mögen Brombeerlikör?«, fragte er.

»Ehrlich gesagt habe ich noch nie welchen getrunken«, gab ich zu, als ein ganz in Schwarz gekleideter Enddreißiger mit leichtem Bauchansatz und Henriquatre-Bart an unseren Tisch trat.

»Mr. Reed, Sir, meine Dame«, grüßte er ehrfürchtig und stellte das silberne Tablett, das er auf dem linken Unterarm balanciert hatte, vorsichtig auf dem niedrigen Beistelltisch ab.

Ich hatte zwei fertige Drinks erwartet, doch stattdessen hatte uns der Mann im schwarzen Hemd eine Flasche Moët, ein Fläschchen Likör, ein Schälchen mit Brombeeren und zwei Sektflöten mit Medusenhäuptern am Fuß mitgebracht.

»Sam ist der beste Barkeeper weit und breit und ein echter Magier auf seinem Gebiet«, erklärte Ian Reed mit einem gewissen Stolz in der Stimme. »Die Zubereitung eines Kir unterfordert ihn gewissermaßen.«

»Aber nein, Sir«, entgegnete der über beide Wangen strahlende Sam, während er jeweils eine kleine Menge Likör in die Sektgläser fließen ließ und dann mit einem ordentlichen Knall den Champagner entkorkte. Zum Schluss fügte er jedem Glas eine frische Brombeere hinzu und reichte uns die Drinks, um sich dann schnell und diskret zu entfernen.

»Auf das Schicksal und unsere zufällige Begegnung«, sagte Ian Reed, und wieder tauchten seine hypnotischen Augen bis tief in mein Innerstes, als er sein Glas klingend gegen das meine tippen ließ.

Der Kir Blackberry schmeckte köstlich; fruchtig, prickelnd, kühl und angenehm säuerlich.

»Kommt es häufiger vor, dass Sie Zufallsbekanntschaften zu einem solchen Abend einladen?«

»Nur wenn mich die Zufallsbekanntschaft zuvor beleidigt hat«, entgegnete er mit einem spöttischen Grinsen. »Und wenn sie noch dazu überaus attraktiv und klug ist.«

Er nippte an seinem Kir und fixierte mich wieder auf diese ebenso anziehende wie beunruhigende Weise.

Dann schüttelte er seinen hübschen Kopf.

»Nein, Frau Dr. Lauenstein. Um ehrlich zu sein, ist das hier das erste Mal. Ein Experiment gewissermaßen.«

»Ein Experiment, wie schmeichelhaft. Und worin liegt das Erkenntnisinteresse dieses Experiments?«

Er lächelte jungenhaft, fast ein bisschen unsicher.

»Nun, einen Abend mit jemandem zu verbringen, mit dem ich keinerlei geschäftliche Beziehungen pflege, ist seit Ewigkeiten nicht mehr vorgekommen. Ich setze also gewisse Hoffnungen in Sie.«

»Ich fürchte, ich kann Ihnen nicht ganz folgen. Könnten Sie bitte präzisieren, welche Art Hoffnungen Sie hegen? Ich möchte nämlich vermeiden, dass es die falschen sind, Mr. Reed.«

Er grinste entwaffnend.

»Aber Sie sind hier, Frau Dr. Lauenstein. Mehr zählt im Moment nicht für mich. Der Abend wird zeigen, welche und wessen Hoffnungen erfüllt und welche enttäuscht werden.«

Er prostete mir nochmals zu.

»Sie haben also eine Postdocstelle am Kunstgeschichtlichen Institut der Universität Frankfurt, auf der Sie an Ihrem Habilitationsvorhaben über Körper und Körperlichkeit in der Modernen Kunst arbeiten. Sehr ambitioniert, wenn man bedenkt, dass Sie erst dreißig sind.«

»Ich muss sagen, Sie überraschen mich, Mr. Reed. Meine Stellenbeschreibung ist im Online-Mitarbeiterverzeichnis des Instituts einzusehen. Aber mein Alter und mein Forschungsthema stehen dort nicht. Verraten Sie mir, woher Sie diese Informationen haben?«

»Tut mir leid, Betriebsgeheimnis. Nur so viel: Ich bin sehr gut auf dem Feld der Recherche.«

»Ja, das kann ich mir gut vorstellen. Ich denke, Sie überlassen nicht viel dem Zufall, oder? Einem spontanen Impuls nachzugeben, eine solche Einladung auszusprechen, entspricht wohl nicht gerade Ihrem Stil. Vermutlich haben Sie meine Vita schon gecheckt, ehe wir uns auf der Caféterrasse zum zweiten Mal begegnet sind. Ihre Selbstsicherheit fußt zu einem guten Stück auf Kontrolle, habe ich recht?«

»Sie ahnen ja nicht, wie recht Sie haben.«

Seine Stimme klang plötzlich so anders. Einen Moment lang wirkte er wie jemand, dessen wunden Punkt man getroffen hatte, und für einen ganz kurzen Augenblick, kaum mehr als ein Wimpernschlag, lugte hinter der Maske des strahlenden Geschäftsmannes ein verunsichertes, zweiflerisches und gequältes Wesen hervor, dessen Anwesenheit mich über alle Maßen irritierte.

Doch dann kehrte das feine Lächeln auf sein ebenmäßiges Gesicht zurück, und alles war wie zuvor.

»Jetzt sehen Sie mich überrascht, Frau Dr. Lauenstein. Das kommt nicht besonders häufig vor. Respekt.«

»Nun, auch ich bin zur Internetrecherche fähig, Mr. Reed.«

»Aber auch da steht nicht, dass ich ein kontrollsüchtiger Sonderling bin. Anderenfalls hätten meine Anwälte bereits einstweilige Verfügungen erwirkt.«

»Nein, keine Sorge. So steht es dort nicht und das ist auch nicht das Bild, das ich von Ihnen gewonnen habe. Ich habe lediglich ein wenig zwischen den Zeilen gelesen. Ein Leben ohne feste Bindungen, ohne Fixpunkte.«

»Sie spielen auf meinen ungewöhnlichen Lebenswandel an. Ein Leben ohne festen Wohnsitz, ohne Lebensmittelpunkt, können sich die meisten Leute nur schwerlich vorstellen. Ich gebe zu, dass es ein wenig befremdlich klingen mag, aber eigentlich ist es nur eine logische Konsequenz. Ich lebe in meinen eigenen Hotels und nutze meine Aufenthalte, um nach dem Rechten zu sehen. Ich habe in meinem Leben nie ein Zuhause im eigentlichen Sinn gehabt. Also vermisse ich nichts.«

»Das tut mir sehr leid für Sie, Mr. Reed.«

»Das muss es nicht. Dieses Zigeuner- und Vagabundenleben passt zu mir. Es ist die ultimative Freiheit, ohne Verpflichtungen und Abhängigkeiten.«

»Aber jeder Mensch braucht doch einen Rückzugsort. Einen Ort, an dem er sich geborgen fühlt und ankommen kann.«

»Vielleicht werde ich diesen Wunsch ja eines Tages auch verspüren und sesshaft werden. Wer weiß. Derzeit sind jedenfalls meine Hotels mein Zuhause, und wer kann schon von sich sagen, überall auf der Welt so komfortabel daheim zu sein.«

Ich lächelte.

»Ja, so gesehen haben Sie natürlich recht. Ein First-Class-Nomadenleben mit Zimmerservice, Spa und Fünfsterne-Ambiente lässt sich in der Tat auch als einmaliges Privileg betrachten.«

Ohne Ankündigung erhob sich Ian Reed aus seinem Sessel und reichte mir seine Hand.

Ich musste etwas irritiert dreingeschaut haben, denn er erklärte: »Ich denke, es ist Zeit für unser Dinner.«

Also ergriff ich zögernd seine Hand und erhob mich ebenfalls. Er schob meine Hand unter seinen angewinkelten Arm, und diese klassische, gewissermaßen anachronistische Geste überraschte mich bei einem Mann, dessen Auftreten mir bisher so unkonventionell erschienen war.

Und ich muss gestehen, es fühlte sich großartig an. Die Selbstverständlichkeit, mit der er mich an seiner Seite hielt, dieser diskrete Körperkontakt, seine dynamische Körperspannung, das diffuse Gefühl von Sicherheit, das mir seine Nähe gab.

Obwohl wir in einem der hauseigenen Restaurants essen würden, wie mir Ian Reed mitteilte, war es ein weiter Weg, und ich gewann einen erneuten Eindruck von der immensen Größe dieses Hotels.

»Ich hoffe, Sie mögen die moderne französische Küche«, sagte er, als wir um eine weitere Ecke bogen und das elegante Entree eines Luxusrestaurants vor uns auftauchte.

Ich erhaschte nur einen flüchtigen Blick auf den messingfarbenen ›Notenständer‹ mit der ganz in französischer Sprache abgefassten und selbstverständlich preislosen Menüfolge. Dann hatte uns schon die junge Empfangsdame gesichtet: »Mr. Reed, Mademoiselle, bienvenue à la *Petite Europe*. Ihr Tisch ist wie immer für Sie reserviert, Mr. Reed. Wenn Sie mir bitte folgen mögen.«

Wir gingen durch einen Saal mit herrlich hohen, holzvertäfelten Wänden, vorbei an kunstvoll gedeckten runden Tischen mit bodenlangen Tischdecken, an denen Geschäftsleute und vornehm gekleidete Paare speisten und sich in gedämpfter Lautstärke unterhielten. Dann folgten wir ihr in einen zweiten, kleineren Raum, und als ich die riesigen bleiverzierten Rundbogenfenster sah, wusste ich, welches Ian Reeds Stammplatz sein musste. Hier am Fenster, etwas abseits vom Trubel des übrigen Hotel- und Restaurantbetriebs hatte man nicht nur einen fabelhaften Blick auf die traumhafte Terrasse, sondern man konnte durch die große, offen stehende Rundbogentür auch das ganze Restaurant sehen.

Ganz Gentleman schob mir Ian Reed den samtbezogenen Louisquinze-Sessel hin, ehe er an meiner Seite Platz nahm.

»Ich werde Monsieur Lezard informieren, dass Sie hier sind«, sagte die junge Frau, nachdem sie die Tischkerze angezündet hatte.

Ich bewunderte das kunstvolle, in einer antiken silbernen Schale arrangierte Blumenbouquet aus weißen Rosen und Hortensien, wobei mir nicht entging, dass die Komposition auf unserem Tisch noch eine Nuance prachtvoller und ausgefallener war als die Gestecke auf den übrigen Tischen.

»Ein wirklich beeindruckendes Ambiente«, sagte ich und registrierte dabei das sterlingsilberne Besteck und das vor jedem von uns aufgebaute Ensemble von Versace-Gläsern.

Ian Reed lächelte leicht.

»Nicht halb so eindrucksvoll wie meine Begleitung am heutigen Abend«, entgegnete er mit dieser wunderbar feinherben Stimme, und seine Worte ließen mich augenblicklich erröten. Warum klang das aus seinem Mund kein bisschen kitschig?

Dann erschien ein Mann mit einer fast absurd hohen Kochmütze auf dem Kopf in der Tür. Der Küchenchef höchstpersönlich.

Monsieur Lezard entpuppte sich als ein Freund von Ian Reed, sofern Ian Reed so etwas wie Freunde besaß. Zumindest duzten sich die beiden, und von den Menschen, die ich am heutigen Tag im Umgang mit Ian Reed erlebt hatte, schien er mir am unbefangensten und natürlichsten. Und er schien überrascht, mich in seiner Begleitung zu sehen; ob positiv oder negativ vermochte ich nicht zu sagen.

»Gibt es etwas, das Sie nicht essen?«, wandte sich Ian Reed an mich.

»Ich esse nicht so gern Fleisch«, gestand ich. »Aber ...«

Ich wollte hinzufügen, dass ich nicht streng vegetarisch lebte und man sich meinetwegen keine Umstände machen müsse, doch Ian Reed fiel mir ins Wort.

»*Très bien*. Dann bring uns bitte ein Dutzend Austern und anschließend das Übliche. Zweimal. Merci, Jacques.«

Der Küchenchef nickte beflissen, wobei sein schwierig zu deutender Blick einen Moment lang bei mir verharrte, ehe er uns allein ließ.

Mein fragender Gesichtsausdruck jedenfalls war offenbar eindeutig genug, um Ian Reed eine Erklärung zu entlocken.

»Auch ich ernähre mich nach Möglichkeit fleischlos. Das Menü, das man uns servieren wird, hat man speziell für mich zusammengestellt. Ich hoffe, Sie werden meinen Geschmack teilen.«

Ich lächelte, doch gleichzeitig spürte ich, wie sich meine verräterischen Lippen leicht kräuselten.

Die wenigsten Menschen hätten auf diese winzige Mimik geachtet, Ian Reeds Reaktion hingegen folgte prompt: »Habe ich Ihr Missfallen erregt, Frau Dr. Lauenstein?«

»Nein, es ist nur …«, stotterte ich ertappt, doch er unterbrach mich, indem er an meiner statt den Satz beendete.

»Sie sind es nicht gewohnt, dass man Entscheidungen für Sie trifft. Es irritiert Sie, dass ich die Bestellung aufgegeben habe, ohne nach Ihren Wünschen zu fragen. Das empfinden Sie als anmaßend.« Er fixierte mich streng mit seinen silberblau schimmernden Augen, und dieser Blick ließ mich frösteln. Mit einem Mal fühlte ich mich unwohl in meiner Haut.

»Nun, ich hätte es nicht so drastisch ausgedrückt und auch nicht so empfunden, aber es geht in die richtige Richtung«, entgegnete ich, um einen neutralen Tonfall bemüht.

Jetzt kräuselte er die Lippen. »Das kann ich sogar verstehen«, sagte er nachdenklich. »Und doch muss ich Ihnen sagen, dass Sie sich wohl daran werden gewöhnen müssen.«

»Gewöhnen?« Ich runzelte die Stirn.

»Entscheidungen zu treffen liegt in meiner Natur, Frau Dr. Lauenstein. Ich kann nicht anders.«

»Das mag im Hinblick auf Ihren beispiellosen unternehmerischen Erfolg ein vorteilhafter Wesenszug sein. Im privaten Bereich erscheint mir eine solche Haltung jedoch durchaus problematisch.«

Als er schwieg und sein Blick an mir vorbei in die unbekannte Ferne der lang gestreckten Raumflucht wanderte, fügte ich kleinlaut hinzu: »Verzeihen Sie mir meine offenen Worte. Das stand mir nicht zu.«

»Aber nein.« Er schüttelte den Kopf. »Selbstverständlich steht Ihnen das zu. Mehr noch, Sie haben vermutlich ganz recht mit Ihrer Einschätzung. Das ist heute im Übrigen schon das zweite Mal, dass Sie mich mit einer Wahrheit konfrontieren, die mir selbst nur allzu bewusst ist, die aber niemand in meinem Umfeld jemals auszusprechen wagt. Ich bin kontrollsüchtig und ich neige dazu, meine Mitmenschen zu bevormunden.«

Er lächelte ein freudloses Lächeln.

»Ich kann mich nur nochmals bei Ihnen entschuldigen, Mr. Reed. Es liegt mir gänzlich fern, mir ein Urteil über Ihre Person zu bilden. Ich kenne Sie ja kaum. Und ganz gewiss wollte ich Sie nicht beleidigen.«

»Das haben Sie nicht«, sagte er noch, ehe Jacques Lezard zusammen mit einem schlaksigen Kellner mit bodenlanger Schürze an unserem Tisch erschien.

»Zu den Belon-Austern empfehle ich diesen Muscadet Sèvre et Maine sur Lie vom Château du Poyet«, erklärte der Küchenchef.

»Für mich bitte ein stilles Mineralwasser«, sagte ich.

Und auf Ian Reeds irritierten Blick hin ergänzte ich entschuldigend: »Ich bin mit dem Auto hier.«

»Deshalb hatte ich ja angeboten, Ihnen einen Wagen zu schicken«, entgegnete er überheblich. »Nun, auch das lässt sich regeln, Frau Dr. Lauenstein. Wir bleiben jedenfalls bei deiner vorzüglichen Weinfolge, Jacques.«

Auf die Austern folgten noch sieben weitere Gänge, wie es sich für ein klassisches französisches Menü gehörte, sowie sieben unterschiedliche Weine, die mir trotz der sparsamen Einzelmengen spürbar zu Kopf stiegen.

Ich hatte bis zum heutigen Tag nicht geahnt, wie vielseitig und abwechslungsreich die vegetarische Haute Cuisine sein konnte, und abgesehen vom Kaviar im zweiten Gang, den ich verschmähte, schmeckte alles ganz vorzüglich, auch wenn ich stellenweise nicht genau wusste, was ich da eigentlich aß.

»Wie ich sehen kann, hat mir der Erfolg wieder einmal recht gegeben«, verkündete Ian Reed mit einem gewinnenden Lächeln, während ich den letzten Löffel des göttlichen Limetten-Sorbets auf meiner Zunge zergehen ließ.

»Ich gebe zu, Sie haben eine vorzügliche und sehr stimmige Wahl getroffen.«

»Aus Ihrem hübschen Mund, hinter dem sich ein derart kritischer Geist verbirgt, ehrt mich dieses Lob ganz besonders.«

Dann sah er auf seine *Omega*.

»Ich schlage vor, wir wechseln hinüber in die Hemingway-Bar. Dort geht es weniger steif zu und man kann den Abend bei einem Drink und guter Jazzmusik ausklingen lassen.«

Auch ich warf einen schnellen Blick auf meine Uhr.

»Es ist gleich Mitternacht. Ich denke, ich sollte jetzt gehen, Mr. Reed.«

»Fünf Minuten nach halb zwölf, um genau zu sein, Frau Dr. Lauenstein. Und nicht zu vergessen, die fünf Minuten Verspätung, mit denen Sie hier im Hotel eingetroffen sind. Vergessen Sie nicht, dass Sie hier sind, um eine Schuld zu begleichen.«

Er hob beide Brauen und seine graublauen Augen schillerten diabolisch, wenn seine strenge Miene auch nicht ganz frei von Ironie war.

»Ich erwarte, dass Sie mir noch bis Mitternacht Gesellschaft leisten. Danach steht es Ihnen frei, zu gehen oder noch zu bleiben. Oder sind Sie meiner schon derart überdrüssig?«

»Sie wissen ganz genau, dass es so nicht gemeint war, Mr. Reed. Ich schätze Ihre Gesellschaft und die geistreiche Konversation mit Ihnen sehr«, entgegnete ich wahrheitsgetreu, und wieder einmal hatte er mich dazu gebracht, mich vor ihm zu rechtfertigen.

Erneut bot er mir wie selbstverständlich seinen Arm, und diesmal ließ ich diese charmante Geste zu, ohne zu zögern.

So, Sie schätzen also die *geistreiche Konversation* mit mir, Frau Dr. Lauenstein«, griff er unser Gespräch mit leicht sarkastischem Tonfall wieder auf, nachdem wir in einer gemütlichen Nische der ebenso atmosphärischen wie detailverliebt möblierten Bar Platz genommen hatten.

»Ja, genau das sagte ich, Mr. Reed«, erwiderte ich leichthin, während ich mich umsah. Ich mochte dieses nostalgische Ambiente, das warme, schummrige Licht, die hochglanzpolierten, cognacfarbenen Holzvertäfelungen, die wuchtigen englischen Klubsessel und die spiegelverglaste Theke mit ihren unzähligen Spirituosen.

Und da war auch Sam wieder.

»Für die Dame bitte einen Singapore Sling. Für mich nur einen doppelten Espresso.«

»Möchten Sie mich gern betrunken sehen, Mr. Reed?«, fragte ich frei heraus, nachdem Sam uns den Rücken gekehrt hatte.

»Ich muss gestehen, das wäre eine durchaus reizvolle Vorstellung. Aber vorerst sind Sie mir bei klarem Verstand lieber, Frau Dr. Lauenstein.«

»*Vorerst*«, wiederholte ich stirnrunzelnd und mit gekräuselten Lippen, ehe ich dankend meinen Drink entgegennahm.

»Was genau ist das?«, fragte ich und betrachtete den grellroten Cocktail mit der aufwendig gestalteten Ananas-Deko am Rand.

»Der Singapore Sling ist ein Klassiker auf Basis von Gin, Kirschlikör, Triple Sec und Bénédictine«, erläuterte Ian Reed beflissen. »Ich bin überzeugt, er wird Ihnen schmecken.«

Versuchsweise nippte ich an dem exotischen Mixgetränk, tat mich jedoch ein bisschen schwer mit dem überbreiten Strohhalm.

»Mhm.«

»Ich wusste, dass er Ihren Geschmack trifft. Und ich hatte auf diesen wundervollen Anblick gehofft.«

Ich hob fragend beide Augenbrauen.

»Wie sich Ihre Lippen um den Trinkhalm schließen, die An- und Entspannung Ihrer Wangenmuskulatur, wenn Sie die Flüssigkeit ansaugen. Das ist sehr sinnlich.«

Seine Stimme klang rau und unglaublich sexy.

Ich lächelte verlegen, und vermutlich wurde ich sogar ein wenig rot.

Ian Reed hatte mich zum Dinner in sein sündhaft teures Hotel eingeladen. Was hatte ich geglaubt, was er sich davon versprach? Nur einen netten Plausch unter Kunstfreunden? Wohl kaum. Natürlich hatte er mehr im Sinn. Ich konnte mir zwar nicht erklären, warum seine Wahl ausgerechnet auf mich gefallen war, aber seine Absichten waren ganz plötzlich mit Händen zu greifen. Warum hatte ich heute Nachmittag nicht einen einzigen Gedanken an diese Frage verschwendet? Weil ich dann ganz sicher nicht hergekommen wäre. Die bewährte Verdrängungstaktik à la Lauenstein. Glückwunsch, Ann-Sophie.

»Sinnlich und gefährlich«, fügte er kryptisch hinzu, und der Blick, mit dem er mich durch seine silbrig-blauen Augen ansah, ließ mich erschauern. Wie konnte cin Blick voller Begehren derart kühl und überlegen wirken? Und doch berührte gerade diese Ambivalenz etwas tief in mir.

»Gefährlich für Sie oder für mich?«, fragte ich, um einen abgeklärten Tonfall bemüht, und zwang mich zu einem ebenso neutralen Lächeln.

»Ich fürchte für uns beide, Ann-Sophie. Ich darf Sie doch so nennen?«

Ich nickte irritiert. Wie melodisch und verheißungsvoll mein Name aus seinem Mund klang.

»Wie meinen Sie das, Mr. Reed?«

»Ian. Gefährlich für Sie, weil Sie meine Spielregeln nicht kennen. Gefährlich für mich, weil ich mich auf dünnem Eis bewege.«

»Ich fürchte, ich verstehe nicht, was Sie meinen, Ian.«

»Nein, Ann-Sophie. Wie sollten Sie auch.«

Er lächelte ein melancholisches Lächeln, doch um seine Mundwinkel spielte zugleich ein harter Zug.

»Ich hätte Sie nicht hierherbestellen dürfen. Das tut mir leid.«

Sein hübsches Gesicht wirkte plötzlich gequält und mit einem Schlag um mehrere Jahre gealtert. Mit einem Mal sah er aus wie ein Mann, der eine schwere Bürde zu tragen hatte. Er leerte das Wasserglas, das ihm Sam zu seinem Espresso gereicht hatte, mit einem Zug.

»Sie sind ein rätselhafter Mann, Ian Reed, aber das entspricht wohl auch dem Bild, das Sie vermitteln wollen. Ich halte es für das Beste, wenn ich jetzt gehe.«

Ich erhob mich und wollte ihm zum Abschied und zum Dank die Hand reichen. Doch stattdessen stieß ich mit dem Handgelenk gegen mein halb geleertes Cocktail-Glas, dessen Inhalt sich augenblicklich über den Tisch und über Ian Reeds Hose ergoss.

»Oje, das tut mir leid«, brachte ich hervor.

Das tat es wirklich, doch sein völlig entsetzter Gesichtsausdruck brachte mich unweigerlich zum Grinsen.

Er erhob sich mit einem theatralisch strafenden, tadelnden Blick.

»Ach, Sie finden das auch noch komisch?«, blaffte er durch halb zusammengebissene Zähne, und sein Tonfall war so schneidend, dass ich das Grinsen augenblicklich einstellte.

»Nein, verzeihen Sie. Selbstverständlich werde ich für die Reinigung aufkommen«, beeilte ich mich zu erklären und dabei eine möglichst betretene Miene aufzusetzen.

»Ich fürchte, das wird mir nicht genügen«, knurrte er.

Jetzt begann mir die Situation wirklich unangenehm zu werden. Natürlich war dieses Malheur ärgerlich, insbesondere bei einem Hedi-Slimane-Anzug. Aber dennoch hatte ich erwartet, dass ein milliardenschwerer Unternehmer wie Ian Reed ein wenig mehr über solchen Dingen stehen würde und sich seinen Ärger zumindest nicht so deutlich würde anmerken lassen.

Doch da hatte ich mich offenbar gehörig getäuscht.

Er ergriff meine Hand auf eine resolute und nicht allzu galante Weise und führte, besser zog mich zum Ausgang der Bar und von dort zu den drei Aufzügen direkt gegenüber.

Endlich fand ich meine Stimme wieder, um zu protestieren.

»Bei allem Respekt, ich muss sagen, ich finde Ihr Verhalten ziemlich befremdlich und übertrieben. Wo wollen Sie überhaupt mit mir hin, Ian? Schicken Sie mir die Reinigungsrechnung, aber ...«

Weiter kam ich nicht, denn in diesem Augenblick öffnete sich die Tür des mittleren Aufzugs, und nachdem er sich mit einem kurzen Blick überzeugt hatte, dass die Kabine leer war, stieß er mich förmlich hinein.

»Die Hose ist mir vollkommen gleichgültig, Ann-Sophie«, knurrte er, während er mich gegen die spiegelverglaste Rückwand schob und die Tür sich hinter uns schloss.

Ich schnappte nach Luft, als mir die Intimität dieser Situation bewusst wurde. Mit diesem verboten attraktiven, unberechenbaren Mann hier drin eingeschlossen zu sein war so ziemlich das Aufregendste und Erotischste, das ich mir vorstellen konnte.

Plötzlich war er ganz nah und ich nahm seinen betörenden Duft wahr – herb und männlich mit einem edlen Hauch *Floris*.

Mein Herz raste und mein Puls pochte hämmernd in meinem Hals, als Ian seine Hände kraftvoll links und rechts von meinem Kopf gegen den Spiegel stemmte und mich zwischen sich und der Glaswand gefangen hielt.

Dann senkte er seine Lippen auf meine, wobei diese fein geschnittenen, sinnlichen Lippen überraschend roh und unnachgiebig agierten. Gierig zwang er meinen Mund auf, und atemlos ließ ich ihn gewähren. Der Kuss, der nun folgte, stellte alles bisher Erlebte in den Schatten. Das war kein Kuss, das war eine Urgewalt, die da über mich hereinbrach; ursprünglich, besitzergreifend, elementar.

Dann hielt der Aufzug, und ehe ich begriff, wie mir geschah, zerrte er mich den Korridor entlang, bis er vor der Tür mit dem goldenen Türschild *Präsidentensuite* stehen blieb.

Ohne mich loszulassen, zog er seine Magnetkarte aus der Jacketttasche und stieß mit dem Ellbogen die Tür auf.

Mir blieb keine Zeit, die weitläufigen Räumlichkeiten und den Luxus zu bestaunen, der mich hier umgab, denn Ian warf sein Sakko achtlos zu Boden und drängte mich ohne Umschweife rücklings gegen die Wand im Flur, um mich erneut auf diese unnachgiebige Weise zu küssen.

Ich kann nicht sagen, welche vielfältigen Empfindungen mich in diesem Moment durchströmten, aber sie alle sammelten sich heiß und verlangend in meiner Mitte. Ich begehrte Ian Reed wie keinen Mann vor ihm.

Seine sinnlichen Lippen wanderten an meinem Hals hinab und versengten die Mulde meines Schlüsselbeins, mein Dekolleté, die weiche Haut entlang meines Ausschnitts. Jeder einzelne dieser mal samtig weichen, mal ungemein rohen Küsse hallte in meinem Inneren wider und erzeugte ein Feuer, wie ich es noch nie zuvor erlebt hatte. Ich stand lichterloh in Flammen. Noch niemals hatte mich ein Mann auf so leidenschaftliche, ungestüme Weise geküsst und noch nie war ich so bedingungslos bereit gewesen, mich hinzugeben.

Ian ging vor mir in die Knie und ich sah auf seine verwuschelten Haare hinab, während seine makellosen Hände meine Beine liebkosten und mir dann brüsk das Kleid über die Hüften schoben.

Für einen kurzen Augenblick wurde mir bewusst, was ich hier eigentlich tat. Ich hatte mich noch niemals auf eine solche Weise von einem Mann nehmen lassen. Wir würden es im Stehen tun; wie ein Flittchen gegen die Wand gelehnt, noch halb angezogen, wie eine Hure.

Er sah mit fiebrig glänzenden Augen zu mir auf und schien diesen Moment des Unbehagens in meinem Blick zu sehen, denn plötzlich wurden seine Berührungen wieder sanfter. Behutsam drängte er meine Schenkel auseinander, war mit seinem Kopf zwischen meinen Beinen und bedeckte die Innenseiten meiner Schenkel mit unzähligen samtigen Küssen, ehe er mir das Spitzenhöschen auszog und ich es achtlos mit dem Fuß wegtrat.

Die Kühle an meinem entblößten, erhitzten Schoß erregte mich, und ich spürte plötzlich die heftige Feuchte zwischen meinen Beinen, während Ian sich wieder erhob.

»Nimmst du die Pille?« Seine Stimme klang kehlig und unheimlich sexy.

Ich nickte atemlos.

Ja, ich wollte diesen Mann. Ohne jeden Zweifel. Hier und jetzt und ganz gleich, wie verrucht es auch sein mochte.

Ian erstickte meine Gedanken mit einem erneuten fordernden Kuss, während er an seiner Hose nestelte und mich im nächsten Moment an den Hüften emporhob.

Und dann war er in mir. Ich stöhnte laut in seinen Mund, in einer wilden Mischung aus Schreck, Schmerz und höchster Erregung. Er war so unglaublich groß. Er dehnte mich bis an die Schmerzgrenze, füllte mich so vollkommen aus, dass ich glaubte, dieses wunderbare, quälende, unvergleichliche Gefühl keine Sekunde länger zu ertragen. Doch ich ertrug es und ich genoss es. Er ließ mir einen Moment Zeit, mich an ihn zu gewöhnen, dann begann er, sich in mir zu bewegen. Und wie er sich bewegte. Ich hätte es nicht für möglich gehalten, dass ein Mann zu solchen Stößen fähig sein könnte. Meine bebenden Schenkel suchten Halt um seine schmalen Hüften, meine Hände krallten sich in seinen Nacken, während er sich immer wieder aufs Neue so unglaublich tief und erbarmungslos hart in mich rammte.

Wie eine Ertrinkende hing ich an ihm, wurde zwischen ihm und der Wand aufgerieben, glaubte, es nicht mehr auszuhalten, und gierte doch nach noch mehr. Keuchend und wimmernd ließ ich mich von ihm an den Rand der Besinnungslosigkeit treiben, erduldete und genoss seine unbändige Kraft, mit der er in mir wütete. Wie in Trance spürte ich das Herannahen dieses elementaren inneren Zitterns, das mich überrollte, über mich hinwegbrandete wie eine gigantische Welle und sich in der Kontraktion all meiner inneren Muskeln Bahn brach.

Jetzt stöhnte auch Ian und trieb sich mit einem letzten gnadenlosen Stoß in mich, ehe wir gemeinsam kamen und er sich wie eine Naturgewalt in mir entlud.

Er blieb noch einen Augenblick in mir und küsste mich zärtlich, ehe er mich behutsam hinunterließ. Kraftlos ließ ich mich an der Wand zu Boden sinken und raffte mein Kleid um meine Beine, die wie Espenlaub zitterten.

»Alles in Ordnung?«, fragte er sanft, während er routiniert seine Kleider ordnete.

Als er keine Antwort von mir erhielt, blickte er mir tief in die Augen, schien darin lesen zu wollen, wie es mir ging.

Ich schloss die Augen und nickte.

Dann streckte auch ich die Hand nach meinem Slip aus, doch Ian trat dazwischen.

»Den wirst du heute Nacht nicht mehr brauchen«, sagte er mit einem spöttischen Lächeln und einer Stimme, die noch immer unglaublich rau klang.

Ich errötete, ließ mich aber nicht beirren und hielt seinem tadelnden Blick stand, während ich mich wieder halbwegs herrichtete.

Ich glaubte, er würde sich neben mir niederlassen, doch er bückte sich, um mich aufzuheben. Er lud mich auf seine Arme und trug mich ohne erkennbare Anstrengung in das herrschaftliche Wohnzimmer seiner Suite, wo er mich vorsichtig auf dem riesigen elfenbeinfarbenen Sofa ablegte und meine Füße auf seine Knie bettete.

Mit geübten Griffen öffnete er die Schnallen meiner hohen Sandaletten und begann dann gekonnt, meine Füße zu massieren. Er knetete meine Fußsohlen, ließ seine langen Finger über meinen Spann wandern und liebkoste meine Waden und Schienbeine. Es war himmlisch.

»Wie viele Frauen hast du auf diese Weise bereits in deine Suite gelockt, Ian?«, fragte ich und dachte an den Wein, die Bar, die Szene mit dem Cocktail.

Er hielt in seinem Tun inne.

»Ein solcher Aufwand war bisher nie nötig, Ann-Sophie. Denn gewöhnlich zahle ich für entsprechende Gesellschaft.«

Ich lächelte unsicher, denn ich hielt diese Worte für einen Scherz, doch er blieb ganz ernst.

»Du hast erlebt, wie ich bin.«

Ich war wie vor den Kopf gestoßen und wusste nicht, was ich darauf hätte entgegnen sollen. Meine Gedanken waren noch immer bei der Vorstellung, dass ein Mann, der so attraktiv, charismatisch und wohlhabend war wie Ian Reed, ein Mann, der so ziemlich jede Frau der Welt haben konnte, die Dienste von Prostituierten in Anspruch nahm.

Wieder begann er, zärtlich meine Beine zu streicheln.

»Du bist eine wunderschöne, begehrenswerte Frau, Ann-Sophie Lauenstein. Du hast hinreißende Beine und eine unglaublich zarte, glatte Haut. Trotzdem solltest du wissen, dass ich Nylon bevorzuge. Halterlose oder Strapse.«

Ich sah ihn irritiert an und hob die Augenbrauen. Ein Nylon-Fetisch? Fast hätte ich erleichtert aufgelacht.

Doch dann wurde sein Griff um meine Wade fester, fast schmerzhaft fest.

»Und ich will nicht, dass du so missbilligend die Brauen hebst oder die Lippen kräuselst. Nicht, solange wir intim miteinander sind. Hast du mich verstanden?« Um seine Mundwinkel spielte ein harter Zug und sein Tonfall klang energisch.

Langsam begann ich zu begreifen. Der harte, schweißtreibende Sex eben im Flur war nicht nur Ausdruck spontaner Begierde und überschäumender Lust gewesen. Es war seine Art von Sexualität. Ian Reed gab nicht nur im Alltag und beruflich gern den Ton an, er war auch dominant im Bett. Und obwohl ich niemals zuvor ein Verlangen nach derartigen Machtspielen verspürt hatte, erregte mich diese Vorstellung plötzlich zutiefst.

»Ich hatte dich vor mir zu warnen versucht. Ich hätte dich gehen lassen, Ann-Sophie. Aber dir musste ja unbedingt dieses Missgeschick passieren.« Er lächelte gequält und fuhr sich in einer resignierten Geste mit der Hand über sein hübsches Gesicht.

Ich streckte meine Hand nach ihm aus und strich ihm sanft eine dieser widerspenstigen Haarsträhnen aus der Stirn.

»Ich für meinen Teil bin ganz froh, dass ich dir den Singapore Sling über die Hose geschüttet habe«, sagte ich schmunzelnd. »Kaum auszudenken, was ich sonst verpasst hätte.«

Ian sah mich überrascht an.

»Es hat dir also gefallen?«, fragte er verblüfft und ohne eine Spur der überheblichen Selbstsicherheit, die er üblicherweise zur Schau trug.

»Ich hatte eigentlich angenommen, das wäre offensichtlich gewesen.«

»Dein Körper hat mit Verlangen reagiert, Ann-Sophie. Das ist mir nicht entgangen. Worum ich mir eher Sorgen mache, ist deine charakterstarke Persönlichkeit. Meine Bettgefährtinnen waren bisher nie Frauen von deiner Art.«

»Frauen von meiner Art?« Ich hob skeptisch die Augenbrauen, denn die Formulierung implizierte, dass er mich in eine bestimmte Schublade einsortiert hatte.

»Ich habe registriert, was du gerade wieder mit deinen Brauen gemacht hast«, entgegnete er drohend, ehe er fortfuhr: »Ich meine, Frauen von deinem Format, von deiner Klasse, deinem Standing, deinem Intellekt. Ich bin gewohnt, dass die Frauen in meinem Bett tun, was ich von ihnen erwarte und verlange.«

Ich räusperte mich und kräuselte die Lippen, wohl wissend, dass es ihm auffallen würde.

Er sah mich missbilligend an, sagte aber nichts dazu, sondern beeilte sich zu erklären: »Versteh mich nicht falsch, Ann-Sophie. Ich bin kein Chauvinist. Ich schätze starke, kluge Frauen. Viele meiner Hotels werden von Frauen geführt. Aber beim Sex liegen die Dinge anders. Meine Gespielinnen sind devot, demütig und unterwerfen sich meinem Willen.«

Ich schluckte.

»Nun, ich bin keine deiner *Gespielinnen*, Ian Reed. Und ich bin nicht devot oder demütig. Aber ich schätze die geistreiche Konversation mit dir.«

Wir mussten beide lachen, ehe ich ernster ergänzte: »Und ich bin wirklich gern mit dir zusammen.«

Ian beugte sich über mich, um mich zu küssen. Und diesmal war sein Kuss liebevoll und ungemein zärtlich.

»Ich bin auch gern mit dir zusammen, Ann-Sophie Lauenstein. Und ich bin froh, dass du keine von diesen Frauen bist. Ich habe dich über die Puppe sprechen hören, und es war, als hätte ich sie selbst zum allerersten Mal gesehen. Und dann sah ich dich. Eine Kunstwissenschaftlerin, wie sie sich Hollywood nicht begehrenswerter ausdenken könnte. Ich musste dich einfach kennenlernen, auch wenn es bedeutete, gegen all meine ureigenen Grundsätze zu verstoßen.«

»Welche Grundsätze, Ian?«

Er lachte jungenhaft.

»Ich fürchte, es sind so viele, dass ich sie gar nicht alle aufzählen kann. Zunächst und vor allem, dich gegen jede Vernunft hierherzubringen und mich dir zu offenbaren, dich mit meinen Neigungen zu konfrontieren. Eine unbescholtene Geisteswissenschaftlerin, die ich nicht für ihr Schweigen bezahlt habe. Das war im höchsten Maße fahrlässig und die Tat eines vernarrten Dilettanten.«

»Dass du in mich vernarrt bist, gefällt mir. Für einen Dilettanten halte ich dich nicht.«

»Aber genau das bin ich, Ann-Sophie. Ich habe keine Ahnung, wie ich mit dieser Situation umgehen soll. Wie ich mit *dir* umgehen soll. Das Zwischenmenschliche ist nicht gerade meine Stärke. Vermutlich war es schon mein erster großer Fehler, so mit der Tür ins Haus zu fallen. Ich fürchte, ich habe dich gehörig verschreckt.«

»Nur ein bisschen.« Ich lächelte tapfer. »Aber ich bin froh darüber, dass du mit offenen Karten spielst und mir deutlich gemacht hast, woran ich bei dir bin.«

»Wenn du dich jetzt schaudernd von mir abwendest und die Flucht ergreifst, kann ich das verstehen.« Er schluckte schwer. »Möchtest du, dass ich dir einen Wagen rufe?«

Seine Stimme klang eigenartig fremd und kraftlos, seine graublauen Augen wirkten niedergeschlagen und hatten allen Glanz verloren.

»Nein.« Ich schüttelte langsam den Kopf. »Ich möchte lieber noch bei dir bleiben, Ian.«

Dieses kleine, feine Lächeln spielte um seine Mundwinkel.

»Das hatte ich nicht zu hoffen gewagt.« Er wirkte erleichtert.

Dann griff er zum Telefonhörer und orderte Wein, Wasser, Käse und Obst.

Ich nutzte die Gelegenheit, um die Toilette aufzusuchen und mich etwas frisch zu machen. Die Suite war noch gigantischer, als ich sie mir vorgestellt hatte, und das spektakuläre marmorne Badezimmer mit Whirlpool, Fernseher und Sauna wirklich beeindruckend. Ich warf einen prüfenden Blick in den monströsen Facettenschliff-Spiegel, wobei mir die schwarzmarmorne Ablage hinter den Waschbecken ins Auge fiel.

Selbst wenn ich nur eine Nacht in einem Hotelzimmer verbrachte, stand eine solche Ablage sofort rappelvoll mit meinen persönlichen Badutensilien. In Ian Reeds Suite standen dort genau ein Flacon von *Floris*, einer von *Creed*, dazu eine elektrische Zahnbürste und das Übliche vom Hotel gestellte Körbchen mit Pflegeprodukten. Sonst nichts.

Ich kehrte ins Wohnzimmer zurück und sah, dass Ian telefonierte. Er sprach lupenreines Französisch, und ich konnte seinen knappen Gesprächsfetzen entnehmen, dass es um Marokko ging und um Terminabsprachen. Dann klingelte der Zimmerservice und Ian öffnete, noch immer mit dem Smartphone am Ohr.

Er bedeutete dem jungen Mann, den Wein zu entkorken, uns einzuschenken und alles Weitere auf einem der Beistelltische zu arrangieren.

Nachdem wir wieder allein waren, naschte ich ein paar der kernlosen Trauben von der üppig dekorierten Obstschale und ließ meinen Blick durch den Raum schweifen. Auch hier war alles bis ins kleinste Detail durchkomponiert. Die hohen Fenster mit den schweren Brokatvorhängen, die edlen dunklen Hölzer, das helle Leder, die Designerlampen. Auf jedem der hochglanzpolierten Beistelltische stand eine echte Orchidee, jeweils mit weißer Blütenpracht im cremefarbenen Topf. An den Wänden hingen signierte Lithografien aus Dalís *Don Quichotte*, im Kamin prasselte ein Ethanol-Feuer.

Mein Blick fiel auf den Stapel von drei mächtigen Coffee Table Books auf dem niedrigen Couchtisch vor mir: *100 Contemporary Houses*, *Gustav Klimt – Sämtliche Gemälde* und *London – Portrait Of A City*.

»Du kräuselst schon wieder die Lippen. Was erregt dein Missfallen?«, fragte Ian sanft, als er aufgehört hatte zu telefonieren.

»Das sind nicht deine, oder?« Ich wies auf die Bücher.

»Meine sind es in gewisser Weise schon. Aber nicht im privaten Sinne.«

»Ich verstehe nicht, wie du so leben kannst. Gibt es nichts, an dem dein Herz hängt? Was ist mit Erbstücken, mit Geschenken, mit Lieblingsbüchern? Ich zum Beispiel könnte niemals ohne meine Katzen und ohne meine Bücher sein.«

Er nickte nachdenklich.

Dann plötzlich erhob er sich auf diese dynamische Weise, die ihm eigen war, und hielt mir seine Hand hin.

»Komm mit«, sagte er mit diesem jungenhaften Grinsen auf den Lippen.

Ich folgte ihm in das luxuriöse Schlafzimmer der Suite, wo er die Tür zu einem riesigen begehbaren Kleiderschrank öffnete.

Seine Garderobe war genauso übersichtlich und puristisch, wie ich sie mir vorgestellt hatte – einige weiße und wenige schwarze Hemden, ein paar T-Shirts und Anzüge. Alles war äußerst akkurat einsortiert.

Aus einem der oberen Regalböden zog er einen kleinen und sehr abgegriffenen alten Louis-Vuitton-Koffer hervor, trug ihn zum Bett und legte ihn vorsichtig, geradezu ehrfurchtsvoll auf dem ledernen Bettbänkchen ab.

»Von der Existenz und der Bedeutung dieses Koffers wissen gerade einmal drei Personen auf der Welt. Aufgerundet. Du kannst dir also etwas darauf einbilden, Ann-Sophie Lauenstein«, sagte er spöttisch lächelnd, während er an dem abgegriffenen Zahlenschloss herumhantierte.

Dann sprang der Koffer auf.

Ich weiß nicht, was ich erwartet hatte, aber sicherlich nicht das.

Vor mir ausgebreitet lag Ian Reeds Leben. Besser ausgedrückt die Relikte einer Kindheit im London der 1970er-Jahre. Ein edles reptilledernes Schmucketui, ein rot-grün-kariertes Fotoalbum, eine blaue Krümelmonster-Handpuppe, eine viel geliebte Steiff-Katze, ein fast leerer Flacon des Duftklassikers *Miss*

Dior, eine stark ramponierte Ausgabe von Eric Carles *The Very Hungry Caterpillar*, Janoschs *Onkel Poppoff kann auf Bäume fliegen* sowie einige Musikkassetten und eine Schallplatte mit englischen Kinder-Hörspielen.

Ich spürte, wie mir Tränen in die Augen traten, und zwinkerte heftig dagegen an. Der Einblick, den er mir hier bot, war so unglaublich intim und unfassbar berührend. Ein Leben, das in einen Koffer passte, von dem nur eine Handvoll Erinnerungsstücke aus den ersten Lebensjahren relevant genug waren, um aufbewahrt zu werden.

Als ich zögernd die Hand nach dem Krümelmonster ausstreckte, hätte mir Ian fast die Finger eingeklemmt, so vehement verschloss er den Koffer.

»Du hättest mir das nicht zeigen müssen«, sagte ich mit belegter Stimme und einem spürbaren Kloß im Hals.

»Doch, das musste ich. Es war mir ein Bedürfnis, Ann-Sophie. Aus unerfindlichen Gründen verspüre ich in deiner Gegenwart ständig das Bedürfnis, meine eigenen Prinzipien zu missachten.«

Ian zog mich in seine Arme und ich schmiegte den Kopf an seine Brust. Ich spürte, wie er Nase und Lippen in meinem Haar vergrub.

»Du duftest wundervoll«, sagte er, während seine Hände zärtlich über meinen Rücken wanderten und sich um meine Hüften schlossen. Dann löste er sich von mir und trat einen Schritt zurück.

»Ich möchte, dass du dich für mich ausziehst«, erklärte er mit kehliger Stimme.

Als ich ihn einen Augenblick lang irritiert ansah, wiederholte er: »Zieh dein Kleid aus, Ann-Sophie!«

Diesmal klang es wie ein Befehl. Und ohne recht zu wissen, warum, leistete ich ihm Folge.

Mit einem feinen Lächeln auf den Lippen und Augen, die wie flüssiges Metall wirkten, beobachtete er mich, schien jede einzelne meiner Regungen, jedes Detail meines Körpers zu registrieren.

»Jetzt deinen hübschen BH«, forderte er, und mit zitternden Händen erfüllte ich ihm auch diesen Wunsch.

»Und nun dein Höschen«, verlangte er mit äußerst rauer Stimme, und als ich ihm nicht gehorchte, hob er drohend eine perfekt geschwungene Augenbraue.

Was in diesem Moment in mir vorging, lässt sich nur schwerlich beschreiben. Natürlich war mir die Situation unangenehm und irgendwie peinlich. Warum ließ ich mich von diesem Mann so vorführen? Normalerweise ließ ich mir nicht einmal eine anzügliche Bemerkung gefallen. Und nun stand ich hier und es erregte mich zutiefst, wie Ian Reed mit mir umging. Dabei stand er einfach nur da, brauchte mich nicht einmal zu berühren, um mich zu entflammen. Es genügte allein seine wunderbar dunkle Stimme, und die sexuelle Spannung war mit Händen zu greifen.

»Ich sagte doch, dass du es heute Nacht nicht mehr brauchen würdest«, ergänzte er mit einem süffisanten Grinsen, als ich mich seiner Aufforderung fügte.

»Weißt du, dass du eine wunderschöne Frau bist, Ann-Sophie Lauenstein?«

Er ging langsam um mich herum, um mich von allen Seiten zu betrachten, wie wir heute Morgen die Puppe umrundet hatten. Plötzlich fühlte ich mich unwohl in meiner Haut, und Ian registrierte das sofort. Er blieb sehr dicht vor mir stehen und legte seinen langen Zeigefinger unter mein Kinn, damit ich ihm in die Augen sah.

»Du bist unbeschreiblich schön, hörst du? Kein Grund, den Blick zu senken, Ann-Sophie. Du hast allen Grund, gerade zu stehen. Dein wunderhübsches Gesicht mit dem goldenen Engelshaar hat mich gleich im ersten Moment verzückt, aber mir gefallen auch deine elfenhafte Gestalt, deine festen Brüste, deine schmale Taille, der entzückende Leberfleck auf deiner Leiste, dein hübscher Po, deine langen schlanken Beine, deine wohlgeformten Füße.«

Das Erstaunlichste war die Wirkung, die seine eindringlichen Worte auf mich hatten. Ich glaubte ihm und empfand mich in diesem Moment als genauso attraktiv und begehrenswert, wie er mich beschrieben hatte.

Dann reichte er mir erneut seine Hand und führte mich hinüber zu dem opulenten Kingsize-Bett. Es hatte etwas Feierliches an sich, keine Spur von der überstürzten Gier, mit der er vorhin im Flur über mich hergefallen war.

Ian bedeutete mir, mich hinzulegen, und ich gehorchte abermals. Am ganzen Körper bebend blickte ich zu ihm auf. Er stand vor dem Bett und sah auf mich herab. Sein Blick war zärtlich und doch voll Begehren. Er war noch komplett bekleidet, während ich vollkommen nackt vor ihm lag.

Das war befremdlich, aber es fühlte sich auch gut an, denn seine Augen gaben mir zu verstehen, dass ihm ausgesprochen gut gefiel, was er sah.

Endlich ließ er sich auf der Bettkante nieder und dann begann er, mich zu küssen und zu streicheln.

Ich wollte es ihm gleichtun, fing an, sein Hemd aufzuknöpfen, doch er drückte meine Hände zurück aufs Bett und wies mich an, stillzuhalten und zu genießen.

Seine Lippen übersäten meinen Körper mit federleichten Küssen, während seine wunderbaren Hände jeden einzelnen

Quadratzentimeter meiner Haut zu erkunden und zu liebkosen schienen. Woher wusste er so genau, wie und wo er mich zu berühren hatte? Völlig intuitiv fand er die richtigen Stellen, das richtige Maß, die perfekte Mischung aus Zartheit und Grobheit, um mich immer wieder aufs Neue in Erstaunen zu versetzen und mir die größten Wonnen zu bereiten.

Seine Haare kitzelten zwischen meinen Brüsten, und ich spürte seinen Atem an meinen Knospen, ehe er seine Lippen um meine linke Brustwarze schloss und daran zu saugen begann.

Ich gab einen Laut des Wohlbefindens von mir, als ich spürte, wie mein Körper auf seine Berührung reagierte, und Ian nahm es zum Anlass, meine andere Knospe gleichzeitig mit seinen kundigen Fingern zu verwöhnen.

Beide Brustwarzen spannten und wuchsen unter seiner zärtlichen Behandlung, bis er plötzlich gänzlich unvermittelt mit Lippen und Fingerspitzen zukniff. Ich schrie auf und er grinste mich an. Es hatte wehgetan, aber nun pochten meine erregten, dunkelroten Knospen nur umso wilder.

Seine weichen Lippen wanderten tiefer und umkreisten meinen Nabel, ehe sie sich fast schmerzhaft an ihm festsaugten. Ich stöhnte auf und wieder grinste er wissend.

Ich wollte seinen schönen Kopf zu mir hinaufziehen, um ihn zu küssen, doch er drückte meine Schultern zurück in die Kissen.

»Später, meine Schöne. Zuerst musst du lernen, stillzuhalten«, bestimmte er mit rauer Stimme.

Demonstrativ küsste er den Leberfleck auf meinem Hüftknochen, während seine Hände meine Rippenbögen liebkosten und dann den Weg zwischen meine Beine fanden.

Zärtlich, aber bestimmt schob Ian meine Schenkel auseinander, um mich an meiner empfindsamsten Stelle zu streicheln.

Sein Daumen suchte und fand meine erregte Perle, und er sah mir tief in die Augen, während er sanften Druck auf sie ausübte und dann anfing, sie kreisend zu massieren.

Wieder streckte ich meine Hände nach ihm aus, wollte ihn ebenfalls liebkosen, ihn endlich in mir spüren, doch Ian hielt umgehend in seinem Tun inne, um mich auf resolute Weise in die Kissen zurückzudrücken.

»Ich sagte *stillhalten*. Ich habe auch andere Mittel und Wege, Ann-Sophie«, drohte er mir und seine irisierenden Augen funkelten gefährlich. »Oder möchtest du, dass ich dich ans Bett fessele?«

Nein, das wollte ich nicht. Ich bemühte mich wirklich und krallte meine Finger in die Laken, doch ich konnte kaum mehr stillhalten, so sehr erregte mich die Berührung dieses einen wundervollen Fingers. Ich wand mich ekstatisch unter dieser herrlichen Behandlung und wäre beinahe allein davon gekommen, wenn Ian nicht plötzlich erneut innegehalten und ohne Vorwarnung zwei seiner verruchten Finger in meinem Schoß versenkt hätte.

Ich schrie auf, vor Überraschung und süßer Wonne, als er Zeige- und Mittelfinger in mir zu bewegen begann und das imitierte, was ich mir von seinem mächtigen Phallus ersehnte.

»Du bist wunderbar feucht und eng, Ann-Sophie«, raunte er versonnen, während er seine Finger mal schnell und heftig, mal aufreizend träge in mir bewegte.

Ich bäumte mich auf, mein Becken zuckte ihm entgegen. Ich wollte ihn endlich in mir spüren, und diesmal bekam ich ihn zu fassen. Am Hemdkragen zog ich ihn zu mir empor und dieses Mal ließ er mich gewähren. Mit bebenden Fingern zerrte ich ihm das Hemd vom Leib.

Himmel, wie schön er war! Ich kannte seine schlanke Statur, aber ich hatte keine Ahnung, wie trainiert er war. Ian Reed hatte den Körper eines Athleten, eine perfekt modellierte, unbehaarte Brust, edle, lang gestreckte Muskeln und ein äußerst ansehnliches Sixpack. Kein Wunder, dass es ihm keine Mühe bereitet hatte, mich zu tragen.

»Nicht so stürmisch. Ich sagte doch, du sollst stillhalten, Ann-Sophie!«, wies er mich nochmals zurecht, als ich mich gerade seiner Hose zuwenden wollte.

Ian umfasste meine Handgelenke mit seinen starken Händen, umgriff dann beide mit seiner linken Hand, während er mit der rechten etwas aus seiner Hosentasche fischte.

»Was hast du vor?«, fragte ich atemlos.

»Du hast es nicht anders gewollt, meine widerspenstige Schöne«, erklärte er mit einem spöttischen Lächeln auf den Lippen, als er mir breite schwarzlederne Armbänder überstreifte, deren seltsame, karabinerähnliche Anhänger im nächsten Moment ineinandergriffen.

Ungläubig betrachtete ich meine derart gefesselten Hände, die nun aneinandergehalten wurden, als wollte ich beten.

Währenddessen wandte sich Ian wieder meinem Schoß zu. Mit bestechender Langsamkeit ließ er seine Lippen über meinen rasierten Hügel wandern, und ich schnappte nach Luft.

»Spreiz deine Beine für mich, Ann-Sophie!«, forderte er streng. »Und wenn du sie nicht geöffnet lässt, habe ich auch für diesen Fall die passenden Manschetten.«

Zögernd tat ich, was er verlangt hatte, und dann war sein Kopf zwischen meinen Beinen.

Mit zärtlichen Lippen küsste er die empfindlichen Innenseiten meiner Schenkel und hauchte dann ebensolche Küsse auf meine äußeren Lippen, ehe seine sündige Zunge mich zu erkunden begann. Ich schrie wollüstig auf, als er auf diese Weise in mich drang und gleich darauf mit harten Zungenschlägen meine erregte Perle folterte.

»Bitte, Ian«, keuchte ich, als ich die süße Qual kaum mehr ertragen konnte.

Er hielt inne und sah mich an.

»Sag mir, was ich tun soll, Ann-Sophie«, forderte er mit diesem wunderbar spöttischen Timbre in der Stimme.

»Ich möchte, dass du mich endlich nimmst, Ian«, bat ich flüsternd.

»Du willst, dass ich dich ficke, Ann-Sophie?«

Ich schwieg und er versenkte erneut zwei seiner langen Finger in meinem Schoß. Er vollführte ein paar quälend langsame, müßige Stöße mit ihnen, und wieder zuckte ich ihm unkontrolliert entgegen. Im selben Moment hörte er erneut auf und seine Finger wurden zu Widerhaken in meinem Inneren.

»Sprich es aus, Ann-Sophie! Sag das vulgäre Wort!«

»Ich will, dass du mich fickst!«, brachte ich keuchend hervor.

Ian bedachte mich mit einem zufriedenen Grinsen. Im nächsten Moment befreite er meine Handgelenke und schälte sich ungeduldig aus seiner Hose.

Gütiger Gott! Ich muss zugeben, dass es mir einen leichten Angstschauer bereitete, als ich sah, was dort majestätisch zwischen seinen Beinen emporragte. Auch er war dort unten rasiert, und zwar deutlich sorgfältiger als im Gesicht, wo ihm die gräulichen Schatten eines Anderthalbtagebartes einen tendenziell verwegenen Charakter verliehen.

Doch mir blieb nicht viel Zeit für derartige Betrachtungen, denn im nächsten Moment war Ian über mir und sein Kuss löschte alle Gedanken aus. Seine schlanken Finger umspielten zärtlich die Konturen meines Gesichts, verwoben sich dann in meinem Haar, während er in einer einzigen wundervollen Bewegung in mich drang. Wieder entfuhr mir ein erregter Laut, als er sich langsam in mir zu bewegen begann. Diesmal waren es keine harten, groben Stöße, sondern bedächtige, unendlich tiefe Schübe, mit denen er mich fast um den Verstand brachte.

»Bitte, Ian«, keuchte ich abermals.

»Du willst es härter?«, fragte er mit einem diabolischen Lächeln, und im gleichen Moment änderte er das Tempo. Meine Hände krallten sich in der seidigen Haut seines Nackens fest. Ich glaube, ich biss ihm sogar in den Hals, als er in diesen atemberaubenden, heftigen Rhythmus verfiel.

»Komm jetzt mit mir!«, forderte er mit ungemein rauer Stimme, und ich spürte, wie mein williger Körper auch dieser Aufforderung Folge leistete. Ich wurde von einem gewaltigen, alles verzehrenden Orgasmus erfasst, während Ian sich tief in mir entlud.

Anschließend zog er mich sanft in seine Arme und strich mir mit zärtlichen Fingern eine Haarsträhne aus dem Gesicht.

Ich konnte kaum noch die Augen offen halten, so erschöpft war ich.

»Träume süß, meine wundervolle Ann-Sophie«, flüsterte er liebevoll, während ich mich in seine Armbeuge kuschelte. Ich wünschte mir, er würde mich ewig so halten. Dann wurde ich vom Schlaf übermannt.

Als ich am nächsten Morgen erwachte, war ich allein.

Ian Reed war verschwunden.

Zwei

Sometimes you get so lonely
Sometimes you get nowhere
I've lived all over the world
I've left every place

(David Bowie)

Ich bin bereits auf dem Weg nach Tanger.
Ich danke dir für einen wundervollen Abend, die geistreiche Konversation und eine unvergessliche Nacht,

Ian

Es war inzwischen fast zwei Wochen her, dass ich mich zu dem bisher einzigen und wohl auch letzten One-Night-Stand meines Lebens hatte verführen lassen. Ich hatte eine atemberaubende Nacht mit Ian Reed in seinem Luxushotel verbracht, eine wundervolle, kostbare Nacht, in der alles möglich schien. Doch am nächsten Morgen war ich allein gewesen. Ian Reed hatte es nicht für nötig gehalten, mich zu wecken. Auf der Suche nach ihm war ich durch seine gigantische Suite geirrt, und zuerst fiel mir gar nicht auf, dass seine wenigen Habseligkeiten verschwunden waren.

Auf dem runden Esstisch im Konferenzzimmer der Suite hatte er vom Zimmerservice ein opulentes Frühstück aufbauen lassen, in der Mitte ein üppiger Blumenstrauß in den Violetttönen meines Kleides, in dem eine Nachricht steckte. Die knappe handschriftliche Notiz, mit einem schwarzen Füllfederhalter schwungvoll in markanter Manier zu Papier gebracht, war das Verletzendste, das mir jemals widerfahren war. Er hatte mir kein einziges persönliches Wort gegönnt.

Vermutlich war er es gewohnt, dass seine Huren gingen, sobald sie ihre Aufgabe erfüllt hatten, oder sich in den frühen Morgenstunden diskret zurückzogen, bevor er erwachte.

Auch wenn er mir am Vorabend das Gefühl gegeben hatte, etwas anderes für ihn zu sein, hätte seine Botschaft nicht unmissverständlicher ausfallen können.

Als ich die Treppen vom vierten Stock aus hinunterlief und dann den Hinterausgang über die gediegene Frühstücksterrasse und durch den Hotelgarten nahm, um nicht die Schmach ertragen zu müssen, noch einmal die Lobby mit ihren aufmerksamen Rezeptionsmitarbeitern zu durchqueren, brannten mir heiße Tränen in den Augen. In diesem Moment waren es weder Tränen der Wut noch des Kummers. Es waren Tränen der Scham und der Demütigung. Wie würdelos – sich am Morgen *danach* aus dem Hotel stehlen zu müssen wie ein Groupie oder ein Flittchen.

Ich war in meinem Leben niemals das eine oder das andere gewesen, und doch hatte es Ian Reed nur eine einzige Nacht gekostet, mich dazu zu degradieren.

Natürlich klebte hinter dem Scheibenwischer meines Autos ein Strafzettel. Ich hatte ja nicht damit gerechnet, über Nacht zu bleiben.

Vor meiner Wohnungstür wartete ein weiterer Blumenstrauß auf mich, diesmal ganz ohne Text, dafür noch wuchtiger und prächtiger als der im Hotel. Ich verspürte weder die Kraft noch die Notwendigkeit, mich darüber zu wundern, dass Ian Reed meine Adresse kannte.

Einen Moment lang spielte ich mit dem Gedanken, die Blumen direkten Weges in der Biotonne zu versenken, wie es einem in Filmen zuhauf mit derart unliebsamen Präsenten demonstriert wurde. Doch dafür war der Strauß einfach zu schön und ich schlicht zu pragmatisch.

Außerdem fühlte ich mich kaum in der Lage, noch einmal die Treppe hinunterzugehen. Ich wollte nur noch die Wohnungstür hinter mir schließen, mich im Bett verkriechen, mir die Decke über den Kopf ziehen und schlafen, tief und fest und traumlos schlafen.

Filou und Coco strichen mir maunzend um die Beine, während ich mir im Flur die hohen Schuhe von den Füßen streifte, und wie in Trance folgte ich ihnen in die Küche, um ihre Näpfe zu füllen.

Ich fühlte mich so unendlich matt, als ich mein Lieblingskleid über den weißen Panton-Chair im Bad legte. Ob ich es wohl in Zukunft noch so gerne tragen würde? Vermutlich nicht. Wahrscheinlich würde die damit verbundene schöne Erinnerung an New York verblassen und die Verknüpfung mit dem bösen Erwachen nach einer wundervollen Nacht an ihre Stelle treten. Zärtlich wie zum Abschied strich ich über die Glasperlen am Saum, ehe ich fröstelnd in meine Duschwanne stieg. Und mit dem heißen Wasserstrahl kamen auch die bislang tapfer zurückgedrängten Tränen. Ich stand unter der Dusche und heulte hemmungslos wie ein Teenager.

Noch nie hatte mich ein Mann ernsthaft zum Weinen gebracht. Natürlich kannte ich das Gefühl von Liebeskummer, und wenn eine Beziehung zu Ende ging, gehörten auch Tränen dazu. Aber eigentlich war immer ich es gewesen, die den Schritt zur Trennung vollzogen hatte, in einer Phase, in der ich mich emotional schon weit genug von dem entsprechenden Partner gelöst und für den entscheidenden Schritt gewappnet hatte.

Und mit Ian Reed hatte es nicht einmal den Gedanken an eine Beziehung gegeben, nicht einmal eine Liebelei. Faktisch war es tatsächlich nichts anderes gewesen als ein One-Night-Stand, nicht mehr und nicht weniger. Und wenn ich es recht bedachte, hatte Ian mir auch mit keinem Wort Hoffnungen auf irgendetwas anderes gemacht.

Ich war dreißig Jahre alt, und auch wenn dies für mich persönlich eine völlig neue und die allererste Erfahrung dieser Art war, hätte mich das nicht derart aus der Bahn werfen dürfen.

Noch am Nachmittag zuvor war Ian Reed für mich nicht mehr als ein Name in der Presse gewesen, der Erbe eines der weltweit größten Hotelunternehmen, dessen Immobilien-Investments man unter dem Gesichtspunkt von Gentrifizierung und Luxussanierung allenfalls kritisch zu verfolgen hatte.

Nun aber lagen die Dinge anders.

Ich dachte an seine faszinierenden graublauen Augen, an seine schöne Stimme mit dem vornehmen britischen Akzent, daran, wie aufrichtig er in dieser Nacht zu mir gewesen war und wie gut und richtig es sich angefühlt hatte, mit ihm zu schlafen.

Ich fühlte den Spuren nach, die Ian auf und in meinem Körper hinterlassen hatte. Automatisch berührte ich meine Handgelenke, die ein wenig wund gescheuert waren von den ledernen Manschetten und meinen ekstatischen Befreiungsversuchen. Ich spürte noch Ians fordernde Hände, wie sie meine Hüften umfassten, meine Brüste kneteten, meinen Po streichelten. Meine Lippen waren noch geschwollen von seinen gierigen Küssen, und ich spürte das heftige Wundsein zwischen meinen Beinen.

Und dann dachte ich an den Koffer und daran, wie nahe Lust und Melancholie in dieser Nacht beieinandergelegen hatten.

In nur einer Nacht hatte ich mein Herz verloren und er hatte es mir gebrochen.

Ich weiß nicht, wie lange ich schluchzend unter der Dusche stehen blieb, aber als ich mich endlich dazu durchringen konnte, sie abzudrehen, waren meine Hände so runzelig, dass ich den Griff kaum zu fassen bekam.

Den ganzen Freitag und Samstag verkroch ich mich, wechselte nur zwischen Couch und Bett, fühlte mich matt und entsetzlich müde und benahm mich, als hätte mich die Grippe erwischt. Ich kochte mir Kräutertee statt Kaffee und schlief so viel, als hätte ich wochenlang unter Schlafentzug gelitten.

Erst am Sonntag fühlte ich mich in der Lage, auf die unzähligen Anrufe und Kurzmitteilungen zu reagieren, die mir Kiki in den zwei vorangegangenen Tagen hatte zukommen lassen. Ihr Ton war immer besorgter geworden, und so griff ich schließlich zu meinem Handy und rief sie an.

Es gelang mir, nicht allzu niedergeschlagen zu klingen, und meine späte Rückmeldung erklärte ich mit einer heftigen Migräne und einem leeren Handy-Akku.

Wir verabredeten uns für den Nachmittag in der Cafébar im Kunstverein.

Natürlich war ich wieder einmal vor Kiki am verabredeten Treffpunkt. Man konnte zwar nicht behaupten, dass ich die Pünktlichkeit in Person war, aber während meine Verspätungen meist zwischen fünf und zehn Minuten variierten, musste man bei Kiki das akademische Viertel von Vornherein einkalkulieren und je nach Wetter und Verkehr noch ein paar Minuten dazugeben.

Ich nippte an meinem Cappuccino und schaute durch eines der großen gotischen Fenster auf den verregneten Römerplatz, beobachtete die Menschen, die im Laufschritt unterwegs waren, und die Touristen, die mit verkniffenen Gesichtern und regennassen Haaren für Fotos posierten. Das triste graue Wetter an diesem Mai-Sonntag passte zu meiner Gemütslage. Überhaupt hatte sich dieser Mai bisher eher wie ein April aufgeführt, in seiner extremen Wechselhaftigkeit zwischen hochsommerlichen Temperaturen und Weltuntergangswetter mit Hagelschauern und Starkregen.

Dann bog Kikis Fahrrad um die Ecke, und statt verdrießlich dreinzuschauen wie alle anderen bei diesem Sauwetter, klopfte sie fröhlich gegen die Scheibe und winkte mir zu, ehe sie ihren Fahrradsitz mit einem Überzug wetterfest machte.

»Du weißt doch, es gibt kein schlechtes Wetter, nur falsche Kleidung«, erklärte sie im Hereinkommen, hängte ihre Jacke über den dritten Stuhl und umarmte mich, wobei ihre triefnassen Dreadlocks wie undichte Wasserhähne tropften. Kiki wickelte sich routiniert aus ihrem überlangen Selbststrickschal, und während sie sich setzte, machte ihre ansteckend fröhliche Miene einem besorgten Ausdruck Platz.

»Was war los, Ann? Ich habe mir ernsthaft Sorgen gemacht.«

»Entschuldige, das war nicht meine Absicht, Kiki. Du kennst meine Nachlässigkeit mit dem Handy-Akku. Und es ging mir einfach nicht so gut gestern.« Ich zwang mich zu einem Lächeln.

»Dir geht's auch heute nicht so gut, Ann. Du weißt, dass ich das sehe.« Ihre wachen grünen Künstleraugen waren im Analysemodus.

Dennoch machte ich eine wegwerfende Handbewegung.

»Lass uns über etwas anderes reden. Wie geht die Ausstellungsplanung voran?«

»Du weißt schon, dass du mich genau das Gleiche schon vorhin am Telefon gefragt hast?«

»Aber wir haben doch nur ganz kurz drüber gesprochen«, gab ich zerknirscht zurück.

»Ich gebe ja zu, dass ich gern über meine Arbeit mit dir rede, typisch Künstler-Narzisst eben. Aber diesmal kommt dein Ablenkungsmanöver nun wirklich zu fadenscheinig daher. Außerdem warst du erst am Mittwoch bei mir im Atelier. Ich möchte jetzt endlich erfahren, wie dein Date mit dem Milliardär war.«

»Es war ...« Ich richtete meinen Blick äußerst konzentriert auf den eingeschweißten Karamellkeks, den ich einfach nicht aus seiner Verpackung bekam.

»Interessant. Nett«, beendete ich mein primitives Satzgefüge.

»Gib mal her.« Schneller, als ich gucken konnte, hatte Kiki mir den Keks weggenommen und die Folie mit ihren kurzen Fingernägeln aufgerissen. Dann gab sie mir den ausgepackten Keks zurück.

»Und jetzt erzähl mir, wie es wirklich war, Ann. Was ist an diesem Abend passiert?«

Ich holte tief Luft.

»Ich habe dir doch erzählt, dass wir im *Grand Reed* waren. Mit Aperitif in der Lounge und einem Menü von einem französischen Sternekoch und einem Cocktail an der Bar.«

»Ann, bitte fang jetzt nicht auch noch an, mir die Speisenfolge aufzuzählen. Du benimmst dich wirklich kindisch. Wie war *er*? Was hat der Mann mit dir gemacht?«

Bei dieser Frage musste ich unweigerlich schlucken.

»Er …« Ich überlegte einen Augenblick. »Er war anders als erwartet.«

»Wie anders? Nicht wie ein aalglatter, schmieriger Großkapitalist?«

Da war sie wieder, Kiki die Kommunistin.

»Tut mir leid, Kiki. Ich kenne nicht so viele *Großkapitalisten* persönlich, um entsprechende Vergleiche anstellen zu können. Er war charmant, sehr lässig, smart, irgendwie unkonventionell, trotzdem äußerst distinguiert.«

»Und jetzt verlassen wir mal die Allgemeinplätze, Ann. Du warst mit ihm im Bett, das sehe ich dir doch an der Nasenspitze an.«

Ich hätte mich fast an meinem Cappuccino verschluckt.

»Kannst du mir verraten, woran du das jetzt wieder festgemacht hast?«, fragte ich, nachdem ich mich von dem ersten Schock erholt hatte.

»Das, mein Schatz, sieht jeder, der keine Tomaten auf den Augen hat. Du müsstest dir mal zugucken. Schon diese elende Fummelei mit dem Keks, dann das zeitschindende Cappuccino-Geschlürfe, das Fingernägel-Trommeln. Und ich setze noch einen drauf, Ann: Ich lehne mich ganz weit aus dem Fenster und mutmaße anhand deiner Gesichtsfarbe und deiner generellen Gemütsverfassung, dass es eher suboptimal gelaufen ist.«

Und dann begann ich zu schluchzen.

Einen Moment lang sagte Kiki nichts und sah mich nur verwirrt an. Dann trat die Erkenntnis in ihre grünen Augen.

»Ach herrje, du hast dich in ihn verliebt. Entschuldige, Ann. Damit hatte ich wirklich nicht gerechnet. Manchmal bin ich ein echtes Trampeltier.«

Kiki rückte ihren Stuhl näher zu meinem und nahm mich in den Arm. Ich schniefte kurz und wischte mir dann unwirsch mit dem Handrücken Augen und Wangen trocken.

Sie schob mir ihr Glas mit hausgemachter Zitronenlimonade hin.

»Trink erst mal einen Schluck. Dann putzt du dir die Nase, und wenn du so weit bist, erzählst du mir alles.«

»Okay.«

Ich erzählte ihr, wie ich mich an jenem Abend Stück für Stück in Ian Reed verliebt hatte. Ich erzählte ihr von der immensen Widersprüchlichkeit seines Wesens, von seiner imponierenden Selbstsicherheit und seinen Selbstzweifeln, was das Zwischenmenschliche anbelangte, von einem Mann, der Milliarden besaß und doch aus dem Koffer lebte, ständig unterwegs, ständig auf der Flucht, vielleicht vor sich selbst. Und ich erzählte Kiki, dass ich mit Ian den besten Sex meines Lebens gehabt hatte. Natürlich ließ ich auch einiges weg. Die Geschichte mit dem Vuitton-Koffer ebenso wie die Details mit den Huren und den Handfesseln. Und dann kam ich zu dem traurigen, demütigenden Schluss meiner Geschichte.

»Also doch ein Arschloch«, kommentierte Kiki trocken in ihrer gewohnt pragmatischen Art.

Ich zuckte mit den Achseln.

»Ich weiß, dass das jetzt hart klingt, aber was soll man von so einem Mann schon anderes erwarten? Typen wie Ian Reed schöpfen ihren immensen wirtschaftlichen Erfolg aus Rücksichtslosigkeit, Kaltschnäuzigkeit und Gewissenlosigkeit. Das sind skrupellose Egomanen, die kennen keine Moral, Ann. Wer ein so obszön großes Privatvermögen von mehreren Milliarden anhäuft, muss bereit sein, über Leichen zu gehen. Ich denke, du solltest versuchen, Ian Reed unter der Rubrik Lebenserfahrung abzuhaken. Kopf hoch, Ann. Er ist es nicht wert.«

Kiki strich mir durchs Haar und wischte mir mit dem Daumen eine letzte verirrte Träne von der Wange.

Das mit dem *Abhaken* war vermutlich ein sehr vernünftiger Rat, doch leider fiel es mir schwer, ihn zu beherzigen.

Obwohl ich als *DiMiDo*-Dozentin von Dienstag bis Donnerstag mit Seminaren, Kolloquien, Sitzungen und Sprechstunden reichlich ausgelastet war und mich an den übrigen Tagen in die Forschungsarbeit stürzte, verging nicht ein Tag, an dem ich nicht an ihn dachte, und nicht eine Nacht, in der ich nicht von ihm träumte. Dabei änderte sich mein Gemütszustand ständig. Die erträglichsten Phasen waren die, in denen ich schlicht Wut und Zorn auf Ian empfand, der mich so respektlos und unverschämt behandelt hatte. Weit weniger gut zu ertragen waren die Momente, in denen mir schmerzhaft bewusst wurde, wie tief er mich mit seinem Verhalten verletzt, gedemütigt und gekränkt hatte. Aber am unerträglichsten waren die Zeiten, in denen ich mir eingestehen musste, dass ich trotz alledem verliebt in ihn war, dass ich nur aus diesem einen Grund noch immer trauerte. So sehr ich mir auch einzureden versuchte, dass es allein mein verletzter Stolz war, wusste ich doch tief in meinem Inneren, dass es vor allem schwerer Liebeskummer war, an dem ich litt.

Ich bemühte mich redlich, Kikis Rat zu befolgen, und es gelang mir von Tag zu Tag besser, die Gedanken an Ian Reed zu verdrängen. Am Tag war es leichter, am schwierigsten war es an Abenden, an denen ich wach im Bett lag und noch nicht müde genug war, um sofort einzuschlafen. Dann kreisten meine Gedanken unermüdlich um ihn, und das Ergebnis waren wirre, mal romantische und mal albtraumhafte Traumszenarien, die allesamt gemeinsam hatten, dass ich todunglücklich aus ihnen erwachte.

Also gewöhnte ich mir eine alte Eigenart aus Studentenzeiten wieder an, die ich mir zuvor mühsam abtrainiert hatte. Ich verlegte die Arbeit an meinem Habilitationsvorhaben in die Nachtstunden, las, schrieb und recherchierte, bis mir um drei oder halb vier die Augen zufielen und ich in einen tiefen, meist traumlosen Schlaf fiel.

Geriet ich hingegen tagsüber ins Grübeln und drohte, in diese lähmende melancholische Stimmung zu verfallen, dann hielt ich mir wie ein Mantra vor Augen, was für ein übler und gänzlich verkommener Kerl Ian Reed doch war.

Wie abgestumpft und moralisch verroht musste ein Mann sein, der sein Bett ausschließlich mit Prostituierten teilte, weil er selbst dort nur Menschen um sich ertragen konnte, die sich voll und ganz seinem Willen fügten? Ian Reed war ein Mann, dessen Sucht nach Macht selbst vor dem Bett nicht haltmachte, der Frauen fesseln und dominieren musste, um seine Lust zu befriedigen. Wie armselig musste das Leben eines so krankhaften Egomanen sein, dessen Selbstliebe keinerlei Platz für private Bindungen ließ?

Ab und zu googelte ich ihn, recherchierte auf einschlägigen kapitalismuskritischen Websites und las die entsprechenden Artikel meiner favorisierten linksgeprägten Zeitungen, um dieses Bild des skrupellosen Hotelmoguls und Immobilien-Tycoons immer wieder aufs angenehmste bestätigt zu finden.

Die lobenden Feuilletonberichte und Boulevardmeldungen, die sein karitatives und kulturelles Engagement feierten, ignorierte ich dagegen. Mehr noch, ich unterstellte ihm das Anliegen, auf möglichst bequeme Weise das eigene Gewissen zu beruhigen und sich öffentlichkeitswirksam als Wohltäter und Philanthropen zu inszenieren.

So glaubte ich, einen recht praktikablen Weg gefunden zu haben, den elenden Grübeleien zu entfliehen und ein gesundes Verhältnis zu Ian Reed zu entwickeln, als eines Morgens der Paketbote bei mir klingelte und mir ein in New Orleans aufgegebenes Päckchen von Ian überreichte. Ich gestehe, dass mein Herz raste, als ich schlaftrunken meine Unterschrift auf das elektronische Pen Pad kritzelte.

Mein erster, äußerst kindischer und meinem Mantra absolut zuwiderlaufender Gedanke war: Er hat mich nicht vergessen!

Der zweite war, das Paket umgehend und unausgepackt an den Absender zurückzuschicken.

Doch wie schon im Fall der Blumen siegten meine Neugier und mein Pragmatismus. Das Porto wäre mir schlicht zu teuer gewesen, und außerdem hätte ihn die Rücksendung wohl auch kaum erreicht. Er wäre vermutlich schon längst in seinem nächsten Hotel in einem anderen Land gewesen.

Ungeduldig pulte und riss ich das Paketklebeband ab. Ein Buch. Genauer ein Ausstellungskatalog.

Habe heute die Cindy-Sherman-Schau im Contemporary Arts Center gesehen und musste an dich und deine Arbeit denken.
Ian

Wieder kein Wort zu viel. Keine Anrede, keine herzliche Floskel, keine Grüße. Aber er hatte an mich gedacht und es für nötig befunden, mir das mitzuteilen. Auch wenn die gänzlich unpersönliche, stenografisch anmutende und auf einen Briefbogen des *Grand Reed New Orleans* vermerkte Notiz einen schalen Beigeschmack verursachte, freute ich mich über den frisch erschienenen Katalog, den ich mir anderenfalls hätte über den

US-amerikanischen Buchhandel bestellen und entsprechend lange auf die Lieferung warten müssen. Cindy Shermans Fotoserien, in denen sich die Künstlerin meist kostümiert und bis zur Unkenntlichkeit verfremdet in unzähligen Rollenbildern und Geschlechterklischees selbst inszenierte, sollte ein ganzes Kapitel meiner Habilitationsschrift gewidmet werden.

Was Ian Reed betraf, so war es ihm gelungen, dass ich wieder vermehrt an ihn dachte. Es hatte eine weitere Verknüpfung in meinem Kopf stattgefunden. Während mein Lieblingskleid auf schmerzliche Weise mit jener Nacht verlinkt war und ich jedes Mal, wenn ich den Namen Hans Bellmer las, unweigerlich an unsere erste Begegnung denken musste, hatte nun auch Cindy Sherman eine solche Verbindung zu Ian erhalten. Sobald ich den Katalog zur Hand nahm oder mich anderweitig mit Shermans Arbeit befasste, sprangen meine Gedanken zuerst zu ihm, und dann spürte ich, dass es trotz aller Bemühungen noch immer wehtat.

Konnte ein Mann, der die Ausstellung dieser begnadeten Künstlerin besuchte und mir diesen heiß ersehnten Katalog schickte, wirklich ein so schlechter Mensch sein? Natürlich konnte er. Aber das war eben nur die halbe Wahrheit. Unbestreitbar war er auch der eloquente, kunstsinnige Traummann, dessen Charme ich auf den ersten Blick erlegen war.

Eine Woche später steckte eine in Italien abgestempelte Kunstpostkarte in meinem Briefkasten.

Sah dieses Selbstporträt von Wanda Wulz und musste schon wieder an dich denken. Verzeih diese sentimentale Anwandlung,
Ian

Ich drehte die Karte um und betrachtete das schwarz-weiße Fotoporträt noch einmal eingehender. Es handelte sich um eine experimentelle Montage-Fotografie aus den 1930er-Jahren, bei der das Gesicht der Künstlerin von dem Kopf einer Katze überlagert wurde und förmlich mit diesem verschmolz. Ich muss zugeben, dass mir diese vom Surrealismus geprägte Metamorphose zwischen Frau und Katze sehr imponierte. Wanda Wulz schaute mit dem divenhaften Selbstbewusstsein der Femme fatale ihrer Zeit geradewegs in die eigene Kamera, ein magisch-mythisches Mischwesen, das die intellektuelle Kultur der weiblichen Kunstschaffenden mit der sinnlich-gefährlichen Naturhaftigkeit der Katze zu verbinden wusste.

So also sah mich Ian Reed. Das war in der Tat weit mehr, als ich zu hoffen gewagt hatte. Schließlich hätte er mir auch eine Karte mit einer Fotografie von Helmut Newton oder Man Ray schicken können, in denen die Frauen zu Fetischobjekten männlicher Begierde degradiert wurden, um mir zu verdeutlichen, wo mein Platz in seiner Vorstellung war.

Dann kam der Donnerstagabend, an dem ich im Rahmen einer interdisziplinären Vorlesungsreihe zur Gender-Forschung mit dem Leittitel *Die Vielfalt der Begierden* ausgerechnet einen Vortrag zum Thema *Gefesselte Körper in der Kunst* halten sollte.

Aus meiner Erfahrung mit einer ähnlichen Vortragsreihe im vorangegangenen Semester und dem Wissen, dass es sich bei dem dafür reservierten Raum um keinen Hörsaal, sondern lediglich um einen größeren Seminarraum ganz in der Nähe des kunstgeschichtlichen Instituts handelte, hielt sich meine Nervosität bezüglich der Zuhörerschaft in Grenzen. Ich rechnete mit maximal einhundert Interessierten, darunter vor allem

Teilnehmer des Studienprogramms Frauenstudien, Studierende und Mitarbeiter der Studiengänge Soziologie, Sozialwesen und Erziehungswissenschaften sowie eine kleinere Gruppe von Studenten der Kunstgeschichte, die regelmäßig meine Seminare besuchten und sich vermutlich auch diesen Vortrag anhören würden.

Größere Schwierigkeiten dagegen bereitete mir das Vortragsthema. Das Skript selbst hatte ich bereits vor Wochen verfasst und auch die PowerPoint-Präsentation schon beizeiten fertiggestellt, lange bevor ich Bekanntschaft mit Ian Reeds Ledermanschetten gemacht hatte.

Als ich jetzt jedoch an meinem Schreibtisch saß und mir meinen eigenen Text zur Vorbereitung nochmals zu Gemüte führte, gewann das Thema für mich eine ganz neue, brisante Dimension, und auch die nochmalige Durchsicht meiner Bilderschau ließ mich weniger kalt als bislang. Hatten diese zweifellos erotisch aufgeladenen Darstellungen für mich bisher lediglich eine kunsthistorische, rein wissenschaftlich motivierte Bedeutung gehabt, gewannen sie nun an befremdlich persönlicher Geltung.

Eine Zeitlang verweilte ich bei Man Rays Schwarz-Weiß-Fotografien der Serie *Les Fantasies de Monsieur Seabrook*, die den Betrachter in einem quasidokumentarischen Stil zum Voyeur bei einer sadomasochistischen Fetisch-Session machten. Auffällig war, dass sowohl die erduldende als auch die ausführende Person weiblich war. Eine Frau im schwarzen Leder-Outfit mit den obligatorischen langen Handschuhen und Stiefeln fesselte ihre nackte Partnerin in verschiedenen erniedrigenden Posen, knebelte sie, folterte ihre Brustwarzen oder schlug sie mit einer Art Rohrstock.

Ich spürte, wie meine Kehle trocken wurde. Ich hatte mir die Details dieser Bilder noch nie so bewusst angesehen, und vor allem hätte ich sie niemals mit mir selbst in Verbindung gebracht. Was ich jetzt erlebte, war eine verwirrende Mischung aus Gefühlen, die sich nur schwerlich aufschlüsseln und analysieren ließen. Ich empfand nach wie vor Abscheu vor dem schäbig anmutenden Raum und der plakativen Kostümierung der Akteurin, und ich hatte nur Unverständnis übrig für die Frau, die offenbar freiwillig und zum Lustgewinn Schmerzen erduldete, die ich mir schrecklich und unerträglich vorstellte. Aber ich spürte auch ein feines Kribbeln der Erregung bei dem Anblick der ebenso obszön wie effektiv Gefesselten und bei dem Gedanken, von Ian Reed auf eine solche Weise behandelt zu werden.

Waren es tatsächlich derartige Praktiken, die ihn erregten? Mochte er nur das stimulierende Machtgefühl, das ihm der Anblick einer wehrlos gefesselten Frau bescherte, oder fügte er seinen Bettgefährtinnen auch gern Schmerzen zu?

Ich war offenbar wirklich dabei, den Verstand zu verlieren, dass ich mir darüber Gedanken machte. Ich würde wohl nie erfahren, welche Abgründe Ian Reeds rätselhaftes Wesen noch bereithielt, welche Dämonen sonst noch in ihm schlummerten, und ich sollte froh darüber sein, keine noch nähere Bekanntschaft mit ihnen gemacht zu haben.

Ich erreichte die Senckenberganlage um kurz vor sechs und fand auch den Raum auf Anhieb, sodass mir noch eine Viertelstunde blieb, um ein paar Worte mit den beiden Initiatorinnen der Veranstaltungsreihe zu wechseln und um Beamer und Laptop startklar zu machen.

Nach und nach füllte sich der Raum, bis nur noch wenige Plätze frei waren, wobei das Publikum ebenso heterogen war wie erwartet, darunter einige Dozenten aus den gesellschaftswissenschaftlichen Fachbereichen und auch zwei Kollegen aus der Kunstgeschichte.

Nachdem ich das Plenum begrüßt und mich bei den Veranstalterinnen für die Einladung bedankt hatte, begann ich meinen Vortrag, während an der Wand hinter mir parallel Michelangelos *Sterbender Sklave* und Domenico Guidis Skulpturengruppe *Andromeda und das Seeungeheuer* zu sehen waren.

»Das Thema der Fesselung menschlicher Körper beiderlei Geschlechts ist in der europäischen Kunstgeschichte in verschiedenen Motivtraditionen verwurzelt. Wir kennen Darstellungen antiker, in Ketten gelegter Sklaven ebenso wie entsprechende Szenen der griechischen Mythologie, wobei hier vor allem an die an den Felsen gekettete Andromeda in der Perseus-Sage und an den an den Kaukasus geschmiedeten Prometheus zu denken wäre. Aber auch in der christlichen Ikonografie finden wir Beispiele wie den gefesselten und von Pfeilen durchbohrten heiligen Sebastian.«

Ich zeigte entsprechende Darstellungen des duldsamen Märtyrers von Andrea Mantegna und Tizian.

»Mitte des 19. Jahrhunderts begegnen uns vermehrt nackte, gefesselte Frauen in den stark exotisch und erotisch gefärbten Sklavenmarkt-Szenen der Orientalisten.«

Ich klickte in meiner Präsentation weiter und zeigte Bildbeispiele von Jean-Léon Gérôme und William Allan, bei denen auffiel, dass es sich immer um eine schöne weiße Sklavin handelte, die sich scheu und gänzlich unbekleidet vor einer lüsternen Gruppe orientalischer Männer präsentieren musste.

»Um die Jahrhundertwende wird dann der Einfluss der Psychoanalyse durch Sigmund Freud und C. G. Jung spürbar. Der moralischen Unterdrückung der Sexualität im viktorianischen Zeitalter setzen Bohemiens, Künstler und Literaten ein gesteigertes Interesse an der Sexualität entgegen. Die französischen Symbolisten und die englischen Präraffaeliten prägen dabei das Frauenbild der Femme fatale, eines gefährlichen, erotischen Wesens, das vom Mann gebändigt werden muss, will er nicht ins Verderben gezogen werden.«

Meine PowerPoint-Präsentation zeigte jetzt ein Gemälde aus Edward Burne-Jones' *Perseus-Zyklus*, dessen sinnliche Andromeda mit ihrem wallenden roten Haar für die Malerei der Präraffaeliten nicht typischer hätte ausfallen können.

»In den 1920er-Jahren schließlich entwickelt sich in den großstädtischen Künstler- und Intellektuellenkreisen ein sehr experimenteller und spielerischer Umgang mit Sexualität. Geschlechtergrenzen verwischen, weibliche Homosexualität wird salonfähig und man interessiert sich für abseitige und verruchte Spielarten der Erotik. Es entstehen unzählige, mehr oder weniger künstlerisch wertvolle Fotografien, die erotisches *Spanking* oder andere sadomasochistische Praktiken zum Gegenstand haben. Diese Themen werden in den Folgejahren auch von den Surrealisten aufgegriffen, deren erklärte Ziele der bewusst kalkulierte Skandal und die Demonstration absoluter künstlerischer und sexueller Freiheit sind.«

Den Surrealismus-Abschnitt meines Vortrages eröffnete ich mit zwei Fotografien von Man Ray: der unter einer Militärdecke verborgenen und mit einem groben Seil verschnürten Nähmaschine mit dem Titel *The Enigma of Isidore Ducasse* und mit der *Venus restaurée*, einem ebenso verschnürten weiblichen Skulpturentorso.

Und dann verlor ich den Faden.

Die Tür zum Vortragsraum hatte sich fast geräuschlos geöffnet, und der Mann, der mir von dort hinten aus mit einem feinen Lächeln auf den Lippen zunickte, um sich dann unauffällig einen Platz in einer der hintersten Reihen zu suchen, war Ian Reed.

Stockend fuhr ich fort und sprach über das Thema der Verhüllung, das bekanntlich die Fantasie anregt und das Verlangen steigert, und über das Motiv der Bändigung, also des Wehrlos- und Gefügigmachens, verbunden mit dem Gefühl des Ausgeliefertseins und der möglicherweise bevorstehenden Folter.

Doch eigentlich waren meine Gedanken nur bei ihm. Was um alles in der Welt hatte er hier zu suchen? Sicher, es handelte sich um einen öffentlichen Vortrag und die Termine und Themen dieser Vorlesungsreihe wurden sogar ab und an in der Zeitung angekündigt. Aber dennoch wäre es mir nie in den Sinn gekommen, ausgerechnet hier und heute mit seinem Erscheinen zu rechnen.

Hatte ich meinen Vortrag bislang vollkommen frei gehalten und mein Skript nur vorsichtshalber in erreichbarer Entfernung auf dem Tisch deponiert, musste ich es jetzt zur Hand nehmen. Ohne mir selbst wirklich zuzuhören, spulte ich wie ferngesteuert meinen Stoff ab.

Ich referierte über das Interesse der Surrealisten am Marquis de Sade, den sie in seinem libertinen Freidenkertum zu einem der Urväter ihrer Bewegung erklärten. Ich zeigte die von Fetisch- und Bondage-Ästhetik geprägten Fotos der *Monsieur Seabrook-Serie* und Hans Bellmers Fesselbilder von seiner Lebensgefährtin Unica Zürn, in denen der weibliche Körper brutal eingeschnürt und zu einer deformierten, amorphen Körpermasse verfremdet wird.

»Zu beobachten ist hier die Fetischisierung bis hin zur Dekonstruktion des weiblichen Körpers, der durch die Hand des Künstlers auf seine Fleischlichkeit oder wie bei Man Rays *Venus* auf seine Geschlechtlichkeit reduziert und fragmentiert und damit zum Objekt von erotischen Unterwerfungs-, Macht- und Kontrollfantasien degradiert wird.«

Ich zeigte jetzt die Gemälde *Justine* und *Dolmancé* von Clovis Trouille, die sich nicht nur im Titel auf den Marquis de Sade bezogen. Die farbenfrohen, zwischen Surrealismus und früher Pop Art changierenden Bilder waren prall gefüllt mit dem ebenso charakteristischen wie klischeebeladenen Motivvokabular des Sadomasochismus; verführerisch schöne, nackte Frauen mit wallendem Haar und sinnlichen Kurven wanden sich lasziv in ihren Ketten und Fesseln oder boten in Erwartung einer erotischen Züchtigung ihren entblößten wie bestrapsten Hintern dar. Daneben thronte bei *Dolmancé* der peitschenschwingende Marquis persönlich.

Während ich die Bilder auf das Publikum wirken ließ, huschte mein Blick durch den Saal, um selbstverständlich bei Ian Reed hängenzubleiben.

Er hatte sein schönes Gesicht auf seinen Daumen gestützt, während sein Zeigefinger an seiner Wange ruhte und der lange

Mittelfinger quer zu seinem Kinn lag. Es war die klassische selbstversunkene Geste des Melancholikers, doch zugleich ähnelte sie frappierend der Pose des Marquis in Trouilles Bild.

Und dann trafen sich unsere Blicke. Das typische feine Lächeln, das um seine Mundwinkel spielte, und ein kleines Blitzen in seinen Augen sorgten dafür, dass mir umgehend die Röte in die Wangen schoss.

Ich beendete meine Ausführungen mit Meret Oppenheims ironischem Beitrag zum Thema, ihrem surrealistischen Objekt *Ma Gouvernante*. Es handelte sich dabei um ein silbernes Tablett mit zwei weißen gefesselten Stöckelschuhen darauf, die so arrangiert waren, dass ihr Anblick an ein halbes Hähnchen erinnerte.

Mein Vortrag erhielt viel Beifall, aber zum Glück fiel die anschließende Plenumsdiskussion kurz aus, und mit einem Hinweis der Organisatorinnen auf den Referenten und das Thema der nächsten Veranstaltung wurde die Vorlesung beendet.

Ich fuhr mein Notebook herunter und schob die Mappe mit meinem Skript in die Tasche, als Ian auch schon vor mir stand.

»Ein ausgesprochen beeindruckender Vortrag, Frau Doktor«, sagte er mit einem leicht spöttischen Lächeln auf den Lippen.

Ohne auf die noch anwesenden Leute zu achten, zog er meine Hand an seine Lippen und hauchte einen Kuss darauf. Dabei brannte sich der Blick seiner phänomenalen graublauen Augen in meine, als wolle er buchstäblich bis in meine Seele schauen.

Das Gleiche hatte er auch an jenem Abend getan, und obwohl ich spürte, wie mein Herz auch dieses Mal zu rasen begann, entzog ich ihm meine Hand.

»Was führt dich Weltreisenden nach so kurzer Zeit schon wieder nach Frankfurt?«, fragte ich kühl.

»Ich bin nur deinetwegen hier, Ann-Sophie«, erklärte er schlicht.

Ich konnte mir den Anflug eines glücklichen Lächelns nicht gänzlich verkneifen. Inzwischen waren wir allein im Raum.

»Meinetwegen oder wegen des Vortragsthemas?«

Er grinste jungenhaft.

»Ich wäre auch gekommen, wenn du über die Bedeutung des Fisch-Stilllebens für die niederländische Malerei des 17. Jahrhunderts referiert hättest.«

Ich musste unweigerlich grinsen, versuchte es aber zu kaschieren, indem ich meinen Autoschlüssel aus dem Vorfach meiner Tasche fischte.

»Das klingt wirklich sehr schmeichelhaft, Ian. Aber das genügt bei Weitem nicht.«

Er sah mich fragend an. »Du bist wütend auf mich?«

Ich schüttelte den Kopf. »Nein. Das war ich, zwischendurch. Ich war gekränkt, zornig, unglücklich, verletzt. Wenn du mich jetzt bitte entschuldigst.«

Ich griff nach meinem Strickmantel, doch Ian war schneller und hielt ihn mir hin, um mir hineinzuhelfen.

»Danke.« Ich wandte mich zum Gehen.

»Ich bin von St. Petersburg nach Frankfurt geflogen, ohne hier einen Termin zu haben. Nur um dich zu sehen, Ann-Sophie.«

Es klang nicht anklagend, erst recht nicht flehend. Es war eine klare, nüchterne Feststellung, und sie hörte sich aufrichtig an.

Ich drehte mich zu ihm um und sah ihn an.

»Warum bist du hier, Ian? Was hast du dir davon erhofft?«

In einer ehrlichen, resignierten Geste zuckte er mit den Achseln. »Ich hatte Sehnsucht nach dir, Ann-Sophie. Nach deiner Gesellschaft, nach der geistreichen Konversation mit dir, nach deinem göttlichen Körper.«

»Tut mir leid, Ian. Ich kann das nicht noch einmal. Ich habe feststellen müssen, dass ich dafür nicht geschaffen bin. Der Preis für diese Nacht mit dir war mir zu hoch.«

Er wirkte irritiert, fast hilflos, ganz so, als hätte er bislang tatsächlich keinen Gedanken daran verschwendet, dass ich ihn abweisen könnte.

»Das war gerade ein Korb, oder?«

Ich nickte leicht. »Ich denke, ja.«

Er zog die Luft zwischen den Zähnen ein und legte seine ebenmäßige Stirn in Falten.

»Autsch. Du bist die erste Frau, die das wagt, Ann-Sophie Lauenstein.« Diesmal missglückte ihm die drohende Intonation, er klang noch immer eher verunsichert.

»Nun, einmal ist immer das erste Mal, Ian.«

Er lächelte grimmig, dann räusperte er sich.

»Wie dem auch sei. Ich habe für 20.30 Uhr einen Tisch in der *Villa Marlon* reserviert. Ich wäre dir dankbar für deine Gesellschaft.«

Hatte er gerade *dankbar* gesagt? Wie ich ihn einschätzte, war ihm dieses Wort nicht eben leicht über die Lippen gekommen, und es berührte mich. Wie hätte ich ihm diesen Wunsch abschlagen können?

»Einverstanden. Aber wir werden nur zusammen essen, ohne Hintergedanken.« Ich sah ihm scharf in die Augen.

Jetzt spielte wieder dieses spöttische Lächeln um seine Mundwinkel.

»Die Gedanken, meine liebe Ann-Sophie, sind glücklicherweise bekanntlich frei. Aber ich verspreche dir, dass ich dich nach dem Essen sofort nach Hause bringen werde, sollte das dein Wunsch sein.«

»Siehst du, daraus wird schon nichts werden, weil ich mein eigenes Auto dabeihabe, Ian.«

»Gib mir deine Autoschlüssel. Ich werde dafür sorgen, dass dein reizender kleiner Roadster sicher zu dir nach Hause gebracht wird. Jetzt wartet draußen ein Wagen auf uns.«

Er nahm mir meine Laptop-Tasche ab und reichte mir seinen Arm, wie er es auch im *Grand Reed* getan hatte.

Dieser Mann überraschte mich immer wieder aufs Neue. Woher kannte er mein Auto, und woher bloß nahm er dieses verfluchte gewinnende Selbstbewusstsein? Gerade noch hatte ich geglaubt, Ian Reed für einen Augenblick ratlos und verunsichert erlebt zu haben, da war es schon wieder da, dieses dominante und auf so frustrierende Weise anziehende Ego.

Tatsächlich stand im absoluten Halteverbot eine große schwarze Jaguar-Limousine, deren Fahrer ausstieg, um uns die Tür zum Fond aufzuhalten, als wir uns näherten.

Ian ließ mich zuerst einsteigen und nahm dann neben mir Platz.

»Irgendetwas hat gerade wieder dein Missfallen erregt«, stellte er fest.

Ich sah ihn fragend an.

»Ich habe genau gesehen, dass du deine Lippen gekräuselt hast, als ich dich mit Mark bekannt gemacht habe.«

»Ich bin lediglich verwundert, dass dein Fahrer eine Waffe trägt, Ian. Ehrlich gesagt, wirkt er auf mich ein bisschen bedrohlich«, flüsterte ich und musterte dabei misstrauisch den glatt rasierten Hinterkopf des mit einem schwarzen Boss-Anzug bekleideten Zweimeterhünen vor mir am Steuer, in dessen Ohr ein drahtloses Headset steckte.

»Mark ist nicht nur mein Fahrer, Ann-Sophie. Er ist auch mein Personenschützer.«

»Oh. Wirst du irgendwie bedroht? Muss ich mir …«

»Sorgen machen?«, beendete er meinen Satz und schüttelte lächelnd den Kopf. »Nein. Die Vorstellung, dass du dich um mich sorgen könntest, ist zwar zugegebenermaßen nicht ohne Reiz, aber es besteht keinerlei Grund dazu. Bodyguards gehören zu meinem Alltag, auch wenn ich versuche, ihre Präsenz auf ein Minimum zu beschränken.«

»Verstehe«, murmelte ich, doch das war gelogen. Tatsächlich begann ich erst ganz allmählich zu begreifen, dass Ian Reed ein Leben führte, das sich von meinem eigenen in einer so eklatanten Weise unterschied, dass ich nur darüber staunen konnte. Natürlich war es im Grunde naheliegend, dass ein milliardenschwerer Unternehmer Leibwächter brauchte, aber es war mir eben bislang nicht in den Sinn gekommen, darüber nachzudenken.

Ian zückte sein Smartphone, das in seiner Jacketttasche einen kurzen Signalton von sich gegeben hatte.

»Ich muss nur eben den Termin für das Meeting in Prag bestätigen«, erklärte er und tippte eine kurze Nachricht auf der ausfahrbaren Qwertz-Tastatur, ehe er den Minicomputer wieder in seine Tasche steckte.

»Was ist los, Ann-Sophie? Du wirkst so grüblerisch heute Abend.«

Ich musste lächeln. »Du bist ein guter Beobachter, Ian Reed. Das muss man dir wirklich lassen. Mir ist nur gerade bewusst geworden, wie fremd mir deine Welt ist. Unglaublich fremd in so vielerlei Hinsicht.«

»Was genau meinst du damit?«

Jetzt sah er mich wieder auf diese Weise an, die mir bei unserem letzten Treffen zum Verhängnis geworden war. Dieser forschende, ernsthafte Blick seiner schönen Augen, mit dem er mir vermittelte, dass es für ihn in diesem Moment absolut nichts auf der Welt geben könnte, das ihn mehr interessieren würde als meine Antwort.

Ich zuckte mit den Achseln.

»Nun, im Grunde einfach alles. Dein Leben spielt sich in Luxushotels und Flugzeugen ab, du bist quasi jeden Tag an einem anderen Ort. Anstelle von Verabredungen hast du Meetings, und wenn du mit jemandem zu Abend isst, mit dem du keine Geschäfte machen willst, ist das für dich eine exotische Ausnahme. Ich habe vier Wochen damit zugebracht, dir im Geiste Vorwürfe zu machen, Ian Reed. Und jetzt, wo ich dich vor mir habe, glaube ich, du weißt tatsächlich nicht einmal, was du verkehrt gemacht hast.«

In diesem Moment passierten wir die Zufahrt zu einer herrschaftlichen neobarocken Villa im Bockenheimer Diplomatenviertel.

Als ich an Ians Seite den salonartigen Speisesaal mit den hohen stuckverzierten Decken, den opulenten Lüstern und den edlen floralen Stofftapeten betrat, war ich froh, dass ich wenigstens ein Kleid und keine Jeans trug, wenn es auch nicht unbedingt das Outfit war, das ich wissentlich für einen Besuch in einem solchen Gourmet-Restaurant gewählt hätte.

Andererseits entsprach auch Ians Outfit nicht ganz dem geschliffenen Dresscode unserer hessischen Bankenmetropole. Er trug zwar wieder ein weißes Hemd ohne Krawatte zum anthrazitfarbenen Anzug, aber die Hemdsärmel und die untersten Knöpfe der Jackett-Ärmel hatte er nachlässig offen gelassen.

Das wirkte nicht angestrengt rebellisch, aber doch auf sympathische Weise unangepasst, und es imponierte mir sehr.

Die junge Service-Mitarbeiterin führte uns an einen runden Tisch an einem der hohen Bogenfenster. Die weißen Damast-Tischdecken reichten fast bis zum Boden, und die Stoffservietten waren so kunstvoll zu skulpturalen Türmen gefaltet, dass man sich überwinden musste, diese Kunstwerke zu zerstören.

Wie schon an jenem Abend im *Grand Reed* bestellte Ian über meinen Kopf hinweg. Diesmal orderte er eine viergängige Menüfolge mit der Bitte, uns anstelle des Fasans und des Lammfleischs etwas Vegetarisches zu servieren.

Ian fuhr mit der Kuppe des Zeigefingers seiner rechten Hand die Mulden im Fuß seines Bleikristall-Weinglases nach.

Ich mochte seine sinnlichen Hände; diese langen schlanken Männerhände, meistens irgendwie in Bewegung, aber nie aufgeregt oder zappelig, sondern ausdrucksstark und prägnant in ihren Gesten.

»Du hast recht«, sagte er schließlich. »Ich bin hierhergeflogen, ohne die Spur eines schlechten Gewissens. Aber jetzt habe ich eins.«

Ich legte den Löffel beiseite, mit dem ich gerade das köstliche Kopfsalatsüppchen gelöffelt hatte.

»Woher der plötzliche Sinneswandel?«

»Ich wollte dich nicht kränken, Ann-Sophie, und es tut mir sehr leid. Ich hätte mich von dir verabschieden sollen, müssen. Aber ich bekam plötzlich Angst vor der eigenen Courage.«

»Dazu wäre keine Courage nötig gewesen, Ian. Nur ein Mindestmaß an Anstand und Respekt.«

Er nickte.

»Stimmt. Aber in meinem Fall hätte es Courage dazu gebraucht. Ich habe dich lange beobachtet an diesem Morgen, wie du dalagst, friedlich schlummernd in dieser Flut von zerwühltem Engelhaar. Ich bin geflohen vor dem, was ich für dich empfand, und vor dem, was ich gern mit dir getan hätte.«

»Was wolltest du denn mit mir tun, Ian?«, fragte ich mit trockener Kehle.

Dieses spöttische Grinsen huschte über seine Lippen, ehe seine Züge wieder ernst wurden.

»Wie du schon sagtest, Ann-Sophie. Du gehörst nicht in meine Welt.«

Ich spürte, wie mir die Gesichtszüge entglitten. Hatte ich alles so falsch interpretiert? Ich war also schlicht nicht gut genug für ihn?

Doch er fuhr bereits fort: »Du bist eine Intellektuelle, Ann-Sophie. Eine strahlende Schönheit und eine bodenständige Frau. Es stand und es steht mir nicht zu, dich hinabzuziehen in meinen ganz persönlichen Sündenpfuhl, dich den Gefahren meiner dunklen, lasterhaften Seele auszusetzen.«

Ich schluckte schwer. »Das ist also das Bild, das du von dir selbst hast?«

Ian Reed wirkte nicht wie ein Mann mit einer solchen Selbstsicht.

Er nahm einen Schluck Wein. »Nein, eigentlich habe ich bisher ganz gut mit mir gelebt. Bis du holdes, tugendhaftes Wesen in mein geliebtes, verdorbenes Leben getreten bist.«

Er klang sarkastisch und lächelte schief.

»Ich habe in den letzten vier Wochen neun Städte auf vier Kontinenten der Welt besucht. Man sollte also meinen, dass ich ausgelastet und abgelenkt genug war. Aber das Gegenteil war der Fall. Ich musste ständig an dich denken, Ann-Sophie Lauenstein. So etwas bin ich nicht gewohnt. Ich weiß, dass ich mich von dir fernhalten sollte, aber dafür bin ich einfach zu egoistisch.«

Ich wusste nicht, was ich darauf hätte entgegnen sollen. Ich wusste nur, dass ich gerade dabei war, einen großen Fehler zu begehen. Ich glaubte ihm, ich war sogar dabei, ihm zu verzeihen, und das Fatalste von allem, ich spürte mit jeder Faser meines Körpers, dass ich nach wie vor verliebt in ihn war.

Entsprechend dankbar war ich, als just in diesem Moment der Dorsch serviert wurde.

Wir sprachen über die Cindy-Sherman-Schau in New Orleans und über eine Galerie-Ausstellung, die Ian in New York gesehen hatte. Ich erzählte ihm von der *Douglas-Gordon-Retrospektive,* die ich kürzlich in Berlin besucht hatte, aber wir vermieden es, noch mehr über uns zu sprechen oder darüber, wie es nun zwischen uns weitergehen sollte.

Die geeiste Rote Beete mit Trauben und Rosen schmeckte vorzüglich, und auch die abschließenden Petit Fours zum Espresso waren ein Gedicht.

Als wir das Restaurant verließen, war es halb elf und empfindlich kühl geworden. Ian registrierte sofort, dass ich fror, und obwohl es nur ein paar Schritte zum Wagen waren, zog er sein Sakko aus und legte es mir um die Schultern.

Warum nur wirkten diese charmanten klassischen Gesten bei ihm so selbstverständlich und so bestechend nonchalant?

In seiner Jacke hing sein Geruch, und ich sog diesen betörenden Duft ein wie eine Süchtige. *Floris* und Ian Reed – eine wahrhaft berauschende Mischung.

»Ins *Grand Reed*, Sir?«, fragte Mark, als wir einstiegen.

»Nein, bitte in die Cranachstraße«, erklärte ich schnell.

»Du begleitest mich wirklich nicht ins Hotel?«

Ich schüttelte den Kopf. »Das habe ich dir doch schon vorhin gesagt, Ian.«

Er nickte knapp. »Wie du wünschst, Ann-Sophie. Also bitte in die Cranachstraße, Mark. Und anschließend ins *Grand Reed*.«

Er klang nicht verstimmt, eher enttäuscht, und er tat mir ein ganz kleines bisschen leid.

Ich schaute zu ihm hinüber, und in diesem Augenblick war er nicht der smarte Milliardär, dessen lässiges Auftreten jeden in seinen Bann zog, sondern ein einsamer Wolf; ein Mann, dessen schöne müde Augen tiefe Augenringe zierten und auf den nichts wartete als eine leere Hotelsuite.

»Wirst du morgen wieder in aller Frühe weiterreisen?«, fragte ich, um das Thema zu wechseln.

»Nein, diesmal vermutlich nicht so früh. Ich muss erst nachmittags in Prag sein.«

Ich lächelte. »Wie hältst du das nur aus? Weißt du, wenn du morgens aufwachst, eigentlich immer, wo du gerade bist?«

»Nein, ehrlich gesagt nicht immer«, gab er mit diesem entwaffnenden Grinsen auf den Lippen zu. »Aber ich habe mein Smartphone und ein paar zuverlässige Mitarbeiter, die mich im Bedarfsfall entsprechend auf Kurs bringen.«

Dann schwiegen wir, jeder in seine eigenen Gedanken versunken. Ian war mir wirklich ein Rätsel, und vermutlich war es genau das, was ihn so unglaublich anziehend machte. Diese immer wieder irritierende Ambivalenz, die sein ganzes Wesen bestimmte, diese unmittelbare Nähe von Licht und Dunkel, wie ich sie so ausgeprägt noch bei keinem anderen Menschen erlebt hatte.

Dann bogen wir in die Cranachstraße ein, und ich bedankte mich bei Ian für den schönen Abend, doch er winkte ab.

»Ich habe dir zu danken, für deine Gesellschaft, Ann-Sophie.«

Himmel, diese unglaublichen Augen!

»Dein Vortrag vorhin hat mich übrigens wirklich tief beeindruckt«, fügte er hinzu, gerade in dem Moment, als Mark den Wagen in eine Parklücke vor meiner Haustür lenkte.

»Danke, Ian. Aber das sagtest du bereits. Außerdem hast du die erste Hälfte verpasst.«

»Ich weiß und genau das bedauere ich sehr. Daher möchte ich dich auch um einen Gefallen bitten.«

Ich sah ihn fragend an.

»Würdest du mir eine Kopie deiner Präsentation zur Verfügung stellen? Ich würde mir das gern noch einmal in Ruhe ansehen.«

»Natürlich, gern. Ich habe mich übrigens schon gewundert, dass du das Thema nicht schon eher aufgegriffen hast.«

»Ich dachte, es wäre dir vielleicht unangenehm, mit mir im Restaurant über Fesselspiele zu sprechen.« Er schenkte mir dieses süffisante Lächeln.

»Wenn du mir deine E-Mail-Adresse gibst, kann ich dir die Präsentation mailen.«

»Ja, das könntest du. Oder aber, du lässt den Löwen in deine Höhle und lässt dir dabei ein Angebot durch den Kopf gehen, das ich dir gern unter vier Augen unterbreiten würde.«

»Da ich davon ausgehen muss, dass es sich um ein unmoralisches Angebot handelt, ist mir die E-Mail dann doch sicherer.«

Er grinste. »Nein, kein unmoralisches, Ann-Sophie. Nur eines, das du vermutlich nicht ablehnen kannst.«

»Und wenn ich es doch tue, finde ich dann einen Pferdekopf in meinem Bett?«

Jetzt lachte er wieder dieses herrliche, wohlklingende Lachen.

»Ich bin kein Mafioso, Ann-Sophie. Warum bist du nur so misstrauisch?«

Ich hob beide Augenbrauen. »Ich hoffe, dass du darauf nicht ernsthaft eine Antwort erwartest.«

Er grinste immer noch. »Also gut. Ich verspreche dir, anständig zu sein und nicht schon im Flur über dich herzufallen.«

»Ich nehme dich beim Wort. Einen Aufzug, der dich auf dumme Gedanken bringen könnte, gibt es bei mir im Haus übrigens auch nicht.«

Dann stieg Ian aus und half mir aus dem Wagen. Verblüfft registrierte ich, dass mein roter Suzuki Cappuccino bereits im Hof stand.

»Die Autoschlüssel sollten in deinem Briefkasten liegen«, erklärte Ian, der meinem Blick offenbar gefolgt war.

»Ah«, war alles, was mir dazu einfiel.

Ich wohnte im dritten Stock eines Hauses mit nicht allzu schön restaurierter Stuckaturfassade, aber immerhin war es ein Jahrhundertwendebau und keine der später in die Häuserzeile integrierten Bausünden der 1950er- oder 1970er-Jahre.

Als wir die ausgetretene Treppe hinaufstiegen, war ich aufs Neue fasziniert von Ian Reeds Kondition. Während ich zwischen dem zweiten und dem dritten Stock für gewöhnlich meine Waden zu spüren begann und mein Gang eine Idee langsamer wurde, war sein gleichmäßig federnder Schritt der eines Athleten.

»Es ist nicht gerade die Präsidentensuite des *Grand Reed*«, warnte ich ihn vor.

»Gott sei Dank nicht noch eine davon«, entgegnete er scherzend.

Als ich aufschloss, saßen Filou und Coco schon wie ein samtpfötiges Empfangskomitee hinter der Tür und begrüßten uns lautstark.

»Darf ich vorstellen? Coco und Filou.«

Ich war überrascht, als Ian in die Hocke ging, um sie zu streicheln, und ich war noch verblüffter, als sie es sich gefallen ließen. Mehr noch, meine divenhafte Coco war offenbar ganz aus dem Häuschen und schnurrte laut und vernehmlich.

Meine beiden Mitbewohner waren sonst nicht eben für ihre überschäumende Gastfreundschaft bekannt, und besonders Fremde hatten es meist nicht leicht, die Herzen meines eingeschworenen Katzenpaares zu gewinnen.

Aber Ian machte alles richtig. Geduldig ließ er sie an seiner Hand schnuppern, machte sich quasi mit ihnen bekannt, ehe er sie zu streicheln begann. Und das tat er nicht irgendwie, sondern genauso, wie es meine beiden Genießer liebten. Er kraulte Cocos spitze silbrige Ohren und Filous weiche Halspartie.

»Du magst also Katzen?«, fragte ich, obwohl das eigentlich offensichtlich war.

»Ich liebe Katzen. Ich hatte selbst mal eine. Aber das ist sehr lange her.«

»Und du hattest nie das Bedürfnis, dir wieder eine anzuschaffen?«

»Nein. Der Verlust war damals zu schmerzlich, und außerdem würde sich eine Katze natürlich auch nicht mit meinem Lebensstil vertragen.«

»Wie alt warst du, als dein Kätzchen gestorben ist?«

»Ich weiß nicht, wann Bombay starb. Meine Großmutter hat ihn weggegeben, als ich zu ihr ziehen musste. Da war ich sechs.«

»Sie hat ihn weggegeben?«, fragte ich entsetzt.

Ian nickte und zuckte gleichzeitig mit den Achseln.

»Sie wollte keine Tiere in ihrem Haus. Es war schon schlimm genug, dass sie mich und Bethany bei sich aufnehmen musste. Aber so hatten es meine Eltern testamentarisch verfügt. An Bombay hatten sie leider nicht gedacht.«

Ich ließ mich auf dem grell orangefarbenen und stark ramponierten Panton-Phantom nieder, das mir als Telefonbänkchen diente.

»Ich habe das von dem Autounfall gelesen. Aber ich wusste nicht, dass du noch so klein warst.«

»Das konntest du auch nicht wissen. Schließlich lege ich Wert darauf, dass diese Tatsache nicht in Berichten, Interviews oder Wikipedia-Einträgen überstrapaziert wird. Ich habe kein Interesse daran, öffentliches Mitleid zu erregen.«

»Es tut mir trotzdem sehr leid, Ian«, sagte ich beklommen.

»Schon gut, Ann-Sophie. Das ist ewig her und ich erinnere mich kaum noch an meine Eltern. Außerdem hatte ich ja noch Bethany.«

»Deine Schwester?«

Er schüttelte den Kopf. »Nein, ich habe keine Geschwister. Bethany war meine kreolische Nanny, und sie ist für mich bis heute das, was einer Familie am nächsten kommt.«

Er erhob sich schwungvoll, und auch ich stand auf.

»So, nun genug der alten Geschichten.«

Ich war noch wie benommen von dem, was er mir eben erzählt hatte, doch Ian schien das Thema einfach so abgehakt zu haben.

Er betrachtete meinen winzigen Flur so konzentriert, als handele es sich um ein künstlerisches Environment, und ich wurde ehrlich gesagt schon ein bisschen nervös, als er meine voll gerümpelte *Hang-It-All*-Garderobe und den alten weißen Vitrinenschrank inspizierte, in dem meine Schuhe ihren Platz hatten.

»Ich glaube, ich mag es, wie du wohnst«, sagte er schließlich.

»Du darfst ruhig ehrlich sein, Ian. Ich vertrage Kritik und ich bin ziemlich sicher, dass mein chaotischer Einrichtungsstil nicht deinen Geschmack trifft.«

»Du meinst also, ich stehe auf cremefarbene Teppichböden, Marmorwaschbecken und Boxspringbetten mit Tagesdecken, die farblich zu den Brokatvorhängen passen.« Es klang sarkastisch, fast beleidigt.

»Immerhin hast du dir genau das ausgesucht.«

Ich öffnete die Tür zu meinem Arbeitszimmer, das eher die Maße einer größeren Abstellkammer hatte. Trotzdem war ich glücklich über dieses dritte Zimmer, in dem kreatives Chaos herrschen durfte und in dem meine vielen Bücher in deckenhohen Regalen ihre Heimat gefunden hatten.

»Ja, ich mag deine Wohnung eindeutig«, bekräftigte Ian, als er meine Laptop-Tasche auf dem Schreibtisch ablegte, auf dem noch eine aufgeschlagene Clovis-Trouille-Monografie lag.

»Der Stilmix aus Designklassikern und schönen Dingen, mit dem alten Schreibtisch und der Jugendstil-Leuchte, die vielen Bücher, denen man ansieht, dass sie nicht zur Zierde hier sind, sondern dass mit ihnen gearbeitet wird, die kleinen Kostbarkeiten in den Regalnischen. Es ist genau so, wie ich es mir bei dir vorgestellt habe: lebendig, ungekünstelt und ganz du.«

Ich lächelte und fühlte mich wirklich geschmeichelt.

Dann jedoch fiel auch Ians Blick auf das Trouille-Buch, und im gleichen Moment veränderte sich der Ausdruck in seinen schönen Augen.

»Sie sieht dir ähnlich, Ann-Sophie. Wusstest du das?«

»Wer sieht mir ähnlich?«, fragte ich verwirrt.

»Trouilles *Justine*.« Seine Stimme klang plötzlich kehlig.

Ich schluckte, dann schüttelte ich vehement den Kopf.

»Nein, das finde ich nicht. Trouilles Frauenfiguren sind Stereotypen, willige Pin-ups und bildgewordene Männerfantasien.«

»So kritisch, Ann-Sophie?« Er grinste spöttisch.

»Sie ist an eine Säule gefesselt. Fremde Hände greifen nach ihr und sie trägt den Namen von de Sades Heldin, der die schrecklichsten Dinge widerfahren. Ich hoffe nicht, dass du mich so siehst.«

»Sieh sie dir genau an, Ann-Sophie. Ist diese Justine ein Opfer? Ich glaube kaum. Sie ist eine sinnliche, wunderschöne Verführerin. Das wirkliche Opfer in diesem Bild ist der Löwe, der wehrlos von den Stricken am Boden gehalten wird und der das Objekt seiner Begierde nur gerade so eben mit der Schwanzspitze erreichen kann, um ihm Lust zu spenden.«

Er nahm das Buch zur Hand und blätterte darin.

Ich verschränkte die Arme vor der Brust. Das Gespräch hatte eine derart unerwartete Wendung genommen, dass ich nur abwarten konnte, was er als Nächstes sagen würde.

»Ich habe genau gesehen, wie du mich angeschaut hast, als du diese Bilder in deinem Vortrag gezeigt hast.«

Der Blick seiner graublauen Augen brannte sich in meinen und ich musste unwillkürlich wegschauen.

»Ich war neugierig auf deine Reaktion, Ian. Ich wollte wissen, ob es das ist, was dir gefällt.« Ich versuchte, kühl und abgeklärt zu klingen.

»Nein, Ann-Sophie.« Er schüttelte seinen hübschen Kopf. »Da war Sehnsucht in deinem Blick. Du hast dich gefragt, ob es *dir* gefallen würde.«

Seine schönen Augen glühten vor Verlangen.

»Ich kann dir all das zeigen, Ann-Sophie. Diese bizarre Welt der bittersüßen Träume, in der Versklavung Freiheit, Strafe Verzückung und Schmerz höchste Lust bedeutet.«

Meine Kehle war staubtrocken.

»Du willst mich zu deiner Sklavin machen, Ian?«, fragte ich fassungslos.

»Nein. Jedenfalls nicht so, wie du es dir jetzt vorstellst. Ich will nicht, dass sich irgendetwas zwischen uns ändert. Wir sind einander von Anfang an auf Augenhöhe begegnet, und das will ich nicht missen. Ich will dich nicht verändern, Ann-Sophie. Ich will deine Persönlichkeit, dein Selbstbewusstsein, deinen wachen, streitbaren Geist nicht gefährden. Vielmehr möchte ich all das noch wachsen und gedeihen sehen.«

»Aber du willst, dass ich mich dir unterwerfe.« Meine Stimme bebte und klang fremd in meinen eigenen Ohren.

»Ja«, sagte er ernst, ohne jeden Hauch von Ironie. »Ich will dich dominieren, dich züchtigen, dir meinen Willen aufzwingen. Und ich möchte dir deine geheimsten Wünsche erfüllen, dir Genüsse schenken und Lust bereiten, wie du sie noch nie zuvor erlebt hast.«

Ich wusste nicht, was ich sagen sollte. Ich war verwirrt; von seinen Worten und von dem, was sie in mir auslösten. Seine raue Stimme war pure Verführung, die Blicke, mit denen er mich ansah, benebelten mich.

»Ich dachte, dafür hättest du deine Huren«, brachte ich schließlich hervor.

Einen Augenblick lang lag ein Hauch von Missbilligung in seiner Miene, ehe er erklärte: »Aber für sie empfinde ich nichts. Ihre Aufgabe ist es, meine Wünsche zu erfüllen. Alles andere ist zweitrangig. Mit dir aber ist das anders. Ich möchte, dass meine Lust auch deine Lust ist, Ann-Sophie.«

Und dann war Ian bei mir, und im nächsten Moment existierten nur noch dieser unendlich verlangende, alles verzehrende Kuss und seine magischen, fordernden Hände, die sich wie Brandeisen auf meinen Körper legten, mir Halt gaben und von mir Besitz ergriffen.

Ich wollte mich von ihm berauschen lassen, alle Gedanken betäuben, nicht darüber nachdenken müssen, welche Konsequenzen das haben würde, was er mir soeben offenbart hatte. Ich wollte die Verantwortung von mir schieben, nicht Stellung beziehen müssen. Nicht jetzt.

Ian bedeckte mein Gesicht mit unzähligen sanften Küssen. Seine weichen Lippen liebkosten meine Wangen, meine Schläfen, meine Stirn, während seine langen Finger die Konturen meines Kiefers nachfuhren.

Er war so ungemein zärtlich.

»Du hast das Gesicht eines Engels«, raunte er versonnen. »Und doch lässt du dich auf den Teufel ein. Verflucht, ich begehre dich so sehr, Ann-Sophie Lauenstein.«

Unvermittelt ließ er von mir ab und trat einen Schritt zurück. Der Blick seiner silberblauen Augen ähnelte plötzlich dem eines gehetzten Tieres, und in seinen makellosen Zügen war zu lesen, dass er mit sich haderte. Sein ganzer Körper schien unter Spannung zu stehen.

»Ich bin nicht gut für dich, Ann-Sophie«, presste er gequält hervor. »Aber ich kann einfach nicht von dir lassen.«

»Und ich nicht von dir, Ian Reed. Ich will, dass du mich hältst. Ich will dich schmecken, riechen, spüren, obwohl ich weiß, dass es vielleicht nicht gut für mich ist.«

Und dann lagen seine Lippen wieder auf meinen.

Ich schlang die Arme um seinen Hals und vergrub die Fingerspitzen in dem seidigen Haar seines Nackens. Seine raue, nachlässig rasierte Wange kratzte an meiner erhitzten Haut, als seine gierigen Lippen an meinem Hals hinabwanderten und sich in meine Halsbeuge senkten.

»Du hast den Löwen von der Kette gelassen, Ann-Sophie. Aber ich schwöre dir, dass du es nicht bereuen wirst«, knurrte er, und ich spürte, wie sich jede Faser meines Leibes nach ihm verzehrte. Wie mein verräterischer Körper jede Bemühung, Distanz zu Ian Reed zu wahren, Lügen strafte, jeden guten Vorsatz über Bord warf.

Er roch so gut.

Ich stieß einen spitzen Schrei aus, als er sich an meinem Hals festsaugte und dann mit den Zähnen zuschnappte.

»Wo ist dein Schlafzimmer?«, fragte er mit ungemein rauchiger Stimme und fiebrigem Blick.

Ohne meine Antwort abzuwarten, hob er mich auf seine Arme und trug mich nach nebenan.

Die Türen zu Küche und Wohnzimmer hatten offen gestanden, und ich nehme an, Ian hatte sich mit seiner phänomenalen Auffassungsgabe schon in dem Moment ausreichend orientiert, als wir meine Wohnung betreten hatten.

Das Bett ist perfekt«, murmelte Ian, nachdem er mich heruntergelassen hatte.

»Ja, ist es nicht schön? Original französischer Jugendstil. Als ich es in so einer Antikscheune sah, musste ich es einfach haben«, plapperte ich aufgeregt drauflos.

»Bist du schon einmal an dieses Bett gefesselt worden, Ann-Sophie?«, fragte er ernst.

Ich schaute ihn einen Augenblick entgeistert an. Gott, war ich naiv.

»Weder an dieses noch an irgendein anderes«, erwiderte ich mit belegter Stimme.

»Natürlich nicht«, entgegnete er mit einem spöttischen Grinsen.

Dann griff er mit beiden Händen nach meinen Schultern und drehte mich nicht grob, aber doch bestimmt so hin, dass ich direkt vor meinem frei stehenden Ankleidespiegel stand und gezwungen war, mich anzusehen.

Es war ein schönes Bild. Meine Wangen und Lippen waren leicht gerötet, meine Augen strahlten. Meine hochgesteckten Haare lagen noch so, wie ich sie für den Vortrag frisiert hatte, und ich trug noch immer die hohen schwarzen Riemchensandaletten zu dem anthrazitfarbenen Strickkleid mit der feinen Lochstickerei.

Und dann sah ich Ian ganz dicht hinter mir. Sein leicht zerzauster Schopf, sein verboten schönes Gesicht, dessen silberblaue Augen mich durch das Spiegelglas hindurch zu durchbohren schienen, und seine herrlichen Hände, die sich kraftvoll und besitzergreifend um meine Hüften legten.

»Sieh dir an, wie wunderschön du bist«, raunte er zärtlich.

Er war jetzt so nah, dass ich seinen durchtrainierten Körper spüren konnte, und mein Herz schlug schneller, als er seine

Lippen erneut an meine Halsbeuge setzte, ohne mich aus den Fängen seines zauberischen, undurchdringlichen Blicks zu entlassen.

Auch als er seine Hände über meine Hüften wandern ließ und schließlich den Saum meines Kleides ergriff, hielt er mich noch immer mit diesem Blick in seinem Bann.

»Vertrau mir«, hauchte er mir ins Ohr, und das sanfte Vibrato seiner rauen Stimme sorgte dafür, dass sich all die feinen Härchen meines Körpers aufstellten.

Ich konnte mich kaum von seinen phänomenalen Augen lösen, um im Spiegel zu verfolgen, wie er mir den stretchartigen Strickstoff Zentimeter für Zentimeter an den Oberschenkeln hinaufschob und dabei jeden Zoll meiner Haut, den seine schönen Finger berührten, in Brand steckte.

Er streifte mir das Kleid über die Hüften, und atemlos sah ich mit an, wie seine langen Finger die Seitennähte meines schwarzen Höschens nachfuhren und dann jede einzelne meiner Rippen liebkosten. Er schien jede Wölbung meines Körpers nachzuverfolgen, als er mir das Kleid schließlich über die Brüste schob und ich reflexartig die Arme nach oben streckte, damit er es mir abstreifen konnte. Doch Ian ließ sich auch dabei Zeit und erkundete mit seinen zärtlichen Fingern meine Achseln, meine Schultern und meine ausgestreckten Arme, ehe er mir das Kleid schließlich über den Kopf zog.

»Winkel deine Arme an und verschränk die Hände hinter deinem Kopf«, raunte er mir ins Ohr und diesmal klang seine Stimme eine Nuance strenger.

Einen Moment lang zögerte ich und suchte im Spiegel den Blickkontakt mit ihm. Doch in seinen glitzernden Augen lag so viel Zärtlichkeit, dass ich meine Arme langsam sinken ließ und seiner Aufforderung nachkam.

Ian betrachtete mich zufrieden im Spiegel und hauchte dann eine Reihe von federleichten Küssen auf meine angespannte Schulterpartie.

Ungläubig verfolgte ich im Spiegel, wie ich nur mit meinen schwarzen Dessous bekleidet vor diesem sündhaft attraktiven Mann stand, die Hände hinter dem Kopf wie eine Verbrecherin in einem amerikanischen Spielfilm.

Dann legte er seine Hände auf meine Brüste, fest und besitzergreifend. Ich atmete schneller und ich spürte an seinem Griff, dass es ihm gefiel, wie sich mein Busen unter seinen Händen hob und senkte.

Ich hörte ihn in meinem Rücken hart schlucken, ehe er die Fingernägel seiner Zeigefinger die Konturen meines BHs umschreiben ließ und mir ein heiseres Aufstöhnen entlockte. Dann plötzlich griff er brüsk nach den BH-Schalen und schob sie so nach unten, dass meine Brüste auf verruchte Weise hervorsprangen, als würden sie von einer Büstenhebe emporgepresst.

Ian lächelte in meinem Rücken, als er meinen überraschten Blick auffing, und er hob gleichzeitig drohend seine perfekt geschwungenen Brauen, als ich im Begriff war, die Arme sinken zu lassen und meine Blöße zu bedecken.

»Bleib so, Ann-Sophie«, zischte er energisch, als er meine Brüste zu kneten begann.

Woher nur wusste dieser Mann so unglaublich genau, wie fest er zugreifen durfte? Ohne jedes Zögern fand er die perfekte Mischung – gefühlvoll, aber zupackend und fordernd.

Ich schloss die Augen, wollte nicht mit ansehen, wie Ian mit mir spielte, meine Brüste zusammenpresste und durchwalkte und wie sich mein Gesicht dabei in einer wilden Mischung aus Lust und Qual verzerrte.

»Sieh hin, Ann-Sophie!«, forderte er mit diesem herrlich kehligen Klang in der Stimme.

»Sieh, wie schön deine Lust ist.«

Dann legte er Daumen und Zeigefinger um meine rosigen Knospen und ich schrie auf, als er zukniff und sie gleich darauf schmerzhaft in die Länge zog.

»Ja, sieh es dir an. Wie deine süßen Nippel nach dieser Behandlung gieren, Ann-Sophie!«

Ich zuckte zusammen. Noch nie hatte jemand meine Brustwarzen so genannt und noch nie hatte ich sie so geschwollen und so dunkelrot gesehen.

Erneut wollte ich den Blick verschämt abwenden, doch Ian fixierte mich mit seinen phänomenalen Augen, und sein durchdringender Blick wirkte hypnotisch auf mich.

Atemlos beobachtete ich, wie er den linken Arm um meine Taille legte und mit der rechten Hand über meinen flachen Bauch strich, um seine langen Finger schließlich in mein Höschen zu schieben.

Er hielt mich noch immer mit seinem Blick gefangen, und als ich mich unter den Berührungen seiner ruchlosen Finger zu winden begann, schloss sich sein linker Arm wie ein Schraubstock um meine Taille und presste mich gegen seinen dämonischen Körper.

Ian war so viel stärker als ich.

Hilflos spürte ich, wie sich sein Daumen auf meine erregte Perle legte und sie kreisend zu massieren begann und wie er mit den übrigen Fingern meinen heißen feuchten Eingang erkundete. Er streichelte und rieb mich, liebkoste meine geschwollenen Labien, dehnte mich leicht und glitt in mich. Es war himmlisch und es brachte mich fast um den Verstand.

Seine Hände waren wie Magie auf meiner Haut; eine dunkle, archaische Zauberei, die mich verbrannte und dafür sorgte, dass ich mich lebendiger und ursprünglicher fühlte als jemals zuvor. Wie ein dämonischer Hexenmeister, ein satanischer Teufelsgeiger spielte Ian auf meinem Körper und entlockte ihm Empfindungen, deren Intensität ich nicht für möglich gehalten hatte.

»Lass deine Hände verschränkt und leg sie um meinen Hals«, verlangte er und ich gehorchte.

Ich wand mich ekstatisch in seinem eisernen Griff und lehnte den Kopf gegen seine muskulöse Brust. Wir waren uns jetzt unglaublich nah. Ich spürte jede Regung seines angespannten Körpers. Sein Atem ging stoßweise, und ich spürte seine Härte in meinem Rücken, doch trotzdem schien er sich mit jeder Faser seines Körpers beherrschen zu wollen.

Ich für meinen Teil war weniger standhaft und ich spürte, wie sich meine inneren Muskeln anspannten und wie sich mein Puls ungemein beschleunigte. Doch im gleichen Augenblick hielt Ian in all seinem Tun inne, und ich öffnete überrascht, empört, enttäuscht die Augen.

»Nicht so voreilig, meine wundervolle Ann-Sophie. Lass dich von mir dominieren, und ich belohne dich mit dem besten Orgasmus, den du je hattest«, erklärte er mit einem betörend rauen Timbre in der Stimme und einem unverschämten Grinsen auf den Lippen.

Ich konnte mich kaum noch auf den Beinen halten, so sehr hatte er meinen gesamten Körper in Aufruhr versetzt und so greifbar nah war ich der Erlösung gewesen.

»Zieh dich aus und leg dich aufs Bett«, wies er mich an, und als ich nicht sofort gehorchte, hob er wieder missbilligend seine Brauen. »Deine Entscheidung, Ann-Sophie.«

Mit zitternden Fingern öffnete ich den Verschluss meines BHs, den er mir ohnehin schon halb ausgezogen hatte, und streifte mir den feuchten Slip ab.

Dabei sah ich zu, wie Ian die Ledermanschetten aus seinen Hosentaschen zog, mit denen er mich schon einmal gefesselt hatte, und sie auf meinem Nachttisch ablegte.

Wollte ich das wirklich tun? Ich konnte es ihm ebenso gut verwehren, doch daran war mir gar nicht gelegen. Ich wollte Ian. Und ich wollte seine Welt kennenlernen. Ich wollte mich von ihm in diese dunklen Sphären entführen lassen, mich ihm hingeben, seinem rätselhaften Wesen nachspüren, meine Grenzen ausloten, seine Dominanz spüren.

Er warf die großen Kissen vom Bett und wies mich an, mich bäuchlings mittig auf das türkisfarbene Bassetti-Plaid zu legen, und ich tat es.

Ian beugte sich über mich und griff nach meinen Handgelenken, um meine Arme zärtlich, aber bestimmt auseinanderzuziehen, mir die Manschetten anzulegen und die Karabinerhaken schließlich klirrend in die schmaleren Streben des floral gestalteten Messing-Kopfteils einrasten zu lassen.

Ich konnte es kaum fassen, dass ich mir das tatsächlich gefallen ließ, und ein Angstschauder erfasste mich, als ich mir meiner wehrlosen Lage bewusst wurde.

Ian Reed, der teuflisch attraktive und ebenso verdorbene Milliardär stand in seinem Designeranzug vor meinem Bett und blickte mit ausdrucksloser Miene auf mich herab, wie ich splitternackt vor ihm lag und den Kopf nach ihm verdrehte.

Mein Herz schlug mir bis zum Hals, als er plötzlich auf dem Absatz kehrt machte und den Raum verließ.

Panik stieg in mir auf. Worauf hatte ich mich nur eingelassen? Was hatte er vor? Was, wenn er nicht zurückkommen würde?

Ich zerrte an meinen Fesseln, doch die metallenen Karabinerhaken klirrten nur gegen das Messing. Ich war ihm und seiner Willkür auf Gedeih und Verderb ausgeliefert.

»Ian, bitte«, rief ich verzweifelt. »Komm zurück!«

Ich lauschte angestrengt auf jedes noch so kleine Geräusch, doch meine schwere alte Wohnungstür war zum Glück nicht ins Schloss gefallen. Er war also noch irgendwo hier.

Es dauerte eine halbe Ewigkeit, bis Ian endlich zu mir zurückkam.

»Hast du mich vermisst?«, fragte er spöttisch und ließ sich auf dem Bettrand nieder, um mir die inzwischen doch recht zerwühlten Haare aus dem Gesicht zu streichen und meinen angespannten Nacken zu massieren.

Ich bedachte ihn mit einem vernichtenden Blick, und dann erst sah ich, was er auf dem Nachttisch abgestellt hatte – und ich erstarrte.

»Ich habe mich in deiner Küche umgesehen und ein paar brauchbare Dinge gefunden«, beantwortete er meine unausgesprochene Frage, und seine Augen funkelten diabolisch.

Hölzerne Wäscheklammern aus meiner Haushaltsschublade und ein fingerdickes blassgelbes Stück Irgendetwas, das ich nicht zuordnen konnte.

»Was soll das werden, Ian? Ich glaube, ich kann das nicht. Ich will nicht, dass du mir wehtust.«

Meine Stimme erstarb, als er seinen schönen langen Zeigefinger bedeutungsvoll an seine Lippen legte und gleichzeitig begann, beruhigend meinen Rücken zu streicheln.

»Vertrau mir, Ann-Sophie. Ich werde nichts gegen deinen Willen tun und ich werde nichts mit dir anstellen, das du nicht ertragen kannst«, erklärte er ebenso ernst wie aufrichtig.

Sollte mir das wirklich genügen? Konnte ich ihm tatsächlich vertrauen? Ich wusste es nicht. Aber ich wusste, dass ich Ian Reed aus unerfindlichen Gründen mehr Vertrauen entgegenbrachte als jedem Mann vor ihm und dass ich ihm jedes seiner

Worte glaubte. Ich wusste um seine Neigungen und ohne diese zu teilen, hatte ich zugelassen, dass er mich an mein Bett fesselte. Ich hatte mich ihm wissentlich und willentlich ausgeliefert. Jetzt blieb mir nichts anderes übrig, als mich mit dieser Situation zu arrangieren und ihm die Kontrolle zu überlassen.

»Alles in Ordnung, Ann-Sophie?«, fragte er sanft und hauchte einen Kuss auf mein Schulterblatt.

Ich konnte in diesem Moment nicht antworten, aber ich nickte knapp.

Jetzt massierte er meinen Nacken, streichelte meine Schultern, ließ seine wundervollen Finger und die manikürten Nägel über meinen Rücken wandern, bis ich wohlig aufstöhnte und mich tatsächlich zu entspannen begann.

»Du bist wunderschön, Ann-Sophie Lauenstein«, raunte er mit sonorer Stimme.

Seine magischen Hände liebkosten jetzt die Kuhle meines Steißbeins und streichelten dann meinen Po.

»Ich begehre deinen schlanken Leib, deine samtig glatte Haut, deinen herrlich festen Hintern.«

Ich zuckte zusammen, als er plötzlich zukniff.

»Du ahnst nicht, wie verführerisch dieser Anblick ist, Ann-Sophie. Dieser bezaubernde Arsch schreit förmlich danach, dass man Hand an ihn legt.«

Wie zur Unterstreichung seiner Worte ließ er seine Handfläche auf meine linke Pobacke klatschen, und ich schrie auf. Nicht aus Schmerz, sondern vor Empörung.

Ian lachte sein schönes melodisches Lachen. »Du bist so unglaublich stolz, Ann-Sophie. Das ist eine echte Herausforderung.«

Dann griff er brüsk nach meinen Hüften.

»Zieh die Beine an«, kommandierte er und half dabei mit seinen Händen nach.

Es war nicht ganz einfach mit den gefesselten Händen, doch schließlich kauerte ich auf Unterarmen und Knien vor ihm. Es war eine entwürdigende Position und dazu nicht sonderlich bequem.

»Sehr schön. Und jetzt spreiz deine Beine für mich«, befahl Ian, und sehr zögerlich kam ich auch dieser Aufforderung nach.

»Weiter, Ann-Sophie. Es gibt nichts, wofür du dich zu schämen brauchst.«

Ich konnte nur ahnen, welch verdorbenen Anblick ich ihm jetzt bot.

Ian tätschelte zufrieden meinen angespannten Hintern, ehe seine langen Finger zwischen meine Beine fuhren und mir so vor Augen führten, wie obszön ich mich ihm tatsächlich präsentierte.

Sein linker Arm lag jetzt unverrückbar um meine Taille, um mich in Position zu halten.

Wieder liebkoste er mich mit seiner anderen Hand auf diese perfide, unglaublich gekonnte Weise, übte den optimalen Druck auf die richtigen Stellen aus, vollführte diese wunderbar kreisenden Bewegungen mit seinen Fingerkuppen, bis ich aufstöhnte und reflexartig die Beine schließen wollte.

Doch da traf seine Handfläche erneut auf meinen Po, und diesmal tat es weh.

»Stillhalten, Ann-Sophie«, befahl er streng.

Ian ließ von meinem Schoß ab und begann stattdessen meine herabhängenden Brüste zu kneten. Er brachte sie zum Schaukeln und meine Knospen pochten und brannten vor Erregung.

Dann griff er neben sich und im nächsten Moment durchzuckte mich ein wilder, beißender Schmerz. Ich schrie entsetzt auf und der Anblick raubte mir fast den Atem.

Eine Wäscheklammer klemmte an meiner Brustwarze.

Wie konnte er das nur wagen und wie wollüstig musste ich sein, dass ich es ertrug?

Mein Atem ging schnell und stoßweise und Ian streichelte beschwichtigend meinen Rücken, als ich versuchte, das Gefühl in meiner pochenden Knospe zu analysieren. Es drückte, es stach, es war heiß und qualvoll und doch erregte es mich erstaunlicherweise.

Dann spielten seine Finger erneut zwischen meinen Beinen und das ließ den Schmerz fast vergessen.

Ich hatte mich gerade etwas erholt und genoss seine Liebkosungen, als er unvermittelt nach meiner anderen Brust griff. Heiße Tränen schossen mir in die Augen, als er die gleiche Prozedur auf dieser Seite wiederholte.

Ian hatte nicht aufgehört, meinen Schoß zu kosen und so mischten sich Lust und Schmerz auf eine äußerst irritierende Weise.

Dann griff er nach dem gelben Ding auf dem Nachttisch.

»Was ist das, Ian?«, fragte ich angsterfüllt, doch er antwortete nicht und ließ das merkwürdige Objekt stattdessen durch meine klaffende Spalte streichen.

Es prickelte und wurde augenblicklich heiß zwischen meinen Beinen. Erschrocken wollte ich wieder die Schenkel schließen, doch ein erneuter Klaps auf den Po belehrte mich eines Besseren.

Die brennende Wärme breitete sich zwischen meinen Schenkeln aus, und es war ein ungemein sinnliches, höchst erregendes Gefühl.

Ich spürte, wie es in meinem Schoß zu pochen begann und ich wurde schier verrückt, als Ian das obskure Objekt wie einen Finger in mich gleiten ließ. Oh Gott! Ich stand lichterloh in Flammen und stöhnte heftig und stoßweise.

Dann ein erneuter stechender, betäubender Schmerz. Diesmal zwischen meinen Beinen. Ich brüllte auf. Entsetzt sah ich die Klammer an meiner Schamlippe.

»Bitte, Ian«, keuchte ich. »Ich kann nicht mehr.«

Im gleichen Moment nahm er mir die Klammern ab und das Blut schoss in meine gefolterten Knospen und in meine geschwollene Labie. Doch Ian ließ mir keine Zeit, diesen Empfindungen nachzuspüren, denn seine linke Hand presste sich unnachgiebig in meinen Nacken und zwang meinen Oberkörper auf die Matratze, während mein Po noch obszöner emporgedrückt wurde.

Dann hörte ich ihn an seinem Reißverschluss nesteln und im nächsten Moment war er in mir, tief und unfassbar groß.

Ich stöhnte. Und ich kam. Augenblicklich und so heftig wie noch niemals zuvor.

Ian verhielt sich ganz ruhig in mir, hielt und streichelte mich ungemein zärtlich und ließ mir Zeit, diesen wundervollen Orgasmus auszukosten.

Erst als meine Muskeln aufgehört hatten zu zucken und sich mein Puls langsam normalisierte, begann er sich zu bewegen.

Ich war noch nie zuvor von hinten genommen worden, und was ich immer für vulgär und frauenverachtend gehalten hatte, erwies sich als äußerst erregend. Auf diese Weise schien Ian noch gigantischer in mir zu sein, und er erreichte Regionen meines Inneren, die noch nie von einem Mann berührt worden waren. Seine Hände hielten mich wie ein Rettungsanker umfangen, während er sich immer kraftvoller in mich trieb, und ich keuchte unter seinen harten, tiefen Stößen. Es war ein ungemein frivoles Gefühl, als er sich bis zum Anschlag in mich rammte und sein Körper immer wieder gegen meinen Po stieß.

Ich spürte, wie meine Muskeln erneut unkontrolliert zu zucken begannen und sich der nächste Höhepunkt ankündigte. Und diesmal kamen wir zusammen.

Ian löste meine Fesseln und zog mich gleich darauf zärtlich in seine Arme. Er hielt mich ganz ruhig und ließ meinen erhitzten, bebenden Körper zur Ruhe kommen. Auch dabei fand er intuitiv das richtige Maß. Er engte mich nicht ein, ließ mir den Freiraum, den ich jetzt brauchte, und war doch da. Sein Körper gab mir Schutz und Halt, ohne mich zu erdrücken.

Erst als er spürte, dass ich bereit dazu war, küsste er sanft meine Stirn, streichelte meine Schultern und zog meine wund geriebenen Handgelenke an seine Lippen, um zärtliche Küsse in meine Handflächen zu hauchen.

Jetzt schmiegte ich mich in seine Umarmung, legte den Kopf an seine harte Brust und lauschte seinem festen, gleichmäßigen Herzschlag. Ich genoss die Nähe seines Körpers, der Kraft und Wärme ausstrahlte. Ian trug noch immer Hemd und Hose, nur seines Sakkos und seiner italienischen Slipper hatte er sich inzwischen entledigt. Sein Schopf, der offene Hemdkragen und die zerknitterte Knopfleiste wirkten nun noch eine Spur derangierter als üblich.

Eine Weile lagen wir einfach nur da, und keiner von uns sagte ein Wort. Es war wundervoll, so mit ihm schweigen zu können; wohltuend, einvernehmlich und von einer fast spirituellen Friedlichkeit.

Doch als ich unter meiner erhitzten Haut zu frieren begann, bemerkte Ian das sofort und erhob sich, um das Plaid zurückzuschlagen und mich in das Laken darunter zu hüllen, das mir im Sommerhalbjahr als Bettdecke diente.

Dann kam er wieder zu mir und zog mich mit dem Rücken gegen seinen Körper, während er seine Nase in meinen Haaren vergrub.

»Geht es dir gut?«, fragte er sanft.

Ich nickte an seiner Brust, und das Geräusch, das er von sich gab, klang erleichtert.

»Aber was war das für ein gelbes Teufelszeug, Ian? Es brennt immer noch zwischen meinen Beinen.«

Er lachte dieses herrliche, ansteckende Lachen.

»Das soll es auch, Ann-Sophie. Erinnerst du dich an die Ingwer-Wurzel aus dem Korb auf deiner Küchenanrichte?«

»Das ist nicht dein Ernst. Damit macht man Tee«, entgegnete ich entrüstet.

»Oder man schält sie und schnitzt einen Plug daraus«, erklärte Ian schmunzelnd.

»Du bist unmöglich«, brummte ich.

»Ich weiß. Und du duftest unbeschreiblich verführerisch«, raunte er mit sonorer Stimme und strich mir mit zärtlichen Fingerspitzen durchs Haar.

»Ich habe mich getäuscht, Ann-Sophie. Du besitzt tatsächlich keinerlei Ähnlichkeit mit Trouilles *Justine*. Wenn ich dich in meinen Armen halte, glaube ich, das Leben selbst in den Händen zu haben. Jeder Augenblick mit dir ist ein kostbares Geschenk, das ich kaum verdient habe; unvorhersehbar und wundervoll. Wenn du dich mir hingibst, tust du es mit Leib und Seele und voller Offenheit, selbst wenn du Qualen für mich leidest. Und wenn du Erfüllung in meinen Armen findest, dann scheint die Welt stillzustehen, so elementar greifen unsere Empfindungen ineinander. Ich habe so etwas noch nie erlebt.«

Ian und ich schliefen in dieser Nacht noch zwei weitere Male miteinander. Ohne Fesseln, ohne schmerzhafte Spielereien und doch voller Fantasie und voll himmlischer Empfindungen. Wir ließen uns Zeit, den Körper des anderen zu erkunden, und es war eine höchst sinnliche Expedition in magische Gefilde, von denen ich viele mit ihm zum allerersten Mal entdeckte. Ians Hände waren wie die Hände eines Schamanen auf meiner Haut, und es war, als flute er jede Faser meines Körpers mit Energie und verhelfe mit seinen hypnotischen Berührungen jedem Zoll meines Leibes zu einer nie gekannten Empfindsamkeit. Ian liebte mich auf so vielfältige, erfindungsreiche Weise; mal ungemein zartfühlend, mal mit betörender Grobheit, doch immer rücksichtsvoll und voller Leidenschaft.

Als ich gegen Morgen die Augen aufschlug, hatte ich im ersten Moment Angst, er könne mich genauso allein zurückgelassen haben wie beim letzten Mal.

Doch dann spürte ich eine sanfte Berührung auf meiner Schulter und drehte mich abrupt um.

»Gut geschlafen, Prinzessin?«

Himmel, diese Stimme.

»Ja.« Ich lächelte ihn glücklich an.

Ian lag da, den Kopf lässig auf einen angewinkelten Arm gestützt, und blickte auf mich herab.

Wie ungemein attraktiv er war. Er war unrasiert, seine verwuschelten Haare fielen ihm sexy in die Stirn. Seine edlen

Züge waren vollkommen gelöst, keine Spur von dem oft etwas strengen Zug um seine sinnlichen Lippen, und seine herrlichen graublauen Augen strahlten mich an.

»Danke, dass du geblieben bist«, sagte ich und strich ihm eine der widerspenstigen Strähnen aus dem Gesicht.

Doch Ian schüttelte den Kopf und griff nach meinem Handgelenk, um meine Fingerspitzen an seine Lippen zu ziehen.

»Ich danke dir, Ann-Sophie, dass du den Löwen in deine Höhle gelassen hast.«

In diesem Moment piepste Ians Smartphone, das er am Abend auf dem Nachttisch deponiert hatte.

»Du musst gehen?«, fragte ich, und allein der Gedanke versetzte mir einen Stich in die Herzgegend.

Einen Augenblick lang wirkte seine Miene nachdenklich, gequält von Pflichtbewusstsein, und er schien widerstrebend nicken zu wollen.

Doch stattdessen hellten sich seine Züge auf.

»Begleite mich nach Prag, Ann-Sophie.«

Drei

Sometimes you get so lonely
Sometimes you get nowhere
I've lived all over the world
I've left every place
Please be mine

(David Bowie)

Prag. Die goldene Stadt.

Tatsächlich machte die Moldau-Metropole ihrem klingenden Beinamen an diesem sonnigen Mittag im Juni alle Ehre.

Noch vor vier Stunden wäre es mir niemals in den Sinn gekommen, das Wochenende außerhalb von Frankfurt zu verbringen, und erst recht hätte ich nicht geglaubt, mit Ian Reed in seiner Privatmaschine in die tschechische Hauptstadt zu fliegen, um drei Tage an der Seite des Mannes zu verbringen, den ich nach einer gemeinsamen Nacht vor vier Wochen am liebsten nie wieder sehen wollte.

Nun saß ich neben Ian im Fond einer schwarzen Mercedes-Limousine, die uns vom Flughafen abgeholt hatte, und genoss die ersten Eindrücke von der Prager Altstadt, die mir der Blick aus dem Wagenfenster bot. Es war mehr als zehn Jahre her, seit ich als Abiturientin einen Kurzurlaub hier verbracht hatte, von dem mir allerdings kaum mehr als die Karlsbrücke, die Burg und der Wenzelsplatz im Gedächtnis geblieben waren.

Hatte ich Ians Bitte zu schnell nachgegeben, war ich ihm gar hörig, wie es meine beste Freundin Kiki vorhin am Telefon in ihrer gewohnt drastischen, direkten Art formuliert hatte, als ich sie bitten musste, über das Wochenende auf meine Katzen aufzupassen?

Zumindest hatte ich nicht lange gezögert, nachdem er mich gebeten hatte, ihn nach Prag zu begleiten. Ian wusste, dass ich freitags keine Verpflichtungen an der Universität hatte, und er wusste auch, dass mich die aktuelle Ausstellung in der Galerie des Rudolfinums sehr reizte. Wie hätte ich diesem Angebot also widerstehen können?

Ich hatte meine Flugangst zur Sprache gebracht, doch Ian hatte mir mit einem süffisanten Grinsen versichert, dass er mich während des Fluges so ablenken wollte, dass ich gar nicht bemerken würde, dass wir in einem Flugzeug saßen.

Ich hatte skeptisch beide Brauen gehoben und entgegnet, dass ich zu derart ausgefallenen Ablenkungsmanövern, wie er sie vermutlich im Sinn hatte, während eines Fluges ganz sicherlich nicht in der richtigen Stimmung sein würde.

Tatsächlich tat aber schon die Ausstattung seiner Privatmaschine das Ihrige, um mir vorzuspiegeln, dass wir gar nicht in einen Flieger stiegen, sondern ein gediegenes Konferenzzimmer mit breiten Klubsesseln und Bar betraten. Ich muss zugeben, ich war über alle Maßen beeindruckt.

Zwar machten mir auch bei diesem besonderen Flug Start und Landung zu schaffen, aber Ian tat wirklich alles, um mir die Anspannung zu nehmen. Er hatte neben mir Platz genommen und hielt während des Starts und auch später bei der Landung meine Hand. Dabei strich sein Daumen immer wieder sanft über meinen Handrücken, und ich war erstaunt, wie beruhigend diese Geste tatsächlich auf mich wirkte. Als wir die volle Flughöhe erreicht hatten, stand er auf und trat an die Bar.

»Bist du einverstanden, wenn ich dir anstelle des klassischen Tomatensafts einen Bloody Mary serviere?«

»Wenn du dich mit dem Wodka zurückhältst, dann ja.«

Er grinste. »Ich dachte, ein ordentlicher Schuss könnte deiner Flugangst nur entgegenwirken. Aber selbstverständlich kannst du auch einen Virgin Mary bekommen.«

Ich musste lachen und sah zu, wie Ian mit routinierten Handgriffen mit Tomatensaft, Wodka, Salz, Pfeffer und Tabasco hantierte.

Als ich probierte, stellte ich fest, dass der Cocktail perfekt abgeschmeckt wurde und Ian mit dem Alkohol wirklich wohltuend sparsam umgegangen war.

»Wo hast du das Mixen gelernt?«, fragte ich und nahm noch einen Schluck.

»Ich lebe in Hotels, Ann-Sophie, und auch ehe ich dir begegnet bin, habe ich nicht jeden Abend in Gesellschaft von Geschäftspartnern oder Huren verbracht. Bisweilen sind das einsame, triste Stunden, die man besser an der Hotelbar zubringt als auf dem Zimmer vor dem Fernseher oder Laptop. Da schaut man sich mit der Zeit einiges ab.«

»Besonders, wenn man ein so brillanter Beobachter ist, wie du einer bist«, sagte ich und lächelte, obwohl mir nach seinen offenen, ehrlichen Worten nicht wirklich nach Lächeln zumute war.

Dann schnippte er unvermittelt mit den Fingern, und noch während ich ihn irritiert und wohl auch ein bisschen erschrocken ansah, erklangen aus verborgenen Boxen die ersten Klänge von Frank Sinatras wundervoller Interpretation von *Fly me to the Moon*.

»Haben Sie gerade Ihre romantische Ader entdeckt, Mr. Reed?«, fragte ich und bemühte mich um einen Hauch von Ironie in meiner Stimme, um die sentimentale Rührung zu kaschieren, die mich bei diesem Song unweigerlich ergriff.

»Fassen Sie sich an die eigene Nase, Frau Dr. Lauenstein, und verschanzen Sie sich nicht hinter Ihrem Sarkasmus.«

Er war in der Tat ein begnadeter Beobachter.

Ian trat hinter mich und legte seine schlanken Hände auf meine Schultern. Ich trug ein schwarzes Stricktop, und Ian ließ mir die Träger zusammen mit denen meines BHs über die Schultern rutschen, um mich mit sanftem Druck zu massieren und die Verspannungen in meinem Nacken zu lösen, die der Steigflug verursacht hatte.

»Mhm, das ist schön«, murmelte ich versonnen und Ian lachte sein einzigartiges Lachen.

»Du klingst wie eine deiner Katzen, Ann-Sophie.«

Dann ließ er seine Hände weiter nach vorn wandern, und im nächsten Moment suchten seine forschen Finger den Weg in meinen Ausschnitt und begannen, sanft mein Dekolleté und meine Brüste zu streicheln.

Ich lehnte mich zurück, legte den Kopf auf die Lehne meines Sessels und streckte die Arme aus, um Ian zu mir heranzuziehen. Er beugte sich über mich und hauchte einen zärtlichen Kuss in meine Halsbeuge; genau an die Stelle, an der ich seit dem vorigen Abend seinen inzwischen violett getönten Knutschfleck trug und von dem er am Morgen verlangt hatte, dass ich ihn nicht überschminkte. Anschließend legte er seine

Lippen kopfüber auf die meinen und ließ den womöglich sinnlichsten und gefühlvollsten Kuss folgen, den ich je mit einem Mann getauscht hatte. Ians Zunge erkundete meinen Mund auf eine eigenartige, provokante, höchst genussvolle Weise, während der Druck seiner fordernden Hände um meine Brüste stetig zunahm.

Dann klingelte Ians Handy und widerwillig ließ er von mir ab.

Seine Stimme klang rau und kehlig, als er den Anruf entgegennahm. Es war ein gewisser Robert, mit dem er auf kumpelhafte, ungezwungene Weise englisch sprach. Dennoch ging es eindeutig um die heutige Zusammenkunft in Prag.

Plötzlich wirkte Ian angespannt, fast ungehalten. Irgendjemand würde eventuell nicht zu dem vereinbarten Treffen erscheinen. Mit einer nervösen Handbewegung fuhr er sich durchs Haar. Dann entschied er, dass man den Termin aus diesem Grund nicht platzen lassen konnte, bedankte sich für die Information und verabschiedete sich von Robert.

»Darf ich fragen, worum es geht?«

»Selbstverständlich, Ann-Sophie. Eine kleinere Investition in Karlsbad und Prag.«

Er unterbrach sich und zückte erneut sein Smartphone, um eine Kurzmitteilung zu tippen.

»Es geht um zwei schöne Palais, die sich als Apartment-Hotels eignen würden – mit einigen wenigen großen Suiten, Bibliothek, Schwimmbad und so weiter. Die Inhaber stehen vor der Insolvenz, aber jetzt scheinen sie Schwierigkeiten zu machen. Nun, wir werden sehen.«

Ein Signalton, der den Eingang einer SMS oder E-Mail ankündigte, ließ ihn erneut verstummen.

»Hast du eigentlich keine Bedenken, im Flugzeug mit dem Handy zu telefonieren?«, fragte ich, nachdem er das Smartphone wieder in seine Tasche gesteckt hatte.

»Keine Sorge, ich habe nicht vor, dich in Lebensgefahr zu bringen, Ann-Sophie. Wir haben eine Umschaltstation an Bord, die für die nötige Sicherheit sorgt, und einen sehr erfahrenen Piloten im Cockpit.«

Wenige Minuten später setzte die Maschine auch schon zur Landung an.

Ian legte seine rechte Hand auf meinen Oberschenkel, um mit der linken aus dem Fenster zu weisen und mich auf den herrlichen Blick aufmerksam zu machen, den man von diesem Moldau-Ufer aus auf die Prager Burg hatte.

Er beließ seine Hand noch etwas länger auf meinem Bein, und ich spürte, dass sein Daumen eines der Häkchen zu ertasten versuchte, mit denen meine Strümpfe befestigt waren. Als er es gefunden hatte, übte er sanften Druck darauf aus und lächelte mich vielsagend an.

Ich dachte an die Strapse, den spitzenverzierten Strumpfgürtel und die eleganten Strümpfe, die ich trotz der Wärme unter meinem Rock trug, weil es Ian gefiel. Ein leichtes Prickeln rieselte über meine Haut bei dem Gedanken daran, wie er mir heute Morgen beim Anziehen zugesehen hatte – ganz selbstverständlich und völlig ungeniert. Ich dachte auch daran, wie er mir die Bürste aus der Hand genommen hatte, um mir die feuchten Haare zu kämmen, und wie unglaublich behutsam und zärtlich er dabei zu Werke gegangen war.

»Wir werden nicht im *Grand Reed* wohnen«, erklärte Ian, als wir die Moldau überquerten und das beeindruckende Luxushotel direkt am Flussufer rechts neben uns auftauchte.

»Mir gehört hier noch ein kleines charmantes Boutique-Hotel mitten in der Altstadt, das hoffentlich eher deinen Geschmack treffen wird. Immerhin gibt es dort keine weißen Orchideen und keine Boxspringbetten.« Er grinste jungenhaft.

»Ich habe nichts gegen Orchideen und auch nicht gegen Boxspringbetten, Ian.«

»Aber du hast etwas gegen Uniformität, und das kann ich verstehen.«

Wir hielten in einer schmalen Gasse. Hier begann die Fußgängerzone, die mit gusseisernen Pollern für den Verkehr gesperrt war. Doch Mark, der während des Fluges beim Kapitän im Cockpit und auf der Fahrt vom Flughafen auf dem Beifahrersitz neben unserem tschechischen Chauffeur gesessen hatte, stieg aus, und ich beobachtete, wie er mit einem Schlüssel an einem schwarzen Kasten herumexperimentierte und die Poller schließlich automatisch abgesenkt wurden. Dann stieg er wieder ein und wir fuhren noch etwa fünfzig Meter weiter, bis der Wagen vor einem schmucken Jahrhundertwende-Palais mit herrlichem Jugendstil-Entree hielt. *Hotel Residence* prangte in floralen grünen Lettern über dem Eingang und darunter fünf auf Hochglanz polierte Sterne.

Tatsächlich traf das Hotel ganz und gar meinen Geschmack. Anstelle einer Lobby gab es einen intimen kleinen Salon mit wundervollen Jugendstil-Möbeln, und auf der Kaminkonsole stand ein üppiger Strauß mit alten englischen Rosen.

Sofort kamen uns zwei Kofferträger entgegengeeilt und kümmerten sich um unser übersichtliches Gepäck.

Ich hatte mir ein Beispiel an Ian genommen und für den kurzfristigen Wochenendtrip nur das Nötigste eingepackt. Dennoch war ich zugegebenermaßen ob der Spontanität dieser Reise ein bisschen überfordert gewesen und auch aufgrund des Mannes, der mir beim Packen ununterbrochen über die Schulter geschaut hatte.

Ian hatte nicht mit Komplimenten für meine Garderobe gespart, dabei aber mit ebenso subtilen wie schmeichelhaften Bemerkungen dafür gesorgt, dass ich keine Jeans mitnahm, sondern nur zwei Kleider, Röcke und Oberteile, von denen er sagte, dass er sie ausgesprochen gern einmal an mir sehen würde.

Hinter dem kleinen antiken Empfangstresen tauchten gleich drei Damen unterschiedlichen Alters auf. Die Körperhaltung, die sie einnahmen, als sie Ian gegenüberstanden, hatte fast etwas Militärisches oder aber noch eher Ähnlichkeiten mit dem Aufmarsch der Dienstboten in Filmen, die in alten Adelshäusern spielten. Es fehlte nur der Hofknicks.

Es war die Älteste, eine adrette Empfangsdame Ende fünfzig im schwarzen Kostüm und mit hochgestecktem Haar, die uns begrüßte: »Mr. Reed, Miss, herzlich willkommen in Prag. Wir freuen uns außerordentlich, Sie im *Residence*, der kleinen Schwester des *Grand Reed*, willkommen heißen zu dürfen. Wir wünschen Ihnen im Namen des ganzen Teams einen angenehmen Aufenthalt und dass Sie alles zu Ihrer Zufriedenheit vorfinden werden.«

»Danke, Aneta, sehr freundlich von Ihnen. Schön, dass Sie uns so kurzfristig aufnehmen konnten. Ist die gewünschte Suite frei?«

Selbst diese gestandene, äußerst souverän wirkende Frau wurde rot, als Ian sie mit Vornamen ansprach und sie zudem mit diesem verflucht attraktiven, feinen Lächeln bedachte.

»Selbstverständlich, Mr. Reed. Die Suite mit Blick auf die Burg steht Ihnen wie gewünscht zur Verfügung. Es wurde alles Ihren Vorgaben entsprechend vorbereitet und arrangiert.«

»Bestens. Und die Karten?«

»Liegen auf Ihrem Schreibtisch, Sir.«

»Sie sind ein Schatz, Aneta. Was täte ich nur ohne Sie?«

Wieder wurde die Ärmste rot und sie lächelte verlegen.

»Darf ich Ihnen vielleicht einen Willkommenscocktail oder ein Glas Champagner anbieten?«

»Nein, vielen Dank. Aber Sie könnten uns einen Tisch im *Bellevue* reservieren. Auf der Sonnenterrasse. Sagen wir in einer Stunde?«

»Aber die Wartezeit beträgt …«

»Sie schaffen das schon, Aneta. Davon bin ich überzeugt.«

Aneta klappte den Mund auf und wieder zu, ehe sie sich zu einer Neuauflage ihres verbindlichen Lächelns zwang.

»Selbstverständlich, Mr. Reed.«

Begleitet von einer jungen blonden Frau vom Empfang und einem Liftboy in traditioneller Kostümierung mit goldenen Troddeln am roten Anzug nahmen wir den Aufzug in den dritten Stock.

Es war eine dieser nostalgischen Aufzugkabinen mit rotem Teppichboden und messinggefassten Verspiegelungen.

»Ich wäre jetzt lieber mit dir allein«, knurrte Ian mit rauer Stimme an meinem Ohr.

Dann hielt der Lift und die Tür öffnete sich, begleitet von einem altmodischen Klingeln.

Die junge Frau im grauen Bleistiftrock mit weißer Bluse ging uns den hübschen Korridor entlang voran, der mit antiken Kleinmöbeln und echten Gemälden geschmackvoll gestaltet war. Neben der Tür mit dem Messingschild *Residence-Suite* stand auf einem Jugendstil-Konsolentisch ein herrliches Schreibset aus Meißner Porzellan mit einer ebensolchen Figurenschale.

Solch museale Kostbarkeiten zur Dekoration auf einem Hotelflur zu arrangieren erschien mir doch etwas befremdlich.

Hier gab es auch keine Türöffner mit Magnetkarten, sondern einen wuchtigen Schlüssel mit einer dicken Quaste daran, mit dem unsere Begleiterin aufschloss, um uns dann den Vortritt zu lassen.

Tatsächlich hatte diese Suite keinerlei Ähnlichkeiten mit der Präsidentensuite im *Grand Reed* in Frankfurt. Hier war die ganze Möblierung antik und ungemein romantisch. Feine Gold-, Elfenbein- und Grünnuancen bestimmten das prächtige Ensemble aus nostalgischen Stofftapeten, schweren bestickten Brokatvorhängen, einer zierlichen Chaiselongue und Wurzelholzmöbeln. Und von dem traumhaft schönen Himmelbett mit seinen üppigen Kissenbergen blickte man durch ein raumhohes Bogenfenster direkt auf den Hradschin.

»Die Minibar wurde nach Ihren Wünschen gefüllt, Blumen, Obst und Zeitungen entsprechend arrangiert«, erklärte die junge Frau in gebrochenem Deutsch, wobei sie den Blick scheu gesenkt hielt.

»*Děkuji vám, slečno?*« Ian sah sie fragend an.

»Věra Dvořák, Sir«, sagte sie strahlend.

»*Děkuji, Věra.* Das wäre dann alles.«

Věra nickte und ließ uns dann allein.

»Du sprichst tschechisch?«, fragte ich erstaunt und merkte erst, nachdem ich es ausgesprochen hatte, dass es eine eher überflüssige Frage war.

»Nein, ich beherrsche diese Sprache nicht. Es sind nur Floskeln, die einfachste Ebene der Gesprächsführung, auf der ich mich in den Sprachen der Länder verständigen kann, in denen die *Reed Group* vertreten ist. Dieses Mindestmaß an Respekt gegenüber meinen Mitarbeitern jedoch halte ich für unerlässlich.«

»Das ist ein hoher Anspruch, wenn man bedenkt, wie global dein Unternehmen aufgestellt ist.«

»Nun, es sind tatsächlich mehr als dreißig Länder, aber deutlich weniger Sprachen. Wirklich fließend spreche ich nur Französisch und Spanisch.«

»Und Englisch und Deutsch«, ergänzte ich und war insgeheim erleichtert, dass ich mit meinen Italienisch- und Französischkenntnissen wenigstens in diesem Punkt mithalten konnte.

»Seit wann stehst du eigentlich an der Spitze dieses Unternehmens?«

»Im Grunde seit meinem einundzwanzigsten Geburtstag.«

Ich musste schlucken. Wie konnte man einem halben Kind eine solche Verantwortung übertragen? Doch Ian sprach schon weiter.

»Man hat mich nicht so ins kalte Wasser geschmissen, wie es jetzt vielleicht klingen mag. Bis zu meiner Volljährigkeit lag die Geschäftsführung bei dem damaligen CEO der *Reed Group* Mycroft Baine, einem Weggefährten meines Vaters und engen Vertrauten meiner Großmutter. Mit einundzwanzig stieg ich in das Unternehmen ein, lernte seine Strukturen kennen, studierte aber noch. Mit vierundzwanzig machte ich meinen Abschluss in St. Gallen und arbeitete dann drei Jahre lang mit Mycroft zusammen.«

Ian wirkte fahrig, sein Tonfall klang verächtlich.

»Dann habt ihr euch überworfen?«, riet ich ins Blaue hinein.

»Ja, so könnte man es auch ausdrücken. Unsere Vorstellungen von der Unternehmensführung gingen von Anfang an quasi diametral auseinander. Letztlich musste ich mich von Mycroft trennen.«

»Du wirkst, als wäre dieses Zerwürfnis für dich bis heute ein großes Ärgernis.«

»Nein, nicht das Zerwürfnis, Ann-Sophie. Ich hätte den Feind in den eigenen Reihen nur früher erkennen, Mycroft viel eher in seine Schranken weisen müssen.«

Ian sprach jetzt durch zusammengebissene Zähne, und ich beobachtete, wie er die Fäuste ballte.

»Weil er dem Unternehmen schadete?«

»Er war dabei, der Unternehmensphilosophie zu schaden und dem Ansehen des Namens Reed. Langfristig hätte seine Geschäftspolitik auch dem Unternehmen an sich geschadet, aber das alles war glücklicherweise reparabel.«

»Du klingst, als wären andere Dinge nicht reparabel gewesen. Du warst tief enttäuscht von deinem väterlichen Mentor?«

Ian lachte verächtlich, und ich zuckte regelrecht zusammen.

»Es war in der Tat nicht alles reparabel. Aber ein väterlicher Mentor war Mycroft für mich nie. Das Misstrauen, das ich von klein auf gegen ihn hegte, war gerechtfertigt, aber bis zu ihrem Tod hielt ja meine Großmutter ihre schützende Hand über ihn.«

In diesem Moment klingelte das Hoteltelefon, und Ian trat an den Demi-Lune-Tisch, auf dem das antik anmutende schwarze Gerät stand.

»Aneta konnte uns einen Tisch für 14 Uhr reservieren«, erklärte er nach einem kurzen Telefonat mit der Dame vom Empfang.

Eine halbe Stunde später saßen wir bei strahlendem Sonnenschein und einem leckeren Sommersalat mit frischem Spargel auf einer Restaurantterrasse am Ufer der Moldau mit einem spektakulären Blick auf die Prager Burg.

»Ist diese Reise nach Prag das Angebot, das du mir gestern Abend unterbreiten wolltest?«, fragte ich und nippte an meinem Weißwein.

Ian grinste. »Nein. Daran habe ich gestern Abend ehrlich gesagt noch gar nicht gedacht. Das war heute Morgen einer dieser übermächtigen spontanen Einfälle, wie sie mich nur unter deinem Einfluss heimsuchen.«

»Ich hoffe, du bereust ihn nicht schon?«

»Den Einfall, dich mit hierherzunehmen? Natürlich nicht. Das war vermutlich meine beste Idee seit einer Ewigkeit.«

»Aber um welches unmoralische Angebot handelte es sich dann?«

»Ich sagte doch, dass mein Angebot nicht unmoralisch sein würde. Die Bitte, mich nach Prag zu begleiten, dagegen war im höchsten Maße unmoralisch.«

»Tatsächlich?«, fragte ich kokett.

»Tatsächlich, Ann-Sophie.« Ians Miene verdüsterte sich plötzlich und das diabolische Funkeln in seinen herrlichen silberblauen Augen wirkte ungemein sexy.

»Du ahnst ja nicht, wie lasterhaft dieses Wochenende werden wird.«

Er ließ seine Worte wirken und nahm ebenfalls einen Schluck Wein, ehe er fortfuhr. »Mein Angebot geht in eine ganz andere Richtung und ist wohl auch eher eine Bitte denn eine Offerte. Ich möchte, dass du eine Ausstellung zu deinem Vortragsthema in meinem Museum kuratierst.«

Zunächst einmal fehlten mir die Worte. Welch ungemein reizvolle Vorstellung!

»Das klingt wirklich verlockend, Ian«, begann ich schließlich zögernd. »Aber dafür bin ich nicht die Richtige. Ich habe keinerlei kuratorische Erfahrung.«

»Dann wirst du sie eben bei diesem Projekt erwerben. Ich werde dir meinen Sammlungskurator und seine Assistentin zur Seite stellen. Außerdem verfügt die Sammlung Reed über ein recht stattliches Archiv, in dem du auch einige der Arbeiten finden wirst, die Gegenstand deines Vortrags waren. Beim Budget in Sachen Leihgaben lasse ich dir freie Hand.«

Jetzt war ich gänzlich sprachlos.

Schon allein bei dem Gedanken an das Archiv und seine verborgenen Schätze juckte es mir in den Fingern, und die Aussicht, eine Ausstellung mit freiem Etat zu planen und zu realisieren, kam für jeden Kurator einem Sechser im Lotto gleich. Leider war ich aber keine Kuratorin.

»Ian, ich ...«

»Überleg es dir, Ann-Sophie. Ich will dich nicht unter Druck setzen, aber ich bin überzeugt davon, dass du eine fulminante Schau auf die Beine stellen würdest, und ich bin bereit und willens, dich dabei im Rahmen meiner Möglichkeiten tatkräftig zu unterstützen.«

»Sosehr vertraust du mir? Obwohl ich keinerlei Referenzen vorzuweisen habe?«

»Du hast mein volles Vertrauen, Ann-Sophie Lauenstein. Und das ist wohl die beste und einträglichste Referenz, um die dich die meisten meiner Geschäftspartner und Mitarbeiter sehr beneiden dürften.«

»Wenn das Privileg deines Vertrauens so selten und kostbar ist, wie du sagst, hätte ich Angst, es mit dieser Ausstellung zu verspielen.«

»Das könntest du nicht. Nicht mit einer missglückten Ausstellung.«

Er lächelte und sah auf seine *Omega*. Dann winkte er den Kellner herbei und bestellte je ein Rhabarber-Frappé und einen Espresso zum Dessert.

Wieder einmal hatte er mich nicht nach meinen Wünschen gefragt, doch diesmal verspürte ich keine Lust auf eine entsprechende Grundsatzdiskussion.

Ian hatte die weißen Hemdsärmel leger hochgekrempelt und die Sonnenbrille von Tom Ford steckte nachlässig in seinem zerzausten Haar. Wie ungemein attraktiv er war!

Die schwarze Mercedes-Limousine wartete vor dem Restaurant. Nachdem uns der Hotelchauffeur vom Flughafen abgeholt hatte, hatte Mark diese Aufgabe wieder übernommen, und auch diesmal stieg er aus, um uns die hintere Wagentür aufzuhalten.

»Ich muss jetzt direkt zu meinem Meeting«, erklärte Ian, und zu Mark gewandt fügte er hinzu: »Bitte zum *Grand Reed*. Anschließend bringen Sie Frau Dr. Lauenstein bitte, wohin sie möchte, und bleiben Sie bei ihr. Ich werde mir dann einen Wagen aus dem Fuhrpark leihen.«

Als Mark die Limousine auf den Vorplatz des Grand Hotels lenkte, sagte Ian zu mir: »Ich möchte, dass du dich amüsierst, und wenn du etwas siehst, das dir gefällt, möchte ich, dass du es kaufst. Ich werde dich anrufen, wenn wir mit den Verhandlungen durch sind. Zwei bis drei Stunden wird es aber vermutlich dauern.«

Er küsste mich zärtlich, dann stieg er aus dem Wagen.

Ich sah zu, wie er mit hochgekrempelten Hemdsärmeln und dem über die Schulter geworfenen Sakko federnden Schritts die Stufen des Entrees hinaufeilte, und dann sah er sich tatsächlich noch einmal um. Dieses feine Lächeln huschte über sein schönes Gesicht, und ich legte die Hand an die Fensterscheibe, ehe er in der Lobby verschwand.

»Wohin darf ich Sie chauffieren, Miss?«, fragte Mark.

»Ich weiß nicht«, gab ich ehrlich zu und fühlte mich mit einem Mal ein bisschen wie Carrie Bradshaw in Paris.

Doch dann erinnerte ich mich an einen Artikel, den ich kürzlich in einer Kunstzeitschrift gelesen hatte.

»Gibt es hier ein Viertel namens Zikow oder so ähnlich?«

Mark gab meine Frage an das Navigationssystem weiter, und als dieses mit meinem Begriff nichts anzufangen wusste, versuchte er es bei Google.

»Žižkov, ja, das gibt es«, bestätigte Mark schließlich. »Das ist nicht weit von hier. Möchten Sie, dass wir dort hinfahren?«

»Wenn es wirklich nicht zu weit entfernt ist und es Ihnen keine Umstände macht.«

»Es macht mir keine Umstände, Frau Dr. Lauenstein. Das ist mein Job.« Er zwinkerte mir über den Rückspiegel zu und ich musste lächeln.

Ich hatte inzwischen Gelegenheit gehabt, festzustellen, dass Mark weit weniger bedrohlich war, als ich zu Anfang geglaubt hatte. Zwar glich seine Statur der eines gut bemessenen Kleiderschrankes, und der immer gleichermaßen perfekt sitzende Boss-Anzug mit der schwarzen Krawatte in Verbindung mit seiner Waffe und dem obligatorischen Knopf im Ohr ließ ihn auf mich noch immer wie eine Figur aus einem Agententhriller wirken, doch hinter dieser befremdlichen Fassade verbarg sich ein sympathischer, bodenständiger Mittvierziger mit einem angenehmen Sinn für Humor.

»Wie lange arbeiten Sie eigentlich schon für Mr. Reed?«, fragte ich, als wir in östlicher Richtung durch die Prager Innenstadt fuhren.

»Seit dem Vorfall damals. Das sind inzwischen etwa fünfzehn Jahre.«

»Seit welchem Vorfall, wenn ich fragen darf?«

Mark gab vor, sich in diesem Augenblick sehr auf den Straßenverkehr konzentrieren zu müssen.

»Ich meine, seit Mr. Reed seine Funktion als geschäftsführender Inhaber der *Reed Group* übernommen hat.«

»Dann sind Sie immer mit ihm auf Reisen?«

»Meistens, ja. Dank dieses besonderen Jobs habe ich schon sehr viele schöne Flecken dieser Erde gesehen.«

»Sie arbeiten also gern für Mr. Reed?«

»Ja, das tue ich.«

Seine Antwort kam schnell und entschlossen, dennoch merkte ich, dass ihm diese Frage unangenehm war.

»Bitte entschuldigen Sie, Mark. Ich wollte nicht indiskret erscheinen.«

»Ich arbeite wirklich gern für Mr. Reed. Aber immerhin sind Sie die Frau an seiner Seite. Es ist komisch, mit Ihnen über ihn zu sprechen.«

Die Frau an seiner Seite. Ich muss zugeben, dass mir diese Formulierung schmeichelte, doch Mark sprach bereits weiter.

»Ich möchte zwar niemals mit Mr. Reed Geschäfte machen müssen, weil man da nur den Kürzeren ziehen kann. Er ist dann knallhart und unnachgiebig, wissen Sie? Aber er ist ein ausgesprochen fairer Chef, der absolute Zuverlässigkeit und Pflichttreue einfordert, es aber im Gegenzug auch nicht an Loyalität gegenüber seinen Mitarbeitern fehlen lässt.«

»Darf ich Ihnen noch eine weitere Frage stellen, Mark?«

»Selbstverständlich, Miss.«

»Und ich bitte Sie, ehrlich zu antworten oder gar nicht.«

Mark nickte und sah fragend in den Rückspiegel.

»Betraut er Sie häufiger mit derartigen Aufgaben, etwa mit der *Bespaßung* seiner weiblichen Begleiterinnen?«, fragte ich zögernd.

»Nein. Ich glaube, ich weiß, worauf Sie hinauswollen, Miss. Aber da kann ich Sie wirklich beruhigen. Auch wenn es schwer zu glauben ist, Sie sind nicht eine von vielen. Ich weiß nicht, ob ich das sagen darf oder ob es Mr. Reed recht wäre, dass ich es Ihnen sage, aber Sie sind die erste Frau, mit der er reist, mit der er so viel Zeit verbringt.«

Dann meldete das Navigationssystem, dass wir unser Ziel erreicht hätten.

»Sind Sie wirklich sicher, dass Sie hierherwollten?«, fragte Mark skeptisch.

Tatsächlich waren wir in einer etwas heruntergekommenen Mietshaussiedlung gelandet.

»Könnten Sie vielleicht dort vorne links abbiegen?«

Wortlos kam Mark meiner Aufforderung nach und lenkte den Wagen in eine schmale Seitenstraße. Weiter kamen wir nicht, denn eine Straßensperre verhinderte die Durchfahrt. Wir waren mitten in eine Art alternatives Volksfest geraten.

Mark wendete und parkte den dicken Mercedes in einer Parklücke, die ich schon mit meinem Suzuki Cappuccino für gefährlich eng gehalten hätte.

Und da waren sie: die jungen Galerien und Ateliers, die hippen Boutiquen, Straßencafés und kleinen Künstlerkneipen, von denen ich gelesen hatte, und dazu jede Menge junge Leute, gute Livemusik und Kunstprojekte im öffentlichen Raum.

»Ich möchte mich nur ein bisschen umsehen. Sie brauchen mich wirklich nicht zu begleiten, Mark. Schließlich bin ich eine erwachsene Frau. Vielleicht möchten Sie schon zurück ins Hotel fahren oder etwas trinken gehen.«

»Ich habe eine Anweisung zu befolgen, Frau Dr. Lauenstein. Und auch ohne Mr. Reeds ausdrückliche Instruktion würde ich Sie wohl kaum hier allein lassen.«

»Es ist mir wirklich unangenehm, dass Sie für mich den Babysitter spielen müssen. Darf ich Sie dann wenigstens auf einen Kaffee einladen?«

Wir ergatterten einen Tisch in einem charmanten Straßencafé mit bunt gestrichenen Gartenstühlen vor der Tür.

Anschließend bummelte ich durch einige der Galerien und jungen Design-Läden, von denen sich Dutzende hinter den maroden Jugendstil-Fassaden verbargen. Ich hatte nicht gewusst, dass es in Prag eine so innovative Alternativ- und Kreativszene gab. Aber es war ein merkwürdiges Gefühl, den armen Mark ständig im Schlepptau zu haben, der überall geduldig auf mich wartete, ohne eine Miene zu verziehen.

In einem verrückten Vintage-Laden namens *Bohemian Retro* trafen wir dann auf drei Kunststudenten aus Wien, die uns auf eine Aktion eines befreundeten Künstlerkollektivs aufmerksam machten und uns für fünf Uhr zu der Performance auf der gegenüberliegenden Dachterrasse einluden.

Um kurz nach fünf erhielt ich eine SMS. Keinen Anruf.

Es ist ein Ende der Verhandlungen in Sicht. Sei um sechs Uhr in unserer Suite. NACKT. Ian

Und statt der Zornesröte der Empörung, die mir ob dieser Unverfrorenheit hätte ins Gesicht steigen müssen, spürte ich glühende Hitze in meinen Schoß schießen.

Doch die atmosphärische Klang- und Tanzperformance hatte gerade erst begonnen, und Mark und ich saßen auf einer Bierbank, eingekeilt von anderen Zuschauern.

Es war fast sechs Uhr, als wir in den Wagen stiegen, und dann gerieten wir in einen Stau. Ob es sich um den normalen Prager Feierabendverkehr handelte oder ob es an dem *Zažít město jinak* lag, wie das jährliche Stadt- und Kunstfest laut den Studenten aus Wien hieß, war schwer zu sagen. Jedenfalls erreichten wir das Hotel erst gegen halb sieben.

Ian saß mit lässig übereinandergeschlagenen Beinen in einem Sessel an der geöffneten Balkontür mit direktem Blick auf die Prager Burg. Sein Haar war noch zerzauster als am Nachmittag, seine Augen verrieten, dass es anstrengende Verhandlungen gewesen sein mussten, und sein Hemdkragen stand weit offen. Er sah verflucht sexy aus.

»Du kommst spät«, sagte er mit einem bedrohlichen Klang in seiner schönen Stimme und schaute demonstrativ auf seine *Omega*. »Ich warte hier schon seit zehn Minuten.«

»Ach, dann hast du dich ja auch verspätet. Wie sind die Verhandlungen ausgegangen?«

»Ich habe den Zuschlag bekommen«, gab er knapp zurück.

»Ich gratuliere dir. Warum machst du dann so ein mürrisches Gesicht?«

»Hast du meine Nachricht nicht erhalten, Ann-Sophie?«

»Doch«, erwiderte ich ebenso einsilbig wie er zuvor.

»Dann weißt du auch, warum ich ärgerlich bin.«

Seine silberblauen Augen schienen mich zu durchbohren.

Ich lachte auf. »Ärgerlich? Ich bitte dich, Ian. Ich wollte schon eher hier sein, aber Mark und ich waren bei einer Performance und standen anschließend im Stau. Das kann vorkommen.« Ich wurde tatsächlich ein bisschen ungehalten.

»Ich wollte dich nach dem gelungenen Deal nackt in diesem Bett vorfinden. Stattdessen sitze ich hier und warte auf dich.«

»Ich bin keine deiner Huren, Ian Reed«, entgegnete ich scharf.

»Nein, das bist du nicht, Ann-Sophie. Trotzdem werde ich dich für deinen Ungehorsam bestrafen müssen.«

Ich glaube, bei diesen Worten blieb mir der Mund offen stehen. Ich war so perplex, dass es mir die Sprache verschlug.

»Du willst *was?*«, fragte ich schließlich, als ich meine Stimme wiedergefunden hatte, doch sie klang fremd in meinen eigenen Ohren, eher wie ein heißeres Krächzen.

»Dich züchtigen, Ann-Sophie. Du hast schon ganz richtig gehört«, erklärte Ian vollkommen ungerührt.

Ich spürte, wie meine Kehle trocken wurde.

»Das ist nicht dein Ernst«, brachte ich fassungslos hervor.

»Das ist mein voller Ernst, Ann-Sophie«, entgegnete er, und der dunkle Klang seiner Stimme, deren selbstsichere Gelassenheit den größtmöglichen Kontrast zu meiner bildete, trieb mir eine Gänsehaut über den Körper.

Ian erhob sich auf diese elegante Weise, nur um sich auf der Empire-Chaiselongue niederzulassen. Er griff nach einem der grün-goldenen Samtkissen und legte es sich auf den Schoß.

»Komm her zu mir«, forderte er mich auf und es klang wie ein Befehl – unnachgiebig und verheißungsvoll. Dabei funkelten seine schönen Augen voller Begehren, und obwohl er sich um einen strengen Gesichtsausdruck zu bemühen schien, zuckte um seine Mundwinkel dieses kleine feine Lächeln.

Wahrscheinlich hätte ich in diesem Augenblick auf dem Absatz kehrtmachen und die Suite verlassen sollen, doch stattdessen trat ich wie ferngesteuert auf Ian zu.

Mein Herz schlug mir bis zum Hals, und als ich direkt neben ihm stand, packte er mich um die Hüfte und schwang mich so rasch über seine Knie, dass ich vor Schreck nur aufschreien konnte.

Ich spürte Ians linke Hand in meinem Kreuz, während die rechte meine Oberschenkel umgriff, um meine Beine am Zappeln zu hindern.

»Ganz ruhig, Ann-Sophie«, sagte er zärtlich, verstärkte dabei seinen Griff aber noch, um mir meine Unterlegenheit noch deutlicher vor Augen zu führen.

Hilflos lag ich auf Ians Schoß, mein Oberkörper neben ihm in den Kissen, die Beine halb auf der Récamière, halb in der Luft baumelnd.

»Wenn du nicht stillhältst, werde ich dich auch noch fesseln müssen, Ann-Sophie«, erklärte er energisch. »Willst du das?«

Ich schüttelte den Kopf.

»Gut.« Jetzt klang seine Stimme wieder sanfter, und nachdem ich das Strampeln eingestellt hatte, begann er, zärtlich meine Beine zu streicheln, und auch der Griff in meinem Hohlkreuz wurde milder.

»Entspann dich, Ann-Sophie«, raunte er, doch das war leichter gesagt als getan.

Mein Puls pochte noch immer hämmernd in meinem Hals, auch wenn ich die Zärtlichkeit seiner Berührungen zugegebenermaßen langsam zu genießen begann.

Doch kaum wiegten mich seine Liebkosungen in Sicherheit, schlug Ian brüsk meinen Rock hoch.

Siedende Hitze der Scham schoss mir ins Gesicht, als ich mir meiner Lage bewusst wurde.

Ians Hand fuhr über meinen bestrapsten Po, den ich ihm erhöht auf dem Kissen auf eine unvorstellbar verruchte Weise präsentieren musste.

Ich spürte, wie seine langen Finger den spitzenverzierten Strumpfhaltern folgten, und hielt die Luft an.

Ians Atem hatte sich ebenfalls beschleunigt und ich konnte wahrnehmen, dass seine Hände auf meiner Haut weniger souverän agierten als noch kurz zuvor. Auch sie gerieten leicht ins Zittern.

Dann griff er beherzt zu, umfasste meine Pobacken auf die gleiche fordernde Weise, auf die er auch schon meine Brüste in Besitz genommen hatte.

Ians Finger folgten jetzt meinem schwarzen String und entlockten mir ein überraschtes Aufstöhnen, als sie mich durch den dünnen Stoff zu streicheln begannen.

Ich wurde wieder unruhig auf seinem Schoß, und Ians Griff in meinem Rücken verstärkte sich umgehend, während er den feinen Stoff zwischen meinen Beinen gekonnt zusammenschob und über meine geschwollene Perle reiben ließ.

Ich spürte das verräterische Zucken in meinem Unterleib, begann mein Becken kreisend zu bewegen, um die herrlichen Gefühle noch zu verstärken, die mir seine magischen Finger bescherten, doch im gleichen Moment ließ Ian von meinem Schoß ab und streifte mir ungalant das Höschen ab, so weit es die Strapse zuließen.

Ich gab einen Laut der Empörung von mir und verspannte mich erneut.

Gleichzeitig spürte ich den kühlen Lufthauch, der zwischen meine Beine strich, und er führte mir deutlich vor Augen, wie feucht und erregt ich war.

Wieder streichelte Ian mich zärtlich, um mich zu beruhigen, und er tätschelte meinen nunmehr vollends entblößten Po.

Dann war seine Hand für einen Augenblick verschwunden, während der Griff in meinem Rücken erneut an Strenge zunahm.

»Bist du bereit?«, fragte er mit kehliger Stimme.

Bereit für was?, wollte ich noch fragen, doch in diesem Moment traf mich bereits der erste Hieb, und ich schrie auf, in einer Mischung aus Überraschung, Schmerz und Entrüstung.

Er hatte mit der flachen Hand zugeschlagen und meinen Po mit voller Wucht getroffen.

Dann folgte schon der nächste Schlag auf die andere Pobacke, mit ebensolcher Wucht und begleitet von einem klatschenden Geräusch, das mir die Kraft seines Schlages auch akustisch verdeutlichte.

Ich keuchte. Es tat weh und es war unvorstellbar frivol.

Wieder traf Ians Handfläche unbarmherzig auf meinen Hintern, immer im Wechsel links und rechts. Ich zuckte unter jedem einzelnen Schlag und ich spürte, wie mein Fleisch unter seinen Händen vibrierte und heftig zu brennen begann.

Er traf die gleichen Stellen jetzt schon zum wiederholten Mal, und ich spürte, wie es von Hieb zu Hieb schmerzhafter wurde. Unruhig wand ich mich auf seinem Schoß, doch seine andere Hand hielt mich unverrückbar in Position. Woher nahm er nur diese teuflische Energie?

»Bitte, Ian«, keuchte ich.

Ich glaubte schon, dieses Zauberwort hätte genügt, ihn zur Vernunft zu bringen, doch tatsächlich ließ er mir nur eine kurze Verschnaufpause.

Wieder wanderte seine sündige Hand zwischen meine Schenkel und ertastete meine feuchte Mitte, die von der Anstrengung der Schläge ebenso zitterte wie der Rest meines Körpers.

Zwei seiner Finger tauchten in mich, sein magischer Daumen brachte mich fast um den Verstand. Während mein Po wie Feuer brannte, versengte Ian die empfindsamsten Stellen meines Körpers mit unvorstellbarer Zärtlichkeit, die so gar nicht zu der barbarischen Behandlung passen wollte, die er mir noch eben hatte zuteilwerden lassen.

Meine Muskeln schlossen sich um seine Finger, mein Unterleib zuckte ihm entgegen, als wollte er den Schmerz vergessen machen und sich ganz in diesen herrlichen Liebkosungen verlieren.

»Noch nicht«, hauchte Ian mit rauer Stimme und ließ im gleichen Moment erneut von mir ab.

Der nächste Schlag seiner Handfläche traf mich völlig unvorbereitet und trieb mir Tränen in die Augen.

Er hatte diesmal tiefer zugeschlagen und den Hieb so platziert, dass er sich auf die überempfindlichen Teile meines Körpers übertrug.

Himmel, was für ein Gefühl!

Immer wieder wiederholte er diese perfide Prozedur, bearbeitete meinen geschundenen Hintern mit diesen unbarmherzigen Schlägen und brachte mich gleich darauf mit seinen verruchten Fingern um den Verstand.

Als ich glaubte, es nicht mehr ertragen zu können und mich in dieser unbeschreiblichen Mischung aus Lust und bittersüßer Qual zu verlieren drohte – und ich nichts mehr empfand außer Schmerz und Wollust, ließ Ian von mir ab, öffnete seine Hose und zog mich im nächsten Moment auf seinen Schoß.

Er hob mich an den Hüften hoch und platzierte mich über seinem mächtigen Phallus. Zentimeter für Zentimeter bohrte er sich in mich, pfählte mich gleichsam, spießte mich unerbittlich auf bis zur Wurzel.

Ich stöhnte laut und kam noch, bevor ich ganz auf ihm saß. Ian hielt mich mit seinen Armen umschlungen, presste mich gegen seinen Körper, gab mir Halt und fing mich auf. Er küsste mich zärtlich, immer wieder, streichelte meinen bebenden Körper und gab mir Zeit, mich an diese Empfindung zu gewöhnen.

Ich schlang meine Arme um seinen Hals, genoss es, ihm dabei in die Augen zu sehen, und dann begannen wir, uns zu bewegen. Ian trieb sich noch tiefer in mich, und ich nahm seine Stöße auf, kam ihnen entgegen, ließ mein Becken kreisen.

Es war wundervoll, denn diesmal bestimmten wir gemeinsam das Tempo. Irgendwann lehnte er sich zurück, ließ mir freie Hand und ich hob und senkte mein Becken auf ihm, brachte ihn mit den kreisenden Bewegungen fast zum Wahnsinn, um dann plötzlich zu stoppen. Diesmal war er es, der stöhnte und die Fingernägel in den Samt der Chaiselongue krallte.

Mit fiebrigem Blick und rauchiger Stimme bat er mich um Erlösung.

Ich grinste ihn an und knöpfte mit aufreizender Langsamkeit sein Hemd auf. Ich ließ meine Finger über sein eindrucksvolles Sixpack streifen, streichelte seine Brust, seinen flachen festen Bauch.

»Bitte, Ann-Sophie!«, keuchte er, und dann lagen seine Hände erneut um meine Hüften und gaben den Rhythmus vor, den er brauchte.

Mit ihm zusammen kam ich ein zweites Mal und gemeinsam ließen wir uns in die Kissen sinken. Ich lehnte auf ihm und er war noch immer in mir. Ian streichelte mein Haar, küsste meine Stirn, während ich an seine Brust geschmiegt spürte, wie schnell sein Herz schlug.

Eine Weile blieben wir einfach so liegen, erschöpft und völlig ermattet.

»Wie war es für dich?«, fragte Ian schließlich, und als ich nicht sofort antwortete, schob er etwas unsicher nach: »Ich meine die Züchtigung.«

Ich erhob mich und merkte erst dabei, wie steif meine Glieder waren. Ich brauchte etwas Abstand und wollte mich neben ihn setzen, doch mein Po war so wund, dass es wehtat.

»Ich weiß nicht«, sagte ich und versuchte, eine bequemere Position zu finden. Ich konnte ihn nicht ansehen.

»Du hast mich geschlagen, Ian. Du hast mir wehgetan. Wieder und wieder. Ich weiß nicht, warum ich das zugelassen habe. Es war verdorben und obszön. Ich verstehe mich selbst nicht.«

»Aber du warst die ganze Zeit erregt, Ann-Sophie.« Er suchte den Blickkontakt mit mir und sah mir tief in die Augen. »Ich verstehe, dass du damit haderst, aber für das, was du empfunden hast, brauchst du dich nicht zu schämen. Die ersten Erfahrungen mit dieser Art der schmerzvollen Lust sind irritierend und bisweilen verunsichernd.«

»Nein.« Ich schüttelte vehement den Kopf. »Es waren deine Liebkosungen, die mich erregt haben. Nicht die Schläge.«

Ian grinste wissend. »Ich würde sagen, es war die Mischung aus beidem, die dich fast um den Verstand gebracht hat, Ann-Sophie.«

Ich klappte den Mund auf und wieder zu. Ich wollte etwas entgegnen, doch ich fand keine geeigneten Worte. Ian kannte mich besser, als ich es wahrhaben wollte, und er hatte recht, ob ich es nun zugeben wollte oder nicht.

»Komm, lass uns duschen«, sagte er schließlich in verändertem Ton, und er hob mich mit sich auf.

Er trug mich hinüber ins Bad, das mit der frei stehenden Badewanne, den Messingarmaturen und den floralen Fliesen ebenso nostalgisch wirkte wie der Rest der Suite.

Als Ian mich behutsam herunterließ, spürte ich, wie sehr meine Beine noch immer flatterten.

»Lass mich dich entkleiden, Ann-Sophie«, bat er sanft mit noch immer recht rauchiger Stimme.

Zärtlich streifte er mir das Top über den Kopf, und ich ließ ihn gewähren. Ian streichelte meinen Rücken, ehe er den Reißverschluss meines Seidenrockes öffnete und dabei zusah, wie er zu Boden glitt und sich um meine Füße bauschte.

Einen Moment lang betrachtete er mich, und in seinen faszinierenden Augen lag eine Zärtlichkeit, die mir den Atem stocken ließ.

»Mein Gott, wie schön du bist«, sagte er versonnen und es klang absolut aufrichtig.

Dann öffnete er mit geübtem Griff meinen BH und den Verschluss meines Strumpfgürtels.

Nur aus den Schuhen schlüpfte ich selbstständig und auch die Strümpfe und mein Höschen zog ich lieber selbst aus, während Ian ebenfalls seine Schuhe und Strümpfe auszog, aus seiner Hose stieg und sich die anthrazitfarbenen Prada-Boxer abstreifte.

Himmel, wie gut er aussah!

Jedes Mal aufs Neue war ich fasziniert von der Harmonie seiner Proportionen. Ian hätte ein perfektes Aktmodell abgegeben mit den fein geschnittenen, lang gestreckten Muskeln, der athletischen, nicht zu breiten Brust, dem flachen Bauch, den sportlich geformten Waden.

Er trat in die Dusche und stellte die Hightech-Brause auf eine angenehme Temperatur ein, ehe er mich aufforderte, zu ihm zu kommen.

Bevor ich seiner Aufforderung folgte, fiel mein Blick in den großen antiken Spiegel, und ich erstarrte, als ich aus dem Augenwinkel einen Blick auf mein purpur gefärbtes Hinterteil erhaschte. Schaudernd wand ich mich ab und huschte zu Ian unter die Dusche.

Auch die große verglaste Rundbogendusche war mit den herrlichen Jugendstil-Kacheln gefliest, und das Wasser ergoss sich gleichmäßig und feinperlig auf uns wie ein warmer Tropenregen.

Ian nahm den weißen Badeschwamm zur Hand, der extra an einem nostalgischen Haken bereithing, und ließ etwas von dem Lanvin-Gel darauftropfen, das in einem kleinen Flacon auf der Ablage gestanden hatte.

Dann begann er, mich zu waschen. Ich hatte noch nie etwas derart Sinnliches erlebt. Mit sanften, kreisenden Bewegungen und unbeschreiblicher Geduld verteilte er den cremigen, duftenden Schaum auf meinem Körper und liebkoste dabei jeden Quadratzentimeter meiner Haut. Ich schloss die Augen, genoss die zärtliche Behandlung mit allen Sinnen, verfolgte den Weg nach, den Ians Hände und der weiche Schwamm über meinen Körper nahmen.

Mit betörender Sanftheit streichelte er meine Brüste, meinen Bauch, meine Scham, meine Schenkel und mit zärtlichen Händen drehte er mich um und ließ die gleiche liebevolle Behandlung meinem Nacken, meinen Schultern, meinem Rücken zukommen. Es war himmlisch. Dann waren seine Hände an meinem Po, und ich spürte, wie sehr selbst diese äußerst zärtlichen Berührungen auf meiner geschundenen Haut brannten. Lautlose Tränen rannen mir aus den geschlossenen Augen. Er hatte mich geschlagen und ich hatte es genossen.

Ian zog mich wortlos in seine Arme, hielt mich und küsste mein Haar.

Es war angenehm, nichts sagen zu müssen, und eine Weile standen wir einfach so da.

»Ich wollte dich nicht zum Weinen bringen, Ann-Sophie. Nicht auf diese Weise jedenfalls«, erklärte er schließlich leise.

»Nicht auf diese Weise?«, fragte ich verständnislos.

»Wenn du Tränen der Lust für mich vergießt, empfinde ich das als kostbares Privileg. Aber wenn du aus Scham und Reue weinst, schnürt es mir die Kehle zu.«

»Warum willst du mich überhaupt zum Weinen bringen, Ian? Warum die Fesseln, warum die Züchtigung?«

Sein Daumen glitt sanft über meinen Po, und selbst diese winzige Geste sorgte für ein heftiges Prickeln.

»Weil mir *das* hier gefällt, Ann-Sophie. Dein herrlicher fester Po, deine zarte glatte Haut, gerötet von der Bestrafung durch meine Hand. Das ist ein hinreißender Anblick.«

»Es ist also eine Frage der Ästhetik?«, fragte ich stirnrunzelnd.

Ian schüttelte den Kopf.

»Nein, nicht nur. Es geht um Macht, um Vertrauen, um Katharsis, um absolute Hingabe. Ich möchte dich aufgelöst sehen und ebenso im Moment allergrößter Lust. Dich an diesen Punkt zu führen, über die Grenze, an der aus Qual Lust erwächst und die Erregung qualvoll wird, kaum noch zu ertragen ist, das ist für mich wie Magie.«

Mit betörend sanften Fingerspitzen begann er, mir die Haare einzuschäumen und die Kopfhaut zu massieren, während ich über seine Worte nachsann.

Dann trat Ian aus der Dusche und hüllte mich gleich darauf in ein riesiges weißes Handtuch. Anschließend nahm er für uns beide die zu Paketen geschnürten Bademäntel von der Ablage und reichte mir den kleineren.

Wir aßen an diesem Abend nicht in einem Restaurant, sondern auf dem Balkon der Suite mit Blick auf den in der gleißenden Abendsonne daliegenden Hradschin.

Ian hatte beim Zimmerservice eine Flasche sündhaft teuren Rotwein, *Obložené chlebíčky*, und *Topinky* bestellt und auf meinen fragenden Blick hin lapidar erklärt, ich solle mich überraschen lassen.

Was wir bekamen, war eine nostalgische Etagere mit kleinen, entzückend dekorierten Weißbrotscheiben, teils gebraten und geröstet, die mit Knoblauchbutter, Tartar, Hummercreme und Trüffel-Frischkäse bestrichen waren.

Die traditionellen böhmischen Schnittchen schmeckten köstlich, und ich genoss die intime Atmosphäre, in Bademantel und Hotelschlappen mit Ian auf dem Balkon zu sitzen, statt in Abendgarderobe in irgendeinem Prager Gourmettempel.

Er fragte mich nach meinem Nachmittag und bedauerte, dass wir ihn nicht hatten zusammen verbringen können. Er interessierte sich für die Performance und die zeitgenössischen tschechischen Fotografien, die ich mir in einer der Galerien angesehen hatte und deren spröder Sozialrealismus mich tief beeindruckt hatte.

Ian gab mir noch immer Rätsel auf. Schon unter der Dusche war er wie verwandelt gewesen, liebevoll und zärtlich, und jetzt war er wieder der feinfühlige Beobachter, der aufmerksame Gesprächspartner und kunstinteressierte Mann, dessen charmanter Art ich schon bei unserer ersten Begegnung erlegen war. Ich hörte ihm gern zu, liebte seine feinherbe Stimme mit dem eleganten britischen Akzent, seine Mimik, die zurückhaltende, aber eindringliche Gestik seiner schönen Hände. Es fiel mir schwer, das alles zusammenzubringen mit dem, was er noch vor weniger als einer Stunde mit mir getan hatte.

»Wo bist du, Ann-Sophie?«, fragte er plötzlich sanft und riss mich aus meinen Gedanken.

»Wo ich bin?«, fragte ich irritiert zurück.

»Seit etwa zwei Minuten bist du nicht mehr hier bei mir. Woran denkst du, Darling?«

Darling. Ich musste lächeln und schüttelte gleichzeitig den Kopf.

»Doch, ich bin bei dir, Ian. Sehr sogar. Ich habe über dich nachgedacht.«

Er lächelte dieses hinreißende Lächeln. »Und zu welchem Schluss bist du gekommen?«

»Noch zu keinem, Ian. Du bist nicht leicht zu enträtseln, und ich glaube, genau darauf legst du es auch an.«

Er trank einen Schluck Wein.

»Ich fürchte, ich bin viel weniger geheimnisvoll, als es den Anschein hat. Eigentlich folgen meine Vita und wohl auch mein Charakter einer Reihe logischer Konsequenzen. Du dagegen bist mir in der Tat ein Mysterium, Ann-Sophie. Du überraschst mich immer wieder aufs Neue und verhältst dich immer anders, als ich es vermute.«

»Seit ich dir begegnet bin, bin ich auch des Öfteren überrascht von mir selbst«, gab ich grinsend zurück.

»Ja.« Er lachte. »Das glaube ich dir aufs Wort.«

Dann wurde er wieder ernster. »Ich möchte behaupten, dass du inzwischen mehr über mich weißt als ich über dich, Ann-Sophie.«

Ich runzelte die Stirn. »Das wage ich aber zu bezweifeln, Ian. Du kennst meinen Arbeitsplatz, meine Wohnung, meine Katzen, meine Bücher. Du weißt, worüber ich forsche, und du kennst sogar meinen Kleiderschrank von innen. Von meinem

Körper ganz zu schweigen.« Bei den letzten Worten errötete ich leicht.

»Letzteres beruht auf Gegenseitigkeit, ebenso wie das mit dem Kleiderschrank«, sagte Ian schmunzelnd. »Aber ich meine andere Dinge. Über mich existieren jede Menge Artikel, Berichte, Interviews im Internet. Über dein Leben weiß ich nur, was du mir erzählst.«

»Du willst also, dass ich dir etwas über meine langweilige Vergangenheit erzähle?«

Er nickte. »Wobei ich *langweilig* schon jetzt für Koketterie halte.«

Ich hob beide Augenbrauen, und sein Blick sagte mir, dass er es registriert hatte.

»Also gut. Aufgewachsen bin ich als zweites Kind einer Psychologin und eines Geologie-Professors in Hofheim am Taunus, wo ich nach dem Besuch einer Montessori-Grundschule aufs Gymnasium wechselte und mein Abitur machte. Danach ging ich zum Studieren nach Frankfurt, wo ich abgesehen von einem Auslandssemester in Wien auch geblieben bin.«

»So meinte ich das nicht, Ann-Sophie«, sagte Ian und es klang unzufrieden.

»Sondern?«

»Komm.« Er erhob sich und hielt mir seine Hand hin, damit ich ebenfalls aufstand. »Ich finde, wir sollten noch einen Abendspaziergang machen. Und dabei möchte ich, dass du mir ausschließlich Dinge von dir erzählst, die du nicht in einer Bewerbung angeben würdest.« Er grinste spöttisch.

Jemand hatte unsere Garderobe während unserer Abwesenheit am Nachmittag akkurat in den großzügigen Biedermeier-Kleiderschrank einsortiert. Nur Ians Louis-Vuitton-Koffer lag unangetastet auf der Kofferablage.

Ich war verblüfft, als Ian zu einer anthrazitfarbenen Saint-Laurent-Jeans griff und dazu ein schwarzes Hemd vom Bügel nahm. Bisher hatte ich ihn ausschließlich in Anzug und weißem Hemd zu Gesicht bekommen.

Es war mir ein ebenso sinnliches wie ästhetisches Vergnügen, ihm beim Anziehen zuzusehen, das feine Spiel seiner Muskeln zu verfolgen, zu beobachten, wie routiniert seine langen schlanken Finger die kleinen Knöpfe seines Hemdes schlossen.

Ich selbst suchte nach meiner Wäsche und fand sie nach zwei Fehlversuchen in einer der zahlreichen unteren Schubladen des antiken Schrankes.

»Würde es dir etwas ausmachen, heute Abend auf Unterwäsche zu verzichten?«, fragte Ian.

Ich hob beide Augenbrauen. »Wie bitte?«

»Du hast mich schon verstanden, Ann-Sophie. Du hast wunderschöne feste Brüste und dein Po ist ohnehin wund. Würde es dir also etwas ausmachen, auf BH und Slip zu verzichten?«

Ich runzelte die Stirn. »Ian, ich bin keine siebzehn mehr, und auch wenn ich deinetwegen immer wieder Neuland betrete und mich auf Dinge einlasse, die ich noch nie zuvor getan habe, erscheint mir das jetzt doch zu unanständig.«

»Es ist nicht unanständig, weil niemand außer dir und mir etwas davon erfahren wird.« Er grinste jungenhaft. »Aber du musst es natürlich nicht tun.«

Ich legte in der Tat keinen gesteigerten Wert darauf, meinen schmerzenden Po in ein Höschen zu zwängen, zumal ich dank Ian nur sehr knappe und spitzenverzierte Modelle und kein einziges wirklich bequemes eingepackt hatte. Was den BH anbelangte, so war ich es von trägerlosen Sommerkleidern und diverser Abendmode durchaus gewohnt, auch mal ohne auszugehen. Es war also nicht meiner Prüderie zuzuschreiben, dass ich mit Ians Bitte haderte. Vielmehr kostete es mich Überwindung, seinen ausgefallenen Wünschen schon wieder nachzugeben, mich erneut seinem Willen zu fügen.

»Machen wir einen Deal«, sagte ich schließlich.

Jetzt war es Ian, der mich skeptisch ansah.

»Einen Deal?«, echote er argwöhnisch.

Ich zuckte mit den Achseln. »Ich habe mich lediglich an deinem Sprachgebrauch orientiert.«

»Und wie soll dieser Deal deiner Meinung nach aussehen, Ann-Sophie?«

»Morgen drehen wir den Spieß einfach einmal um.«

Diesmal hob Ian die Brauen.

»Keine Sorge, ich meine das nicht unbedingt in sexueller Hinsicht. Ich bin weder dominant noch sadistisch veranlagt, Ian. Aber ich möchte, dass du ein Gefühl dafür entwickelst, wie es ist, sich den Wünschen eines anderen zu fügen. Morgen möchte ich entscheiden, was wir unternehmen, wo wir zu Mittag essen, wie wir den Tag verbringen.«

»Also gut.« Er klang noch immer recht misstrauisch. »Versuchen wir es. Aber nur von morgen früh bis zum frühen Abend, denn dann bin ich zu einem Galadinner eingeladen und ich erwarte, dass du mich begleitest.«

»Ein Galadinner?«, fragte ich stirnrunzelnd und machte große Augen. »Davon hast du mir nichts gesagt. Was für eine Gala ist das? Ich habe kein Abendkleid dabei.«

»Ich weiß. Schließlich kenne ich den Inhalt deines Koffers. Aber das ist kein Problem, vertrau mir.«

»Ich sehe da durchaus ein Problem, Ian. Mag sein, dass man dir deinen lässigen, unkonventionellen Kleidungsstil nachsieht, ihn vielleicht sogar als trendiges Fashion-Understatement interpretiert, aber das trifft auf mich nicht zu. Ich bin nur das Mädchen an deiner Seite.«

»Du bist niemals nur das Mädchen an meiner Seite, Ann-Sophie. Aber, wie gesagt, mach dir keine Gedanken wegen des Kleides.«

Ich kräuselte die Lippen, und sein Blick sagte mir, dass er es auch diesmal registriert hatte.

»Dann erzähl mir wenigstens etwas über diese Veranstaltung.«

»Das ist nichts Besonderes. Es handelt sich um eine jährlich stattfindende Festivität des hiesigen Unternehmer-Verbandes, bei der ich mich mal wieder blicken lassen sollte, zumal ich eine Spende zu überreichen habe. Wir werden aber nicht lange dortbleiben müssen; nur bis die Verantwortlichen und die Presse unsere Anwesenheit registriert haben.«

»Presse?« Ich spürte regelrecht, dass ich blass wurde. »Ian, ich weiß nicht, ob es eine so gute Idee ist, mich dorthin mitzunehmen. Hast du dir das wirklich gut überlegt?«

»Hast jetzt etwa du Angst vor der eigenen Courage, Ann-Sophie Lauenstein?«

Er grinste.

Ich klappte den Mund auf, schloss ihn aber unverrichteter Dinge wieder, als Ian fortfuhr: »Ich habe mir das sehr genau überlegt, Ann-Sophie. Dieses Dinner ist die ideale Gelegenheit, uns zusammen sehen zu lassen. Es ist relativ intim, kein Vergleich mit ähnlichen Veranstaltungen in London, Paris oder New York. Hier brauchen wir im Anschluss nicht mit einer Belagerung durch Paparazzi zu rechnen. Trotzdem bekommt die Yellow Press ihr Futter, aber langsamer und dosierter, als das anderswo möglich wäre.«

»Ich glaube, ich verstehe nicht ganz«, sagte ich. »Du bist doch nicht Mitglied irgendeines Königshauses und wir wollen auch nicht unsere Verlobung bekannt geben.«

Ian lachte sein hinreißendes Lachen und ich sprach verunsichert weiter: »Ist es denn wirklich so spannend, wer dich zu einer solchen Veranstaltung begleitet?«

»Ich fürchte, ja, Ann-Sophie. Ich bin eine Person von öffentlichem Interesse. Eine Frau an meiner Seite ist ein Statement.«

Er sagte das so selbstverständlich. Ich dagegen musste erst einmal schlucken.

»Aber wer hat dich denn sonst begleitet?«, fragte ich unsicher.

Ian zuckte mit den Schultern. »Meistens habe ich derartige Verpflichtungen allein wahrgenommen. Oder ich war in Begleitung von Freunden und jungen Damen, die der Presse ohnehin bekannt waren und bei denen etwas Ernsteres von vornherein ausgeschlossen werden konnte.«

Ich nickte etwas abwesend. Innerlich überschlugen sich meine Gedanken. *Etwas Ernsteres*. Gestern noch hatte ich mich darüber beschwert, dass Ian derart beziehungsunfähig war, dass er sich nach unserer ersten gemeinsamen Liebesnacht aus dem Staub gemacht hatte, ohne mich zu wecken. Und jetzt wollte er mich in die Gesellschaft einführen – als die Frau an seiner Seite. Ich konnte es kaum glauben.

»Die Fotografen machen am Eingang ihre Bilder. Wir geben keine Interviews. Das war's schon«, fuhr Ian fort, und als ich nichts erwiderte, fügte er unsicher hinzu: »Außer natürlich, du hast damit ein Problem.«

»Nein.« Ich schüttelte verwirrt den Kopf. »Ich bin nur erstaunt. Sehr erstaunt, um ehrlich zu sein.«

»Es freut mich zu hören, dass es mir hin und wieder gelingt, dich zu überraschen, Ann-Sophie. Und jetzt sollten wir uns beeilen, wenn wir die Karlsbrücke noch in den letzten Strahlen der Abendsonne sehen wollen.«

Ich schlüpfte in mein hellbraunes Retro-Sommerkleid von Marc Jacobs mit den weißen Punkten, dessen Fifties-Silhouette in meinen Augen am besten kaschierte, dass ich keinen BH trug.

Dennoch war es ein eigenartiges Gefühl, den Stoff des Kleides direkt an meinen Brüsten zu spüren, und noch komischer kam es mir vor, ohne Slip auf die Straße zu gehen.

»Du siehst wundervoll aus«, erklärte Ian, als ich mir zum Kleid passend einen einfachen Pferdeschwanz band.

»Brauchen Sie einen Fahrer, Sir?«, erkundigte sich Aneta an der Rezeption. »Oder soll ich den Jaguar aus der Garage holen lassen?«

»Nein, nicht nötig, Aneta. Wir werden heute Abend zu Fuß gehen«, erklärte Ian und reichte mir seinen Arm, damit ich mich unterhaken konnte.

Es war ein lauer Sommerabend und die engen Altstadtgassen mit ihren hohen Häuserzeilen hatten die Wärme des Tages gespeichert. Trotz meines nicht ganz flachen Schuhwerks führte mich Ian sicher über das Kopfsteinpflaster, und so konnte ich mich statt auf die Unebenheiten zu meinen Füßen ganz auf die herrlichen Fassaden konzentrieren. Wir bummelten an Schaufenstern von Juwelieren, Kristallhändlern und Marionettengeschäften vorbei und durchquerten einige der typischen Prager Altstadt-Passagen. Und dann standen wir plötzlich auf dem Altstädter Ring, dem berühmten Marktplatz im Herzen der Stadt mit seinen eleganten Palais und stattlichen Bürgerhäusern. Wir spazierten vorbei an der Teynkirche mit ihren imposanten gotischen Türmen und der Statue des Reformers Jan Hus, ehe wir uns dem Rathaus mit seiner weltbekannten astronomischen Uhr aus dem 15. Jahrhundert zuwandten.

»Die Legende besagt, dass man den Konstrukteur nach Abschluss seiner Tätigkeit an dieser Uhr geblendet hat, damit er seine brillanten Künste nicht noch einem anderen Dienstherren in einer anderen Stadt anbieten konnte«, erklärte Ian.

»Was für ein grausames Schicksal«, murmelte ich mit Blick auf die prachtvolle spätgotische Einfassung, die komplizierte Uhrscheibe und die Kalenderscheibe mit ihren kunstvoll ausgearbeiteten Tierkreiszeichen.

Dann wandten wir uns wieder zur Karlova, die uns hinunter zur Moldau führen sollte.

»Welches war der grausamste Film, den du je gesehen hast?«, fragte Ian plötzlich.

»Wie kommst du denn jetzt darauf?«, fragte ich verblüfft.

»Ich habe dir doch gesagt, dass ich Dinge von dir erfahren möchte, die nicht in deinem Lebenslauf stehen, und das Stichwort *grausam* hast du mir soeben geliefert.«

»Also gut. Nicht unbedingt grausam, aber wirklich schockierend fand ich Nicolas Roegs Adaption von *Wenn die Gondeln Trauer tragen*. Aber das liegt vielleicht daran, dass ich noch viel zu jung war, als ich ihn gesehen habe. Nachhaltig verstörend und tatsächlich grausam fand ich Tod Brownings *Freaks*.«

»Ja, das ist er in der Tat. Und was ist mit *Ein andalusischer Hund*?«

»Ist das die Standardantwort von Kunsthistorikern auf diese Frage?«

»Ich kenne die Standardantwort von Kunsthistorikern nicht. Du bist die Erste, der ich diese Frage stelle.«

»Nun, in diesen Dingen bin ich nicht sehr zart besaitet. Die Szene mit dem zerschnittenen Auge, auf die du sicherlich hinaus willst, finde ich nicht so schrecklich. Ich kann mir auch die Blut- und Sexaktionen der Wiener Aktionisten ansehen, ohne mich zu erbrechen.«

Ian grinste.

»Welche Lektüre hat dich am allermeisten geprägt?«

»Mhm, das ist eine schwierige Frage. Lange Zeit war das, glaube ich, *Der Steppenwolf* von Hermann Hesse. Später kamen dann viele Bücher, die mir in bestimmten Phasen viel bedeutet haben.«

»Und welches Buch versteckst du in zweiter Reihe ganz hinten im Regal?«

»Wird das ein Verhör, Ian?«

Er schüttelte lächelnd den Kopf. »Nein. Und natürlich musst du auch nicht antworten, wenn du nicht willst.«

»Nein, schon gut. Ich habe tatsächlich ein paar Bücher, die hinter Vasen und Bilderrahmen im Regal stehen. Eines, das dich erfreuen dürfte, ist ein dicker Band mit den *Gesammelten Werken des Marquis de Sade*, den ich mir zu Recherchezwecken angeschafft habe und dessen plakatives Cover mit dem fetten Schriftzug mir in der Tat unangenehm ist.«

»Hast du es gelesen?«

»Natürlich. Ich sagte doch, Recherchezwecke.«

Ian grinste erneut.

»Welchen Berufswunsch hattest du als Kind?«

»Ich glaube, ich wollte lange Zeit Psychologin werden. Wie meine Mutter.«

Er nickte, wobei seine Züge wieder ernster wurden.

»Du bist eine brillante Kunstwissenschaftlerin. Aber ich denke, du wärst in der Tat auch eine sehr gute Psychologin geworden.«

Er verstummte und schien sich die nächste Frage zu überlegen.

»Welchen Geruch verbindest du mit deiner Kindheit, Ann-Sophie?«

Über diese Frage musste ich einen Moment lang nachdenken.

»Den Duft der Wicken im Garten meiner Eltern«, sagte ich schließlich und war verblüfft, als der betörend süßliche Blumenduft mir im gleichen Moment wieder in die Nase stieg.

»Und welches ist der Duft deiner Kindheit, Ian?«

»Den kennst du bereits«, antwortete er knapp. »Aber jetzt geht es um dich. Welches war das erste große Geheimnis, das du vor deiner Mutter hattest?«

»Puh. Eigentlich hatte ich keine Geheimnisse vor ihr. Oder doch, ich habe ihr eine ganze Weile verheimlicht, dass mein Bruder Jungs küsste, ehe er dann sein Coming-out hatte.«

»Ah«, sagte Ian gedehnt.

»Was ist? Hattest du etwas Intimeres erwartet?«, fragte ich schmunzelnd.

»Nein.« Er schüttelte den Kopf. »Außerdem ist das ziemlich intim, wenn man es recht bedenkt. Dein Bruder ist also schwul?«

»Ja.« Ich grinste. »Du klingst ja fast, als wäre das ein Problem für dich.«

»Selbstverständlich nicht. War es damals eins für dich?«

»Eigentlich nicht. Conny war und ist der beste große Bruder, den man sich wünschen kann. Ich konnte immer über alles mit ihm reden. Und wenn er nicht gerade auf Australien-Rundreise wäre, wüsste er auch schon alles über dich.«

»Wirklich *alles*, Ann-Sophie? Das hoffe ich nicht.«

»Nun ja, sagen wir, fast alles.«

Inzwischen hatten wir das Ende der Karlova erreicht und sahen die Karlsbrücke im stimmungsvollen Dämmerlicht vor uns liegen. Um diese Zeit waren deutlich weniger Touristen auf der Brücke, als ich es von meinem letzten Besuch in Erinnerung hatte. Man wurde also nicht an den eindrucksvollen barocken Sandsteinskulpturen vorbeigeschoben, sondern konnte gemächlich an ihnen vorüberflanieren. Dabei gab das schummrige Zwielicht den theatralischen Figurengruppen einen noch dramatischeren, ja teils sogar einen ernsthaft bedrohlichen Ausdruck.

Ian hatte den Arm um meine Schultern gelegt und ich genoss es, seine Nähe zu spüren, mich in seine Armbeuge zu schmiegen, seinen Duft einzuatmen.

Von der Mitte der Brücke aus hatte man einen atemberaubenden Blick auf die prächtig illuminierte Burg, während sich die Lichter der Stadt im glitzernd-opaken Wasser der Moldau spiegelten.

»Danke, dass du mich begleitet hast«, sagte Ian leise, und das raue Timbre in seiner schönen Stimme jagte augenblicklich ein wohliges Kribbeln über meine Haut.

»Ich bin gerne hier bei dir, Ian«, erwiderte ich und dann küssten wir uns.

Es war ein wundervoller, unendlich zärtlicher Kuss, voller Wärme und inniger Leidenschaft. Ian hielt mich in seinen starken Armen und alles passte. Es war der Augenblick, zu dem ich mit Goethes Faust hätte sagen wollen: *Verweile doch, du bist so schön* – ungeachtet jeglicher Konsequenzen.

»Ich will dich nie wieder loslassen«, raunte Ian, während er mich an sich drückte und ich die Arme um seinen Hals legte.

»Ich liebe dich, Ann-Sophie.«

Hätte er mich nicht gehalten, hätte ich vermutlich den Halt unter den Füßen verloren. Das war so viel mehr, als ich jemals zu hoffen gewagt hatte.

»Ich wollte es zuerst nicht wahrhaben, aber ich bin verliebt in dich, seit wir uns zum ersten Mal begegnet sind«, fuhr Ian fort, und ich spürte, wie mir Freudentränen in die Augen stiegen.

»Ich liebe dich auch, Ian. Vom ersten Moment an«, erwiderte ich mit bebender Stimme.

Ich verlor mich in der funkelnden Tiefe seiner silberblauen Augen, in denen so viel Zärtlichkeit lag. Ian schob seine linke Hand in meinen Nacken, während sein rechter Daumen sanft mein Kinn zu sich emporhob und dabei meine Kieferknochen streichelte. Und dann lagen unsere Lippen erneut aufeinander.

Seine Hände umrahmten mein Gesicht, so zärtlich, als fürchte er, es könne unter der Kraft seiner Finger zerbrechen, und sein Kuss ließ die Welt stillstehen.

Dieser Kuss war wie Magie, betörend sanft und gleichzeitig von einer unbändigen Energie, die durch meinen Körper flutete und alles in mir zum Schwingen, zum Tanzen, zum Jubilieren brachte. Ich hatte das Gefühl, mit Ian zu verschmelzen, eins mit ihm zu werden durch diesen magischen Kuss.

In diesem Moment wurde mir zum ersten Mal glasklar bewusst, wie sehr und wie bedingungslos ich diesen Mann tatsächlich liebte. Auch ich hatte meine tiefen Gefühle für ihn zu leugnen versucht, mir nicht eingestehen wollen, wie viel er mir bereits nach dieser ersten gemeinsamen Nacht bedeutet hatte.

Bei Einbruch der Nacht mit Ian hier auf der Karlsbrücke zu stehen, mit dem kostbaren Wissen, dass er ebenso für mich empfand wie ich für ihn, war das Wunderbarste und Romantischste, das ich jemals erlebt hatte.

Hand in Hand schlenderten wir bis zum Kleinseitner Brückenturm, wo wir kehrtmachten, um uns auf dem Rückweg die Skulpturen der Südseite anzusehen.

»Ist das die heilige Theresa?«, fragte Ian, als wir vor einer dynamischen Skulpturengruppe standen, die aus einer weiblichen Figur, einem Christus am Kreuz und mehreren Putti bestand.

»Du meinst wegen ihres verzückten Gesichtsausdrucks?«, fragte ich grinsend und Ian nickte. »Ich hätte mir ja denken können, dass dir das gefällt. Ich muss zwar gestehen, dass die christliche Ikonografie nicht gerade mein Steckenpferd ist, aber ich vermute eher, dass es sich um die heilige Lutgard handelt. Die heilige Theresa hat ihre erotischen Visionen im Beisein eines Engels, nicht des Christus am Kreuz persönlich.«

»Ah, vielen Dank für die Aufklärung, Frau Doktor«, entgegnete Ian ebenfalls grinsend.

Er schlug vor, noch einen Drink auf einer eleganten Restaurantterrasse vis-à-vis der Brücke mit Blick auf die nächtliche Moldau zu nehmen.

Erst als er mir den Stuhl hinschob und ich mich setzte, wurde mir wieder bewusst, dass ich kein Höschen trug, und Ians schelmisches Grinsen signalisierte mir, dass er genau wusste, was mir gerade durch den Kopf ging.

Ian entschied, dass dies ein Abend war, der nach Champagner verlangte, und ich widersprach ihm nicht.

»Ich kann sehen, dass du ein wenig frierst, Darling«, sagte er mit einem rauen, sehr verführerischen Beiklang in der Stimme.

Ich schaute zuerst auf die feinen blonden Härchen auf meinen Unterarmen, doch ich hatte keine Gänsehaut. Dann wurde mir schlagartig bewusst, worauf er anspielte, und instinktiv verschränkte ich die Arme vor der Brust.

»Nein, tu das nicht.« Ian schenkte mir sein strahlendes Lächeln. »Das ist ein außerordentlich erregender Anblick, Ann-Sophie. Keiner außer mir sieht das.«

Zögernd und mit gekräuselten Lippen nahm ich die Arme wieder herunter.

»Ich finde das nicht sonderlich schön, eher schamlos. Es ist mir peinlich, Ian.«

Er schüttelte nur leicht den Kopf und nippte an seinem Champagner. »Erzähl mir lieber, wie es sich anfühlt.«

Entgeistert hob ich beide Augenbrauen.

»Wir sind fast die letzten Gäste. An den anderen Tischen wird tschechisch gesprochen. Ich möchte wissen, wie es sich anfühlt, wenn der feine Stoff bei jedem Atemzug über deine harten Nippel reibt.«

»Ian!« Ich funkelte ihn empört an, doch er grinste nur entwaffnend.

»Entspann dich, Ann-Sophie. Niemand hört uns zu.«

Er nahm noch einen Schluck Champagner.

»Du musst mir auch nicht antworten«, fuhr er fort. »Es genügt mir, wenn du über meine Frage nachdenkst, und ich kann sehen, dass du das tust. Und ich möchte meinen, du wirst sogar ein bisschen feucht dabei.«

»Hör jetzt auf damit!«, fauchte ich und überschlug demonstrativ die Beine.

Es war kaum zu glauben und ich hätte es niemals zugegeben, doch Ian hatte in beiden Punkten recht. Tatsächlich hatte ich meinen Empfindungen nachgespürt, zu ergründen versucht, wie es sich anfühlte, und war zu dem erstaunlichen Schluss gekommen, dass meine vor Kälte erigierten Brustwarzen so überempfindlich waren, dass ich das leichte Reiben des Stoffes als geradezu unangenehmes Kratzen empfand. Und tatsächlich hatte mich allein das Nachdenken darüber ein kleines bisschen erregt.

Ian lachte sein perlendes Lachen, als er meinen verschämten Blick auffing, dann wechselten wir das Thema.

Der Heimweg zum Hotel führte uns durch die nächtliche Josefstadt, das jüdische Viertel von Prag, mit seinem weltbekannten alten Friedhof, den beeindruckenden Jugendstil-Häusern und Synagogen unterschiedlicher Baustile.

In tiefen Zügen atmete ich die frische Nachtluft ein. Es war eine faszinierende, nahezu magische Stimmung, fast allein durch die bei Tag so belebten, von Touristenscharen überfluteten Straßen und Gassen zu spazieren. Vermutlich wäre mir dieser Umstand normalerweise sogar ein bisschen unheimlich gewesen, doch in Begleitung von Ian kam es mir nicht einmal in den Sinn, mich zu fürchten. Sein rechter Arm lag um meine Taille und wie selbstverständlich schob ich meine Hand in die hintere Hosentasche seiner Jeans.

Unglaublich, wie fest und muskulös sich sein wundervoller Hintern anfühlte!

Erst als wir im Hotel auf den Aufzug warteten, spürte ich, dass meine Füße brannten. Drinnen lehnte ich mich gegen die Spiegelwand und zog die hellbraunen Pumps aus. Als ich mich wieder erhob, stand Ian direkt vor mir, so nah, dass ich für einen Augenblick zu atmen vergaß.

In seinen schönen silberblauen Augen glühte Begehren.

»Ich glaube, ich bin süchtig nach dir, Ann-Sophie«, raunte er mit äußerst kehliger Stimme. »Ich will dich schon wieder. Eigentlich will ich dich dauernd. Am liebsten würde ich dich ans Bett ketten und bis ans Ende unserer Tage Liebe mit dir machen, bis ich tot über dir zusammenbreche.«

Ich lächelte ihn an. »Eine reizvolle Vorstellung – der erste Teil jedenfalls.«

»Weißt du eigentlich, dass jede deiner Bewegungen pure Verführung ist, Ann-Sophie? Wie sehr du mich mit deiner betörenden Anmut um den Verstand bringst? Eine winzige Geste von dir, dieses ironische Lächeln, ein Lufthauch, der deinen Duft mit sich trägt, und ich könnte über dich herfallen wie ein wildes Tier.« Seine schöne Stimme klang dunkel und unglaublich sexy.

Der Aufzug hielt, und ich wollte barfuß laufen, doch Ian hob mich schwungvoll auf seine Arme.

Ich gab einen überraschten Laut von mir, legte dann aber die Arme um seinen Hals und kuschelte mich an ihn.

Mit langen Schritten trug er mich durch den von nostalgischen Wandleuchten in warmes Licht getauchten Korridor zu unserer Suite und dort angekommen direkten Weges ins Schlafzimmer.

Meine Schuhe ließ ich einfach fallen, ebenso wie meine Handtasche.

Mit zärtlichen Fingern legte Ian mir den Pferdeschwanz über die Schulter und öffnete dann den Reißverschluss in meinem Rücken. Er brauchte mir nur die Träger über die Schultern zu schieben, damit mir mein Kleid in einem Rutsch vom Körper glitt und ich splitternackt vor ihm stand.

Ich konnte Ian hinter mir wahrnehmen, obwohl er mich im Augenblick überhaupt nicht berührte. Seine Präsenz war so stark, dass ich meinte, seine Wärme, seine Energie, seine unglaubliche Aura in meinem Rücken zu spüren, und dann lagen seine magischen Hände auf meinen Schulterblättern.

Ich seufzte behaglich auf, als seine Finger anfingen, über meine Haut zu wandern, die geschwungene Linie meiner Wirbelsäule verfolgten, meine Hüften liebkosten und schließlich unendlich sanft meinen Po streichelten. Ich konnte das Brennen noch immer spüren, doch der Schmerz war abgeklungen, und so erzeugten Ians zärtliche Streicheleinheiten nur noch ein äußerst sinnliches Prickeln auf meiner derart sensibilisierten Haut.

Dann plötzlich griff er nach meinem Pferdeschwanz, nicht grob oder gar schmerzhaft, aber doch so, dass ich gezwungen war, den Kopf in den Nacken zu legen. Ian überstreckte meinen Hals, um mich erneut an dieser Stelle zu küssen.

»Ich will, dass du dich mir heute Nacht hingibst, wie du dich noch nie zuvor einem Mann hingegeben hast«, raunte er mir ins Ohr. »Ich will dich bis zur Erschöpfung lieben, Ann-Sophie, und darüber hinaus. Ich will deinen Körper und deine Seele in Besitz nehmen, dich durch das Inferno ins Paradies führen, dir alles abverlangen und dir die Freude aller Freuden schenken.«

Ich erbebte unter seinen Worten und schluckte hart, weil er meinen Hals noch immer überstreckt hielt.

Dann ließ er meine Haare los und hatte mich im nächsten Moment aufs Bett manövriert.

»Rühr dich nicht vom Fleck«, wies er mich mit rauer Stimme an, und ich sah zu, wie Ian eine schwarzlederne Prada-Tasche von der Größe und Form eines Bordcase aus dem Kleiderschrank holte und auf dem Bettbänkchen zu meinen Füßen abstellte. Er nahm vier Ledermanschetten heraus, wie ich sie bereits kannte, wenn diese auch mit längeren Ketten versehen waren. Ich konnte nur ahnen, dass sich in der Tasche noch andere Dinge befanden, aber vielleicht wollte ich es auch gar nicht genauer wissen.

Dann kniete Ian neben mir, und ehe ich michs versah, hatte er meine Hand- und Fußgelenke x-förmig an die schmalen, kunstvoll geschnitzten Holzpfosten des Himmelbetts gefesselt.

Erst als ich weit gespreizt vor ihm lag und er mich voller Begehren betrachtete, wurde mir bewusst, dass ich nicht einen Hauch von Gegenwehr geleistet hatte. Er hatte zärtlich und kein bisschen grob nach meinen Händen und Füßen gegriffen, und ich hatte sie bereitwillig ausgestreckt und sie ihm zur freien Verfügung gestellt.

»Ist es so bequem für dich?«, fragte er, und irgendwie wirkte die Frage in dieser Situation eigenartig.

Ich versuchte, meine Hände zu bewegen, und spürte, dass ich mehr Bewegungsfreiheit hatte als beim letzten Mal, und außerdem stützten mich die Kissen im Nacken. Dennoch klirrten die Ketten bei jeder noch so kleinen Bewegung, und die Beine konnte ich nicht einmal ansatzweise schließen.

Auch wenn meine Lage in der Tat um einiges bequemer war als am Vorabend, war ich weit davon entfernt, die Fesselung als solche zu genießen.

»Den Umständen entsprechend«, gab ich daher reserviert zurück.

»Brauchst du noch ein Kissen?«

Ich schüttelte den Kopf.

»Gut. Ich werde dir jetzt die Augen verbinden, Ann-Sophie«, kündigte er an, und ich wollte protestieren, doch Ian fuhr bereits fort: »Keine Angst, Liebste. Was ich mit dir vorhabe, wird dir gefallen.«

»Aber ich möchte lieber sehen, was du mit mir machst.«

»Ich werde deine wehrlose Lage nicht ausnutzen, Ann-Sophie. Ich werde dir alles ankündigen, was ich tue, und nichts davon wird gegen deinen Willen geschehen. Aber die verbundenen Augen sollen dafür sorgen, dass du alles noch intensiver, noch elementarer erleben wirst.«

Mit diesen Worten griff Ian nach meinem schmalen Seidenschal und stützte meinen Kopf so, dass er die provisorische Augenbinde sorgfältig an meinem Hinterkopf verknoten konnte.

»Geht es so?«, fragte er sanft und ich nickte erneut.

Ian hatte den Schal nicht unangenehm eng gezurrt, aber doch so fest, dass ich gezwungen war, die Lider zu schließen.

»Ich werde dich jetzt küssen«, sagte er noch und dann spürte ich seine Lippen auf meinen. Unendlich gemächlich fuhr seine Zungenspitze meine Lippenränder nach, ehe er meinen Mund öffnete und ihn von innen zu erkunden begann. Wie weich seine Lippen waren, wie beweglich und unglaublich geschickt seine wendige Zunge.

Ich schnappte nach Luft, hätte gern die Arme um ihn geschlungen, doch durch die Fesseln war ich zur absoluten Passivität verdammt.

Ich konnte nur tatenlos verfolgen, wie Ians sinnliche Lippen ihren Weg über mein Gesicht nahmen, meine Ohrläppchen liebkosten, meine Wangen küssten und auch meine Stirn, meine Nasenspitze, mein Kinn nicht ausließen.

Dann waren seine Lippen an meinem Hals, entlockten mir ein heiseres Aufstöhnen, als sie kurz dort verweilten, wo ich bereits sein Brandmal trug, und sich wie zur Erinnerung kurz an dieser Stelle festsaugten.

Ian setzte seine Erkundungsreise an meinem Schlüsselbein fort und im nächsten Moment umkreiste seine Zunge meine linke Brustwarze, ehe er die Lippen darüberwölbte und an ihr zu saugen begann.

Ich konnte die Gänsehaut spüren, die diese Berührung auslöste, und auch das Ziehen, das mir die eigenmächtige Reaktion meiner erregten Knospe vor Augen führte.

Ian wiederholte das Gleiche auf der anderen Seite, und ich bäumte mich ihm entgegen.

»Möchtest du, dass ich mit deinen Nippeln spiele, Ann-Sophie?«

Nippel. Wieder dieses Wort. Aber ja, ich sehnte mich nach seinen Berührungen, und meine Brustwarzen streckten sich ihm förmlich entgegen.

Ich nickte unter meiner Augenbinde und im gleichen Moment spürte ich Ians Finger an meinen Knospen. Fast hätte ich vor Lust aufgeschrien, als er sie vorsichtig zwirbelte und mit viel Gefühl in die Länge zog, und ich stöhnte wollüstig, als er sie schließlich zwischen zwei Finger klemmte und immer wieder leicht zudrückte.

Erst als ich es kaum noch ertragen konnte, ließ Ian von meinen pochenden Knospen ab, und das Bett knarzte, als er sich erhob.

»Wo gehst du hin?«, fragte ich verunsichert.

»Ich hole Eiswürfel und Sekt aus der Minibar.«

Eiswürfel und Sekt. Würde er einen Drink nehmen wollen? Wohl kaum. Ich war nervös und gleichzeitig ziemlich neugierig.

Ich konnte hören, wie Ian wenig später eine Flasche Sekt öffnete, und ich spürte, wie die Matratze unter seinem Gewicht nachgab, als er zu mir zurückkehrte.

Im nächsten Moment spürte ich die prickelnde, schäumende Flüssigkeit in meinem Bauchnabel und zuckte trotz der Ankündigung heftig zusammen. Es war ein eigenartiges Gefühl, kitzelnd und feucht, und es fühlte sich an, als dringe der Sekt durch die Öffnung meines Nabels bis tief in meinen Körper. Ich wand mich in meinen Fesseln und Ian lachte leise, ehe er sich über mich beugte. Ich spürte das Kitzeln seiner Haare an meinem Bauch, ehe er anfing, mit seiner verruchten Zunge meinen Nabel auszuschlürfen.

Den nächsten Schluck Sekt goss er über meinen Venushügel und wieder schrie ich auf, als die kühle Feuchte durch meine dargebotene Spalte rann und meine erhitzte Haut kühlte.

Dann spürte ich Ians Mund an dieser Stelle. Zuerst hauchte er ein paar unendlich sanfte Küsse auf die Innenseiten meiner Schenkel, ehe er dem klebrigen Rinnsal folgte und den Sekt von meinen intimsten Stellen leckte. Gott, was für ein Gefühl!

Ich hob mein Becken an, versuchte, mich ihm entgegenzuwölben, als seine Zungenspitze meine erregte Perle umkreiste und seine Zähne wie zufällig meine geschwollenen Labien streiften.

Er hatte recht. Die Augenbinde schien die Empfindungen noch zu verstärken. Ganz auf die sensorischen Reize zurückgeworfen, nie wirklich wissend, was als Nächstes geschehen würde, schien ich seine Berührungen noch intensiver wahrzunehmen als jemals zuvor.

Und dann waren plötzlich zwei seiner Finger in mir und ich keuchte vor süßer Wonne. War der berühmte G-Punkt für mich bislang ein Mysterium gewesen, nicht mehr als ein hartnäckiges Gerücht, war ich nun überzeugt, dass es ihn gab. Ian hatte ihn gefunden, und ich spürte, wie mein Körper sich um seine Finger schmiegte und all meine Muskeln zu zucken begannen.

Doch wieder einmal ließ er kurz vor der Erlösung von mir ab und ließ mich frustriert und schwer atmend zurück.

»Mir scheint, du brauchst eine kleine Abkühlung, Darling«, sagte er, und es klang spöttisch.

Ich schrie auf. Vor Schmerz und vor Schreck. Die Eiswürfel. Ian hatte einen von ihnen in den Mund genommen und brachte meine Brustwarzen erneut zum Pochen. Dann wanderte er in gemächlichem Tempo über meinen Bauch und ich zerrte an meinen Fesseln. Es war so unglaublich kalt!

Ich hielt die Luft an, als sein Mund mit dem Eiswürfel meinen Schamhügel erreicht hatte und er ihn durch meine Spalte gleiten ließ.

»Bitte nicht, Ian«, keuchte ich und versuchte vergeblich, die Schenkel zu schließen. Doch natürlich gelang es mir nicht und natürlich kannte er kein Erbarmen. Der Würfel war schon halb aufgelöst, doch immer noch unvorstellbar kalt, als er ihn mit seiner dämonischen Zunge in mich drückte.

»Nein, bitte«, japste ich, doch da war es schon geschehen. Er hatte das Eis in mir versenkt, wo es feucht und kalt zu schmelzen begann.

Welch ein unfassbares Gefühl!

Ian ließ mir einen Augenblick Zeit, diesen Empfindungen nachzuspüren, ehe er sich vor mir positionierte und im nächsten Moment in mir war.

Ich stöhnte laut, als er tief in meinen feuchten, kalten Schoß drang und mich dann zu streicheln begann. Seine Hände kneteten meine Brüste, liebkosten meine Rippen und er küsste mein Dekolleté und mein Gesicht.

Er trieb mich mit seinen harten, tiefen Stößen einem fantastischen Höhepunkt entgegen, und als wir beide zusammen kamen, spielten vor meinen geschlossenen Lidern psychedelische Farbenwirbel.

Ian riss mir die Augenbinde vom Gesicht, und im nächsten Moment blickte ich in seine herrlichen schillernden Augen.

Er beeilte sich, meine wund geriebenen Glieder zu befreien, und dann schloss er mich in seine Arme. Es störte ihn nicht, dass mein Körper klebte, vom Sekt und von Schweiß.

Etwas später in dieser Nacht ließ mir Ian ein Vollbad in der nostalgischen Wanne mit den vergoldeten Löwentatzen ein und schon zum zweiten Mal wusch er meinen erschöpften Körper voller Hingabe. Ich war so müde, dass ich kaum noch die Augen offen halten konnte, und ich ließ mich von dem duftenden Wasser und Ians Zärtlichkeit einhüllen wie von einem warmen Kokon.

Entkräftet und unsagbar glücklich kuschelte ich mich anschließend in Ians Umarmung und fiel in einen tiefen, traumlosen Schlaf.

Als ich von der sanften Morgensonne geweckt wurde, die durch die Vorhänge drang, weil wir sie am Abend nur nachlässig verschlossen hatten, schlief Ian noch. Zum ersten Mal hatte ich Gelegenheit, ihn ganz ohne Scheu so lange und intensiv zu betrachten, wie es mir beliebte.

Wie schön und ebenmäßig sein Gesicht war! Eingerahmt von seinem zerzausten Haar und bedeckt von feinen Bartstoppeln erschien mir dieses Gesicht wie der Inbegriff männlicher Schönheit. Die schmale gerade Nase, die ausgeprägten Wangen- und Kieferknochen, die perfekt geschwungenen Brauen. Er war in der Tat verboten attraktiv.

Und dann wanderte mein Blick tiefer. Das weiße Bettlaken war so um seine Hüften drapiert, wie es ein Bildhauer seinem Modell nicht besser hätte um den Leib schlingen können. Mir gefiel der Anblick seiner flachen, trainierten Brust, seiner markanten Hüftknochen und der beeindruckenden Sehnenstränge seiner Leistengegend.

In diesem Moment schlug Ian die Augen auf.

»Du hast mich im Schlaf beobachtet«, stellte er mit rauer Stimme fest. Dann grinste er sein betörend spöttisches Grinsen. »Immerhin scheint dir zu gefallen, was du siehst.«

»Woran machst du denn das fest?«, fragte ich und bemühte mich um einen gleichgültigen Ton.

Auch meine Stimme klang eigenartig rau wie nach einer durchzechten Nacht.

»Das sehe ich am Glanz in deinen Augen.«

Er fuhr sich durchs Haar. »Komm her zu mir, Darling. Was hältst du von etwas Frühsport vor dem Kaffee?«

»Das klingt gut.« Ich lächelte kokett, und er zog mich in seine Arme.

»Aber heute ist mein Tag, Ian«, sagte ich, als er im Begriff war, sich über mich zu rollen.

Was folgte, war ein kurzes, verspieltes Handgemenge, doch ich behielt die Oberhand, und schließlich kam ich auf seinen festen Schenkeln zu sitzen.

»Na schön«, sagte er grinsend, als er zu mir aufsah und meine nackten Brüste direkt vor der Nase hatte. »Ich glaube, das wird mir auch gefallen.«

Ich ließ meine Handflächen über seine Brust streicheln, fuhr die beeindruckenden Muskeln nach und rieb dann seine kleinen festen Warzen zwischen Daumen und Zeigefinger, bis Ian leise aufstöhnte. Dann beugte ich mich vor und setzte einen Kuss in seine Halsbeuge. Er schmeckte betörend: herb, männlich, fest, ein bisschen salzig. Bei den nächsten Küssen öffnete ich den Mund etwas weiter, um mehr von seiner seidenweichen Haut zu schmecken, unter der die Energie pulsierte.

Als ich meine Lippen über seine Brust wandern ließ und schließlich bei seinem schönen ovalen Nabel ankam, während meine Haare wie ein dichter Vorhang über seinen Bauch glitten, spürte ich, wie sich etwas zwischen seinen Beinen regte.

Er wuchs förmlich zwischen meinen gespreizten Schenkeln empor. Es war faszinierend und unglaublich ästhetisch, wie er sich aufrichtete und zu beeindruckender Größe schwoll.

Zärtlich legte ich meine rechte Hand um seinen Schaft und begann, ihn zu streicheln. Ich war wie gebannt von dieser betörenden Mischung aus Fragilität und Härte, und es war wundervoll, dieses herrliche Objekt der Begierde in Händen zu halten, das mir schon so viele Freuden geschenkt, aber mich ebenso oft an den Rand der Entkräftung getrieben hatte. Die seidige helle Haut war glatt und hart wie Marmor und durchzogen von bläulichen Adern, die unter meinen Fingern pulsierten wie das Leben selbst.

Ich versuchte, meine Liebkosungen dem Rhythmus des Pochens in seinen Adern anzupassen, ließ meine Fingerkuppen sacht über die empfindsame Haut streichen, rieb ihn dann fester und übte sanften Druck aus, bis Ian keuchte.

Seine silberblauen Augen waren glasig, voller Wollust und erfüllt von tiefem Begehren.

Wir blickten einander an, während ich mich über ihn beugte und aufreizend langsam die Lippen über seine pulsierende purpurne Spitze wölbte.

Ian riss die Augen auf, und ich sah, wie er seine schönen Hände in die Bettlaken krallte.

Ich schloss die Lippen um ihn, saugte ein wenig, ließ dann meine Zunge an seiner Unterseite entlangwandern und setzte ein paar zärtliche Küsse auf seinen Schaft.

Während meine Hände seine Wurzel und seine prallen, glattrasierten Hoden streichelten, ließ ich meine Zungenspitze in die empfindliche Kerbe seiner Spitze tauchen und empfing den ersten salzigen Tropfen seiner Lust.

Ian stöhnte auf und im nächsten Moment lagen seine Hände um meine Hüften, bereit, mich auf sich zu ziehen. Doch ich hatte eine andere Idee. Ich löste mich aus seinem Griff und beugte mich vor, um die Ketten mit den Manschetten zu erreichen, die noch immer an den Bettpfosten hingen.

»Was tust du da?«, fragte er verwirrt und mit äußerst rauer Stimme.

Statt einer Antwort hob ich vielsagend eine Augenbraue und griff nach seinem Handgelenk.

»Nein!« Seine Stimme klang plötzlich gebieterisch und ich schreckte zurück.

Schneller als ich gucken konnte, hatte Ian sich halb aufgerichtet und lehnte mit dem Rücken gegen die Kissenberge.

»Sei kein Spielverderber, Ian«, tadelte ich ihn grinsend und wagte noch einen zweiten Versuch.

»Ich sagte nein!« Seine schönen Augen funkelten bedrohlich, und er entwand sein Handgelenk unsanft meinem Griff.

»Das habe ich gehört, Ian. Ich frage mich nur, warum.«

»Weil ich es nicht will, Ann-Sophie! So einfach ist das.«

Ich ließ die Manschette fallen.

»Aber du verlangst das von mir, Ian. Ich finde, du solltest wenigstens wissen …«

»Glaube mir, ich weiß genau, was ich von dir verlange«, unterbrach er mich ernst.

Er fuhr sich mit der flachen Hand übers Gesicht. »Es tut mir leid. Ich habe mich im Ton vergriffen.«

Ich nickte. »Schon gut. Nun weiß ich wenigstens, was du nicht magst.«

Dann änderte sich sein Gesichtsausdruck und das begehrende Flackern trat erneut in seine betörend schönen Augen. Er grinste.

»So, und jetzt brauche ich dich unter mir, Ann-Sophie.«

Mit diesen Worten packte er mich und brachte mich in die Rückenlage. Er griff nach meinen Handgelenken und drückte sie links und rechts neben meinem Kopf in die Laken, während er gleichzeitig in mich drang. Ich stöhnte, als er sich mit einem einzigen Stoß bis zum Anschlag in mir versenkte. Ian küsste mich hart und ungestüm und er setzte ebenso feurige Küsse auf mein Schlüsselbein, mein Dekolleté, mein Brustbein.

Ich keuchte unter seinen harten, schnellen Stößen.

»Schling deine Beine um meine Hüften«, wies er mich schroff an und ließ meine Handgelenke los, um meinen Po anzuheben und mir Halt zu geben.

Ich schlang die Arme um Ians Hals und hing förmlich an ihm. Dabei erlebte ich ihn so intensiv wie noch nie zuvor. Ich konnte genau spüren, wie sein Körper zu beben begann, wie seine Brust sich stoßweise hob und senkte und wie er auch mich mit seinen heftigen Stößen dem Höhepunkt entgegentrieb. Diesmal konnte ich verfolgen, wie auch sein Körper von diesem elementaren Zittern erfasst wurde, und dann kamen wir beide gleichzeitig.

»Du bist unglaublich, Ann-Sophie«, sagte Ian, als er sich neben mich legte und mich an seine Brust zog.

Ich lag halb auf ihm und konnte seinen festen Herzschlag an meiner Wange spüren.

»Dieser Blowjob – das war umwerfend.«

Ich grinste. »Ich hätte ihn auch zu Ende gebracht, wenn du es nicht so eilig gehabt hättest.«

»Du hättest mich getrunken?«, fragte er ungläubig.

Ich nickte an seiner Brust. »Es wäre mein erstes Mal gewesen, aber ich glaube, ich hätte es getan. Du schmeckst gut, Ian.«

»Wenn das so ist, habe ich in der Tat etwas verpasst.«

»Warum durfte ich dich nicht fesseln?«

Ich konnte regelrecht spüren, wie er sich in diesem Moment verspannte.

»Es liegt mir nicht, die Kontrolle abzugeben, Ann-Sophie. Das sollte dir inzwischen klargeworden sein.«

Mit diesen Worten löste er sich von mir und stand auf.

»Ich lasse uns das Frühstück auf den Balkon bringen«, sagte er, als er die Vorhänge zurückzog.

Erst als ich, in mein Bettlaken gehüllt, ins Bad stolperte, spürte ich, wie wund ich auch an diesem Morgen war.

Tatsächlich frühstückten wir auf dem Balkon und ließen uns dabei die Junisonne ins Gesicht scheinen.

»Was möchtest du heute tun, Ann-Sophie?«, fragte Ian.

»Ich würde mir gern die Ausstellung im Rudolfinum ansehen«, erklärte ich, nachdem ich den letzten Schluck des köstlichen, frisch gepressten Orangensafts getrunken hatte.

Ian nickte.

»Dein Wunsch ist mir Befehl, Darling«, entgegnete er grinsend.

Dann griff er zum Telefonhörer und informierte die Rezeption, dass man seinen Wagen aus der Garage holen solle.

Ich sah ihn fragend an.

»Ich habe gestern ein Auto aus dem Fuhrpark des *Grand Reed* mitgebracht. Ich hoffe, es gefällt dir.«

Als wir auf die Straße traten, stand direkt vor dem Haus ein roter Jaguar E-Type mit offenem Verdeck.

Der junge Hotelmitarbeiter, der das Traumauto vermutlich hatte von der Garage hierherfahren dürfen, hatte noch immer glänzende Augen und reichte Ian ehrfürchtig den Schlüssel.

»In diesem Fall werde ich selbst chauffieren müssen. Für Mark ist schlicht kein Platz«, sagte er grinsend und hielt mir die Beifahrertür auf, die sich hier ungewohnterweise links befand.

Dann nahm Ian selbst rechts hinter dem Steuer Platz.

Am Ende der Fußgängerzone wartete ein weiterer Mitarbeiter des Hotels, um die Poller für uns abzusenken, und dann fuhren wir mit einem der wohl schönsten Autos der Welt durch die Prager Innenstadt und am Moldau-Ufer entlang, während im Radio David Bowies Klassiker *Changes* gespielt wurde. Ich genoss die Fahrt in vollen Zügen, und auch Ian, dessen rechter Arm lässig auf der Türkante lehnte und unter dessen großer Tom-Ford-Sonnenbrille ein breites Lächeln zu erkennen war, schien die Spritztour sichtlich Spaß zu machen.

»Wozu braucht dein Hotel eigentlich solche Autos?«, fragte ich und strich mit der Hand über die hochglanzpolierten Armaturen des Oldtimers.

»Für besondere Anlässe. Meine Hotels bieten unseren Gästen einen Limousinenservice, und ab und zu sind Brautpaare oder exzentrische Musiker und Schauspieler dabei, die Wert auf den besonderen Auftritt legen.«

Ian parkte den Jaguar am *Grand Reed*, vis-à-vis dem Rudolfinum, wo sich ein Page des Wagens annahm.

Es waren nur ein paar Schritte hinüber zu dem beeindruckenden Neorenaissance-Bau mit seiner gerundeten Fassadengestaltung und der herrschaftlichen Freitreppe.

Neben den berühmten Konzertsälen beherbergte das Rudolfinum mit der Galerie Rudolfinum die wohl bedeutendsten staatlichen Ausstellungsräume für moderne und zeitgenössische Kunst in Tschechien und stellte in regelmäßigen Abständen herausragende Einzel- und Gruppenausstellungen auf die Beine.

Der Titel der aktuellen Schau lautete *The Forbidden Gaze* und versammelte Arbeiten der modernen und zeitgenössischen Kunst zu den Themen Privatheit, Intimität und Voyeurismus im Sinne des verbotenen Blicks durchs Schlüsselloch.

Schon im ersten Saal wurden wir mit Marcel Duchamps *Étant Donnés* von einem ikonenhaften Werk des 20. Jahrhunderts in Empfang genommen. Auf den ersten Blick ein wenig spektakuläres Raumobjekt, bestehend aus einer alten Holztür, einer Ziegelmauer als Rahmen und einem schwarz verhängten Rückteil, offenbarte sich das eigentliche Kunstwerk erst beim Spähen durch eines der Gucklöcher in der Brettertür. Wie bei einer Peepshow wurde der Besucher Zeuge einer erotischen, wenn auch äußerst befremdlichen Szene. Ein nackter Frauenkörper lag dort mit weit gespreizten Beinen, dreidimensional aus Gips gefertigt, auf einer Art Wiese vor einem idyllischen Wasserfall, mit einer nostalgischen Gaslampe in der Hand.

»Ich finde, sie sieht aus wie eine Leiche«, sagte ich beklommen.

»Du hast schon wieder die Assoziation zu einem Gewaltverbrechen?«, fragte Ian, und ich nickte.

»Also bei Bellmers Puppe gebe ich dir recht, aber hier überwiegt dann doch der komische Aspekt. Die Lampe in ihrer Hand empfinde ich als surrealistisches Augenzwinkern des Meisters.«

»Mag sein. Aber das weiße Inkarnat ihrer Haut, die ausgestreckten Glieder. Ich bleibe dabei, dass man auch hier Zeuge eines Verbrechens und nicht einer erotischen Darbietung wird.«

Im gleichen Raum hingen Gemälde und plastische Wandinstallationen von David Lynch und Llyn Foulkes, die einen bitterbösen Blick hinter die Fassaden bürgerlicher Scheinmoral und amerikanischer Wohlanständigkeit warfen.

Noch drastischer wurde es aber im nächsten Saal mit Fotografien von Richard Billingham, der im gnadenlosen Großformat seine bildungsferne Herkunft aus einer Birminghamer White-Trash-Familie dokumentiert und überall dort schonungslos mit der Kamera draufgehalten hatte, wo es wehtat.

Fast wäre ich bei der Betrachtung von Billinghams verwahrlostem Familienclan über den Fuß eines Obdachlosen gestolpert und um ein Haar hätte ich mich auch noch für meine Unachtsamkeit entschuldigt. Erst auf den zweiten, wenn nicht gar erst auf den dritten Blick erkannte man nämlich, dass es sich bei den drei schlafenden Männern um hyperrealistische Figuren des amerikanischen Bildhauers Duane Hanson handelte. In diesem Raum ging es also um einen anderen *verbotenen Blick*, nämlich um den auf gesellschaftliche Missstände und soziale Ungerechtigkeit.

Im darauffolgenden Ausstellungsraum waren Ed Kienholz' erschütterndes Tableau *The Illegal Operation* und ein Environment einer jungen schwedischen Künstlerin gegenübergestellt. Bei dem illegalen Eingriff handelte es sich um eine Abtreibung, die unter katastrophalen Bedingungen in einem behelfsmäßigen Operationsraum vorgenommen worden war. Es gab keine Figuren, aber die zur OP-Leuchte umfunktionierte Wohnzimmerlampe, ein Melkschemel, ein blutiger Handabdruck, rostiges medizinisches Besteck und der als Operationstisch dienende und wie ein Folterstuhl wirkende Einkaufswagen kündeten von der grausamen Tortur, die hier stattgefunden haben musste.

»Es ist furchtbar, dass Frauen mancherorts bis heute in die Hände solch dubioser Quacksalber und Engelsmacherinnen getrieben werden«, sagte Ian durch zusammengebissene Zähne, und er klang richtiggehend erbittert.

Dann wandten wir uns dem Bretterverschlag im anderen Teil des Raumes zu. Der grob gezimmerte Schuppen hatte Ähnlichkeiten mit einer herkömmlichen Gartenhütte, und man musste ihn durch eine windschiefe und knarzende Tür betreten.

Neugierig trat ich über die Schwelle. Es gab eine Pritsche mit einer Campingdecke und alles, was zur Ausstattung einer einfachen Laube gehörte, wenn auch, dem äußeren Erscheinungsbild angemessen, alle Gegenstände in einem heruntergekommenen Zustand waren. Das Erschreckende an dieser Installation waren jedoch die Bilder und Zeitungsausschnitte an den Wänden. Es handelte sich um Fotografien von und Berichte über reale vermisste Personen.

Als Ian mir nicht folgte, drehte ich mich nach ihm um.

»Komm rein. Das ist schrecklich. Es geht um Vermisste und Entführungsopfer«, sagte ich.

»Nein. Ich kann da nicht reingehen«, entgegnete er entschieden, und jetzt erst sah ich, wie blass er geworden war.

»Was ist denn plötzlich mit dir? Du siehst ja furchtbar aus«, sagte ich besorgt, als ich zu ihm nach draußen trat.

»Sieh es dir ruhig in Ruhe an. Ich habe bloß ein bisschen Platzangst«, erwiderte er und rang sich ein Lächeln ab.

»Nein.« Ich schüttelte den Kopf. »Ich habe genug gesehen. Außerdem mache ich mir Sorgen um dich. Was ist los?«

»Ich sagte doch, ich mag solche engen Räume nicht. Das ist alles.« Plötzlich klang seine Stimme wieder fest und resolut, und ich ließ es vorerst dabei bewenden.

Weitere Exponate der Ausstellung waren Tracey Emins berühmtes und seit den 1990er-Jahren zur Ikone der Gegenwartskunst erkorenes Lotterbett, das angeblich echte Bett der Künstlerin mit zerwühlten Laken, Zigarettenstummeln und benutzten Kondomen sowie eine zweieinhalb Meter große und irritierend detailgenaue nackte Schwangere von Ron Mueck.

Doch ich muss zugeben, dass ich seit der *Hütte* nicht mehr ganz bei der Sache war. Ians Reaktion beschäftigte mich noch immer. Bisher hatte er mir gegenüber noch nie eine solche menschliche Schwäche eingestanden, und die Art, wie er bevorzugt in Aufzugkabinen auf mich reagierte, wollte auch so gar nicht zu einem Klaustrophobiker passen. Ich hatte das Gefühl, dass er mir ausgewichen war, mir etwas Bedeutsames verschwieg, und seine abweisende Art, die keinen Widerspruch zugelassen hatte, frustrierte mich.

Dennoch verbrachten wir noch einen wundervollen Tag in Prag mit einem kleinen Mittagessen auf dem Dach von Frank Gehrys *Tanzendem Haus* mit Blick auf Moldau und Altstadt und dem obligatorischen Milchkaffee im berühmten Jugendstil-Kaffeehaus des Prager Gemeindehauses.

»Wenn ich dich heute Abend wirklich begleiten soll, muss ich mir jetzt noch etwas Passendes zum Anziehen kaufen«, sagte ich und schaute auf meine Uhr.

Ich hätte die Atmosphäre der Belle Epoque mit den gigantischen Kronleuchtern, den Spiegelwänden und der Klaviermusik gern noch etwas länger auf mich wirken lassen, aber langsam wurde ich wirklich ein bisschen nervös.

»Ich sagte doch, du brauchst dir deshalb keine Sorgen zu machen«, meinte Ian und nippte seelenruhig an seinem Kaffee.

Ich kräuselte die Lippen.

»Das habe ich genau gesehen«, ließ er mich wissen und entblößte beim Lachen seine strahlend weißen Zähne.

Ich sollte erst zwei Stunden später im Hotel erfahren, warum ich mir um mein Outfit für diesen Abend keine Gedanken zu machen brauchte. Als wir in unsere Suite zurückkamen, lag auf dem Bettbänkchen im Schlafzimmer ein großes und vor allem langes weißes Paket mit dem puristischen Dior-Schriftzug.

»Ich hoffe, es trifft deinen Geschmack«, sagte Ian lapidar, während ich ehrfurchtsvoll die Schachtel von der wuchtigen Satinschleife befreite und mit bebenden Händen den Deckel abhob.

Beim Anblick des Inhalts stockte mir der Atem.

Vor mir lag ein Märchentraum von einem Kleid. Es war eine silbrig-altgoldfarbene schulterfreie Seidenrobe, deren üppige Perlen-, Strass- und Bänderstickereien von der kunstvoll gearbeiteten Korsage auf den schwingenden Tüllrock zu rieseln schienen wie ein Meer von funkelnden Sternen.

»Es ist atemberaubend«, flüsterte ich überwältigt.

»Es ist quasi ein Museumsstück. Es stammt aus der Herbst-Winter-Saison 1954. Ich dachte, das würde besser zu dir passen als eines aus der aktuellen Kollektion.«

Ich strich vorsichtig über die kostbare Stickerei.

»Das ist doch viel zu wertvoll, um es anzuziehen. Und dann auch noch zu einem Dinner, bei dem man kleckern könnte. Ich kann das nicht tragen, Ian.«

»Es ist trotz allem ein Kleid, kein Gemälde, Ann-Sophie. Und es soll dir gehören. Ich will, dass du es trägst.«

»Das kann ich nicht annehmen«, erwiderte ich.

»Du wirst es annehmen müssen und du wirst es auch anziehen müssen. Schließlich hast du für heute Abend keine Alternative. Und jetzt Schluss damit. Ich möchte endlich sehen, ob es dir passt.«

Tatsächlich passte es nicht nur, es saß wie angegossen. Ich fühlte mich wie eine Prinzessin in diesem sanft schwingenden Vintage-Traum. Ich liebte die zurückhaltende, pudrige Farbgebung, den romantischen Schnitt, der dafür sorgte, dass sich das Kleid perfekt und doch auf so luftige Weise um meinen Körper schmiegte.

»Es ist unglaublich schön«, sagte ich gerührt und fiel Ian um den Hals.

»*Du* bist unglaublich schön, Ann-Sophie. Du siehst absolut hinreißend aus«, erwiderte er mit dieser sanft herben Stimme, und seine faszinierenden Augen schillerten warm. »Fast zu betörend, wenn man es recht bedenkt. Ich werde Mühe haben, die Journalisten und die verzückten Herren von dir fernzuhalten, und die Weltpresse wird sich um die Red-Carpet-Bilder reißen.«

Bei diesen Worten wurde mir ein bisschen mulmig und Ian registrierte das sofort.

Er griff nach meiner Hand und streichelte sie so sanft, wie er es schon am Vortag im Flugzeug getan hatte.

»Keine Angst, Darling. Ich werde dir heute Abend nicht von der Seite weichen. Aber eine Kleinigkeit fehlt noch.«

Er trat an den nostalgischen Wurzelholz-Schminktisch und reichte mir gleich darauf eine hölzerne Schmuckschatulle mit der Aufschrift G. *Fouquet*.

»Fouquet? Der Jugendstil-Goldschmied?«, fragte ich verblüfft und traute mich kaum, das Etui entgegenzunehmen.

Statt einer Antwort griff Ian nach dem kleinen Riegel und klappte die Schatulle auf.

Auf blauen Samt gebettet befand sich darin das schönste Collier, das ich jemals gesehen hatte; ein äußerst filigran gearbeitetes und typisch floral ausgeformtes Meisterwerk des Jugendstil-Handwerks, besetzt mit schillernden Opalen.

»Es ist traumhaft«, brachte ich stockend hervor. »Ich hoffe, das ist geliehen.«

»Geliehen?«, echote Ian lachend. »Sehe ich aus wie ein Mann, der Schmuck leiht?«

»Aber das gehört doch auch in ein Museum.«

»Nein. Es gehört an den Hals der Frau, die ich liebe.«

Mit diesen Worten nahm er das Collier aus der Schatulle und legte es mir mit sanften Fingern um den Hals.

Ich spürte, wie sich Tränen in meinen Augen formten. Diesmal waren es Tränen der Rührung, und ich blinzelte heftig dagegen an, während Ian direkt hinter mir stand und einen zärtlichen Kuss auf mein linkes Schulterblatt hauchte.

Eine knappe Stunde später brachte uns Mark zum Žofín-Palast auf der gleichnamigen Garteninsel im Herzen der Stadt, nur wenige Autominuten vom Hotel entfernt. Meine Hände waren schweißfeucht und mein Puls raste, als wir uns in die Schlange der Limousinen auf dem Vorplatz des Neobarock-Schlosses einreihten. Schließlich hielt uns ein junger Mann im schwarzen Frack die Wagentür auf, und wir wurden vom Blitzlichtgewitter empfangen. Ich hatte noch niemals etwas Derartiges erlebt und ich fühlte mich wie geblendet von dem grellen Lichtermeer, das über uns hereinbrach. Ian hatte den Arm um mich gelegt und sein Daumen streichelte meinen Handrücken auf diese unvergleichlich zärtliche Weise, die so beruhigend auf mich wirkte.

Dann nickte er den Fotografen freundlich zu und schob meine Hand unter seinen angewinkelten Arm, um mich ins Haus zu führen. Drinnen herrschte reges Treiben, man bot uns Sekt und andere Erfrischungen an, doch die meisten der vornehm gekleideten Damen und Herren bewegten sich in Richtung der großen offen stehenden Türen, die zum Park auf der gegenüberliegenden Gebäudeseite hinausführten. Wir schlossen uns dem Strom an. Draußen hatte man des schönen Sommerwetters wegen weiß gedeckte Stehtische für den Aperitif arrangiert, um die sich die Gäste gruppierten.

Zahlreiche Vertreter der europäischen Polit- und Wirtschaftsprominenz waren ebenso zugegen wie Stars und Sternchen aus Film und Jetset, die der Veranstaltung den nötigen Glamourfaktor verliehen, und Ian kannte sie alle. Und sie kannten ihn. Doch obwohl er von Staatsmännern ebenso in Beschlag genommen wurde wie von Geschäftsfreunden und hübschen Schauspielerinnen, hielt er sein Wort und wich mir nicht einen Augenblick von der Seite.

Seine gesamte Körpersprache signalisierte ständig und unmissverständlich, dass wir zusammengehörten, und er wurde nicht müde, mich mit jedem einzelnen seiner Gesprächspartner bekannt zu machen. Ich lernte an diesem Abend Menschen beim Vornamen kennen, von denen ich bislang angezweifelt hatte, dass sie außerhalb von Tageszeitungen und Nachrichtenmagazinen überhaupt real existierten.

Ich bewunderte Ian für seine Fähigkeit, sich so souverän und unangestrengt auf dem gesellschaftlichen Parkett zu bewegen, sich so schnell auf jeden dieser Menschen neu und individuell einzustellen und jedem von ihnen das Gefühl zu vermitteln, als Person und in ihrem jeweiligen Anliegen ungemein bedeutsam zu sein. Ian beherrschte die Kunst der Konversation perfekt und blieb dabei selbst stets der zurückhaltende und besonnene Zuhörer, ohne ein einziges Mal in der Rolle des Unterhalters im Mittelpunkt zu stehen.

Dann trat eine sündhaft schöne Französin in einem rückenfreien scharlachroten Abendkleid von Valentino zu uns, die in Begleitung eines weit weniger attraktiven britischen Industriellen war.

»Ian, *mon cher*«, zwitscherte sie lächelnd und warf sich ihm im gleichen Moment an den Hals.

Plötzlich erschien mir Ian weit weniger souverän als noch kurz zuvor, und es wirkte eher unsanft, wie er sich aus der Umarmung der eleganten Brünetten befreite.

»Isabelle«, grüßte er sie knapp durch zusammengebissene Zähne und wandte sich dann demonstrativ ihrem Begleiter Thomas zu, den er mit Handschlag begrüßte.

»Ich möchte euch gern Frau Dr. Ann-Sophie Lauenstein vorstellen. Meine Lebensgefährtin.«

Ich konnte mit ansehen, wie Isabelle bei diesen Worten förmlich die Gesichtszüge entglitten, und auch mich selbst brachte diese Formulierung zugegebenermaßen ein wenig aus dem Konzept. Ian hatte zwar schon den ganzen Abend über keinen Zweifel an der Ernsthaftigkeit unserer Beziehung aufkommen lassen, doch diese Konkretisierung übertraf das Bisherige noch bei Weitem.

»Eine Ex?«, fragte ich leise, als wir wieder allein waren. Ich bemühte mich um einen möglichst neutralen Ton.

»Nein.« Ian schüttelte den Kopf. »Nur eine flüchtige Bekannte.«

Wir übten uns noch eine Weile in Small Talk, ehe alle Gäste gebeten wurden, in den großen Saal zu wechseln, wo eine halbstündige Showeinlage eines international bekannten Illusionisten auf uns wartete, ehe das Dinner serviert würde.

Wir teilten unseren festlich gedeckten runden Tisch mit drei weiteren Paaren, und ich nutzte die Minuten vor Beginn der spektakulären Magier-Show, um noch schnell die Toilette aufzusuchen.

Dort traf ich auf Isabelle, die vor einem der goldgerahmten Spiegel ihren blutroten Lippenstift nachzog.

Es war ein bitterböser Blick voller Missgunst, der mich durch den Spiegel hindurch traf, doch ich bemühte mich, ihn einfach zu ignorieren, und nickte ihr kurz freundlich zu, ehe ich in meiner Dior-Robe in eine der glücklicherweise recht großzügig gestalteten Kabinen schlüpfte.

Als ich wieder herauskam, trat Isabelle aus der Kabine neben mir. Nachdem sie bereits mit der Kosmetikkorrektur beschäftigt gewesen war, hatte ich geglaubt und gehofft, sie sei bereits gegangen, doch tatsächlich schien sie regelrecht auf mich gewartet zu haben.

»*I guess, the dress is a gift from Ian?*«, fragte sie mit starkem französischem Akzent.

Ich nickte konsterniert.

»*You earn my respect for this, honey*«, sagte sie mit einem Lächeln, das zwei Reihen strahlend weißer Zähne entblößte, aber nicht ihre kühlen Augen erreichte.

Dann zückte sie ihr Smartphone und hielt es mir hin.

»*This is what Ian Reed demanded from me as a token of love.*«

Mir wurde übel und alles um mich herum fing an, sich zu drehen.

Das Foto auf ihrem Handy zeigte, umrahmt von der roten Seide eines Valentino-Kleides, eine weibliche Scham mit einem massiven eisernen Ring durch jede Labie.

Vier

Sometimes you get so lonely
Sometimes you get nowhere
I've lived all over the world
I've left every place
Please be mine
Share my life

(David Bowie)

Dieses Bild ging mir nicht aus dem Kopf.

Nicht, als ich in das Taxi stieg, nicht auf der Fahrt vom Žofín-Palast zurück zum Hotel und auch nicht, als ich mich auf den Balkon unserer Suite setzte, in der Hoffnung, in der frischen Nachtluft einen klareren Kopf zu bekommen.

Ich hatte Ian aus dem Taxi eine kurze SMS geschrieben, in der ich ihn von meinem Aufbruch unterrichtete und ihn bat, die Veranstaltung nicht meinetwegen frühzeitig zu verlassen. Seither hatte er achtmal versucht, mich anzurufen, und mir bereits drei SMS geschickt, in denen er schrieb, dass er nur noch zu der Spendenüberreichung bleiben müsse und dann sofort ins Hotel zurückkäme. Der Wortlaut seiner Nachrichten klang ernsthaft besorgt, aber ich fühlte mich nicht in der Lage, ans Handy zu gehen oder auf seine Mitteilungen zu reagieren.

Ehrlich gesagt hoffte ich, dass er noch eine Weile fortbleiben würde.

Ich hatte sogar mit dem Gedanken gespielt, mich vom Taxi direkt zum Bahnhof bringen zu lassen und mit dem Nachtzug zurück nach Frankfurt zu fahren. Aber in einer Dior-Robe und ohne mein Gepäck erschien mir eine solche Kurzschlussreaktion doch übertrieben. Ich musste wenigstens mit Ian sprechen, ihm Gelegenheit geben, sich zu erklären. Das war ich ihm und uns schuldig, und außerdem gehörte es sich unter erwachsenen, vernunftbegabten Menschen so, den anderen anzuhören, ehe man ihn verurteilte.

Aber wie um alles in der Welt sollte dieses Gespräch vonstattengehen? Ich fürchtete mich davor. Ich liebte Ian und ich wollte nicht wahrhaben, was ich gesehen hatte. Und doch musste ich es ganz einfach glauben, hatte schlicht keine andere Wahl.

Er hatte diese Frau dazu gebracht, sich Eisenringe an den Schamlippen anbringen zu lassen; ein Vorgang, so barbarisch und perfide, dass es mir den Atem stocken ließ.

Ich hatte von solchen Dingen gelesen, aber sie bisher für literarische Fiktion gehalten.

Doch Isabelle und das Bild waren ganz real gewesen, und ich hatte keinen Grund, an ihrer Geschichte zu zweifeln. Mir dieses Handyfoto zu zeigen war natürlich als Rache einer verlassenen Geliebten zu verstehen, doch es war zugleich ihre Warnung an mich gewesen.

Bei dem Gedanken, dass der Mann, den ich liebte, etwas Derartiges von einer Frau gefordert hatte, ja das Gleiche von mir verlangen könnte, wurde mir speiübel.

Ich hatte die Beine unter meinem ausladenden Kleid angezogen und die Arme um meine Knie geschlungen. Allmählich fing ich an zu frieren, doch es gelang mir nicht, aufzustehen. Ich fühlte mich wie gelähmt, unfähig, mich zu erheben oder überhaupt irgendetwas zu tun.

Ich weiß nicht, wie lange ich in der Kälte gesessen hatte, als drinnen plötzlich das große Licht anging und Ian meinen Namen rief.

Noch ehe ich mich dazu durchringen konnte, auf mich aufmerksam zu machen, trat er auf den Balkon.

»Ann-Sophie! Gott sei Dank, du bist hier! Was ist denn um Himmels willen passiert? Bist du etwa krank?«

Seine schönen Augen waren voller Besorgnis.

»Nein.« Ich schüttelte den Kopf.

»Aber was ist dann geschehen? Du zitterst ja wie Espenlaub.«

Er war im Begriff, mich in seine Arme zu schließen, doch ich zuckte zurück.

»Was ist los, Darling? Habe ich etwas verkehrt gemacht?«

»Ich bin auf der Toilette Isabelle begegnet.« Ich holte tief Luft und versuchte, das heftige Beben aus meiner Stimme zu verbannen.

»Und?« Er sah mich aufmerksam, geradezu forschend an und ließ sich in dem anderen Sessel nieder.

Ich schluckte. »Sie hat mir euer kleines Geheimnis anvertraut.«

Ich sah ihm unverwandt in die Augen, doch Ian runzelte nur die Stirn.

»Unser *kleines Geheimnis*? Du sprichst in Rätseln, Ann-Sophie.«

»Jetzt tu bitte nicht so scheinheilig, Ian! Du weißt ganz genau, wovon ich spreche.«

Er schüttelte den Kopf und wirkte tatsächlich ziemlich verwirrt.

»Nein, das weiß ich nicht«, sagte er fest.

»Du erinnerst dich also nicht an die Ringe, die sie trägt?«

»Die Ringe?«, echote Ian. »Doch, an die erinnere ich mich allerdings. Sie hat dir davon erzählt?«

»Sie hat sie mir gezeigt. Auf einem Foto.«

Ian hob beide Augenbrauen. »Warum tut sie denn so was?«

»Das fragst du mich? Das möchte ich eigentlich von dir wissen. Wie konntest du das von ihr verlangen?«

»Was denn verlangen, Ann-Sophie?«

Er runzelte erneut die Stirn, und ich spürte, wie angesichts seiner Unschuldsmiene Wut in mir aufstieg.

»Sie hat das für dich getan. Weil du es so wolltest.«

»Nein.« Ian schüttelte entschieden den Kopf. »Das ist nicht wahr. Isabelle trägt diese Ringe nicht meinetwegen.«

»Ach nein?« Ich lachte auf, doch es klang verzerrt und ziemlich seltsam. »Du hast ihr wahrscheinlich eingeredet, dass es ihr eigener Wunsch sei, sich deinem Willen zu unterwerfen.«

»Nein. Hör mir zu, Ann-Sophie. Ich weiß nicht, was Isabelle dir noch erzählt hat und was sie damit bezwecken wollte. Aber ich habe sie nur eine Handvoll Male getroffen und diese Ringe trägt sie nicht für mich, sondern für Madame Violette, in deren Diensten sie steht.«

Jetzt runzelte ich die Stirn. »Madame Violette? Bitte versuche nicht, mich für dumm zu verkaufen, Ian.«

»Das würde mir niemals in den Sinn kommen, Ann-Sophie«, entgegnete er ohne einen Hauch von Ironie.

Er fuhr sich mit der flachen Hand über sein hübsches Gesicht und schien eine schwierige Entscheidung treffen zu müssen, ehe er fortfuhr: »Isabelle ist eine käufliche Sklavin und sie arbeitet für eine sehr renommierte Pariser Agentur. Alle Sklavias, die für Madame Violette tätig sind, tragen diese Ringe. In Anlehnung an die *Geschichte der* O und als Zeichen ihres Servilismus.«

»Das glaube ich dir nicht, Ian. Bitte hör auf, mir solch krude Märchen zu erzählen. Die Frau, die ich heute kennengelernt habe, war alles andere als devot und gewiss auch keine Hure. Ich glaube eher, sie war einmal deine Geliebte und jetzt verleugnest du sie, obwohl sie dir diesen schrecklichen Liebesbeweis erbracht hat. Das ist wirklich abscheulich.«

»Das wäre es in der Tat. Aber so ist es nicht. Ich würde dich nicht anlügen, Ann-Sophie. Bei unserer letzten Verabredung wurde mir bewusst, dass Isabelle Gefühle für mich entwickelt hatte, und ich entschied mich daraufhin, sie nicht mehr zu treffen. Das liegt inzwischen mehr als zwei Jahre zurück.«

»Ich weiß nicht, was ich glauben soll, Ian. Natürlich möchte ich lieber deiner Version Glauben schenken als ihrer, aber deine Geschichte klingt so fantastisch. Eine käufliche Sklavin, die als Gütesiegel die Eisenringe der O zwischen den Beinen trägt, das ist doch absurd.«

Er grinste leicht.

»Was findest du daran lustig, wenn ich fragen darf?«, blaffte ich ihn an.

»*Gütesiegel* finde ich amüsant. Es klingt vielleicht kurios, aber ich schwöre dir, dass es die Wahrheit ist.«

»Kurios?«, wiederholte ich. »Abstoßend trifft es wohl eher. Prostitution ist schon als solche menschenverachtend genug, aber Versklavung und Eisenringe? Ich kann nicht verstehen, dass du so etwas unterstützt hast.«

»Die Eisenringe sind nicht nach meinem Geschmack, Ann-Sophie. Aber Isabelle und die anderen Damen, die für Madame Violette arbeiten, sind keine Zwangsprostituierten. Sie gehören zu den Bestverdienenden ihrer Profession.«

»Dann ist es also wenigstens mächtig teuer, diese Frauen zu züchtigen und sie an ihren Eisenringen spazieren zu führen wie Zirkustiere? Wie beruhigend.« Meine Stimme bebte in einer Mischung aus Empörung und heftigem Zittern.

»Ja, es ist kostspielig, diese Neigungen diskret und mit kultivierten Gespielinnen auszuleben«, bestätigte Ian durch zusammengebissene Zähne.

»Damit ist es wohl nur eine Frage der Zeit, bis dir nicht mehr ausreicht, was du von mir bekommen kannst.«

»Wie meinst du das, Ann-Sophie?«

»So wie ich es gesagt habe. Du bist doch sonst nicht so schwer von Begriff, Ian Reed. Ich werde mir nie gefallen lassen, was deine teuren Luxus-Sklavinnen mit sich anstellen lassen. Ich habe mich in dich verliebt, obwohl ich um deine Neigungen wusste. Aber dabei habe ich nicht im Entferntesten an so etwas gedacht. Für Dinge, wie ich sie heute gesehen habe, fehlte mir bislang schlicht die Fantasie.«

Ian atmete tief durch und die Art, in der er sich mit den Fingern durchs Haar fuhr, wirkte resigniert. In seinen silberblauen Augen lagen Niedergeschlagenheit und Schmerz.

»Als ich dich an jenem Abend in Frankfurt mit meinen Vorlieben konfrontiert habe, habe ich damit gerechnet, dass du dich schaudernd von mir abwenden könntest. Aber als das nicht geschah, habe ich mir erhofft, nie ertragen zu müssen, dass du mich so ansiehst, wie du es jetzt tust. Voller Abscheu und Entsetzen in deinen schönen Augen.«

»Ian, ich ...«, begann ich stockend, doch er schüttelte nur ganz leicht den Kopf.

»Schon gut, Ann-Sophie. Ich hätte dir das alles nie zumuten dürfen. Das habe ich von Anfang an gewusst. Aber meine Egomanie hat wieder einmal gesiegt.«

Er lächelte, doch es wirkte gequält.

»Nicht deine Egomanie, Ian«, sagte ich ruhig. »Wir haben uns beide wissentlich aufeinander eingelassen, obwohl uns bewusst war, dass es Schwierigkeiten geben würde. Aber das taten wir nicht aus Egoismus, sondern aus Liebe.«

»Und jetzt kannst du mich nicht mehr lieben, Ann-Sophie?« Seine Stimme klang mutlos, fast ängstlich.

Ich zuckte mit den Schultern.

»Ich weiß es nicht, Ian. Ich habe Angst, dass du diese extremen Dinge brauchst, dass ich deine Bedürfnisse nicht erfüllen kann.«

»Aber du gibst mir mehr, als ich mir je zu wünschen gewagt hätte. Keine andere Frau hat mich jemals so sehr betört und so vollkommen befriedigt wie du, Ann-Sophie. Jedes Mal ist es ein kostbares Geschenk für mich, das Bett mit dir teilen zu dürfen.«

Es klang so ehrlich und aufrichtig, dass ich nicht wusste, ob ich lächeln oder weinen sollte, und vermutlich tat ich beides.

»Das sagst du jetzt, Ian. Und es klingt wundervoll. Aber ich will nicht eines Tages in Situationen geraten, in denen ich abwägen muss, ob ich lieber meine Grenzen überschreite oder anderenfalls riskiere, dass du mich betrügst oder mich verlässt. Um so zu leben, liebe ich mich selbst zu sehr.«

»Ja, ich verstehe. Und es ist gut, dass es so ist«, sagte er ruhig. »Aber auch ich liebe dich, Ann-Sophie, mehr als ich jemals einen anderen Menschen geliebt habe, und ich verspreche dir, dass ich dich niemals in eine solche Situation bringen werde.«

Ich ließ es zu, dass er zärtlich nach meiner Hand griff und sie an seine Lippen führte, um weiche Küsse daraufzusetzen.

»Deine Hand ist eiskalt und du zitterst. Bitte lass uns reingehen, Darling.« Er klang wirklich besorgt.

Diesmal verwehrte ich mich nicht, als Ian aufstand und mich im nächsten Moment hochhob, um mich ins Warme zu tragen.

Als ich am Sonntagnachmittag meine Wohnungstür aufschloss, war ich in einer seltsam melancholischen Stimmung. Coco und Filou lagen auf der Couch und hoben nur träge die Köpfe – sie hatten zur Kenntnis genommen, dass ich wieder da war, und kuschelten sich dann sofort wieder ein, um weiterzuschlummern.

Ian hatte sich gewünscht, dass ich ihn von Prag aus nach New York begleiten würde, doch das konnte ich nicht. Schließlich hatte ich auch noch ein Leben außerhalb dieser turbulenten Liebesbeziehung mit einem der reichsten und kompliziertesten Männer dieser Welt. Ich hatte ganz alltägliche Verpflichtungen, angefangen bei einem Job, den ich liebte, über zwei Katzen, die versorgt werden wollten, bis hin zu Familie und Freunden, die sich um mich sorgten.

Ich bin nicht sicher, ob Ian wirklich verstand, warum ich meinen hart erkämpften und sehr liebgewonnenen Lebensentwurf nicht einfach so über den Haufen werfen konnte, um mit ihm um die Welt zu reisen. Ich bin überzeugt davon, dass er meinen Entschluss wenigstens zum Teil auf das Streitgespräch zurückführte, das wir am Vorabend auf dem Balkon unserer Prager Hotelsuite geführt hatten. Aber er hatte mir zumindest das Gefühl gegeben, mich zu verstehen, und als er darauf bestand, mich mit seiner Privatmaschine zurück nach Frankfurt zu bringen, ehe er nach New York weiterreiste, war es am Frankfurter Flughafen der Abschied eines Liebespaares gewesen, ohne Groll und Bitterkeit.

Als ich mit der Zunge meine Oberlippe berührte, meinte ich ihn noch immer zu schmecken, und in meinen Haaren hing noch sein wundervoller Duft; frisch und herb mit diesem unverwechselbaren Hauch von *Floris*.

Mehr Erinnerungen blieben mir diesmal nicht, denn in dieser Nacht hatten Ian und ich nicht miteinander geschlafen. Folglich war ich ausnahmsweise nicht wund und hatte keine rotgescheuerten Handgelenke, wie es bisher fast nach jeder mit Ian Reed verbrachten Nacht gewesen war. Nach dem Gespräch über Isabelle und die Ringe hatte ich keinen Sex gewollt, und Ian hatte das verstanden und akzeptiert, ohne dass ich es hätte verbalisieren müssen. Stattdessen hatte er mir ein heißes Bad eingelassen und mich anschließend im Bett in seine Arme geschlossen, um mich zu wärmen. Wir hatten miteinander gekuschelt, uns im Arm gehalten, einander liebkost. Es war wunderschön.

Obwohl wir uns also in keiner Weise im Streit getrennt hatten, war es ein bedrückendes Gefühl der Ungewissheit, mit dem ich nach Hause kam.

Ich wusste nicht, wann ich Ian wiedersehen würde. Wir hatten keine feste Verabredung getroffen, und ich war zu stolz dazu gewesen, selbst die Initiative zu ergreifen und ihm diese Frage zu stellen.

Die Vorstellung, in die unwürdige Rolle der wartenden Geliebten gedrängt zu werden, die nur für die wenigen Tage im Jahr lebte, sich nach den kostbaren Stunden verzehrte, die ihr mit ihrem Angebeteten vergönnt waren, wenn er alle paar Wochen oder Monate einmal in die Stadt kam, gefiel mir gar nicht.

Tatsächlich aber vermisste ich Ian schon jetzt.

Gegen Abend rief ich Kiki an, um mich für die Katzenpflege zu bedanken und meine beste Freundin auf ein Glas Wein einzuladen.

Als es klingelte, war ich gerade dabei, meinen Koffer auszuräumen. Manchmal war Kiki doch schneller, als ich dachte.

»Ich hatte noch eine Schüssel Bulgur-Salat im Kühlschrank«, erklärte sie grinsend und wedelte mit einer türkisfarbenen Tupperschüssel, als ich ihr die Wohnungstür öffnete.

»Das klingt nach einer guten Begleitung für einen weinseligen Abend«, sagte ich und nahm ihr die Schüssel ab.

Kiki begrüßte erst Coco und Filou und warf dann ihren Strickmantel über mein Panton-Phantom, statt die Garderobe zu benutzen.

»Dieses Zeug mit Fisch in der hellen Soße mögen sie nicht. Hast du das schon gemerkt? Das habe ich ihnen gestern Morgen gegeben, und statt es zu fressen, haben sie es demonstrativ gleichmäßig auf dem Fußboden verteilt«, erklärte Kiki, als wir ins Wohnzimmer gingen.

»Ja, habe ich auch schon festgestellt. Aber bis vor zwei Wochen mochten sie es noch, und nun habe ich eben ein paar Dosen davon übrig. Ich hoffe, sie haben sonst keinen Ärger gemacht?«

»Ach, Quatsch. Du weißt doch, dass ich sie jedes Mal am liebsten mitnehmen und gar nicht wieder hergeben würde. Besonders Filou. Aber jetzt erzähl erst mal. Wie war der Kurzurlaub mit deinem verhaltensgestörten Milliardär?«, wollte sie wissen und griff nach den Tyrrells-Chili-Chips, die ich in einer Glasschale auf den Wohnzimmertisch gestellt hatte.

»Es war aufregend und wirklich schön.«

»Dann hat er dich diesmal nicht sitzenlassen?«

»Nein. Es war ein rundum gelungenes, sehr romantisches Wochenende.«

»Und jetzt bist du also richtig mit ihm zusammen?«

Ich zuckte mit den Achseln. »Das weiß ich leider auch nicht so genau. Ich glaube, mit Ian Reed kann man nicht *richtig* zusammen sein.«

»Na ja, den Bildern nach zu urteilen, kann man das aber schon so nennen.«

»Welche Bilder, Kiki?« Ich spürte, wie ich die Farbe wechselte.

»Die von den Klatschseiten im Internet. Sag nur, du hast euch noch nicht gegoogelt?«

»Nein«, entgegnete ich konsterniert.

»Jetzt werd nicht gleich so blass, Ann. Es sind keine Sexvideos von euch im Netz, sondern nur Fotos vom roten Teppich von irgendeinem Schickimicki-Kapitalisten-Event.«

Kiki zückte ihr Smartphone und startete die Bildersuche.

»Hier«, sagte sie und hielt mir das Telefon hin. »Du siehst toll aus, Ann. Kein Grund zur Panik. Das Kleid ist der Wahnsinn.«

Ich hörte ihr gar nicht richtig zu, denn es waren die Bildunterschriften, die mein Interesse weckten.

»Ein schwarzer Tag für die Damenwelt – Dauersingle Ian Reed vergeben« stand da und an anderer Stelle *»Die deutsche Ann-Sophie L. ist die Frau an der Seite des Hotel-Moguls«*.

»Hey, nicht vergessen, zu atmen, Ann. Die Fotos sind schön, ihr gebt ein tolles Paar ab, was willst du mehr. Auf diese Weise bist du wenigstens schon darauf vorbereitet, wenn nächste Woche die Printausgaben erscheinen.«

»Die *was?*«

»Na, die Printausgaben der Klatschmagazine, in denen immer diese albernen Fotostrecken von allen roten Teppichen der Welt drin sind«, erklärte mir Kiki geduldig und schob sich sehr lässig noch ein paar Chili-Chips in den Mund, während meiner sehr undamenhaft offen stand.

»Du musstest dir ja unbedingt einen der reichsten Männer der Welt angeln. Das hast du nun davon, selbst schuld«, brachte Kiki die Sachlage auf den Punkt.

Ich ging in die Küche, um den Wein und Schalen für den Salat zu holen und auch, um mich von diesem Schreck zu erholen.

Anschließend musste ich Kiki in Sachen Privatjet, Luxushotel und Jaguar E-Type Rede und Antwort stehen, und natürlich erzählte ich ihr auch von dem ebenso verlockenden wie aufregenden Angebot, eine Ausstellung der Sammlung Reed zu kuratieren. Besonders von Letzterem war Kiki vollauf begeistert.

»Das klingt wirklich alles märchenhaft«, gab sie zu. »Geld wie Heu, toller Sex, der erste Mann in deinem Leben, der freiwillig mit dir ins Museum geht – ach was, er besitzt sogar sein eigenes.«

»Aber?«, fragte ich.

»Was aber?« Kiki nippte an ihrem Wein.

»Ich finde, du klangst gerade, als hättest du trotzdem ein Haar in der Suppe gefunden.«

Ich sah sie forschend an.

»Nein.« Kiki schüttelte den Kopf. »Habe ich nicht und ich will auch gar keines finden. Weil ich dir das alles nämlich von Herzen gönne«, erklärte sie bestimmt.

»Aber du hast das ungute Gefühl, dass es einen Haken an der Sache geben muss.«

Kiki zuckte unentschlossen mit den Achseln.

»Geht mir ganz genauso«, gab ich unumwunden zu.

»Ach was. Vermutlich sind wir beide viel zu kritisch, Ann. Du solltest es einfach genießen. Nach allem, was man über ihn liest – und ich gebe zu, dass ich in den letzten Wochen diesbezüglich eine sehr kritische Presseschau vorgenommen habe –, entwickelt er sich unter deinem Einfluss in eine sehr löbliche Richtung. Du bist die erste Frau, mit der er sich so verbindlich in der Öffentlichkeit gezeigt hat. Ich gebe zu, ich hatte wirklich Angst, du wärest für diesen aalglatten Investment-Schnösel nur ein willkommener Zeitvertreib, und ich konnte kein bisschen nachvollziehen, dass du noch ein zweites Mal auf ihn reingefallen und mit ihm nach Prag geflogen bist. Aber ich bin ja bereit, meine Meinung zu ändern. Es scheint ihm tatsächlich viel ernster zu sein, als wir ihm beide anfangs unterstellt haben.«

»Ernst genug?«, fragte ich und nahm einen großen Schluck Wein.

»Ich bin doch kein Medium, Ann. Ich kenne den Mann nur aus der Zeitung und aus deinen Erzählungen. Ich finde, er lässt sich für seine Verhältnisse schon sehr stark auf dich ein – das ist beachtlich. Aber wie man einen solchen Jetset-Nomaden auf Dauer hält und ob man so einen an die Kette legen kann, weiß ich wirklich nicht. Du wirst dich mit einer ziemlich extremen Fernbeziehung arrangieren müssen und mit einem Typen, der ganz genau weiß, was er will und was nicht. Schwierig, aber vermutlich machbar, wenn es echte Liebe ist.«

Zwei Tage lang hörte ich nichts von Ian, und als am Dienstagabend um kurz vor halb zwölf das Telefon klingelte, wäre ich vor Schreck fast aus dem Bett gefallen. Im ersten Moment dachte ich, es sei etwas mit Oma, und drückte mit bebenden Fingern die Lautlostaste der Fernbedienung, ehe ich zum Telefonhörer griff. Aber es war keine Frankfurter Nummer, sondern Ians Handynummer, die im Display erschien.

»Habe ich dich geweckt, Darling?«

Oh, es tat so gut, seine Stimme zu hören!

»Nein, ich habe im Bett gelegen und ferngesehen. Bist du noch in New York?«

»Ja. Und ich werde auch noch ein paar Tage hierbleiben müssen, wie es aussieht.«

»Du klingst müde, Ian, und unzufrieden. Muss ich mir Sorgen machen?«

Ich hörte ihn förmlich lächeln. »Dieser Deal droht zu platzen, aber das kriegen wir schon in den Griff. Es waren nur ziemlich zähe Verhandlungen heute, das ist alles. Und ich habe Sehnsucht nach dir. Verdammt, ich bräuchte dich hier, Ann-Sophie. Hier in meinem Bett.«

Seine Stimme hatte wieder diesen rauen, kehligen Klang angenommen, und ich spürte, wie seine Worte unmittelbar auf meinen Unterleib wirkten.

»Ich wäre jetzt auch gern bei dir, Ian«, gab ich zu.

»Selbst wenn ich wollte, könnte ich keine neun Flugstunden auf dich warten, Ann-Sophie. Ich brauche dich jetzt. Kannst du skypen?«

»Ich habe noch ein älteres Notebook nur fürs Internet und darauf hat mein Bruder vor einiger Zeit auch Skype installiert.«

»Gut. Hoffen wir, dass dein Zweitrechner schnell genug läuft.« Er klang ungeduldig.

Ich ging mit dem Telefonhörer am Ohr in mein Arbeitszimmer und holte den Laptop.

»Nimm ihn mit ins Schlafzimmer«, instruierte mich Ian.

Ich war froh, dass die Videoverbindung noch nicht stand, denn ich spürte, wie mir die Röte in die Wangen schoss, als ich begriff, was er vorhatte.

»Ich will dich nur vorwarnen, Ian. Ich sehe vermutlich nicht so aus, wie du es gern hättest«, sagte ich am Telefon, während ich den Laptop hochfahren ließ.

»Lass mich raten: Du trägst nachts eine Zahnspange, hast dir zwei Zöpfe gebunden, steckst in einem rosa Snoopy-Schlafanzug und hast zentimeterdick Nivea-Creme im Gesicht. Ich bin trotzdem scharf auf dich.«

Vor Lachen gelang es mir kaum, das Programm zu starten, aber schließlich klappte es doch.

»Wie du siehst, ist es nicht ganz so schlimm«, erwiderte ich, nachdem die Verbindung endlich stand und ich die Webcam justiert hatte.

»Nicht ganz so schlimm? Du siehst hinreißend aus, Ann-Sophie.«

Ich trug ein schwarzes, ärmelloses Nachthemd, das zwar nicht unbedingt als sexy Negligé durchging, aber immerhin einen großen schmeichelnden Ausschnitt hatte und meine inzwischen leicht gebräunte Haut zur Geltung brachte.

Ian saß in einem modern interpretierten, senfgelben Ohrensessel in einer Suite, die der im *Grand Reed* in Frankfurt sehr ähnlich sah, wenn auch die Farbpalette des Interieurs diesmal eine andere war. Er hatte sein Notebook auf dem Schoß und ich konnte trotz seines strahlenden Lächelns und der nicht eben perfekten Videoübertragung erkennen, dass er einen langen Tag gehabt haben musste. Sein weißer Hemdkragen stand weit offen, sein Haar war wieder einmal ungekämmt, und unter seinen schönen silbergrauen Augen lagen tiefe Ringe.

»Hast du eine Musikanlage im Schlafzimmer?«, fragte Ian.

Ich hob beide Augenbrauen. »Nein, aber einen Fernseher.«

»Ich möchte, dass du Musik anmachst. Ob über deinen Laptop, dein Handy oder die Anlage im Wohnzimmer, ist mir egal.«

»Im Fernsehen läuft gerade die lange Disco-Nacht mit Ilja Richter.«

Ian grinste. »Hauptsache, die Musik macht dich an.«

Ich entriegelte die Lautlostaste genau in dem Moment, in dem Ilja Richter Donna Summer mit *Love To Love You Baby* anmoderierte.

»Na, das passt ja perfekt«, meinte Ian und schenkte mir sein strahlendstes Lächeln.

»Stell den Laptop so hin, dass ich dir beim Ausziehen zusehen kann«, wies er mich mit rauer Stimme an.

Und als ich zögerte, fügte er hinzu: »Lass dich einfach auf die Musik ein, Ann-Sophie.«

»Das kann ich nicht. Nicht vor der Kamera«, sagte ich.

»Vergiss die Kamera, Darling. Nur ich sehe dir zu.« Seine schöne Stimme hatte wieder diesen hypnotischen Klang angenommen und seine schillernden Augen fixierten mich streng.

Ich war mir nicht sicher, ob ich die Kamera tatsächlich würde ausblenden können, aber ich wollte in diesem Moment nichts lieber, als Ian nah zu sein, und diese Art Videosex war in der Tat das, was dem im Moment am nächsten kam.

Also stellte ich den Laptop auf die untere Bettkante und kletterte dann selbst aufs Bett, um den Neigungswinkel des Bildschirms richtig zu justieren und mich vor dem Desktop zu positionieren.

Donna Summer erwies sich tatsächlich als der ideale Soundtrack, und ich war selbst höchst überrascht, wie schnell ich das Kameraauge vergessen hatte.

Langsam und fast schon lasziv entledigte ich mich meines Nachthemds, und Ians Blick sagte mir, dass ihm ausgesprochen gut gefiel, was er zu sehen bekam. Mit liebevollen Komplimenten und knappen Anweisungen führte er mich durch meinen ersten Internet-Striptease.

»Streichel deine Brüste, Ann-Sophie«, verlangte er und ich tat es. »Nicht so zögerlich. Greif richtig zu, spiel mit ihnen, spür, wie sinnlich es ist, sie anzufassen.«

Was sich im ersten Moment eigenartig anfühlte, begann erstaunlich schnell, mir zu gefallen. Er hatte recht – sie fassten sich toll an, wenn man etwas beherzter zugriff. Ich ließ meine Hände über mein Dekolleté streicheln, umkreiste meine Brüste, knetete sie, drückte sie leicht zusammen und bewegte mich dazu im Takt der anheizenden Musik.

Ich hätte nie gedacht, dass es mir Spaß machen könnte, mich so vor einer Kamera zu bewegen, doch es begann tatsächlich, mich zu erregen. Ich ließ meine Fingerkuppen um meine Knospen kreisen, und es war faszinierend, zuzusehen, wie sie von meinen eigenen Berührungen erregt wurden und unter meinen Fingerspitzen wuchsen.

Doch mindestens ebenso gut gefiel mir Ians Reaktion, als ich meine Brüste knetete und sie ihm auf äußerst verruchte Weise in Großaufnahme präsentierte.

Er schluckte schwer, und seine schönen Augen glänzten fiebrig.

»Du bist ein Naturtalent, Darling«, ließ er mich grinsend wissen. »Und jetzt will ich sehen, wie du es dir selbst machst.«

»Nein, Ian. Das kannst du vergessen«, sagte ich und schüttelte bestimmt den Kopf. Donna Summers Song war gerade vorbei und die zaghafte Flamme zwischen meinen Beinen erlosch im selben Moment.

»Komm schon, Ann-Sophie. Ich kann doch sehen, dass du bereit dazu bist. Du wirst dich doch nicht etwa ausgerechnet vor mir schämen, dich selbst zu berühren.«

»Das ist etwas sehr Intimes, Ian. Ich glaube nicht, dass ich das mit dir teilen kann. Schon gar nicht, wenn diese Kamera zwischen uns steht.«

»Aber ich verlange, dass du es mit mir teilst«, forderte er und seine Stimme klang jetzt eine Nuance strenger. »Es gibt absolut nichts, das dir peinlich sein müsste. Nicht vor mir. Das habe ich dir schon einmal gesagt.«

Vielleicht war es der Wirkung des Proseccos zuzuschreiben, den wir am Abend zum Geburtstag der Sekretärin im Institut getrunken hatten, oder aber den Klängen von Marc Bolans *Hot Love*, aber vielleicht war es auch schlicht Ians hypnotische, hocherotische und ebenso fordernde Stimme, die mich veranlasste, meine Hand zögerlich zwischen meine Beine zu schieben.

»Denk nicht an die Kamera, Darling. Nur du und ich, hörst du? Und jetzt öffne deine Schenkel für mich und zeig mir deine Lust.«

Der Anblick, den ich ihm jetzt bot, dürfte Ähnlichkeiten mit Gustave Courbets Skandalbild *Ursprung der Welt* gehabt haben, nur war ich rasiert und bot ihm damit vermutlich noch tiefere Einblicke als Courbets Modell.

Ich ließ meine Fingerspitzen auf meiner Klitoris kreisen, streichelte und rieb mich, während sich meine linke Hand meiner Brüste annahm und mit meinen erigierten Knospen spielte.

Tatsächlich gelang es mir, die Kamera fast gänzlich zu vergessen, und ich stellte mir vor, es sei Ians Hand, die mich berührte, und sein sündiger Finger, der sich in meiner feuchten Enge bewegte.

Als ich schließlich leise und genüsslich zu stöhnen begann und mein Becken kreisend bewegte, hörte ich Ian scharf Luft holen. Der lustvolle Laut, der sich seiner Kehle entwand, signalisierte mir, dass meine Darbietung ihn nicht kaltgelassen hatte und wir trotz der räumlichen Distanz auch dieses Mal gemeinsam zum Höhepunkt kommen würden.

»Du bist phänomenal«, keuchte er wenig später, und als ich das Bettlaken um mich raffte und einen Blick auf den Laptop warf, sah ich die Schweißperlen, die ihm auf der Stirn standen.

Doch Ian hatte sein Notebook offensichtlich auf einer Kommode oder auf dem Schreibtisch der Suite abgestellt, sodass ich auch jetzt nur sein hübsches, erschöpftes Gesicht sehen konnte.

»Beim nächsten Mal möchte ich dir dabei zusehen«, sagte ich.

Ian grinste jungenhaft.

»Es gibt einige Dinge zwischen uns, die werden nie auf Gegenseitigkeit beruhen, Darling.«

Ich kräuselte die Lippen und ließ mir durch den drohenden Ausdruck in seinen silberblauen Augen bestätigen, dass ihm diese subtile Demonstration meines Missfallens nicht entgangen war.

»Du hast mir einen stressigen Tag versüßt und meinen Abend gerettet, Ann-Sophie. Aber meine Sehnsucht nach dir ist jetzt noch größer als zuvor. Ich zähle förmlich die Stunden, bis ich wieder bei dir sein kann.«

»Das klingt zauberhaft, Ian.«

»Es ist die bittere Wahrheit, Ann-Sophie. Ich bin süchtig nach dir, und seit gestern fühle ich mich wie auf Entzug. Sobald ich dich zu fassen bekomme, wirst du dafür büßen. Und beim nächsten Mal werde ich dich einfach verschleppen, wenn du mich nicht freiwillig begleitest.«

Ich grinste.

»Das würdest du also tun?«, fragte ich kokett.

Seine Augen funkelten gefährlich. »Ich würde keine Sekunde zögern.«

»Und was, wenn ich mich wehren würde?«

»Nichts anderes würde ich von dir erwarten. Aber etwas Gegenwehr macht die Sache doch auch erst reizvoll.«

Meine Güte, dieses Lächeln!

Dann sah Ian auf seine *Omega*, und das dämonisch verschlagene Lächeln machte einem pflichtbewussten Gesichtsausdruck Platz.

»Ich muss jetzt noch zu einem Geschäftsessen. Aber ich werde dir ein Päckchen zukommen lassen. Per Expressbote sollte es dich morgen erreichen. Ich will, dass du es einweihst, wenn wir morgen Abend wieder skypen.«

Er sah mich streng an, und ich nickte.

»Gut. Und jetzt träume süß, Liebste!«

Liebste – welch ein schöner, irgendwie aus der Zeit gefallener Ausdruck.

In meinem Surrealismus-Seminar am Mittwochnachmittag hörten wir ein gut recherchiertes, aber leider todlangweilig vorgetragenes Referat über den surrealistischen Film. Ein so dankbares, unterhaltsames Thema schrie förmlich danach, mit Originalsequenzen illustriert und medial aufbereitet zu werden, doch die beiden Referenten verschenkten diese Chance und servierten uns lediglich einige unscharfe Filmstills und holprige Inhaltsangaben.

Glücklicherweise hatte ich einen knappen Zusammenschnitt vorbereitet, wie ich es immer tat, für den Fall, dass mich Referenten ganz im Stich ließen und nicht zur Sitzung erschienen.

Das Film-Medley hatte ich schon vor Ewigkeiten für eine andere Veranstaltung erstellt und es jetzt, ohne es noch einmal zu sichten, auf meinen Uni-USB-Stick kopiert.

Natürlich bekamen meine Studenten gleich zu Beginn die ebenso berühmte wie berüchtigte Eingangssequenz von Luis Buñuels und Salvador Dalís Stummfilm-Klassiker *Un Chien Andalou* von 1929 zu sehen, in der in einer kunstvollen Montage das Schärfen eines Rasiermessers, das Vorbeiziehen einer Wolke vor dem Vollmond und das Zerschneiden des Auges eines Mädchens zu einem einzigartigen Schockmoment verwoben wurden. Auch wenn man wusste, dass es sich in Wahrheit um das Auge einer Kuh handelte, fiel es schwer, diesem an den abjekten Ekelgrenzen und menschlichen Urängsten rüttelnden Bild standzuhalten.

Zumindest waren jetzt alle wieder wach, die sich von dem monotonen Referat in eine lethargische Stimmung hatten versetzen lassen.

Als Nächstes folgte ein versöhnlicherer Ausschnitt aus *L'Âge d'Or*, der zweiten filmischen Zusammenarbeit von Buñuel und

Dalí. Als ich die Aufnahme nun wieder sah, wunderte ich mich, dass ich mich beim Zusammenschnitt nicht für eine der streitbaren, äußerst blasphemischen Sequenzen entschieden hatte, sondern die surreal-absurden römischen Straßenszenen ausgewählt hatte. Aber immerhin sorgten die skurrilen Bildfindungen wie das Fußballspiel mit einer Violine für einige Lacher im Plenum.

Ich hatte auch noch einen kurzen Ausschnitt aus Man Rays experimentellem und äußerst selten gezeigtem Stummfilm *Les Mystères du Château de Dé* parat, auf den die Referenten mehrfach verwiesen hatten, ehe sich mein Zusammenschnitt den späteren und nur noch vom Surrealismus beeinflussten Filmen von Luis Buñuel widmete.

An *Belle de Jour* hatte ich in diesem Zusammenhang überhaupt nicht mehr gedacht. Wir sahen, wie sich Catherine Deneuve in der Rolle der gutsituierten Arztgattin Séverine ihren erotischen und sadomasochistisch geprägten Tagträumen hingab. Die Protagonistin fantasierte von einer Kutschfahrt, während derer sie von ihrem Ehemann und zwei Kutschern in ein Waldstück gezerrt, an einen Baum gefesselt und von den Handlangern ihres Mannes brutal ausgepeitscht wurde, während dieser eine Zigarette rauchte.

Meine Kehle war staubtrocken, und ich war froh, dass der Seminarraum für die Filmpräsentation abgedunkelt war, als ich spürte, wie meine Wangen glühten.

Während der Ausschnitte aus *Der diskrete Charme der Bourgeoisie* und *Dieses obskure Objekt der Begierde* versuchte ich mich durch tiefes Durchatmen zu akklimatisieren, ehe ich mit ein paar kurzen Worten zu den Themen Traum und Gesellschaftskritik in Buñuels Filmen die Sitzung entgegen meiner Gewohnheit beendete, ohne eine abschließende Plenumsdiskussion zu eröffnen.

An diesem Mittwoch stand noch eine Studiengangsitzung auf dem Programm, und ich ging in mein Büro, um mich in der Zwischenzeit um die Post und einige andere Verwaltungsangelegenheiten zu kümmern. Dann fuhr ich mein Notebook hoch, um ein paar Texte für die nächste Seminarsitzung in meinem Moodle-Kurs einzustellen, einer Lernplattform, von der die Studierenden ihre Materialien nach Bedarf selbst herunterladen konnten.

In diesem Zusammenhang checkte ich auch mein Uni-Postfach. Ich befürchtete schon, das System hätte sich aufgehängt, als nach geschlagenen zehn Minuten neben ein paar internen Rundmails eine einzige E-Mail mit riesiger Dateianlage im Posteingang erschien. Obwohl ich den Absender *Belle* nicht kannte, vermutete ich dahinter eine PowerPoint-Präsentation irgendeines Studenten, der versäumt hatte, seine Megadatei zu komprimieren, doch weit gefehlt.

Has he already done this to you?, stand da. Sonst nichts. Im ersten Moment dachte ich an einen Computervirus, doch dann sah ich mir die E-Mail-Adresse im Absenderfeld noch einmal genauer an. Belle – Isabelle, natürlich!

Mit bebenden Fingern klickte ich auf die Videodatei im MP4-Format.

Das Video zeigte Isabelle und Ian. Obwohl man ihn nur schräg von der Seite sehen konnte, bestand kein Zweifel. Ich spürte, wie mein Mund trocken wurde. Die beiden saßen mit Champagnergläsern in der Hand an einem offenen Kamin, in dem ein romantisches Feuer prasselte. Während Ian trug, was er immer trug, nämlich ein weißes Hemd zur dunklen Hose, sah Isabelle mit ihrem bodenlangen schwarzen Abendkleid und der eleganten Hochsteckfrisur aus, als käme sie gerade von einem Ball. Das Video war in einem luxuriös ausgestatteten und irgendwie antiquiert anmutenden, antik möblierten Raum aus erhöhter Perspektive wie aus einer Wandnische heraus aufgenommen worden. Leider gab es keinen Ton.

Dann stand Ian plötzlich auf und nahm Isabelle das Glas aus der Hand. Sie erhob sich ebenfalls und ließ im nächsten Moment ihr extravagantes Samtkleid auf laszive Weise zu Boden gleiten. Sie trug nur einen spitzenverzierten Strapsgürtel und Strümpfe; keinen BH und kein Höschen.

Ich hielt die Luft an. Ängstlich huschte mein Blick zur angelehnten, aber nicht verschlossenen Bürotür.

Ian packte Isabelle am Oberarm und führte sie auf ihren mörderischen Stöckelschuhen in die Raummitte, genau in den Fokus der Kamera, wo er ihr ebenjene Ledermanschetten anlegte, die mir selbst inzwischen nur allzu bekannt waren.

Wie von Geisterhand wurde eine Eisenkette von der Decke herabgelassen, in deren unterste Öse Ian Isabelles Handfesseln einhakte. Dann wurde die Kette wie bei einem Flaschenzug angezogen, bis Isabelle mit emporgestreckten Armen vor ihm stand und nur noch gerade so eben Halt auf ihren hohen Absätzen hatte.

Isabelle stand jetzt mit dem Rücken zur Kamera, und ich beobachtete atemlos, wie Ian ganz nah hinter sie trat, seine schönen langen Finger zärtlich über ihre ausgestreckten Arme streichen ließ und ihre Achseln und Schultern liebkoste. Sein Zeigefinger verfolgte die geschwungene Linie ihrer Wirbelsäule bis zum Steißbein. Er schien einen Kuss in ihre Halsbeuge zu hauchen und vielleicht flüsterte er ihr auch etwas ins Ohr, ehe er sich abrupt von ihr abwand und im nächsten Moment aus dem Blickfeld der Kamera verschwand.

Ich saß vor meinem Laptop wie ein hypnotisiertes Kaninchen und traute mich auch nicht vorzuspulen, um nichts zu verpassen. Nach zwei oder drei endlosen Minuten, die Isabelle wohl noch viel länger vorgekommen sein mussten, war er plötzlich wieder da.

Was ich im nächsten Augenblick zu sehen bekam, ließ mir den Atem stocken.

Ian hielt jetzt eine Peitsche in der Hand. Eine kurze schwarze, wie man sie aus dem Pferdesport kennt. Er tätschelte Isabelles festen, makellos geformten Po, ermahnte sie offensichtlich, stillzustehen, denn plötzlich stand sie kerzengerade und all ihre Muskeln schienen sich anzuspannen. Dann folgte der erste Hieb, exakt mittig auf Isabelles Gesäß. Und gleich darauf der nächste. In dichter Folge prasselten die Peitschenhiebe auf ihr festes, sportlich trainiertes Hinterteil nieder und ließen es beim Aufprall vibrieren. Isabelle erschauerte unter jedem seiner Schläge, und ich zuckte ebenfalls zusammen. Ich konnte es kaum fassen. Als er weiter ausholte und fester zuschlug, tänzelte sie auf ihren hohen Schuhen und Ian legte den Arm um ihre Taille, um ihr Halt zu geben. Zärtlich strich er ihr eine Haarsträhne aus dem Nacken, die sich aus ihrer Frisur gelöst hatte, nur um dann auch ihren Rücken mit einigen präzise ausgeführten Hieben zu zeichnen. Entsetzt sah ich die feinen roten Striemen, die sich auf Isabelles makelloser, leicht gebräunter Haut abzuzeichnen begannen. Ihr hübscher Po war bereits von zahlreichen rötlichen Linien gezeichnet, die ein kunstvolles Geflecht bildeten. Beim nächsten Hieb legte sich die Peitsche wie eine züngelnde Schlange um Isabelles Hüften, und die Arme schien unter dem beißenden Schmerz fast das Gleichgewicht zu verlieren.

Obwohl der Film lautlos ablief, meinte ich das zischende Knallen der Peitsche zu hören, das Stöhnen, Wimmern und Flehen zu vernehmen, das sich zweifellos Isabelles Kehle entwand. Mir wurde übel.

Jetzt trat Ian vor sie hin und zum ersten Mal konnte ich sein Gesicht sehen. Er lächelte sein hinreißend spöttisches Lächeln, strich ihr sanft die Haare aus der Stirn. Vielleicht wischte er ihr auch die Schweißperlen oder eher noch die Tränen aus dem Gesicht.

Dann war seine Hand plötzlich zwischen Isabelles Beinen, und er warf lachend den Kopf in den Nacken. Himmel, wie teuflisch gut er aussah! Ich konnte sehen, wie sie sich ihm entgegenneigte und trotz der zuvor erlittenen Qualen versuchte, sich an ihn zu schmiegen, doch die schweren Ketten hielten sie in Zaum.

Als er schließlich von ihr abließ, glitzerte seine schöne Hand von ihrer Feuchte. Diese Tortur konnte sie doch unmöglich derart erregt haben. Oder etwa doch? Diabolisch lächelnd hielt Ian ihr seine Rechte wie eine Trophäe vors Gesicht. Und dann steckte er sie ihr tatsächlich in den Mund. Ich konnte beobachten, wie Isabelle gierig und äußerst frivol ihren eigenen Lustsaft von Ians Fingern leckte, ehe er sie ihr entzog. Dann trat er wieder hinter sie und verfolgte mit der Kuppe seines langen Zeigefingers die Spuren, die die Peitsche auf ihrem makellosen Körper hinterlassen hatte. Sie zuckte unter der behutsamen Berührung zusammen, und diese Reaktion bestätigte nur, wie schmerzhaft die Auspeitschung tatsächlich gewesen sein musste.

Ian ließ die Peitsche fallen und ließ stattdessen seine flache Hand auf ihr geschundenes Gesäß niedersausen. Noch drei Mal schlug er mit voller Wucht zu, ehe er sie endlich von den Fesseln befreite.

Isabelle taumelte leicht, und ich konnte sehen, wie sehr sie sich nach Ians Umarmung sehnte. Doch statt sie zu halten und zu trösten, manövrierte er sie schon im nächsten Augenblick über den Chesterfield-Hocker am Kamin, streifte sich ein Kondom über und nahm sie grob und heftig von hinten. Wollüstig streckte sie ihm ihren Po entgegen, auf dem die Male ihrer Züchtigung prangten, während Ians Hände ihre Hüften umfasst hielten und er unbarmherzig in sie hineinstieß. Immer wieder prallte sein Becken gegen Isabelles rot glühende Kehrseite.

Schließlich packte er sie an ihrem kunstvoll frisierten Schopf und zog ihren Kopf zurück. Er bewegte sich jetzt noch schneller und kraftvoller und Isabelle wurde von seinen erbarmungslosen Stößen auf dem Hocker vor- und zurückgetrieben. Frivol und wollüstig wand sie sich unter seiner groben Behandlung, schien ihn noch weiter anzuheizen, und dann war es plötzlich vorbei.

Einen Augenblick noch verharrte er in ihr, ehe er sich ruckartig aus ihr zurückzog. Ein entwürdigend wirkender letzter Klaps auf den purpurnen Po, dann richtete Ian seine Kleider und verließ im nächsten Moment den Raum.

Isabelle dagegen musste zuerst zu Atem kommen, schlüpfte dann aber ebenfalls schnell in ihr Kleid und richtete routiniert ihr Haar. Aus der schwarzen Clutch, die sie im Sessel hatte liegen lassen, fischte sie eine Zigarette und eine dramatisch lange Zigarettenspitze. Dann trat sie auf den Schrank oder das Regal zu, in dem die Kamera deponiert war. Ein süffisantes Grinsen des sündhaft rot angemalten Mundes, ein komplizenhaftes Zwinkern der stark getuschten und dramatisch geschminkten Augen, dann brach die Aufnahme ab.

Ich saß wie betäubt vor meinem Laptop. Ich spürte, dass mir kühler Schweiß auf der Stirn stand, und als ich Videoplayer und E-Mail-Programm ausmachte, zitterten meine Hände.

Ich hatte das Gefühl, mir würde gleich der Schädel platzen; so wirr und lärmend tobten die unterschiedlichsten Gedanken und Empfindungen ungeordnet durch meinen Kopf.

Die Verantwortung für Isabelles Eisenringe hatte Ian von sich gewiesen, und ich hatte ihm dankbar geglaubt.

Das hier hingegen konnte er nicht leugnen, und selbst wenn er es könnte, würde er es wohl kaum tun. Er hatte mir seine sexuellen Vorlieben nicht verheimlicht, vom ersten Tag an nicht. Ich wusste, dass er Huren dafür bezahlt hatte, dass sie sich ihm unterwarfen. Er hatte Isabelle eine Sklavin genannt. Was hatte ich geglaubt, was das bedeutete? Dass er ihr ab und an Handfesseln angelegt und ihr hin und wieder den Po versohlt hatte? Wohl kaum.

In meinem Fall war er behutsam vorgegangen. Ian wusste um meine Vorbehalte und um meine Unerfahrenheit in diesem Metier und er hatte mich nicht verschrecken wollen. Aber gefesselt und gezüchtigt hatte er mich bereits. Es war nur eine Frage der Zeit, bis er mich auch die Peitsche spüren lassen würde, wenn ich nicht schleunigst die Notbremse zog.

Ein unspezifisches Kribbeln durchfuhr mich. Die schöne, nackte gefesselte Frau war fraglos ein faszinierender Anblick gewesen und auch, wie gekonnt und präzise Ian das elegante, grazile Dressurinstrument geführt hatte, war nicht ohne jeden ästhetischen Reiz. Aber dennoch blieb es Körperverletzung. Eine äußerst perfide, archaische Form der Körperverletzung; aufs engste verknüpft mit düsteren Kapiteln der Menschheitsgeschichte, mit Menschenhandel und Sklaverei.

Ich hatte die roten Striemen auf ihrer Haut gesehen, beobachtet, wie Isabelle unter Ians anschließender Liebkosung zusammengezuckt war. Er hatte dieser Frau wirkliche Schmerzen zugefügt, ihr ernsthaft Gewalt angetan, daran bestand kein Zweifel. Das war kein Spiel mehr. Auch wenn sich Isabelle wissentlich und freiwillig auf diese Folter eingelassen hatte, war das unverzeihlich.

Ich empfand Wut, Empörung, Ohnmacht. Warum tat er das? Wie konnte der Mann, den ich liebte, zu so etwas fähig sein? Was war in Ian Reeds Luxusleben derart falsch gelaufen? Der frühe Tod seiner Eltern war tragisch, bei einer kaltherzigen Großmutter aufzuwachsen sicher kein Vergnügen. Aber das war doch kein Grund, Frauen auszupeitschen wie Galeerensklaven. Wie kam man nur zu so bizarren, exzentrischen Vorlieben?

Ian war dominant veranlagt, er war gern Herr der Lage, und Prozesse und Menschen kontrollieren zu können verschaffte ihm einen besonderen Kick. Damit konnte man sich arrangieren, wie man sich mit spezifischen Eigenarten und persönlichen Neigungen immer arrangieren musste, wenn man bereit war, sein Leben mit einem anderen Menschen zu teilen. Aber das hier hatte eine andere Dimension.

Hinzu kam das diffuse und quälende Gefühl von Eifersucht. Dabei wusste ich doch, dass Ian vor mir mit zahlreichen Frauen intim gewesen war, und dass Isabelle eine von ihnen gewesen war, war mir auch bekannt. Sie war eine der Huren, die er für ihre Dienste bezahlt hatte, und genau so agierte Ian auch in dem Video. Da war keine Liebe in seinen Gesten und Blicken, keine ehrlich empfundene Zärtlichkeit, als er Isabelles Körper berührte und schließlich mit ihr schlief. Gerade diese emotionale Kälte war es doch, die mich so sehr schockierte, die ihn mir fremd und unheimlich machte und die mich abstieß.

Was wollte ich eigentlich? Wäre es mir lieber gewesen, die beiden als turtelndes Liebespaar zu sehen? Sicher nicht. Aber dieses Video hatte mir schonungslos vor Augen geführt, wie er auch sein konnte. Er hatte mir gesagt, dass er diese Frauen nur zu seinem Vergnügen engagiert hatte. Doch das mit eigenen Augen zu sehen war noch etwas ganz anderes. Er hatte Isabelle benutzt – skrupellos und unbarmherzig.

So wollte ich niemals von ihm behandelt werden. Ich wollte und konnte nicht zulassen, dass jemals jemand so mit mir umgehen würde, das stand fest.

Noch zehn Minuten bis zur Studiengangsitzung. Ich begann, meinen Schreibtisch aufzuräumen – eine typische Übersprunghandlung.

In der Konferenz saß ich dann wie eine leere Hülle meiner selbst. Ich hörte zwar, was gesagt wurde, aber ich konnte den Ausführungen meiner Kollegen kaum folgen. Die Sätze passierten mein Gehirn wie einen Durchgangsbahnhof, ohne adäquat verarbeitet zu werden. Selbst wenn ich mich bemühte, mich auf das Gesagte zu konzentrieren, wurde ich immer nur Teilstücken habhaft.

Es ging um die Finanzierung einer München-Exkursion, an der ich glücklicherweise nicht beteiligt war, und um Modifizierungen in der Bachelor-Studienordnung.

Doch der nachfolgende Tagesordnungspunkt betraf mich sehr wohl. Zusammen mit Leander Sandberg, der die Professur für Neue und Neueste Kunstgeschichte an unserem Institut innehatte, würde ich in drei Wochen, also zu Beginn der vorlesungsfreien Zeit, zu einem Symposium mit dem Titel *Gender, Sex and Surrealism* nach London reisen und einen Ausschnitt meines Habilitationsvorhabens vorstellen.

Leander war ein oft leicht verhuscht wirkender Endvierziger mit markanter Werberbrille und schütterem blondem Haar, der seine chronische Verplantheit mit einem Maximum an Selbstbewusstsein, gepaart mit dem heiteren und unerschütterlichen Charme seiner rheinischen Frohnatur zu kompensieren wusste.

Manchmal drohte seine durchaus bemerkenswerte fachliche Kompetenz von dieser schillernden Fassade des unstrukturierten Spaßvogels gänzlich überdeckt zu werden, was ihm fanklubartige Sympathien in der Studentenschaft bescherte, ihm in den Kreisen seiner schärfsten Kritiker jedoch auch den unschmeichelhaften Ruf eines Blenders eingetragen hatte.

Ich war Leander jedenfalls sehr dankbar, als er nach einem kurzen Blickwechsel das Reden übernahm und unsere Reiseplanung und den Tagungsablauf umriss.

In euphorischen Worten sprach er vom internationalen Rang der Tagung und schwärmte von den hochkarätigen Rednern, die man hatte für diesen Kongress gewinnen können.

Wie so oft geriet mein Kollege ob seines Enthusiasmus ins Schwadronieren, sodass ich mich wieder ganz in meine düstere Gedankenwelt zurückziehen konnte und ein bestätigendes Nicken ab und an vollkommen genügte, um meine Beteiligung am Thema zu demonstrieren.

Am Ende musste man Leander förmlich abwürgen, um noch auf den letzten Tagesordnungspunkt, ein kürzlich bewilligtes DFG-Projekt im Bereich der interdisziplinären Mediävistik-Forschung zu sprechen zu kommen.

Es war bereits nach achtzehn Uhr, als die Sitzung zu Ende war, doch ich traute mich nicht nach Hause. Ich wollte nicht allein sein mit den quälenden Gedanken, mit den Bildern, die sich in meine Netzhaut gebrannt hatten und sich einfach nicht vertreiben ließen.

Ich fuhr in die Innenstadt und parkte zentral in der Garage der MyZeil-Galerie. Das Einkaufszentrum war mit seiner spektakulären Glasfassade architektonisch fraglos eindrucksvoll, inhaltlich aber völlig belanglos.

Doch statt mich vom bunten, geschäftigen Treiben der Zeil ablenken zu lassen, lief ich durch die an diesem schwülwarmen Juniabend angenehm klimatisierten Geschäfte wie ferngesteuert.

Ich aß eine Kleinigkeit in der *Bar Celona* am Holzgraben, nur um nicht allein zu sein. Aber ich schmeckte nicht viel von meiner Pesto-Pasta und musste mich zu jedem Bissen zwingen, ehe ich schließlich die halbe Portion zurückgehen ließ.

Es half nichts. Ich konnte dem peinigenden Gedankengewirr in meinem Kopf nicht entfliehen.

Zuhause wartete das angekündigte Päckchen auf mich – mit Beleg, dass es tatsächlich erst am Vortag in New York City aufgegeben worden war. Unglaublich!

Ich ließ Coco und Filou auf den Balkon und wand mich dann dem weichen Polsterumschlag zu. Darin befand sich ein Beutel aus schwarzem Samt, verschlossen mit einer großen cremeweißen Satinschleife. Ich fischte den Inhalt heraus, schälte ihn aus dem raschelnden Seidenpapier, und dann hielt ich die wohl edelsten Dessous in der Hand, die ich jemals gesehen hatte.

Es handelte sich um ein dreiteiliges schwarzes Wäscheset von La Perla, bestehend aus BH, Strumpfhalter und String, alles ausschließlich aus feinster Spitze und weichem Seidentüll gefertigt. Ich war so fasziniert von der kunstvollen Verarbeitung, dass mir die kleinen Besonderheiten dieser Dessous erst beim zweiten Hinsehen auffielen. Die feine Tüllstickerei des BHs war nicht nur ziemlich durchsichtig, die Balconette-Schalen waren auch so flach gearbeitet, dass sie den pikantesten Teil der Brust quasi unbedeckt lassen würden. Der breite, doch ebenso filigran gestaltete Strumpfgürtel erinnerte fast an eine Korsage, da er hinten geschnürt wurde. Außerdem war unterhalb der Schnürung ein neckisches Tüll-Schößchen angebracht, das den Po wie ein frivoles Tutu betonen musste. Das mit Abstand sündigste Detail aber hielt das Höschen bereit. Zwischen den Beinen befand sich ein Satinschleifchen, das einen äußerst verruchten Längsschlitz verbarg.

Das waren Dessous für eine Edelkurtisane, nicht für eine anständige Frau.

Doch in dem Samtbeutel steckte noch etwas anderes mit größerem Gewicht. Die kleine längliche Lederschachtel erinnerte an ein Stiftetui, und als ich den Deckel hochklappte, hätte man das Objekt, das dort wiederum in schwarzen Samt gebettet vor mir lag, tatsächlich fast mit einem luxuriösen Schreibgerät verwechseln können.

Ich musste einfach ungläubig den Kopf schütteln, als ich die Bewandtnis dieses stiftförmigen Handschmeichlers aus protzigem 750er-Gold erkannte. Das wohl größte und massivste Teil aus so hochwertigem Gold, das ich jemals in Händen gehalten hatte, war kein Schmuckstück, sondern ein trivialer Vibrator.

Ich konnte es kaum fassen.

Sündige Dessous und ein unbezahlbar teurer Vibrator, das waren in der Tat Geschenke für eine Hure oder Mätresse. Aber für die Frau, die man liebte? Heute zumindest erwischte Ian mich mit diesem pikanten Präsent auf dem völlig falschen Fuß.

Wieder musste ich an das Video denken. Ob er Isabelle und ihre Kolleginnen ebenfalls mit solcher Wäsche beschenkt und nach seinen Wünschen ausstaffiert hatte?

Und wieder nahm das Karussell der unermüdlich kreisenden Gedanken Fahrt auf.

Ich begann, die Wohnung sauber zu machen. Das tat ich eigentlich nie mittwochabends und schon gar nicht bei so herrlichem Sommerwetter, aber ich musste meinen Händen, meinem Körper etwas zu tun geben, und je stupider und geistig anspruchsloser diese Tätigkeit war, desto besser.

Gegen zehn klingelte das Telefon. Ian. Im ersten Moment spielte ich mit dem Gedanken, nicht ranzugehen. Aber was hätte das genützt? Er wusste doch nicht, was vorgefallen war. Und wenn ich nicht zuvor diese E-Mail erhalten hätte, hätte ich mich vermutlich sogar über sein ebenso kostspieliges wie extravagantes Präsent gefreut.

Ich atmete tief durch und ging dran.

»Es tut gut, deine Stimme zu hören«, sagte Ian, nachdem ich mich gemeldet hatte.

Mir selbst ging es ganz ähnlich. Ich bekam sogar eine leichte Gänsehaut, sobald ich seine schöne, sonore Stimme mit dem feinen britischen Akzent und dem dunklen Vibrato hörte. Aber mir war nicht danach, ihm das zu sagen.

»Hast du mein Präsent erhalten?«, wollte Ian wissen.

»Ja«, antwortete ich knapp.

»Ich könnte schwören, dass du gerade die Lippen kräuselst, Darling. Was ist los mit dir? Du klingst so reserviert. Habe ich mit meinem Geschenk dein Missfallen erregt?«

»Ja und nein. Ich habe heute noch ein anderes Präsent erhalten, Ian.« Ich holte tief Luft. »In meinem Uni-Postfach war eine E-Mail von Isabelle mit einem Video als Anlage.«

»Was für ein Video, Ann-Sophie?« Seine schöne Stimme klang plötzlich alarmiert, fast ungehalten.

»Es zeigt Isabelle und dich bei einem sehr bizarren Liebesspiel. Obwohl ich nicht sicher bin, ob *Liebesspiel* das richtige Wort dafür ist.«

»Was genau ist dort zu sehen?«, fragte er, und es klang wie Donnergrollen.

»Du fesselst sie und schlägst sie mit einer Peitsche. Anschließend nimmst du sie über einem Hocker ziemlich rüde von hinten.« Ich schluckte. »Ich nehme an, das genügt dir als Beschreibung.«

Ich hörte Ian scharf Luft holen.

»Ja, das tut es«, sagte er, und es klang, als spreche er durch zusammengebissene Zähne. »Das war vor etwa zwei Jahren in London. Mein letztes Treffen mit Isabelle. Mit einem solchen Video hat sie gegen alle Verträge verstoßen. Sie kann mich mit diesem Material erpressen oder schlimmer noch, es direkt der Presse zuspielen.«

»Ist das wirklich alles, was dir dazu einfällt?«

»Diese Frau gefährdet meine Reputation, Ann-Sophie. Mein Ansehen steht auf dem Spiel. Sie ist fürstlich für ihre Dienste und für ihre Diskretion entlohnt worden. Du wirst mir wohl zugestehen, dass mich diese Entwicklung zutiefst beunruhigt und erzürnt.«

»Sie hat das Video nicht der Presse zugespielt, sondern mir. Sie erwähnt mit keinem Ton etwas, das auf eine Drohung gegen dich oder eine Erpressung hindeutet.«

»Ach nein?«, fragte er, und es klang irgendwie sarkastisch.

»Nein. In meinen Augen ist das die Tat einer tief verletzten Frau, die auf diesem Weg versucht, ihre Nachfolgerin vor dem Mann zu warnen, der sie selbst unglücklich gemacht hat.«

»Zu warnen? Vor mir?« Ian lachte kurz auf. »Da spricht wohl die Psychologen-Tochter aus dir, Ann-Sophie. Aber du vergisst etwas. Du bist nicht Isabelles Nachfolgerin. Sie war meine Hure, du bist die Frau, die ich liebe. Isabelle ist eifersüchtig auf dich und sie ist außer Kontrolle.«

»Oh, Menschen, die du nicht unter Kontrolle hast, sind natürlich ausgesprochen gefährlich, Ian. Ich kann Isabelle übrigens gut verstehen. Wenn ich zu einem solchen Treffen ginge und wüsste, was auf mich zukommt, würde ich auch versuchen, mich abzusichern.«

»Was soll das heißen?«, blaffte er.

»Sie wusste, dass du sie foltern und sie hart rannehmen würdest. So war doch wahrscheinlich die Absprache, oder nicht? Eine Videoaufnahme zur eigenen Sicherheit halte ich da für sehr vernünftig.«

»So hast du es also gedeutet?«, fragte Ian nach einer kurzen Pause, und seine Stimme klang plötzlich völlig verändert – flach und tonlos. »Als einvernehmliche Tortur und anschließende Vergewaltigung. Wie kannst du das von mir denken?«

»Einvernehmlich, ja. Von einer Vergewaltigung habe ich nichts gesagt. Aber gewaltsam und gefühllos erschien es mir durchaus. Wie sollte ich es anders deuten, Ian? Du hast diese Frau ausgepeitscht und ich konnte ihren Schmerz sehen.

Sie hat deine Nähe gesucht, aber du warst nicht zärtlich zu ihr.«

»Wenn ich dir sage, dass dieses Spiel genau Isabelles Neigungen entsprach, wird das nicht viel nützen, oder?«

»Nein. Vielleicht würde es etwas nützen, wenn du mir endlich zu erklären versuchtest, was das Ganze soll. Warum musst du Frauen Gewalt antun? Warum diese Art von Sex, Ian? Was haben dir die Frauen getan?«

»Hör auf mit diesem Psycho-Quatsch, Ann-Sophie!«, polterte er. »Ich habe kein Problem mit Frauen. Ich mag und achte Frauen und dich liebe ich. Meine Neigungen sind nicht pathologisch, und ich kompensiere damit auch kein Trauma, wenn du darauf hinauswillst.«

»Ich will auf gar nichts hinaus, Ian. Ich will nur versuchen, dich zu verstehen. Ich liebe dich und ich dachte, das würde reichen, damit sich alles andere findet. Aber die Sache mit den Ringen, mit der Peitsche, das ist einfach zu viel für mich. Außerdem werde ich das Gefühl nicht los, dass du mir etwas Wesentliches verschweigst.«

Ian holte scharf Luft, und ich konnte mir bildlich vorstellen, wie er sich dabei unwirsch mit den Fingern durchs Haar fuhr.

»Es gibt Dinge in meinem Leben, die kann ich dir nicht anvertrauen, Ann-Sophie. Selbst wenn ich wollte.« Er klang gequält und gleichzeitig lag in seiner Stimme eine Härte, die keinen Widerspruch zuließ.

Ich war den Tränen nah. »Wie du meinst. Solange das so ist, weiß ich jedenfalls nicht, wie das mit uns weitergehen soll. Ich liebe dich, aber ich habe Schwierigkeiten, dir zu vertrauen, Ian. Das ist eine ganz miserable Basis.«

»Ja, das ist es«, sagte er kühl.

»Dann ist es vermutlich gut, dass du in New York bist und ich hier in Frankfurt.«

»Soll das heißen, du machst Schluss mit mir?«, wollte er wissen, und was empört klingen sollte, wirkte eher verunsichert.

»Das soll heißen, dass ich dir vertrauen können muss, wenn es eine gemeinsame Zukunft für uns geben soll. Momentan ist diese Grundbedingung einfach nicht gegeben.«

Der Abschied fiel eigenartig unterkühlt aus. Dann begann ich zu schluchzen, und ich hörte erst Stunden später damit auf.

In den folgenden Tagen ging mein Leben äußerlich weiter, wie gewohnt, doch eigentlich war nichts mehr, wie es einmal gewesen war. Ich fühlte mich leer und unvollständig ohne Ian und ich vermisste ihn jeden Tag. Ich ging mit dem Gedanken an ihn ins Bett, und jeden Morgen erwachte ich mit dem gleichen quälenden Gefühl der Leere und Einsamkeit. Mir fehlten seine herrliche Stimme, seine ironischen Bemerkungen, sein betörender Duft, die Blicke, mit denen er mich ansah. Ich sehnte mich nach seinen Liebkosungen, nach seinen magischen Händen auf meiner Haut.

Ich wünschte mir, das Telefon würde klingeln und er wäre dran, doch das geschah nicht.

Ich versuchte mir einzureden, dass es eine kluge und gesunde Entscheidung gewesen war, die Notbremse zu ziehen. Doch, um das zu glauben, liebte ich Ian viel zu sehr.

Am Freitag bekam ich eine SMS von meinem Bruder.

Schwesterherz, was machst du in der Glam?! Zusammen mit Ian Reed? Bin auf dem Heimweg. Wir müssen unbedingt phonen! Bussi, Conny

Rund ein Jahr nach der Trennung von seinem langjährigen Freund Dirk hatte Conny die mehrwöchige Australien-Rundreise gemacht, die sie immer hatten gemeinsam unternehmen wollen. Das war auch der Grund, warum wir in den vergangenen Wochen kaum telefoniert hatten und mein Bruder noch nichts von dem Ian-Reed-Debakel mitbekommen hatte.

Ich holte mir also mit klopfendem Herzen eine Ausgabe der *Glam* im Supermarkt in der Schweizer Straße. Es gab insgesamt drei Fotos von der Veranstaltung in Prag, aber das größte zeigte Ian und mich. Es versetzte mir einen Stich in die Herzgegend, zu sehen, wie zärtlich er seinen Arm um meine Taille gelegt hatte und wie sein Daumen beruhigend meinen Handrücken liebkoste.

Die Bildunterschrift lautete diesmal: *Multimilliardär und Dauersingle Ian Reed hat endlich die Richtige gefunden und präsentierte seine Liebste in Prag erstmals der Öffentlichkeit – in einem Märchenkleid von Christian Dior.*

Außerdem erfuhr ich aus dem Begleittext, dass es sich bei Ians Spende unter anderem um eine Schenkung für die Sammlung für Moderne Kunst der Prager Nationalgalerie im Veletržní-Palast gehandelt hatte – ein großformatiges Gemälde der tschechischen Surrealistin Toyen. Ich war beeindruckt.

Gleichzeitig konnte ich nur hoffen, dass meine Studenten und Kollegen ebenso wenig Interesse an Society-Magazinen hatten wie ich normalerweise und mich nicht auf diesen Artikel ansprechen würden.

Abends telefonierte ich mit Conny, der inzwischen in Köln angekommen war, und ihm erzählte ich einfach alles, sogar die Passagen, die ich bei meiner besten Freundin Kiki ausgelassen hatte.

»Ach, Annerl, was soll ich dazu sagen? Ian Reed ist der Hammer – den hätte ich auch nicht von der Bettkante gestoßen, Schwesterherz. Und dass man bei so viel Kohle und dem Lebenswandel ein bisschen exzentrisch wird – *who cares*? Ich sollte wahrscheinlich empört sein und dem Typ Schläge androhen, weil er meine kleine Schwester versohlt hat. Aber ein bisschen *Spanking* finde ich ehrlich gesagt nicht so wild. Kann schließlich ziemlich sexy sein, den Partner mal übers Knie zu legen, und bei deinem süßen Po ...«

Ich schnaubte verächtlich.

»Ich wollte nur sagen, dass ich ihn dafür nicht verurteilen kann. Aber das mit dem Video? Ich kann verstehen, dass du da kalte Füße bekommen hast, und ich denke, es war absolut richtig und verdammt konsequent, ihm zu zeigen, dass das nicht läuft. Jetzt musst du bloß standhaft bleiben. Es ist nun wirklich an ihm, dir zu zeigen, dass er dein Vertrauen verdient.«

»Glaubst du, dass er das tun wird?«

»Natürlich wird er das, wenn er dich wirklich liebt, und daran hat er doch kaum Zweifel gelassen. Wenn er es aber nicht tut, sind ihm seine Sexeskapaden offenbar wichtiger, und dann hat er die tollste Frau der Welt einfach nicht verdient.«

»Auf jeden Fall habe ich den allerbesten großen Bruder auf der ganzen weiten Welt«, sagte ich gerührt und schniefte.

Auch in den zwei Wochen danach hörte ich nichts von Ian. Ich kniete mich in meine Arbeit und verbrachte mehr Zeit an der Uni als nötig und üblich. Und auch an den Wochenenden versuchte ich, möglichst rund um die Uhr beschäftigt zu sein. Zuerst half ich Kiki beim Ausstellungsaufbau von *Lullaby* im kunsTRaum.

Und tatsächlich waren wir damit zwei volle Tage beschäftigt. Zuerst musste der Ausstellungsraum nach Kikis Vorstellungen mit einer rosa-pink gestreiften Kleinmädchentapete ausgekleidet werden, und da es sich um eine auf Stoß zu klebende Vliestapete handelte, gestaltete sich schon dieser erste Arbeitsschritt als echte Herausforderung. Dann erst kam die eigentliche Installation. Kiki hatte – teils in mühevoller Handarbeit, teils mit professioneller industrieller Unterstützung – eine gesamte Kinderzimmereinrichtung aus lackiertem Metall nachgebaut; angefangen beim Bett mit metallenem Bettzeug über das

Barbiehaus, die Kindersitzgruppe, die Teddybären bis hin zu Luftballons und Bilderbüchern.

Als bei der Vernissage am Montagabend dann tatsächlich alles an seinem Platz war und man sich im kunsTRaum wirklich fühlte wie in einem rosaroten Mädchentraum, der erst beim zweiten Hinsehen seine haptische Kälte und seine scharfen Kanten zu erkennen gab, war ich wieder einmal überwältigt von Kikis visionärer Vorstellungskraft. Schließlich hatte auch sie die in mehrmonatiger Arbeit entstandenen Objekte noch nie als raumfüllendes Ensemble gesehen und konnte die befremdliche Gesamtwirkung entsprechend nur erahnen.

Am nächsten Wochenende flüchtete ich dann zu Conny nach Köln, um mir seine Urlaubsfotos anzusehen und mich von ihm und der kölschen Kneipenszene von meinem Liebeskummer ablenken zu lassen. Mein Bruder gab sich wirklich alle Mühe, mich aus meiner Lethargie zu reißen, spielte meine Lieblingsplatten, schleppte mich ins Travestietheater und Sonntagmittag in die Programmkino-Matinee, wo wir Ed Woods herrlich doofen Trash-Klassiker *Plan 9 From Outer Space* sahen. Allein es half nicht viel. Sogar im Kino musste ich an Ian denken.

Zurück in Frankfurt nutzte ich meinen freien Montag, um Einkäufe zu erledigen. Am Obststand in der Kleinmarkthalle traf ich Jacques Lezard, den Chefkoch aus dem *Grand Reed*. Fast hätte ich den zierlichen Mann ohne seine weiße Uniform und die hohe Kochmütze gar nicht erkannt, doch er erkannte mich.

»Mademoiselle Lauenstein, *quel plaisir de vous revoir!*«, rief er mir zu und drückte mich im nächsten Moment freundschaftlich an sich.

»Die Freude ist ganz auf meiner Seite, Monsieur Lezard«, erwiderte ich ein wenig irritiert ob dieser überschwänglichen Begrüßung. Schließlich waren wir uns nur ein einziges Mal begegnet und ich hatte nicht unbedingt das Gefühl gehabt, dass er mich besonders gern mochte.

»Wie geht es Ihnen, Mademoiselle?«

»Prima«, log ich und zwang mich zu einem Lächeln. »Und selbst?«

Er sah mich einen Moment lang auf diese seltsame, nachdenkliche Weise an, die mir schon im Restaurant ein wenig unangenehm gewesen war.

»Ich stamme aus Marseille. Wie könnte es mir bei diesem Wetter nicht gut gehen?«

Er nahm mir die gelb gesprenkelte Curuba aus der Hand und griff nach einer eher orangefarbenen, die er sich unter die Nase hielt und tief einatmete, ehe er sie mir reichte.

»Hier. An der werden Sie mehr Freude haben. Riechen Sie mal«, sagte er.

Tatsächlich. Die Frucht sah zwar nicht ganz so hübsch aus, wie die, die ich ausgewählt hatte, aber sie duftete unvergleichlich.

Jacques Lezard selbst kaufte einen Beutel Longan- und Langsat-Früchte, zwei Verwandte der hierzulande bekannteren Litschi, wie ich mir sagen ließ.

»Gestatten Sie mir, Sie auf einen Kaffee einzuladen?«, fragte er, nachdem wir beide bezahlt hatten.

Ich sah auf meine Uhr, obwohl ich in Wirklichkeit keinen Termin hatte, den es einzuhalten galt.

»Ja, gern, warum nicht«, sagte ich schließlich und rang mich erneut zu einem Lächeln durch.

Wir gingen die wenigen Schritte zum *Café Libretto* in der Hasengasse, direkt neben der Zentralbibliothek. Gerade wurde einer der Tische auf der schmalen Veranda frei.

»Sind Sie sicher, dass es Ihnen gut geht?«, fragte Jacques Lezard unvermittelt, nachdem wir bestellt hatten. »Sie sehen sehr blass aus, Mademoiselle.«

Es klang besorgt und auf irritierende Weise freundschaftlich anteilnehmend.

»Ich sagte doch, mir geht es bestens«, wiederholte ich nachdrücklich und versuchte mich an einem weiteren Lächeln, das mir diesmal jedoch gründlich misslang.

»Dann verkraften Sie es offenbar besser als er«, entgegnete Jacques Lezard in neutralem Ton.

»Wie bitte?« Ich runzelte die Stirn.

»Er wirkt wie ein Schatten seiner selbst.«

»Sie haben Ian getroffen?«

»Ja, am Samstag. Er ist aber schon am gleichen Abend nach Brüssel weitergereist.«

»Er war hier?« Meine Stimme versagte mir fast den Dienst. Sie klang brüchig und fremd.

»Wie gesagt, nur für einige Stunden, Mademoiselle. Aber die genügten, um zu sehen, wie es um ihn steht.«

»Wenn es ihn so sehr belastet, wie Sie sagen, warum hat er sich dann nicht bei mir gemeldet?«, fragte ich und kämpfte mit den Tränen.

»Hat er nicht? Nun, ich glaube, er hatte es vor. Ich wusste nicht, dass er sich letztlich doch dagegen entschieden hat.«

»Ich weiß nicht. Ich war am Wochenende gar nicht zu Hause«, sagte ich mit tonloser Stimme.

Ich wollte meinen Kaffeelöffel auf dem Rand der Untertasse ablegen, aber meine Finger zitterten so sehr, dass er schallend zu Boden fiel.

Jacques Lezard bückte sich und hob ihn für mich auf.

»Danke.« Ich atmete tief durch.

»Woran machen Sie fest, dass es ihm so schlecht geht?«

»Wir sind seit vielen Jahren miteinander bekannt, Mademoiselle, fast befreundet, möchte ich sagen. Und ich habe ihn bisher nur ein einziges Mal so erlebt. Damals stand er kurz davor, die *Reed Group* vollständig zu übernehmen und das alte Management komplett auszutauschen, wie sich später herausstellte. Eine immense Verantwortung für einen jungen Mann von damals etwa siebenundzwanzig Jahren, will ich meinen. Aber diesmal ist es noch schlimmer.«

»Ich gebe zu, es erstaunt mich und es berührt mich sehr, das zu hören, Monsieur Lezard. Ich habe allerdings den Eindruck, Sie geben mir die Schuld an Ians Zustand. Aber mir ein schlechtes Gewissen zu machen, bei allem Respekt, das steht Ihnen nicht zu.«

»Das war auch nicht meine Absicht, Mademoiselle Lauenstein. Ich weiß, er ist ein schwieriger Mensch.«

»Ja, das stimmt wohl in vielerlei Hinsicht.«

»Ich habe Ian im Laufe der Jahre im *Grand Reed* in Begleitung einiger Frauen gesehen, Mademoiselle. Aber keine Einzige war, wie soll ich sagen, bedeutsam für ihn. Ich war überrascht, erstaunt, fast muss ich sagen beunruhigt, als er Sie mir an jenem Abend vorstellte. Aber ich wusste sofort, dass es mit Ihnen absolut anders sein würde.«

»Warum erzählen Sie mir das alles, Monsieur Lezard?«

»Weil ich ein sehr romantisch veranlagter Franzose bin. Und weil ich Ian Reed als Chef und als Freund gleichermaßen schätze.«

»Beides ehrt Sie in meinen Augen, Monsieur Lezard. Aber so einfach, wie Sie vielleicht glauben, ist es leider nicht. Außerdem haben Sie meine Frage nicht beantwortet: Was genau an Ians Verhalten hat Sie so sehr beunruhigt, dass Sie dieses Gespräch mit mir gesucht haben?«

Der Sternekoch mir gegenüber nahm einen großen Schluck Kaffee.

»Als Ian am Samstagvormittag in Frankfurt landete, hatte er seit Tagen nicht geschlafen. Die Nacht auf Samstag hatte er auf einer Party in Monaco verbracht und …«

»Auf einer Party in Monaco?«, unterbrach ich Jacques Lezard mit skeptisch gehobenen Augenbrauen, um sicherzugehen, dass ich richtig gehört hatte.

Er nickte ernst.

»Ich fasse es nicht. Das klingt ja wirklich beunruhigend und höchst bemitleidenswert.« Meine Stimme bebte vor Empörung und bitterem Sarkasmus.

»Ich fürchte, Sie missverstehen mich, Mademoiselle. Fünfzehn Jahre lang hatte er jeglichen Jetset-Partys, den durchzechten Nächten und vor allem dem weißen Gold abgeschworen. Und jetzt schläft er nicht, isst fast nichts, kippt stattdessen literweise Espresso in sich hinein – und dann dieses verräterische Zucken seiner Nasenflügel. Das ist ein waschechter Selbstzerstörungstrip.«

»Sie glauben also, Ian nimmt Kokain?«

»Ich will es nicht beschwören, aber ich fürchte, dass es so ist.«

Ich wusste nicht, was ich darauf entgegnen sollte. Es war wie ein Schlag in die Magengrube.

Natürlich hatte ich mich in den letzten zweieinhalb Wochen immer wieder gefragt, ob ich die richtige Entscheidung getroffen hatte, hatte gezweifelt, mir Vorwürfe gemacht, mit meinen Prinzipien gehadert und hätte meinen Entschluss oft nur zu gern rückgängig gemacht. Aber nicht ein einziges Mal hatte ich Ian in dieser Angelegenheit als Opfer gesehen. Schließlich war er derjenige mit dem skandalösen Vorleben, mit der exzentrischen Lebensweise, den bizarren Neigungen. Obwohl ich vor Liebeskummer fast verging, hatte ich keinen Augenblick daran gezweifelt, dass es allein seine Schuld war, dass unsere Beziehung auf eine so harte Probe gestellt worden war, an der sie möglicherweise zerbrach. Mehr als einmal hatte ich mich gefragt, ob es ihm überhaupt etwas ausmachte, ob er wenigstens ein kleines bisschen litt, wenn auch ganz gewiss nicht in einer solchen Dimension, wie es mich selbst schmerzte.

Dass es ihn derart aus der Bahn geworfen haben sollte, traf mich völlig unvorbereitet.

Von zu Hause aus versuchte ich sofort, Ian anzurufen, aber sein Handy war abgeschaltet. Ich probierte es immer wieder, die halbe Nacht und am nächsten Tag erneut. Doch ich erreichte ihn nicht.

Ich hatte keine Ahnung, wo auf der Welt er sich befand, und ich kannte niemanden, der mit ihm in Kontakt stand. Ich wusste nicht, ob er in dem Land, in dem er sich aufhielt, tatsächlich nicht mit seinem Mobiltelefon telefonieren konnte, ob er nur mit mir nicht sprechen wollte oder ob ihm gar etwas zugestoßen war. Diese Ungewissheit war die Hölle. Ich war zutiefst beunruhigt, machte mir Sorgen und furchtbare Vorwürfe.

Auf den einschlägigen Celebrity-Seiten im Internet kursierte ein Foto von jener Party auf einem Luxusliner im Jachthafen von Monaco mit der Bildunterschrift: *»Neue Hoffnung für Singlefrauen? Party-Animal Ian Reed feiert exzessiv in Monte Carlo – allein!«*

Aus dem Begleittext zu einem anderen Bild der Fotostrecke konnte ich entnehmen, dass es sich bei dem südländisch wirkenden Mann, der freundschaftlich den Arm um Ians Schulter gelegt hatte und breit in die Kamera grinste, um den italienischen Jachtbesitzer handelte.

Auf den ersten Blick sah Ian einfach umwerfend aus. Sein ungekämmtes Haar fiel ihm fransig und äußerst sexy ins Gesicht und er trug ein anthrazitfarbenes, sehr weit aufgeknöpftes Hemd, das seine leicht gebräunte und perfekt modellierte Brustpartie erahnen ließ.

Doch bei genauerem Hinsehen erkannte man den bitteren Zug um seine Mundwinkel, die Körperhaltung, die signalisierte, dass er sich dem Blick der Kamera am liebsten entzogen hätte, und vor allem die tiefen dunklen Schatten um seine schönen Augen. Seine hohen Wangenknochen stachen fast kantig hervor und betonten seine eingefallenen Wangen, während seine Nasenspitze tatsächlich leicht gerötet wirkte.

Er sah schlecht aus, angegriffen und sehr übernächtigt.

Als ich am Donnerstagabend für das Kongresswochenende in London packte, war ich nervlich so angespannt, dass ich eher eine Kur nötig gehabt hätte.

Ian hatte weder auf meine Anrufe noch auf meine Kurzmitteilungen reagiert, und während ich bereits die zwei vorangegangenen Wochen unter üblem Liebeskummer gelitten hatte, befand ich mich seit nunmehr drei Tagen in diesem nervenzehrenden Gefühlswechselbad der Ungewissheit. Immer wieder rotierten meine Gedanken um die gleichen quälenden Fragen und ließen mich keine Nacht ruhig schlafen.

Dabei brauchte ich im Hinblick auf das Symposium eigentlich einen klaren Kopf. Obwohl ich das Skript für meinen Vortrag natürlich längst verfasst und mein Abstract eingereicht hatte, gab es schließlich noch einiges vorzubereiten.

Nachdem ich meinen Koffer gepackt hatte, checkte ich noch einmal die Sicherungskopie meiner PowerPoint-Präsentation auf dem USB-Stick und sah auch nochmals den Inhalt meiner Messenger-Bag durch – Notebook, Ladekabel, Druckfassung von Abstract und Skript, alles da.

Auch in der Nacht auf Freitag schlief ich kaum, und als ich gegen Morgen mit zwei Baldriantabletten sowie einem Glas heißer Milch im Bauch und mit zwei wohlig schnurrenden Katzen am Fußende endlich eindöste, klingelte schon wenig später der Wecker.

Entsprechend verkatert und hundemüde stieg ich eine Dreiviertelstunde später ins Taxi.

»Einen wunderschönen guten Morgen, Frau Kollegin!«, begrüßte mich Leander Sandberg breit grinsend mit seiner volltönenden Stimme und dem markanten rheinischen Dialekt.

»Guten Morgen«, brummte ich.

»Haben wir etwa schlecht geschlafen?«, mutmaßte Leander und schob seine markante Brille zurecht. Das gutgelaunte Grinsen schien ihm ins Gesicht gemeißelt zu sein.

»Schlecht geschlafen, Kopfschmerzen, auf dem Weg ins Bad über die Katze gestürzt, den Kaffee verschüttet und den Daumen verbrüht, meine Sonnenbrille gesucht und nicht gefunden, sonst aber alles bestens«, fasste ich wahrheitsgemäß zusammen.

Leander lachte schallend – die rheinische Frohnatur.

»Du weißt doch, der frühe Vogel ...«

»Ist ein Spießer und kann mich mal«, unterbrach ich ihn mürrisch.

Mein Kollege brach erneut in Gelächter aus, und ich begann mich zu fragen, wie ich das zwei Tage lang aushalten sollte.

Ich war missmutig wegen der Uhrzeit, angespannt wegen des Fliegens, nervös wegen des internationalen Tagungspublikums und beunruhigt wegen Ian.

Leander dagegen schien sich einfach auf ein nettes Wochenende in London zu freuen.

Tatsächlich verlief unsere Anreise entgegen dem miesen Tagesstart am frühen Morgen ohne nennenswerte Komplikationen. Wir standen nicht im Stau, unser Direktflug ging pünktlich, und so landeten wir dank der Zeitverschiebung schon um halb neun in Heathrow. Mit dem Taxi ging es dann in Richtung Londoner Westend. Auf Empfehlung der Kongressadministratorin hatte ich Zimmer im *Strand Palace Hotel* gebucht, nur wenige Gehminuten vom Tagungszentrum im Davidson Building entfernt.

Unsere Unterkunft erwies sich als solides Mittelklassehotel hinter einer Art-Déco-Fassade mit freundlichem Personal in äußerst zentraler Lage, direkt hinter Covent Garden gelegen.

Man hatte uns zwei modern möblierte Einzelzimmer auf dem gleichen Flur in der neunten Etage reserviert, die wir aber nur ganz kurz besichtigten, um unser Gepäck abzustellen und uns etwas frisch zu machen, ehe wir uns auf den Weg zum Symposium machen mussten, das um elf mit der Akkreditierung beginnen würde.

Das Backsteingebäude in der Southampton Street erwies sich mit einem Ladengeschäft im Erdgeschoss und Konferenzräumen im ersten Stock als eher untypisch für eine internationale Tagung. Doch die Organisation war hervorragend, und so saßen wir schon pünktlich um zwölf, versorgt mit Kaffee und kalten Getränken, im ersten Vortrag einer jungen Genter Wissenschaftlerin, die uns über den aktuellen Forschungsstand zum Werk des belgischen Surrealisten Paul Delvaux informierte.

Im Zentrum ihrer Ausführungen stand das »Verblumen« der Frau in Delvaux' Gemälden, das Verschmelzen seiner meist nackten weiblichen Figuren mit der Natur bis hin zum Wurzelschlagen der in Baumstämme verwandelten Beine. Erstarrt und durch ihre Wurzeln fest am Boden gehalten, schien die weibliche Naturhaftigkeit gebändigt, wurden die Frauen zu statuenhaften Standbildern, an denen die akkurat gekleideten Herren vorbeiflanierten, ohne Notiz von ihnen zu nehmen.

Der reich bebilderte Vortrag erwies sich als schöner Einstieg ins Thema, und auch die beiden nachfolgenden Beiträge über

André Bretons surrealistischen Roman *Nadja* und den Begriff der konvulsivischen Schönheit waren äußerst interessant.

Das zweitägige Tagungsprogramm war in jeweils drei Blöcke mit je drei etwa halbstündigen Vorträgen gegliedert. Dazwischen gab es eine eineinhalbstündige Lunch Break und eine Tea Time am späten Nachmittag.

Unsere eigenen Referate waren für den dritten Block am Freitagabend vorgesehen, wobei Leander den Anfang machen und nach einer kurzen Diskussionsrunde an mich übergeben würde.

Während Leander ganz allgemein über die Weiblichkeitsideale der Surrealisten sprach, war mein Thema an diesem Abend die Androgynie.

Ich schlug einen Bogen von der Antike und der Antikenrezeption der Renaissance über den Symbolismus der Jahrhundertwende zum Surrealismus. Zum Einstieg zeigte ich mit dem sogenannten *Berliner Hermaphrodit* aus dem Pergamonmuseum und Francesco Susinis *Liegendem Hermaphroditen* aus der Villa Borghese in Rom zwei der berühmtesten androgynen Marmorskulpturen der Kunstgeschichte. Dazu skizzierte ich den altgriechischen Mythos des Hermaphroditos nach Ovid, der als Sohn von Hermes und Aphrodite mit der Quellnymphe Salmacis zu einem zweigeschlechtlichen Zwitterwesen verschmolz. Außerdem referierte ich über den berühmten Androgyn-Mythos aus Platons *Gastmahl* – die ursprünglich androgynen Kugelmenschen, die von den Göttern aus Furcht vor deren Stärke entzweit wurden und seither nach der Vereinigung mit ihrer verloren gegangenen Hälfte streben.

Ich sprach kurz über die Aufwertung des Androgyn-Begriffs durch die Psychoanalyse der Jahrhundertwende mit C.G.

Jungs Animus- und Anima-Theorem und zeigte entsprechende Bildbeispiele des Symbolismus mit Fernand Khnopffs femininen Jünglingen und amazonenhaft gerüsteten Mannweibern und Jean Delvilles *Schule des Platon* mit ihren äußerst androgynen, in pastellfarbene Gewänder gekleideten Schülern.

Dann kam ich zur Faszination der Surrealisten für die Phänomene von Androgynie und Zweigeschlechtlichkeit. Auch sie beriefen sich auf die Psychoanalyse und propagierten das Androgyne als Ideal.

Ich zeigte Porträts der surrealistischen Fotografin und Literatin Claude Cahun, die sich selbst als geschlechtsneutralen Dandy inszeniert hatte, und Gemälde von Leonor Fini, die an der Stelle des kunstgeschichtlich tradierten weiblichen Aktes immer wieder androgyne, lasziv hingestreckte Jünglingsakte in freier Natur oder drapiert in sinnlichen Alkoven gemalt hatte. Entsprechend diesem Rollentausch waren es weibliche Figuren, Hexen und schöne Sphinxen, die die wehrlosen Hermaphroditen beschützten oder, je nach Lesart, auch bedrohten. Hier war plötzlich nicht der weibliche, sondern der männliche Körper Gegenstand der lustvollen Betrachtung, entblößt und zur Schau gestellt, teils lag der Freud'sche Kastrationsgedanke nahe.

Mein Vortrag erhielt zustimmenden Applaus und eine kleine, angeregte Diskussion folgte. Dann kam das letzte Referat an diesem Abend über das Thema des Phallischen bei Salvador Dalí, André Masson und Louise Bourgeois.

Andrea Thompson, die Administratorin der Tagung, hatte für den Abend einen Tisch in einem nahe gelegenen italienischen Restaurant reserviert, und da Leander und ich beide nicht übermäßig ortskundig waren, schlossen wir uns der Gruppe aus Referenten und Tagungsgästen an, und die Entscheidung erwies sich als echter Glücksgriff.

Die weniger unterhaltsamen Vertreter unserer Kunsthistoriker-Zunft hatten sich für den Rückzug in ihre Unterkünfte und ein zeitiges Zubettgehen entschieden, und was übrig blieb, war ein bunter, gutgelaunter Haufen von Kunstwissenschaftlern aus halb Europa. Kurz, wir amüsierten uns prächtig, und ich vergaß sogar für zwei oder drei Stunden, mir Sorgen um Ian zu machen.

»Zwei Kunststudentinnen stehen bei einer Vernissage vor einem der Gemälde. Fragt die eine: *Was meinst du? Ist das ein Sonnenaufgang oder ein Sonnenuntergang?* Die andere: *Auf alle Fälle ein Sonnenuntergang. Ich kenne den Künstler, der steht nie so früh auf.*«

Offenbar hatte Leander wie so oft bei solchen Gelegenheiten wieder einmal etwas zu tief ins Glas geschaut und fing nun an, seine Künstlerwitze zum Besten zu geben.

Es folgte eine Übersetzung ins Englische, unterbrochen von Leanders eigenem Prusten und gefolgt vom Gelächter seiner Zuhörer.

»Ich hab noch einen. Passt auf: Einem niederländischen Barockmaler von Seestücken voll aufgepeitschter Wellen und tosender Gischt wird eine große Retrospektive gewidmet. Eine Besucherin zu ihrem Mann: *Es ist wirklich zu bedauernswert, dass der arme Kerl immer so ein Pech mit dem Wetter hatte!*«

Leander kringelte sich vor Lachen und orderte noch ein weiteres Glas Rotwein.

Als wir uns schließlich verabschiedeten, war mein Kollege ziemlich angestochen, aber äußerst gut gelaunt.

»Weißt du, dass du eine tolle Frau bist, Ann-Sophie?«

»Danke für das Kompliment. Achtung, stolper nicht über den Bordstein.«

»Ich meine das völlig ernst. Du bist eine tolle Frau.«

»Das ist wirklich nett von dir. Gehen wir einen Schritt schneller, mir ist kalt.«

Ich wand mich diskret aus seiner plötzlichen Umarmung. Das Gespräch und die Situation hatten mit einem Mal eine Wendung genommen, die ich in keiner Weise vorausgesehen hatte.

»Habe ich dir eigentlich schon einmal gesagt, wie wunderschön ich dich finde, Ann-Sophie? Und wie anziehend?«

»Nein, und ich finde, das solltest du auch nicht. Du hast eine tolle Frau, Leander.«

»Ja, Dorothee ist toll. Aber du bist eine Klasse für dich.«

Leander kam mir schon wieder näher, und die Situation begann, mir allmählich unangenehm zu werden.

»Leander, bitte. Du bist glücklich verheiratet und hattest heute Abend etwas zu viel Wein.«

»Der Wein verleiht mir lediglich den Mut, auszusprechen, was ich dir schon längst hätte sagen müssen. Ich begehre dich, Ann-Sophie. Du ahnst nicht, wie lange ich auf diese Gelegenheit gewartet habe. Eine Tagung im Ausland, mit dir allein, das ist wie ein Sechser im Lotto für mich.«

»Du bist ein guter Freund für mich, ein toller Kollege und ein begnadeter Wissenschaftler, und ich bin wirklich gern mit dir hier, Leander. Aber etwas anderes wird zwischen uns nicht sein. Ich habe einen Freund und du solltest nicht einmal darüber nachdenken, Doro zu betrügen. Sie ist eine wundervolle Frau und dein eigentlicher Sechser im Lotto.«

Ich war froh, dass wir inzwischen den Eingang unseres Hotels erreicht hatten. Hastig trat ich über die Schwelle zur Lobby, doch Leander ergriff meine Hand und hielt mich fest. Seine Hand war heiß und feucht.

»Du willst mir ein schlechtes Gewissen machen? Ich liebe meine Frau, aber von dir träume ich, Ann-Sophie. Seit Monaten habe ich dieses Wochenende herbeigesehnt, ihm entgegengefiebert.«

Er versuchte, mich in seine Arme zu ziehen, und sein heißer Atem roch nach Rotwein. Ich versuchte erneut, mich seiner Umarmung zu entwinden, doch diesmal ließ er mich nicht so einfach gehen.

»Lass mich, Leander«, fauchte ich und machte mich energisch los. Mein Herz raste, ich fühlte mich tatsächlich bedroht.

»Es war ein langer Tag. Du solltest zu Bett gehen und deinen Rausch ausschlafen. Morgen sieht die Welt dann anders aus«, sagte ich, um einen abgeklärten Tonfall bemüht, doch meine Stimme zitterte leicht.

»Du verhöhnst meine Gefühle, Ann-Sophie. Dabei weiß ich doch, dass du es auch willst!«

Erneut zog er mich an sich und war gleich darauf im Begriff, mich in Richtung Aufzug zu drängen.

Panik stieg in mir auf.

»Lass mich los! Nimm endlich Vernunft an, Leander!«

»Ich würde sagen, die Dame hat sich unmissverständlich ausgedrückt, Herr Professor Sandberg.«

Ich glaubte im ersten Moment, einer Sinnestäuschung zu erliegen, als ich diese Stimme hörte – volltönend, messerscharf und mit einem feinen britischen Akzent. Ian.

Er kam aus Richtung der Bar auf uns zu, und ich glaube, ich vergaß für einige Augenblicke, zu atmen.

»Was erlauben Sie sich? Wer sind Sie überhaupt?«, platzte es empört aus Leander heraus, der vor lauter Schreck von mir abgelassen hatte.

Im selben Augenblick legte Ian seinen Arm um meine Schulter und ihn ließ ich nur zu gern gewähren. Meine Beine waren im Begriff, nachzugeben, doch Ian gab mir Halt.

»Ian Reed. Ann-Sophies Lebensgefährte«, sagte er kühl und hielt Leander die Hand hin.

Meinem Kollegen entglitten die Gesichtszüge. Er klappte den Mund mehrmals auf und wieder zu, ehe er wortlos Ians Hand ergriff und dann überstürzt im Aufzug verschwand.

Alles in Ordnung?«, fragte Ian besorgt, nachdem sich die Tür hinter Leander geschlossen hatte.

Ich nickte.

»Ich kann gar nicht glauben, dass du hier bist.«

Wieder einmal spielte dieses betörend überhebliche Lächeln um seine Mundwinkel, als er mich liebevoll in seine Arme schloss und mich zärtlich küsste.

»Na, ich muss dich doch vor allzu aufdringlichen Kunsthistorikern beschützen«, entgegnete er schmunzelnd.

Dann verdüsterte sich seine Miene.

»Hat er dich schon einmal belästigt? Hat er dir wehgetan?« Ian sprach jetzt durch zusammengebissene Zähne, und ich konnte an seiner Körperspannung spüren, wie aufgebracht er war.

»Nein. Ich weiß nicht, was in Leander gefahren ist. Ich habe ihn noch nie so erlebt.«

Bei dem Gedanken daran, was wohl passiert wäre, wenn Ian nicht wie aus dem Nichts aufgetaucht wäre, um mich vor meinem lüsternen Kollegen zu retten, lief mir ein kalter Schauer über den Rücken.

»Aber wie kommst du hierher, woher wusstest du …«

»Wo ich dich finden würde?«, vervollständigte Ian meine Frage. »Ich bin Hotelier und gut im Recherchieren. Dich in einem Londoner Hotel ausfindig zu machen gehört zu meinen leichtesten Übungen.«

»Du bist mir also nach London gefolgt? Warum hast du dann nicht auf meine Anrufe und Nachrichten reagiert, wenn du mich doch auch sehen wolltest?«

»Ich bin dir nicht gefolgt, Ann-Sophie. Ich war schon ein paar Tage vor dir hier in London. Von der Tagung habe ich erst vorgestern erfahren.«

»Aber ich habe mir solche Sorgen um dich gemacht. Warum konnte ich dich nicht erreichen?«

»Es tut mir furchtbar leid, dass du dir meinetwegen Gedanken gemacht hast, obwohl es mir offen gestanden auch schmeichelt. Aber ich hatte meine Gründe, die ich dir lieber an einem heimeligeren Ort anvertrauen würde.«

Mit diesen Worten drückte Ian auf den Aufzugknopf. Während wir warteten, legte er mir sein Sakko um die Schultern. Ich hatte noch gar nicht gemerkt, dass ich fror, doch tatsächlich zitterte ich am ganzen Körper, was wohl eher der nervlichen Anspannung als den Temperaturen in dieser lauen Sommernacht zuzuschreiben war.

»Ich bin so froh, dass du da bist«, flüsterte ich, als wir in den Lift stiegen.

Im nächsten Moment zog Ian mich erneut in seine Arme. Seine Hände liebkosten meinen Rücken, während er Mund und Nase in meinem Haar vergrub. Ich schmiegte mich an ihn und wünschte mir, er würde mich nie wieder loslassen.

»Ich habe dich sosehr vermisst, Darling«, murmelte er. »Ich hatte keine Ahnung, dass es so sehr wehtun kann, allein zu sein.«

Und dann lagen seine Lippen auf meinen; fest und gierig und unglaublich hungrig. Ungestüm brachen sich Sehnsucht, Frustration und viel zu lange aufgestaute Leidenschaft Bahn, als Ian mich mit seinen wundervollen Händen zärtlich zu streicheln begann und meinen Körper in Sekundenschnelle in Brand steckte. Die Intensität seiner Nähe, die Wirkung seiner Hände auf meiner Haut waren überwältigend. Unter seinen magischen Berührungen brannte mein Leib lichterloh, jede Faser meines Körpers strebte ihm entgegen, verzehrte sich nach ihm und wollte von ihm in Besitz genommen werden. Das Blut toste in meinen

Ohren, jubilierte in meinen Adern, und mein Herz raste in Erwartung der süßen Wonnen, die er mir bereiten würde.

Wie beiläufig drückte Ian auf die Nothalttaste und der Aufzug kam mit einem kurzen Ruck zum Stehen.

Sanft schob er mich gegen die Wand und ich schmiegte mich an ihn. Ich vergrub die Hände in seinem Haar, hielt seinen Kopf bei mir, um ihn immer wieder küssen zu können, während Ians Knie zwischen meine Beine drängte und ich bereitwillig die Schenkel für ihn öffnete.

Doch plötzlich hielt er inne.

Die verschiedensten Ausdrücke jagten über sein hübsches Gesicht. Er wirkte plötzlich gequält, hin- und hergerissen zwischen Lust und Pflichtbewusstsein.

»Nicht so, Ann-Sophie. Nicht hier. Eben noch habe ich dich vor deinem zudringlichen Kollegen retten müssen und jetzt falle ich über dich her wie ein wildes Tier. Du hast Besseres verdient, Liebste.«

Seine Stimme klang rau und kehlig und doch voller Seelenqualen.

»Ich bin hier, um dein Vertrauen zurückzugewinnen, und was tue ich stattdessen?« Er fuhr sich mit der flachen Hand durchs Gesicht und dann durch sein zerzaustes Haar.

Seine Miene war ein Musterbeispiel reuiger Selbstanklage.

Mit den Fingerspitzen fuhr ich die fein geschnittenen Konturen seiner Schläfen und Wangenknochen nach und versuchte, die tiefen Sorgenfalten auf seiner Stirn zu vertreiben.

»Aber ich will dich auch, Ian. Jetzt und hier.«

Im ersten Moment las ich in seinen herrlichen silberblauen Augen Erstaunen, doch dann verzog sich sein sinnlicher Mund zu einem betörenden Lächeln.

»Wenn das so ist, Frau Dr. Lauenstein.«

Himmel, dieses diabolische Grinsen!

Im nächsten Augenblick wanderten Ians Lippen über mein Gesicht, meinen Hals, mein Dekolleté, ehe er vor mir in die Knie ging, mir den eng geschnittenen schwarzen Escada-Rock hochstreifte, mich mit äußerst kundigen, ungeduldigen Händen von meinem Höschen befreite und es mit einem vielsagenden Blick in seiner Hosentasche verschwinden ließ.

Ich wollte noch protestieren, doch schon Sekunden später hatte Ian mich an den Hüften emporgehoben und sich meine Schenkel um die Taille geschlungen.

Noch einmal suchte er den Blickkontakt mit mir, schien sich versichern zu wollen, dass ich es tatsächlich wollte, und zur Antwort schlang ich die Arme um seinen Hals und versenkte meine Zähne in seiner Halsbeuge.

»Drei Wochen ohne dich, Ann-Sophie. Mach dich auf einen harten Ritt gefasst!«, raunte Ian und seine heisere, dunkle Stimme ließ mich erschauern.

»Du bist mein, Ann-Sophie! Ich werde dich so hart und erbarmungslos ficken, dass du dich eine Woche lang bei jedem Schritt, den du tust, daran erinnern wirst.«

Und tatsächlich brach er über mich herein wie eine Urgewalt.

Ich keuchte unter seinen harten, tiefen, rhythmischen Stößen und konnte doch nicht genug von ihm bekommen. Er war so riesig in mir, dehnte und füllte mich auf so vollkommene Weise. Meine geöffneten Lippen lagen an seiner Halsbeuge und ich kostete seine seidige Haut, die so köstlich und so vertraut schmeckte, während sich Ian immer wieder in mich rammte und mich mit seiner magischen Energie flutete.

Als wir schließlich gemeinsam Erfüllung fanden, drückte Ian mich so fest an sich, dass ich überzeugt war, mit ihm zu dem idealen platonischen Kugelwesen zu verschmelzen, von dem ich noch vor wenigen Stunden in meinem Vortrag gesprochen hatte. Noch niemals hatte ich mich so in Einklang gefühlt mit einem anderen Menschen.

»Ich liebe dich, Ann-Sophie«, flüsterte er ganz dicht an meinem Ohr, ehe er mich behutsam herunterließ.

Bestens, du hast noch nicht ausgepackt«, stellte Ian fest, als wir mein Zimmer betraten.

Er nahm meinen Sommermantel von der Garderobe und griff nach meinem Trolley.

»Komm, Liebste. Dieses Hotel ist keine standesgemäße Unterkunft für dich. Erst recht nicht, wenn im Zimmer nebenan dieser wild gewordene Kunsthistoriker im Hormonrausch auf dich lauert.«

Ich musste grinsen. Aber ich hatte in der Tat keine Lust, die Nacht in Leanders Nähe zu verbringen, und dass mein funktional möbliertes Einzelzimmer nicht mit einer Luxussuite im *Grand Reed* mithalten konnte, musste ich auch zugeben.

»Ich muss noch auschecken«, erinnerte ich Ian, als wir wenig später erneut die Lobby betraten.

»Ist schon erledigt«, erklärte er schmunzelnd und hielt mir die Tür auf.

Vor dem Hotel stand jetzt eine große schwarze Porsche-Limousine, neben der Mark auf uns wartete.

»Frau Doktor Lauenstein, willkommen zu Hause! Wenn ich das so sagen darf.« Er grinste breit und wurde ein bisschen rot.

Er nahm Ian meinen Koffer ab, hielt uns die hintere Wagentür auf und nahm dann selbst hinter dem Steuer Platz.

»Zum *Grand Reed* oder nach Notting Hill, Sir?«

»Weder noch, Mark. Wir werden heute im Club übernachten.«

»Sehr wohl, Mr. Reed.«

»Was ist das für ein Klub, Ian?«, wollte ich wissen.

»Es ist kein Sexklub, falls du so etwas befürchtest.«

Er grinste schief.

»Der Apollonion Club ist ein altehrwürdiger Gentlemen's Club, in dessen Klubhaus ich ein Zimmer habe. Es ist zwar kein

Zuhause im klassischen, engeren Sinne, aber es ist das, was dem in meinem unsteten Leben wohl noch am nächsten kommt. Zumindest aber ist es ein Refugium der Ruhe und der Diskretion.«

Während der gesamten Fahrt hielt Ian meine Hand und streichelte dabei sanft mit seinem Daumen über meinen Handrücken. Ich genoss diese kleine, intime Geste, und wie immer hatte sie eine äußerst beruhigende Wirkung auf mich.

Drei ganze Wochen lag der unglückselige Tag nun zurück, an dem ich Isabelles E-Mail erhalten hatte und Ian bei unserem Telefonat am Abend erklärt hatte, dass ich nur eine gemeinsame Zukunft für uns sähe, wenn wir uns gegenseitig voll und ganz vertrauen könnten. Seither hatte ich nichts mehr von ihm gesehen oder gehört, und ich musste davon ausgehen, dass er sich mit meiner Bedingung schlicht nicht hatte arrangieren können. Seit meinem Gespräch mit Jacques Lezard und den vielen vergeblichen Versuchen, ihn zu erreichen, hatte ich in den letzten Tagen sogar der Tatsache ins Auge blicken müssen, ihn vielleicht niemals wieder zu sehen.

Und jetzt war er hier. Einfach so, wie aus dem Nichts. Und plötzlich gab es nicht mehr den geringsten Zweifel daran, dass ich Ian Reed mehr vertraute als jedem anderen Menschen auf der Welt. Er war der Mann meiner Träume und der erste Mann in meinem Leben, den ich so bedingungslos liebte.

Nahezu lautlos glitt die Limousine durch die Londoner Nacht. Wir fuhren den Strand in südwestlicher Richtung entlang und bogen am Trafalgar Square in die Pall Mall ein, die schließlich einen Bogen machte und in die St. James's Street mündete.

Das Gebäude, vor dem wir hielten, war ein herrschaftlicher Regency-Bau mit äußerst aufwendiger Fassadengestaltung.

»Darf ich da überhaupt rein? Ich meine, untersagt man Frauen in solchen Klubs nicht gewöhnlich den Zutritt?«

Ian grinste und griff erneut nach meiner Hand, als wir ausstiegen.

»Das hier ist keine Studentenverbindung, Ann-Sophie. Und wir leben auch nicht mehr im 19. Jahrhundert.«

An seiner Seite betrat ich eine großzügige Empfangshalle mit kunstvoll gelegtem Parkett, cognacfarbenen Chesterfield-Sesseln und einem prächtigen Kamin, die der Lobby manch eines Luxushotels die Schau gestohlen hätte. An den stuckverzierten Wänden hingen großformatige Originalgemälde der Präraffaeliten John Everett Millais, William Holman Hunt und Dante Gabriel Rossetti.

Höchsten Hotelstandards entsprach aber nicht nur das Ambiente, sondern auch das überaus zuvorkommende Personal.

Sowohl der ältere Herr, der sich mir nur mit seinem Vornamen George vorstellte und Ian seinen Zimmerschlüssel überreichte, als auch der junge Page namens Steven, der Mark unsere Koffer abnahm, nahmen mich in ihrer zurückhaltend verbindlichen Art sofort für sich ein.

»Wer ist sonst gerade im Haus, George?«, wollte Ian wissen, und es war abgesehen von einigen Telefonaten und ein wenig Small Talk in Prag das erste Mal, dass ich ihn in seiner Muttersprache sprechen hörte.

»Nur Mr. Cummingham und natürlich Lord Morington, Sir.«

»Natürlich.« Ian grinste.

»Soll Mary Ihnen noch etwas zu essen machen?«

»Nein, nicht nötig, George. Vielen Dank. Wir werden uns jetzt zurückziehen.«

»Sehr wohl, Sir, Miss Lauenstein. Dann wünsche ich Ihnen eine angenehme Nachtruhe.«

Hinter Steven stiegen wir die repräsentative Treppe hinauf und folgten ihm im zweiten Stock durch einen Korridor mit sechs Türen zu jeder Seite, bis wir vor einer der Doppel-Kassettentüren stehen blieben und Ian aufschloss.

Doch statt die Türen zu öffnen, hob er mich im nächsten Moment auf seine Arme.

»Ein wirkliches Zuhause habe ich dir leider nicht anzubieten, Liebste. Aber ich möchte dich gern stellvertretend über diese Schwelle tragen.«

Seine verführerisch-sonore Stimme jagte eine wohlige Gänsehaut über meinen Leib, während ich die Arme um Ians Hals schlang.

Ich weiß nicht genau, was ich hinter dieser Tür erwartet hatte. Ehrlich gesagt war ich noch gar nicht dazugekommen, darüber nachzudenken, wie der einzige private Raum in Ian Reeds Leben aussehen könnte. Aber tatsächlich hätte ich eher mit einer Kopie der durchgestylten Grand-Reed-Suiten gerechnet als mit dem grandiosen Art-Déco-Ensemble, das mich hier empfing.

»Willkommen in meinem bescheidenen Reich«, sagte Ian und hauchte einen zärtlichen Kuss in meine Halsbeuge.

»Sag mir, ob auch diese Einrichtung das Werk irgendeines Innenarchitekten ist«, brachte ich staunend hervor.

»Nun, es gab einen Innenarchitekten, aber jedes Detail entspricht meinen exakten Vorgaben.«

Ich bewunderte das außergewöhnlich kontrastreiche, geometrisch verlegte Parkett, das Bett mit dem markanten, treppenförmigen Kopfteil und die organisch geformten Nussbaummöbel mit ihren strengen Akzenten aus schwarzem Klavierlack.

Die Sitzgruppe am Kamin bestand aus einem tulpenförmigen Sofa und einem ebensolchen Sessel mit cremefarbenen Bezügen, die auf treppenartigen Nussbaumfüßen standen.

Aber das eigentliche Highlight waren die Gemälde an den Wänden und die kleine Marmorskulptur auf der geschwungenen Klavierlack-Konsole, deren weißmarmorne Oberfläche mit ihrem Zusammenspiel aus glatten und rauen Elementen wie ein Handschmeichler dazu verführte, sie zu berühren.

Ehrfürchtig fuhr ich mit den Fingerspitzen über den gebogenen Rücken von Auguste Rodins kauernder *Danaide*.

Hinter dem Bett hing eine querformatige Variante von Gustave Moreaus *Perseus und Andromeda*, ein warmer Farbenrausch aufgelöster Pinselstriche vor einem glühenden Abendhimmel mit einem golden gerüsteten Perseus am Horizont und einer ätherischen, nackten, an den Felsen geketteten Andromeda im Vordergrund.

Genau gegenüber fand Moreaus Gemälde seine Entsprechung in Tamara de Lempickas Art-Déco-Andromeda über dem Kaminsims. Ohne Perseus und ohne Felsen war diese mit Handschellen versehene kühle Nackte jedoch jeglicher mythologischen Einordnung enthoben und erschien als Sinnbild der verführerischen, lasziven Sklavin, die sich nicht versklaven ließ.

»Es ist umwerfend, Ian«, sagte ich und strich über die hochglanzpolierte Klavierlack-Säule des Barschranks.

»Es gefällt dir also?«

»Du siehst mich überwältigt. Ich liebe das Art Déco und ich beneide dich um diese Kunstwerke.«

Er grinste breit und wirkte richtig stolz.

Dann öffnete er eine schmale Tür, die zu einem weiteren, kleineren Raum führte. Ian Reed besaß also doch ein Büro, wenn es sich hier auch eher um ein kleines privates Arbeitszimmer handelte.

Der ganze Raum war dem kühl-maskulinen Funktionalismus der Bauhaus-Ära verpflichtet. Vor dem schönen Rundbogenfenster stand ein Stahlrohr-Schreibtisch von Marcel Breuer mit einer Wagenfeld-Leuchte darauf, und vor der beeindruckenden Bücherwand ragte schräg in den Raum hinein die ebenso berühmte wie puristische Chaiselongue von Le Corbusier. Schräg hinter dem Schreibtisch und an der gegenüberliegenden Wand hingen zwei großformatige Schwarz-Weiß-Fotografien von Helmut Newton, bei deren Anblick ich unwillkürlich die Lippen kräuselte.

»Dieser Raum ist weniger nach deinem Geschmack«, riet Ian. Er war in der Tat ein scharfsinniger Beobachter.

Ich schüttelte den Kopf.

»Bauhaus und Art Déco, das harmoniert perfekt. Aber du weißt selbst, dass diese Fotografien purer Sexismus sind, oder?«

Er schmunzelte.

»Es ist Kunst, würde ich sagen.«

»Natürlich ist es das. Perfekt inszeniert und meisterhaft in der markanten Licht-Schatten-Dramaturgie, wie immer bei Newton. Trotzdem gehören diese Arbeiten in meinen Augen zu den misogynsten seines Werks.«

»Warum meinst du das?«

»Wegen der Klischeebeladenheit dieser Szenen. Die willige nackte Frau als fleischgewordene Trophäe auf dem Schreibtisch des mächtigen Alphamannes.«

Office Love, das Bild, das bezeichnenderweise hinter Ians Schreibtisch hing, zeigte ein nacktes Model, das rücklings auf einem Schreibtisch liegend Sex mit einem Mann im schwarzen Anzug hatte.

Die verführerische, blonde Femme fatale, in der man erst bei näherem Hinsehen die begnadete Schauspielerin Charlotte Rampling erkannte und die die gegenüberliegende Wand zierte, hatte ebenfalls bereits mit gespreizten Beinen auf dem Tisch Platz genommen und schien ihren Liebhaber in dieser bereitwilligen Pose zu erwarten.

»Schau in ihr Gesicht, Ann-Sophie. Ich frage dich, ist diese sinnliche Verführerin das Opfer patriarchalischer Machtverhältnisse?«

Ich hob beide Augenbrauen. »Auch wenn Newtons Frauen stark in ihren Posen sind, selbstbewusst in ihren Blicken, bleiben sie doch Prototypen männlicher Machtfantasien.«

Ian zuckte mit den Schultern, und das jungenhafte Lächeln, das sich auf seinem hübschen Gesicht ausbreitete, hätte wohl bei fast jeder Frau für weiche Knie gesorgt.

»Ich würde dich jedenfalls gern in dieser Pose auf meinem Schreibtisch sehen.« Seine Stimme hatte wieder diesen betörend sonoren Klang angenommen, und das raue Vibrato darin jagte mir einen prickelnden Schauer über den Rücken.

Dennoch bemühte ich mich um Contenance und einen abgeklärten Tonfall. »Das glaube ich dir aufs Wort, Ian Reed.«

»Nun, und ich bin überzeugt, dass ich früher oder später in diesen Genuss kommen werde.«

Ich lächelte ihn offenherzig an und wandte mich dann demonstrativ zu dem wandfüllenden Regal mit Büchern.

Natürlich hätte ein Mann wie Ian Reed ein herrschaftliches Anwesen mit einer riesigen, antiken Bibliothek sein Eigen nennen können, aber nachdem dem nicht so war, musste ich davon ausgehen, dass das hier die Essenz seines literarischen Interesses darstellte. Neugierig schritt ich an den dicht an dicht penibel einsortierten Büchern entlang. Den größten Teil machten erstaunlicherweise Kunstbücher aus, von denen mich einige vor Neid erblassen ließen. Monografien, Ausstellungskataloge und teure, teils geradezu unbezahlbare Künstlerbücher standen neben einer nicht weniger bemerkenswerten Sammlung kunstwissenschaftlicher Fachliteratur. Außerdem gab es beeindruckende Werkausgaben bedeutender Literaten der englischen, französischen und deutschen Literaturgeschichte und eine große Reihe philosophischer Werke. Ich war überrascht, hier auf Marx, Foucault, Baudrillard, Horkheimer, Adorno und Marcuse zu treffen.

»Frei nach dem Motto, man muss seine Feinde kennen?«, fragte ich.

»Du wirst es mir zwar nicht glauben, aber die Köpfe der Frankfurter Schule waren die Heroen meiner Jugend, die mich bis heute prägen.«

»Dann trifft auf dich also eher der Wahlspruch zu: *Wer mit zwanzig kein Kommunist ist, hat kein Herz, wer mit vierzig noch immer einer ist, keinen Verstand?*«

Ian lachte entwaffnend.

»Als Geschäftsmann muss man nicht zwangsläufig seine Seele verkaufen und all seine Ideale über Bord werfen.«

»Nein, das muss man nicht. Aber du bist nun mal kein einfacher Geschäftsmann. Du bist einer der mächtigsten Hotel-Mogule und Immobilieninvestoren der Welt. Linkes Gedankengut kaufe ich dir nicht ab.«

»Ich bin ein facettenreicher Mann. Und du kennst bislang nur einen Bruchteil meiner Eigenschaften.«

»Genau das ist ja das Problem. Gib mir Gelegenheit dazu, sie kennenzulernen, Ian. Anders kann das zwischen uns nicht funktionieren.«

»Das ist einer der Gründe, warum ich mit dir hier bin, Ann-Sophie.«

Er führte mich zurück in den Hauptraum seines Apartments und bat mich, Platz zu nehmen, während er Feuer im Kamin machte. Es gefiel mir, ihm dabei zuzusehen. Die geschmeidige Anmut, mit der er in die Hocke ging, die routinierten Handgriffe, all das hatte einen häuslichen, zutiefst romantischen Charakter.

»Wein, Cognac oder Whiskey?«, fragte er, als er an die Bar trat.

»Cognac, bitte«, sagte ich.

Ian nahm eine Flasche *Hennessy Private Reserve* und eine Kristallkaraffe mit bernsteinfarbenem Whiskey von der Bar, schaufelte aus einem darunter verborgenen Eisfach einige Eiswürfel in sein Whiskey-Glas und reichte mir den edlen Cognacschwenker.

Dann setzte er sich zu mir.

»Ich möchte mein Leben mit dir teilen, Ann-Sophie. Und ich hoffe, dass das hier ein Schritt in die richtige Richtung ist. Du bist die erste Frau, die ich hier empfange, Darling.«

Ich runzelte die Stirn. »Ich möchte nicht, dass du mich anlügst, Ian.«

Er schüttelte ganz leicht den Kopf. »Das habe ich noch kein einziges Mal getan, Liebste. Selbst wenn ich Gefahr gelaufen bin, dich dadurch zu verlieren, habe ich mich dir gegenüber immer für die Wahrheit entschieden. Ich würde es nicht ertragen, unaufrichtig zu dir zu sein. Aber ich weiß auch, dass dir

Ehrlichkeit allein nicht genügt. Ich will alles daransetzen, dein Vertrauen in mich zurückzugewinnen.«

»Aber ich vertraue dir, Ian. Sonst wäre ich jetzt nicht hier.«

»Ich weiß und dafür bin ich dir zutiefst dankbar. Aber ich wünsche mir nicht weniger als dein tiefstes Urvertrauen, Ann-Sophie. Ich möchte, dass du mir mit Leib und Seele angehörst, dass du dein Leben in meine Hände legen würdest, ohne zu zögern.«

»Das, Ian, ist ein Idealzustand, der nur auf Gegenseitigkeit beruhen kann und an dem wir beide hart arbeiten müssten. Ich weiß, dass du Geheimnisse vor mir hast. Du müsstest dich ebenso bedingungslos auf mich einlassen, wie du es von mir forderst.«

»Das ist mir bewusst, Ann-Sophie. Und ich möchte dir beweisen, dass ich dazu in der Lage bin und das kostbare Geschenk deines Vertrauens verdiene.«

Ich strich ihm sanft über die Wange. Seine Haut war so seidig und nur eine Idee tiefer so verführerisch rau von den feinen Stoppeln seines verwegenen Eineinhalbtagebarts.

»Gut, versuchen wir es, Ian. Warum hast du dich drei Wochen lang nicht bei mir gemeldet? Warum bist du auf dieser Party in Monaco gewesen, und warum hast du nicht versucht, mich zu erreichen, als du letzten Samstag in Frankfurt gewesen bist? Ich hatte mein Handy den ganzen Tag über bei mir.«

Es war ein seltenes Ereignis, Ian Reed überrascht zu sehen.

»Woher weißt du …?«

»Das spielt doch keine Rolle, Ian. Ich weiß es eben«, unterbrach ich ihn ruhig.

Er atmete tief durch.

»Nach diesem Telefonat mit dir war ich überzeugt, einfach alles verkehrt gemacht zu haben. Ich konnte mir nicht vorstellen, dass du mir noch eine Chance geben würdest, und ich hatte keine Ahnung, wie ich mich hätte verhalten sollen, um dein Vertrauen zurückzugewinnen. Ich sagte ja bereits, das Zwischenmenschliche liegt mir nicht besonders.«

Er lächelte gequält und nahm einen Schluck Whiskey.

»Ich stürzte mich in die Arbeit und verfiel in Verhaltensweisen, die ich eigentlich längst hinter mir gelassen hatte. Ich tat einfach alles, um deinen Einfluss auf mich und mein Leben und die tiefen Gefühle, die du in mir geweckt hattest, zu leugnen und zu verdrängen. Aber es gelang mir nicht. Sobald ich zur Ruhe kam, tat es so maßlos weh, dass ich beschloss, eben nicht mehr zur Ruhe zu kommen. Ich schlief nicht mehr, absolvierte Meetings und Geschäftstermine rund um die Uhr, überall auf der Welt. Auch auf der Jacht war ich nur, um mich abzulenken, um den Schmerz zu betäuben, um dem übermäßigen Drang zu widerstehen, dich mit Gewalt an mich binden zu wollen und dich damit vollends zu verlieren.«

Er schluckte hart.

»Aber warum hast du dich nicht bei mir gemeldet? Ich war bei Conny in Köln, aber du hast nicht mal versucht, anzurufen.«

»Ich habe es gewollt, Ann-Sophie. Bei Gott, ich habe mit mir gerungen und die Entscheidung ist mir wahrlich nicht leicht gefallen. Aber glaube mir, in diesem Zustand hätte ich dir nicht unter die Augen treten können. So hättest du mich nicht sehen wollen.«

»Hast du …« Ich brach ab, weil ich nicht die richtigen Worte fand.

»Nein, ich bin dir nicht untreu gewesen, Liebste.«

Ich schüttelte den Kopf. »Das meinte ich nicht. Hast du wirklich meinetwegen Drogen genommen?«

»Nein.« Seine Antwort kam so entschlossen und seine Stimme klang so fest, dass mir vor Erleichterung ein Stein vom Herzen fiel. Ich musste ihm einfach glauben.

»Ich nehme an, du hast mit Jacques gesprochen.«

Es war keine Frage, sondern eine Feststellung, und ich sah keine Notwendigkeit, sie zu bestätigen oder zu dementieren. Jacques Lezard hatte das Gespräch mit mir gesucht, mich ins Vertrauen gezogen, und ich hatte den Eindruck gewonnen, dass er sich aufrichtig um Ian sorgte. Ich wollte ihn nicht anschwärzen.

»Er ist ein guter Kerl«, sagte Ian schließlich, als ich nicht antwortete. »Aber er hat einen leichten Hang zur Dramatik.«

Seine Stimme hatte diesen ironischen, leicht überheblichen Klang angenommen, der mir signalisierte, dass er im Begriff war, sich abzuschotten.

»Ich habe dieses Foto aus Monaco gesehen. Du sahst so blass aus, so angegriffen und deine Nase ...«

»Ich habe nicht gekokst, Ann-Sophie. Ich gebe zu, ich war in Versuchung. So sehr, wie seit Jahren nicht mehr. Aber ich habe der Verlockung widerstanden – deinetwegen.«

»Oh, Ian.« Ich schlang die Arme um seinen Hals, und sogleich umfing er mich seinerseits, hielt mich ebenso zärtlich wie kraftvoll in seinen starken Armen.

»Ich liebe dich sosehr, Ian Reed.«

Wie selbstverständlich zog er mich auf seinen Schoß und streifte mir den Pencil Skirt über die Hüften. Und ebenso selbstverständlich öffnete ich meine Schenkel für ihn und hieß ihn zum zweiten Mal an diesem Abend in mir willkommen.

Ich war überrascht, wie hart er sofort war und wie leicht sein gewaltiger Penis ohne jedes Vorspiel in mich glitt. Ich war so bereit für ihn, dass es kein bisschen schmerzte, ihn Zentimeter für Zentimeter ganz in mich aufzunehmen. Es fühlte sich wundervoll an, wenn er in mir war, er passte perfekt, und es war ein überwältigendes Gefühl, auf diese Weise eins mit ihm zu werden und Ian so unmittelbar nah zu sein.

Diesmal gab es keine harten, tiefen Stöße, keinen schweißtreibenden Rhythmus. Es ging nicht um Besitzansprüche und zu lang unterdrückte Leidenschaft. Mit ruhigen, sanften Bewegungen stimulierte Ian mich, bewegte seine Hüften ganz sanft, während auch ich mein Becken wie in Zeitlupe über ihm kreisen ließ.

Es war eine fast meditative Stimmung, ein Akt voller Besinnlichkeit und Ruhe mit dem knisternden, wärmenden Kaminfeuer im Rücken. Diesmal ließen wir uns unendlich viel Zeit, und die Empfindungen, die mich durchliefen, waren unbeschreiblich intensiv. Ian lehnte sich ein wenig nach hinten, und ich spürte, wie seine pochende Spitze die empfindsamste Stelle meines Inneren zu streicheln schien.

Ich stöhnte leise auf.

Ich hatte meine Arme noch immer um Ians Hals geschlungen, und seine schönen aristokratischen Hände lagen um meine Taille. Ich konnte in sein herrliches Gesicht sehen, in seine schillernden silberblauen Augen, die dunkel wirkten vor Lust, und ich nahm die Anspannung seines Kiefers wahr. Ian atmete bereits stoßweise, als ich mich vorbeugte, um ihn zu küssen.

»Du bist so wunderbar eng, Ann-Sophie. Eng und warm und geschmeidig.«

Jetzt war seine Stimme samtig-weich, nicht hart und streng, sondern voller Genuss.

Wieder stimulierte er die Stelle, die die Literatur den G-Punkt nannte, und nahm dann einen Finger dazu, um ihn sanft und gemächlich über meiner geschwollenen Klitoris kreisen zu lassen.

Lustvoll stöhnte ich in Ians Mund und spürte gleichzeitig, wie sich meine inneren Muskeln rhythmisch um ihn zu schließen begannen, ihn gleichsam festhielten und noch tiefer in mich hineinzogen.

Ian keuchte und er raunte meinen Namen, als er mich fest an sich drückte und wir gemeinsam einen wundervollen Höhepunkt erlebten.

Er streichelte meinen Rücken und meinen Nacken, während er noch immer in mir war, und zog mich anschließend liebevoll in seine Arme.

Und dann fiel der Strom aus.

Da die milchgläsernen Mazda-Leuchten ohnehin herabgedimmt waren und das Kaminfeuer noch immer so schön loderte, nahm ich den Unterschied kaum wahr. Doch Ian war plötzlich wie verwandelt.

Hektisch, fast panisch schob er mich von seinem Schoß.

»Rühr dich nicht vom Fleck, Liebste!«, befahl er mir.

»So ein Stromausfall kann doch auch ganz romantisch sein«, gab ich schmunzelnd zu bedenken und wollte ihn beruhigend am Arm fassen, doch er wehrte mich ab.

»Und gefährlich, Ann-Sophie!«, fauchte er, und ich zuckte unter der Schärfe seines Tonfalls zusammen.

Fieberhaft überprüfte er die Lichtschalter der übrigen Lichtquellen im Apartment. Leise fluchend lief er rastlos umher wie ein eingesperrtes Tier und griff dann mit fahrigen Fingern nach seinem Smartphone.

Nach einem kurzen Telefonat erklärte er mir: »George sagt, es betrifft den ganzen Block. Verdammt, das bedeutet, dass zum Teil auch die Sicherheitssysteme betroffen sind, bis die Notstromaggregate einspringen.«

Er fuhr sich nervös durchs Haar. Schweißperlen standen ihm auf der Stirn.

»Es ist doch nur ein Stromausfall, Ian. Du hast sicherlich irgendwo ein paar Kerzen. Dann machen wir es uns gemütlich und in ein paar Minuten ist der Spuk vorbei.«

Doch meine beruhigend gemeinten Worte verfehlten ihren Zweck. Ich hatte diesen sonst so selbstsicheren, rationalen Mann, dessen Job darin bestand, sich jedem Ort der Welt anzupassen und Millionendeals abzuschließen, noch nie derart nervös und angespannt erlebt.

Ich griff nach seiner Hand, und diesmal ließ er die Berührung zu. Sie war eiskalt und schweißfeucht.

»Was hat das zu bedeuten, Liebster? Wovor hast du Angst?«

In diesem Moment klopfte es an der Tür, und aufgrund von Ians überreiztem Verhalten zuckte auch ich unwillkürlich zusammen.

Es war Mark.

»Kein Grund zur Sorge, Mr. Reed. Das Gebäude ist gesichert und die Notstromaggregate laufen. Ich werde jetzt die Fenster und Türen Ihres Apartments überprüfen und selbstverständlich in Ihrer Nähe bleiben.« Es klang so beflissen und routiniert, dass ich überzeugt war, dass dies nicht Marks erster derartiger Einsatz während eines Stromausfalls war.

Wie ich es vorausgesagt hatte, dauerte es nicht mehr als fünf Minuten, dann waren plötzlich alle Lichter wieder an und Mark ließ uns allein.

»Komm her zu mir, Ian«, bat ich sanft, und jetzt hörte er auf mich.

Diesmal zog ich ihn in meine Arme, und er ließ es zu, dass ich ihn hielt. Ich fuhr mit den Fingerspitzen durch sein verführerisch duftendes Haar und lehnte den Kopf an seine Schulter.

»Ich denke, es ist jetzt wirklich höchste Zeit, dass du mir einige Dinge erklärst.«

Ian holte tief Luft, und ich spürte, wie sich sein Körper in meiner Umarmung anspannte.

»Ja, du hast vermutlich recht«, sagte er schließlich. »Es ist tatsächlich an der Zeit, dass ich mit offenen Karten spiele.«

Er löste sich aus meiner Umarmung, um mich ansehen zu können, und seine ganze Körperhaltung verriet höchste Anspannung, während seine unruhigen Augen mich aufmerksam taxierten.

»Glaube mir, es ist mir ein ebenso elementares Bedürfnis wie dir, dass es keine Geheimnisse mehr zwischen uns gibt und diese Dinge nicht länger zwischen uns stehen.«

Er fuhr sich mit den Fingern durchs Haar, und es war nicht zu übersehen, wie unangenehm ihm dieses Gespräch war. In diesem Augenblick schien die Maske des dominanten, souveränen Investors Ian Reed gefallen zu sein, und zum Vorschein kam ein von inneren Dämonen geplagter Mann voller Zweifel und Ängste.

Ich legte meine Hand auf sein Knie, und er legte seine darauf, fuhr mit seinen langen, eleganten Fingern zwischen meine und hielt sie fest.

»Ich wünsche mir aus tiefstem Herzen, den Mut zu finden, mich dir anzuvertrauen und Vergangenheit, Gegenwart und Zukunft mit dir teilen zu können, Ann-Sophie. Aber ich will dich dabei nicht verlieren, und daher brauche ich noch etwas Zeit.«

Diesmal zog ich seine Hand an meine Lippen. »Wenn das ein Versprechen ist, kann ich warten, Ian. Erzähl mir deine Geschichte, wenn du dazu bereit bist.«

Jetzt straffte er seine Schultern, und der Kuss, den er mir gab, war voller Zuversicht und inniger Zärtlichkeit.

»Ich verspreche dir, wir fangen morgen damit an. Ich möchte dich gern mit jemandem bekannt machen.«

Fünf

Sometimes you get so lonely
Sometimes you get nowhere
I've lived all over the world
I've left every place
Please be mine
Share my life
Stay with me

(David Bowie)

Ich liebte das Gefühl, neben Ian aufzuwachen.

Ich war in seinen Armen eingeschlafen, und offenbar hatte er sich die ganze Nacht über kaum bewegt, denn mein Kopf lag noch immer auf seinem ausgestreckten Arm, während ich seinen warmen, muskulösen Körper in meinem Rücken spüren konnte.

Zum wiederholten Mal stellte ich fest, wie geborgen ich mich bei Ian fühlte. Ich genoss es, wie sich sein Brustkorb ruhig und gleichmäßig hob und senkte und wie sein Atem meine Schulter streifte.

Obwohl er schlief, war seine Aura, die Intensität seiner Nähe so stark, dass ich mich nirgendwo auf der Welt sicherer gefühlt hätte als in seinen Armen.

Und dann dachte ich an den Stromausfall am vergangenen Abend und daran, wie verletzlich und unsicher Ian von einer

Minute auf die andere gewirkt hatte. Wie ein anderer, tief traumatisierter Mensch. Er hatte versprochen, sich mir anzuvertrauen, aber er hatte mich auch um etwas Geduld gebeten. Trotzdem würde er mir heute seine einstige Nanny und engste Vertraute vorstellen, und schon allein das war in Ian Reeds Kosmos eine Vertrauensgeste, die einem kleinen Wunder gleichkam.

Plötzlich spürte ich Ians Hand, die sich auf meine Hüfte legte.

»Guten Morgen, Darling.«

Wie konnten diese drei kleinen Worte für ein solches Prickeln auf meiner Haut sorgen? Seine Stimme klang rau und gleichzeitig samtig, wie das Schnurren einer großen dunklen Katze.

»Woher weißt du, dass ich wach bin?« Ich drehte mich zu ihm um und blickte in diese herrlichen silberblauen Augen, in deren schillernder Tiefe ich augenblicklich zu ertrinken drohte.

»Deine Atmung hat sich ein wenig verändert«, erklärte er lächelnd. »Gut geschlafen?«

Ich nickte und lächelte zurück. »So gut wie schon lange nicht mehr. Aber ich war sicher, dass du noch schläfst. Hast du dich meinetwegen so ruhig verhalten?«

»Ich habe deinem Atem gelauscht und dich einfach nur angesehen. Das könnte ich übrigens stundenlang tun, Ann-Sophie, ohne dass es mir langweilig würde.«

Er ließ seine Hand von meiner Hüfte aus über meine Taille bis zu meinen Rippen streichen und wieder zurück bis zum Oberschenkel.

Dann zog er mich unvermittelt an sich, und ich gab einen überraschten Laut von mir, als ich im nächsten Augenblick seine Härte an meinem Bauch spürte.

»Du bist aber schon sehr munter«, sagte ich schmunzelnd.

»Ich sagte doch, ich hatte Zeit, dich zu beobachten. Ein Mann, der bei diesem betörenden Anblick nicht hart würde, müsste schwul sein oder nicht von dieser Welt.«

Ian ließ seine Hand unter die champagnerfarbene Seidendecke wandern und schob seine feingliedrigen Finger im nächsten Moment zwischen meine Schenkel. Er hob seine perfekt geschwungenen Brauen und grinste. »Schön, dass diese Anziehungskraft offenkundig auf Gegenseitigkeit beruht.«

Er massierte meine Klitoris, teilte meine Schamlippen und ließ seine Fingerspitzen abwechselnd in meinen warmen, feuchten Schoß gleiten.

Ehe ich Ian traf, hätte ich niemals für möglich gehalten, dass ein Mann in der Lage sein könnte, so intuitiv mit dem weiblichen Körper umzugehen.

Er spielte mit mir ebenso hingebungsvoll wie instinktiv, vergleichbar einem musikalischen Virtuosen auf seinem Instrument, und wie dieser seinem Werkzeug kunstvolle Klänge entlockte, bescherte Ian mir erlesene Empfindungen.

Er war jetzt mit Zeige- und Mittelfinger in mir und spreizte beide, um meinen nachgiebigen Eingang zu dehnen.

»Du fühlst dich so gut an«, raunte Ian mit kehliger Stimme, während seine Hand jedes Detail meiner intimen Anatomie zu erkunden schien.

Ich stöhnte leise und wand mich unter der Behandlung seiner magischen Hand, war längst bereit für seinen mächtigen, pochenden Phallus, doch Ian schien wild entschlossen, uns beide noch weiter hinzuhalten.

»Ian, bitte«, keuchte ich, und im gleichen Moment kniff er in meine rosig geschwollene, hochsensible Perle.

Ich schrie auf, doch er tat es gleich noch einmal und auch noch ein drittes Mal.

Hatte ich im ersten Moment puren Schmerz verspürt, so pochte meine Klitoris jetzt so wild und verlangend, wie ich es noch nie zuvor erlebt hatte.

Ich war kaum noch zu einem klaren Gedanken fähig und bäumte mich ihm entgegen.

»Mach schon, Ian«, stöhnte ich und versuchte, ihn zu mir heranzuziehen.

Doch er schenkte mir nur sein betörend schönes, überhebliches Lächeln.

»Sag mir, was ich mit dir tun soll, Ann-Sophie, und ich verspreche, ich werde deiner Aufforderung nachkommen.«

»Du weißt genau, was du tun sollst, Ian!«, keuchte ich ungeduldig.

»Aber ich möchte es von dir hören.«

Ich verdrehte die Augen. »Ich will dich endlich in mir haben, Ian.«

Er grinste. »Du willst also, dass ich mir nehme, was mir gehört? Dass ich dir dein süßes Fötzchen stopfe, dich ordentlich durchficke und dich dann mit meinem Samen flute?«

Ich schluckte hart. Genau das war es, was ich wollte, und obwohl ich spürte, wie mir angesichts dieses Vokabulars unweigerlich die Schamesröte ins Gesicht trat, ließen seine verdorbenen Worte meine Erregung nur noch mehr wachsen.

Ich nickte atemlos, und im nächsten Moment war er über mir.

Er umgriff meine Handgelenke, zwang sie links und rechts meines Kopfes in die Kissen, ehe er seinen schönen Körper auf mich herabsenkte und mich die süße Last seines Gewichts spüren ließ.

Diesmal nahm er mich wie in Zeitlupe in Besitz, drang unendlich langsam, Zentimeter für Zentimeter vor und zog sich dann fast vollständig aus mir zurück, nur um beim nächsten Angriff noch gemächlicher und tiefer vorzustoßen.

Diese unerhörte Kombination aus Trägheit und Wucht brachte mich fast um den Verstand, und seine Ausdauer schien überirdisch.

Er verlagerte sein Gewicht auf die Unterarme, sodass sich unsere Körper berührten und seine harte, muskulöse Brust meine erregten Knospen streifte. Ich war förmlich unter ihm gefangen, als er seine sündigen Lippen auf meine senkte und meinen Mund auf ebenso provokant-bedächtige Weise in Besitz nahm wie meinen Schoß.

Seine Stöße kamen unverändert träge, aber mit einer so vibrierenden, fordernden Intensität, dass ich schier verrückt wurde. Meine zuckenden Muskeln schlossen sich um ihn, zogen ihn noch tiefer in mich hinein und schienen ihn nie wieder loslassen zu wollen.

Ian keuchte in meinen Mund und brach förmlich über mir zusammen, als er sich wenig später warm und überreich in mich ergoss. Er ließ meine Handgelenke los, war aber noch immer in mir und küsste mein schweißfeuchtes Gesicht, während ich die letzten Ausläufer meines Höhepunktes genoss.

»Musst du heute wirklich noch einmal an dieser Tagung teilnehmen?«, fragte Ian, nachdem wir beide halbwegs zu Atem gekommen waren.

Ich strich ihm die hinreißend zerzausten Haare aus dem Gesicht. »Ich sagte doch, nur der erste Vortragsblock bis zur Mittagspause. Außerdem hast du heute Vormittag doch selbst noch einen Termin.«

»Nur eine Telefonkonferenz, die ganz gewiss früher zu Ende ist als dein Kunsthistoriker-Meeting.«

Ian ließ die Kuppe seines Zeigefingers kleine kitzelnde Kreise um meine Brustwarzen malen.

»Ich könnte dich auch an dieses Bett fesseln, an der Konferenz von hier aus teilnehmen und den ganzen Tag lang Liebe mit dir machen, sooft es mir gefällt.«

Seine Augen funkelten diabolisch.

»Ich gebe zu, das ist eine verlockende Vorstellung, aber für uns beide gilt nun mal: erst die Arbeit, dann das Vergnügen.«

Jemand hatte uns ein hübsch dekoriertes Silbertablett mit Kaffee, Tee, Orangensaft, Toast und Konfitüren auf die Türschwelle gestellt und mangels eines Esstisches machten wir es uns im Bett gemütlich und frühstückten mit den opulenten Kissenbergen im Rücken.

»Wie viel Zeit verbringst du eigentlich hier?«, fragte ich und goss noch etwas Milch in meinen Kaffee.

»Hier im Club?« Ian zuckte mit den Schultern. »Vermutlich kaum mehr als in irgendeinem meiner Hotels. Meist übernachte ich während der Feiertage hier und natürlich, wenn ich ohnehin in London zu tun habe.«

»Warst du die letzten Tage, in denen ich dich nicht erreichen konnte, auch hier im Club?«

»Nein. Ich war bei Bethany, auf Cold Turkey gewissermaßen.« Er grinste jungenhaft.

»Ich dachte, du hättest keine Drogen ...«

»Habe ich auch nicht«, unterbrach er mich ruhig.

»Ich sagte ja bereits, dass ich in den letzten Wochen in Verhaltensweisen zurückgefallen bin, die nicht unbedingt gesund waren. Ich war überarbeitet, überreizt und übernächtigt – ein unausstehlicher Workaholic. Das ist auch der Grund, warum ich mich in Frankfurt nicht getraut habe, mich bei dir zu melden. Als mir bewusst wurde, dass ich dich in diesem Zustand niemals zurückgewinnen würde, zog ich quasi die Notbremse und quartierte mich ein paar Tage bei Bethany ein. Sie hat meinem Aufenthalt nur unter der Bedingung zugestimmt, dass mein Smartphone für die Dauer meines Besuchs ausgeschaltet blieb. Du weißt ja, dass es meine wichtigste Verbindung zur Außen- und Geschäftswelt darstellt; trotzdem habe ich mich darauf eingelassen. Es war nicht einfach, aber heilsam wie eine Woche im Kloster.«

»Ich glaube, die Frau ist mir jetzt schon ausgesprochen sympathisch.«

Ian grinste. »Ja, ich glaube auch, dass ihr euch gut verstehen werdet. Bethany kann es im Übrigen kaum erwarten, dich kennenzulernen.«

»Du hast ihr von mir erzählt?«

»Natürlich. Ihr beide seid die wichtigsten Menschen in meinem Leben. Wie könnte ich ihr nicht von dir erzählen?«

Es klang so selbstverständlich, wie er das sagte, und genau das machte mich daran so glücklich.

Ich beugte mich zu ihm hinüber, um ihn zu küssen. Seine Lippen schmeckten köstlich süß nach Erdbeermarmelade.

»Ich liebe dich, Ian.«

»Und ich liebe dich. Du bist mein Lieblingsmensch, Ann-Sophie.«

Ians Badezimmer war klein, aber außergewöhnlich. Auch hier herrschte der elegante 1920er-Jahre-Chic des Art Déco. Schwarze und weiße Marmorfliesen im Schachbrettmuster auf dem Boden und feine grafische Stuckaturen an den weißen Wänden prägten den Raum ebenso wie die frei stehende ovale Badewanne, die ebenfalls aus einem schwarzen Marmorblock geschlagen war und wie eine Skulptur in der Mitte des Zimmers stand. Das Waschbecken war eine flache weiße Marmorschale, die auf einer Klavierlack-Konsole stand, und selbst der stufenförmige Sockel der schwarzen Toilette schien ein Original der Zeit zu sein.

Während ich die fast mannshohen sterlingsilbernen Kandelaber hinter der Wanne bewunderte, ließ Ian Badewasser ein und nahm einen Badezusatz aus dem Spiegelschränkchen – *Eau de Campagne*, der Unisex-Duft von Sisley.

»Aber das ist doch gar nicht dein Duft«, sagte ich erstaunt.

»Nein, und dein Duft ist *Eau du Soir*, und er ist betörend an dir. Aber den kann ich leider nicht mit dir teilen. Daher habe ich mich für diesen Kompromiss entschieden.«

»Ein gemeinsamer Duft?«

Er nickte.

»Das ist wirklich romantisch, Ian.« Ich beugte mich über die Wanne und atmete das belebende, krautig-grüne Duftbouquet ein, das einem frühmorgendlichen Spaziergang durch lichte Wälder und über saftige, moosige Wiesen glich.

Die Wanne bot ausreichend Platz für uns beide, und es war ein höchst sinnliches Gefühl, in Ians Armen zu liegen und sich an seinen muskulösen Körper zu schmiegen.

Er hatte seine langen Beine links und rechts von meinen Schenkeln angewinkelt, während er meinen Nacken massierte, meine Wirbelsäule küsste und meinen Körper auf so hingebungsvolle Weise wusch, dass ich am liebsten gleich mit ihm ins Bett zurückgekehrt wäre.

Ian überließ mir seinen anthrazitfarbenen Seidenkimono und schlang sich selbst eines der flauschigen schwarzen Handtücher um die Hüfte.

Er sah einfach umwerfend aus. Immer wieder aufs Neue war ich fasziniert von der Ausgewogenheit seiner Proportionen. Ians Körperbau war nicht im klassischen Sinne muskulös, sondern schlank und auf eine elegante Weise sportlich-trainiert mit fein modellierten Brust- und Bauchmuskeln und schön geformten Waden.

Er nahm eines seiner weißen Maßhemden und eine schmal geschnittene schwarze Hose von Hedi Slimane für Yves Saint Laurent aus dem hochglanzpolierten Nussbaum-Schrank, und wieder einmal genoss ich es, ihm beim Anziehen zuzusehen.

Als ich meinen Koffer öffnete, schaute er mir erneut über die Schulter und riet mir zu einem schwarzen, ärmellosen Jersey-Wickelkleid von Diane von Fürstenberg.

»Diese entzückende Schleife wird mir im Bedarfsfall Zeit sparen, wenn ich dich wieder hier bei mir habe und es nicht erwarten kann, dich nackt zu sehen.«

Dann griff er nach meinem schwarzen Chantelle-String, einem praktischen Modell, das bereits mit Strumpfhaltern versehen war, und nach den noch verpackten Wolford-Strümpfen und legte alles aufs Bett.

»Ich weiß zwar nicht, warum du so hinreißende Dessous mitnimmst, wenn du mit diesem Sandberg zu einer Tagung fährst, aber ich bin doch froh, dass du sie eingepackt hast.«

Seine silberblauen Augen glühten, als ich mein Bein lasziv auf das Bettbänkchen stellte, um den spitzenverzierten Strumpf mit aufreizender Langsamkeit hochzurollen und ihn an dem ebenso kunstvoll verzierten Strapshalter einzuhaken.

Mit dem anderen Strumpf wollte ich ebenso verfahren, doch im gleichen Moment traf mich völlig unvermittelt ein Klaps auf den Po.

»Was sollte das denn bitte?«, fauchte ich.

»Wenn du so weitermachst, werde ich dich nicht zu diesem verdammten Vortrag gehen lassen können. Ich bin jetzt schon wieder so scharf auf dich, dass ich dich auf dieses Bett werfen und den ganzen Tag nicht mehr von dir ablassen möchte.«

Seine Stimme klang dunkel und rau.

»Da wirst du dich einfach noch ein bisschen gedulden müssen, Ian. Und soll die Vorfreude nicht bekanntlich die schönste Freude sein?«

Ich ließ mich nicht beirren, sondern schenkte ihm ein kokettes Lächeln, während ich auf provokante Weise auch den zweiten Strumpf hochrollte und dabei mein Bein streichelte.

»Für diesen mutwillig herbeigeführten Samenstau wirst du büßen, Ann-Sophie.«

»Tatsächlich?«, lachte ich und streckte ihm meinen bestrapsten Po entgegen.

»Tatsächlich«, bestätigte er in drohendem Ton.

Im gleichen Moment packte er mich, schob die organisch geformte Bettbank ein wenig in den Raum und schwang mich darüber.

»Liegen bleiben!«, befahl er streng, als ich im Begriff war, mich aufzurappeln.

»Ich muss in einer halben Stunde im Davidson Building sein«, keuchte ich, doch es gelang mir nicht, die aufkeimende Erregung aus meiner Stimme zu verbannen.

»Keine Sorge, du wirst pünktlich dort sein«, entgegnete Ian ruhig und trat an sein Nachtschränkchen.

Ich konnte nicht beobachten, was er herausnahm, und dann war er auch schon wieder bei mir.

»Spreiz deine Beine für mich, Ann-Sophie«, verlangte er mit äußerst dunkler Stimme, und obwohl ich wund war, frisch gebadet und unter Zeitdruck, gehorchte ich bereitwillig.

Im nächsten Augenblick spürte ich Ians fordernde Finger zwischen meinen Beinen, die über den feinen Stoff meines Strings wanderten. Er ließ seine Fingerspitzen über meiner empfindsamsten Stelle kreisen und nahm die Naht meines Höschens zu Hilfe, um mich gekonnt zu massieren.

Als ich leise aufstöhnte, hörte ich sein raues Lachen in meinem Rücken.

Er schob den Stoff ein wenig beiseite und tauchte gleich darauf mit einem seiner sündigen Finger in meine feuchte Tiefe.

»Du bist gierig, Ann-Sophie, und herrlich feucht.«

Sein Daumen glitt über meine pochende Klitoris und ich zuckte verzückt unter seiner sanften Berührung.

Im gleichen Moment ließ Ian von mir ab.

»Hör nicht auf«, bat ich und streckte ihm meinen hungrigen Körper entgegen.

»Du möchtest also, dass ich dich kommen lasse, Ann-Sophie?«, fragte er und sein Tonfall klang spöttisch.

Dennoch nickte ich atemlos, als ich im nächsten Augenblick zwei seiner kundigen Finger an meinem geschwollenen Eingang spürte, die meine Lippen teilten und mich behutsam dehnten.

Doch was dann folgte, ließ mich nicht kommen, sondern erschrocken aufschreien.

Ian hatte zwar meinen Körper nach allen Regeln der Kunst vorbereitet, aber mich selbst mit keinem Wort vorgewarnt, als er etwas Kaltes, Glattes in mir versenkte.

»Was machst du da? Was war das?«, wollte ich aufgebracht wissen, doch Ian streichelte beruhigend meinen Rücken und hielt mich damit gleichsam in Position.

»Du kennst Liebeskugeln, Darling?«

Ich nickte und wollte mich aus seinem Griff befreien.

»Nun, es ist so etwas Ähnliches. Nur ein wenig ausgereifter.«

Mit diesen Worten tätschelte er meinen Po, gab mir dann einen leichten Klaps und reichte mir schließlich seine Hand, um mir ganz gentlemanlike aufzuhelfen.

Erst beim Aufstehen merkte ich, welche Wirkung der kleine Eindringling auf meinen Unterleib hatte. Er schien ein nachklingendes Kugellager zu enthalten, und überhaupt hatte ich das Gefühl, dass es in meinem Inneren bei jeder Bewegung vibrierte.

Zwischen meinen Beinen baumelte ein goldenes Kettchen mit einer kleinen diamantbesetzten Kugel am unteren Ende.

Ian schien meinen verunsicherten Blick aufgefangen zu haben, denn auf seinem hübschen Antlitz malte sich ein mephistophelisches Lächeln.

»Ich nehme an, nun wirst du dich ebenso sehr nach heute Mittag verzehren, wie ich es tue.«

Er reichte mir mein Kleid.

»Ich kann doch so unmöglich zum Symposium gehen.«

»Das wirst du wohl müssen, Ann-Sophie, und ich warne dich: Du wirst sie dort auf der Toilette nicht entfernen.«

Er sah mich drohend an, ohne das spöttische Lächeln vermissen zu lassen, das um seine Mundwinkel spielte.

Ich kräuselte die Lippen, denn genau das war mein Plan gewesen.

Ian grinste. »Ich würde sagen, damit sind wir quitt.«

Als wir zehn Minuten später in den Fond des Panamera Executive stiegen, hatte ich schon allein die Treppe und den Gang durch die Lobby als echte Belastungsprobe erlebt.

Bei jedem Schritt geriet die Kugel in meiner Vagina in Bewegung und massierte mein Inneres auf erfindungsreiche, nie vorherzusehende Weise.

Erst als wir im Auto saßen, gab sie ein wenig Ruhe, und ich atmete erleichtert auf.

Ich war erstaunt, als Mark auf dem Beifahrersitz Platz nahm und sich ein anderer Fahrer ans Steuer setzte, der sich als Matthew vorstellte und ebenso wie Mark mit Waffe, Headset und Hugo-Boss-Anzug ausgestattet war.

»Ich möchte, dass Mark dich heute begleitet«, erklärte Ian.

»Wie bitte? Ich brauche doch bei einer kunstwissenschaftlichen Tagung keinen Bodyguard«, gab ich stirnrunzelnd zurück.

»Da bin ich anderer Meinung, Darling.«

»Doch nicht etwa wegen Leander?«

Ian sah mich an, als verstehe sich das von selbst.

»Er hat gestern einfach zu tief ins Glas geschaut. Das Ganze wird ihm heute furchtbar peinlich sein. Ich brauche wirklich keinen Personenschutz, Ian. Das wäre mir unangenehm.«

»Aber mir ist es wichtig, Ann-Sophie. Ich bestehe darauf, dass Mark dich begleitet.« Sein Tonfall ließ keinen Widerspruch zu. »Ich werde um eins wieder hier sein. Dann können wir gemeinsam essen und später zu Bethany fahren.«

Ian küsste mich zärtlich, als wir vor dem Davidson Building hielten und Mark ausstieg, um mir die Tür aufzuhalten.

Ich atmete tief durch, ehe ich an der Seite meines Bodyguards und mit einem verruchten Geheimnis in meinem Schoß den Konferenzsaal betrat.

Wie ich es vorausgesehen hatte, wurde Leander knallrot im Gesicht, als er mich erblickte. Wie am Vortag war der Platz neben ihm für mich reserviert, und ich atmete nochmals durch, ehe ich durch die Stuhlreihen schritt und mich setzte.

»Hör zu, es tut mir leid, was gestern passiert ist.«

»Schon gut, Leander.«

»Aber warum hast du mir nicht gesagt, dass du mit Ian Reed zusammen bist? Und dass du ihn im Hotel erwartet hast?«

Ich runzelte die Stirn, denn er klang plötzlich regelrecht vorwurfsvoll.

»Ich sah keine Notwendigkeit, das mit Ian an die große Glocke zu hängen. Außerdem hat er mich gestern Abend mit seinem Besuch selbst überrascht«, erklärte ich kühl.

»Das ist aber nicht Ian Reed«, stellte Leander scharfsinnig mit Blick auf Mark fest, der auf einem der nicht reservierten Stühle in der letzten Reihe Platz genommen hatte.

»Nein.« Ich schüttelte den Kopf. »Das ist Mark, mein Kindermädchen.«

»Er lässt dich von einem Bodyguard bewachen? Das tut er meinetwegen, stimmt's?«

»Das tut er, weil es in seiner Welt dazugehört«, entgegnete ich diplomatisch, und ich war dankbar, als unsere kleine Unterhaltung durch die Ankündigung des ersten Vortrages unterbrochen wurde.

Professor Brideshead aus Oxford sprach über die Sade-Rezeption der Surrealisten, und sein Vortrag war ein wirkliches Erlebnis. Erfrischend und lebhaft, dabei pointiert und ohne falsche Scheu berichtete der schlaksige Übersiebzigjährige mit dem karierten Sakko und der moosgrünen Fliege von der Faszination der Surrealisten für den skandalösen Marquis, den sie zu einem der Ahnherren ihrer Bewegung erklärt hatten.

Man musste zwar jeden Moment fürchten, dass der in seinem enthusiastischen Redeschwall energisch vor- und zurückwippende Professor über sein Rednerpult purzeln oder mit Selbigem ins Publikum stürzen könnte, doch diese unterschwellige Gefahr trug zugegebenermaßen nur zusätzlich zum Unterhaltungswert des Vortrags bei.

Besonders wenn er drastische Textstellen aus de Sades pornografischen Schriften zitierte, und das tat Brideshead mit Vorliebe und wachsender Begeisterung, kam sein Pult, an dem er sich festhielt, bedenklich ins Schwanken.

Dazu zeigte er Bildbeispiele aus Max Ernsts surrealistischem Collage-Roman *Une semaine de bonté*, in dem Frauen zu Opfern sadistischer Spiele und Folterszenen werden, begangen von lüsternen Männern mit Tierhäuptern, wie man sie aus der Mythologie des Alten Ägyptens kennt.

»Viel häufiger in der Kunstgeschichte ist, dass die triebhafte Naturhaftigkeit der Frau durch das Bild des Mischwesens hervorgehoben wird – man denke an Sphinxen und Harpyien –, bei Max Ernst dagegen ist es der Mann, dessen animalische Rohheit sich in der Metamorphose zum Vogel- oder Löwenmenschen manifestiert.«

Auch Man Rays SM-Fotografien und sein huldigendes Porträt des Marquis kamen zum Einsatz, ebenso wie Gemälde und Zeichnungen von Clovis Trouille, Hans Bellmer und André Masson.

Die beiden nachfolgenden Vorträge konnten gegen Brideshead's launiges Referat nur abfallen, und so quälte ich mich durch einen ebenso langweiligen wie oberflächlichen Beitrag zu den Erotizismen bei Salvador Dalí und durchlitt einen informativen, aber unendlich spröden Vortag über die Konstruktion von Männlichkeit und Weiblichkeit in der surrealistischen Dichtung.

Der arme Mark tat mir leid. Wenn die Vorträge schon für eine Kunstwissenschaftlerin ermüdend waren, mussten sie einem Laien schier endlos vorkommen.

Sobald ich mich auf meinem Stuhl bewegte, spürte ich das leise Schwingen in meinem Schoß, das manchmal sogar dem surrenden Brummen eines Vibrators glich, und je uninteressanter das Referat wurde, desto mehr horchte ich auf diese seltsam frivolen Empfindungen, die mich gleichermaßen erregten wie nervös machten. Wenn ich die Beine überschlug, war das kleine kühle Kettchen im Weg und zog auf sinnliche Weise an der Kugel in meinem Inneren.

Ich weiß nicht, wie oft ich während dieses halbstündigen Vortrags auf die Uhr sah; jedenfalls schien die Zeit überhaupt nicht zu vergehen.

»Bist du meinetwegen so nervös? Du kannst ja kaum ruhig sitzen«, raunte Leander, der schon mehrmals hinter vorgehaltener Hand gegähnt hatte.

»Unsinn, ich finde die Dame nur ein bisschen ermüdend«, flüsterte ich zurück.

Leander grinste. »Stimmt, eine wandelnde Schlaftablette. Oder eher noch die personifizierten K.-o.-Tropfen.«

Genau in diesem Moment öffnete sich die Tür zum Vortragssaal und Ian trat ein.

Er nickte der Referentin mit einem die Störung entschuldigenden Lächeln zu, das seinen Zweck völlig verfehlte und die Ärmste umgehend den Faden verlieren ließ.

Dann ließ er seinen Blick durch die Reihen wandern, bis er mich gefunden hatte, und tauschte anschließend diskret mit Mark den Platz, der daraufhin geräuschlos den Saal verließ.

Als einige Minuten später die Mittagspause eingeläutet wurde und alle sich erhoben, war Ian auch schon neben mir und legte besitzergreifend den Arm um meine Taille.

»Herr Professor Sandberg.«

»Mr. Reed.«

Die Begrüßung zwischen den beiden fiel so eisig und feindselig aus, dass sie eher der Begegnung zweier Kontrahenten vor einem Boxkampf glich.

»Ich werde Ihnen Frau Dr. Lauenstein jetzt leider entführen müssen«, sagte Ian, doch in seiner Stimme lag nicht ein Hauch von Bedauern.

»Aber die Tagung«, wand Leander irritiert ein.

»Wird leider im letzten Drittel ohne sie auskommen müssen.«

Leander sah mich Hilfe suchend an. »Und unser Rückflug?«

Ich klappte den Mund auf und unverrichteter Dinge wieder zu, denn Ian übernahm schon wieder das Reden für mich.

»Ann-Sophie wird noch ein paar Tage mit mir in London bleiben. Wenn Sie uns jetzt bitte entschuldigen würden, Herr Professor.«

Ians Stimme hatte äußerlich kühl und ruhig geklungen, und doch lag darin ein schneidender Unterton.

Ich kräuselte die Lippen und machte mich steif in Ians Umarmung.

Natürlich registrierte er meine Reaktion sofort, doch statt mich freizugeben, ließ er seine Hand ebenso beiläufig wie provokant über meinen Po wandern, bis er ein Häkchen meines Strumpfhalters fand, das er mit seinem Zeigefinger in mein Fleisch drücken konnte.

Eine winzige Geste und schon wurde aus mir in Ians Gegenwart ein vollkommen sexuelles Wesen. Es war gleichgültig, wo wir uns gerade befanden – und er musste mich mit seinen magischen Fingern kaum berühren, um mich in seinen archaischen Bannkreis zu ziehen, mich auf meine niedersten Instinkte zurückzuwerfen. Da waren die schaukelnde Kugel in meiner Vagina, die Strapse, die ich für ihn trug, Ians fordernder Zeigefinger, der sich durch den Jersey meines Kleides in meine Haut brannte.

Du hast eben in Sandbergs Gegenwart die Lippen gekräuselt. Und es galt nicht ihm«, stellte Ian fest, als wir im Fond des Porsches Platz genommen hatten und sich der Wagen in Richtung eines mir unbekannten Gourmetrestaurants in der Whitfield Street in Bewegung setzte.

»Stimmt auffallend«, gab ich knapp zur Antwort.

»Und wieso, wenn ich fragen darf?«

»Ich denke, das weißt du ganz genau, Ian.«

»Ich habe nichts gesagt, das wir nicht bereits vorher besprochen hätten. Also verrate mir bitte, was diesmal dein Missfallen erregt hat.«

»Ich lasse mich nun mal nicht gern bevormunden. Aber das solltest du inzwischen eigentlich wissen. Und wie du mit Leander umgegangen bist – immerhin ist er mein Kollege.«

Ian lachte bitter auf. »Nur diesem Umstand hat er es zu verdanken, dass ich Gnade vor Recht habe ergehen lassen. Er hat sich an dich herangemacht, vielleicht hätte er dir in dieser Nacht noch Gewalt angetan. Wäre er nicht dein Kollege und hätte nicht ausgerechnet dich als Fürsprecherin, müsste er um sein Leben fürchten.« Ian sprach durch zusammengebissene Zähne, und ich nahm seine immense Körperspannung wahr, die mir verdeutlichte, wie zornig er noch immer war.

»Nun werde bitte nicht albern. Leander hat sich gestern Mut angetrunken und ist dann über das Ziel hinausgeschossen. Es war eine unangenehme Situation, und ich bin froh, dass du mir zu Hilfe gekommen bist, aber das macht Leander noch lange nicht zu einem potenziellen Vergewaltiger.«

»Ich kann nicht glauben, dass du den Kerl verteidigst«, knurrte er. »Willst du mich eifersüchtig machen, Ann-Sophie? Ist es das, worauf du es anlegst?«

Ich grinste und strich ihm eine widerspenstige Haarsträhne aus der Stirn.

»Das bist du doch schon, Ian.«

»Und offensichtlich zu Recht. Anderenfalls würdest du Sandberg nach dem, was er getan hat, wohl kaum derart in Schutz nehmen.«

»Ich nehme ihn nicht in Schutz. Aber ich betrachte das Vorkommnis gestern eben als das, was es ist. Ein Ausrutscher seinerseits, den er sicherlich liebend gern rückgängig machen würde.«

»In meinen Augen bist du viel zu nachsichtig, Ann-Sophie. Das war kein Kavaliersdelikt, sondern ein tätlicher Übergriff.«

»Das sagt ja gerade der Richtige.«

Ian sah mich fragend an.

»Ich möchte dich nur an die Liebeskugel erinnern«, flüsterte ich mit erhobenen Brauen, denn die beiden Männer vorn im Wagen konnten uns problemlos zuhören.

Ian wurde blass. »So hast du es also empfunden? Als vergleichbar mit Sandbergs Übergriff?«

»Nein, natürlich nicht. Dann hätte ich mich gewehrt. Aber du hast es getan, ohne mich zu fragen. Ich wusste nicht, was auf mich zukommt.«

»Aber gerade darin besteht doch der Reiz«, brachte Ian hervor, und es klang irritiert.

»Deiner Willkür unterworfen zu sein?«, fragte ich stirnrunzelnd.

»Ich würde eher sagen, deiner Lust unterworfen zu sein. Ich hätte gespürt, wenn du es nicht gewollt hättest. Ich hätte es nicht getan, wenn dein Körper nicht weich und nachgiebig gewesen wäre.«

Mit diesen Worten griff er ohne Vorwarnung zwischen meine Beine und schob sie mit sanfter Gewalt auseinander, bis er das goldene Kettchen zu fassen bekam.

Natürlich wollte ich instinktiv die Schenkel schließen, doch Ians drohender Blick ließ mich innehalten. Seine schönen Augen wirkten undurchdringlich, und um seine sinnlichen Lippen spielte dieses feine, ironische Lächeln, als er gefühlvoll an der kleinen goldenen Kugel zog, die zwischen meinen Schenkeln baumelte.

Ich musste die Zähne zusammenbeißen, um nicht aufzustöhnen, und ich spürte, wie mir die Schamesröte ins Gesicht schoss.

Zwar waren die hinteren Wagenscheiben getönt, aber es gab keine Trennwand zwischen den vorderen Sitzen und dem Fond der Limousine, und die anderen Autos quälten sich nur Zentimeter von uns entfernt durch den dichten Londoner Stadtverkehr.

Jede Unebenheit im Bodenbelag versetzte die Kugel in meinem Schoß ohnehin in ihre eigenmächtigen wie sündigen Schwingungen, doch Ians leichtes Ziehen, das sie immer wieder gegen meinen Scheideneingang drückte, ließ mich fast kommen.

»Ian, bitte!«, blitzte ich ihn an, doch er dachte nicht daran, aufzuhören, und ließ stattdessen seine respektlosen Finger die Innenseiten meiner Schenkel erkunden und die Satinbänder meiner Strumpfhalter entlangwandern.

Als wir vor dem Restaurant mit Namen *Maud* hielten, standen mir Schweißperlen auf der Stirn, und Ians wissendes Grinsen sprach Bände.

Drinnen wurden wir vom Hausherrn persönlich empfangen. Der Besitzer und Küchenchef des Gourmettempels Thiery

Maud war ein stilistisch irgendwo zwischen Punk und New Wave angesiedelter Endvierziger mit wasserstoffblondiertem Ziegenbart, zahlreichen Piercings und Sex-Pistols-Shirt und mir in seiner lockeren Unangepasstheit auf Anhieb irgendwie sympathisch.

Thierry führte uns durch sein ebenso ausgefallenes Restaurant, in dessen verwinkelten Räumen statt dezenter Klavierklänge Iggy Pops *Lust For Life* gespielt wurde. Die Möblierung erinnerte entfernt an die Sofakneipen der 1970er-Jahre, wirkte nur insgesamt gediegener. An den Wänden hingen psychedelische Op-Art-Werke von Victor Vasarely und Bridget Riley neben stylishen schwarz-weißen Fotoporträts, die der Haus-und-Hof-Fotograf des Glam-Rock Mick Rock von David Bowie, Iggy Pop und The Velvet Underground gemacht hatte.

Obwohl die vielen Treppchen und Nischen überall im Restaurant für eine intime Atmosphäre sorgten, wirkte der Tisch, an den uns Thierry führte, ganz besonders privat und verdiente schon fast die Bezeichnung Separee.

Über unserem Tisch mit den gemütlichen Samtsesseln hing eine perlmuttschimmernde Muschelplättchen-Lampe von Verner Panton – auch sie ein nostalgisches Relikt aus den 1970er-Jahren.

Etwas irritiert nahm ich zur Kenntnis, dass man bei Thierry Maud keine Bestellungen aufgab, sondern sich auf das Gespür und die Menschenkenntnis des Kochs verlassen und sich entsprechend überraschen lassen musste, was er zubereiten würde.

Ebenso gab es keine festen Preise und keine Rechnung, wie mir Ian erläuterte. Jeder Gast bezahlte so viel oder wenig, wie ihm Thierrys Kochkünste wert waren.

»Ich bin überrascht, dass du ausgerechnet dieses Restaurant gewählt hast«, sagte ich zu Ian, nachdem uns Thierry allein gelassen hatte.

»Ich dachte, Thierrys subversive, nonkonformistische Art würde dir gefallen«, entgegnete Ian grinsend.

»Ja, ich finde ihn sympathisch«, gab ich zu. »Aber zu dir passt das alles nicht so gut, finde ich. Weder das Ambiente noch die anarchistischen Gepflogenheiten.«

»Nun, anarchistisch trifft es wohl nicht so genau. Was die Speisekarte angeht, herrschen hier eher diktatorische Prinzipien, und im Hinblick auf die Preisgestaltung folgt Thierry schlicht basisdemokratischen Grundsätzen«, erwiderte Ian noch immer grinsend. »Aber tatsächlich mag ich die lockere Atmosphäre hier, die Musik – und Thierry ist wirklich ein begnadeter Koch.«

Trotzdem blieb aber offenbar weniger dem Zufall überlassen, als es zunächst den Anschein hatte, denn das partiell von der Molekularküche beeinflusste Menü, das uns serviert wurde, war fleischlos und entsprach auch sonst genau Ians Vorlieben, die ich glücklicherweise größtenteils teilte.

Ich war begeistert von dem schaumigen weißen Tomaten-Espuma und dem sphärischen Gurken-Kaviar, die zusammen mit einem Tomaten-Brot-Salat im Anschluss an die ebenso ausgefallene Spargelessenz mit Petersiliennudeln serviert wurden. Ich bewegte die witzigen grellgrünen Gurkenkügelchen in meinem Mund und presste sie mit der Zunge gegen den Gaumen, bis sie zerplatzten.

Die Konsistenz der Speisen war eigenartig, aber der Geschmack intensiv und ausgesprochen köstlich.

»Was ist das für ein Blick, mit dem du mich gerade ansiehst?«, wollte ich von Ian wissen.

»Ein faszinierter«, entgegnete er schlicht, und das spitzbübische Lächeln, das er mir schenkte, ließ mich fast die leckeren Kügelchen auf meiner Gabel vergessen.

»Fasziniert vom Salatessen?«, fragte ich irritiert zurück.

»Fasziniert von der Sinnlichkeit, mit der du den Kaviar in deinem Mund bewegst und den Tomatenschaum von deinen Lippen leckst. Du ahnst nicht, wie sexy dieser Anblick ist.«

Ich lächelte ihn offenherzig an, ehe ich mit betonter Langsamkeit die nächste Gabel zum Mund führte. Wieder haftete ein bisschen Espuma an meiner Oberlippe, und ich schaute Ian direkt in die Augen, während ich meine Lippen lasziv übereinandergleiten ließ und dann den Rest Mousse aus dem Mundwinkel leckte.

»Willst du mich um den Verstand bringen, Liebste?«

Am kehligen Klang seiner Stimme erkannte ich, dass ihn tatsächlich erregte, was er sah.

Ich strahlte ihn kokett an und war überzeugt, dass der Erfinder des populären Begriffs *Gaumensex* genau diese Art von Konversation im Sinn hatte, als er dieses gewagte Determinativkompositum gebildet hatte.

»Ich habe den Eindruck, du spielst mit mir, Ann-Sophie«, meinte Ian mit funkelnden Augen, und diesmal klang seine schöne Stimme fast drohend. »Du weißt, welche Konsequenz das heute Vormittag hatte.«

Ich kräuselte die Lippen. »Wie könnte ich das vergessen. Schließlich trage ich sie noch immer in mir.«

»Dann gib sie mir«, entgegnete Ian unvermittelt.

»Bitte?«, fragte ich entgeistert und runzelte die Stirn.

»Die Kugel. Gib sie mir«, forderte er und hielt demonstrativ seine Hand auf.

Ich lachte. Es sollte überlegen klingen, aber tatsächlich klang es eher verunsichert.

Als Ian mich ebenso ernst wie auffordernd ansah und seine Hand weiterhin geöffnet hielt, schüttelte ich entschieden den Kopf.

»Das kannst du doch unmöglich ernst meinen. Hier im Restaurant ...«

»Sehe ich aus, als hätte ich gescherzt, Liebling?«, fragte er finster.

»Ich bin keine Exhibitionistin und keine Hure, Ian«, fauchte ich und spürte dabei, wie ich ein wenig rot wurde.

»Beides ist mir nicht entgangen, Ann-Sophie«, entgegnete er ruhig. »Aber hier ist niemand außer dir und mir. Die Kugel macht dir jetzt schon seit Stunden zu schaffen. Ich verlange lediglich, dass du an der Kette ziehst und sie mir aushändigst. Sonst nichts. Niemand wird etwas davon mitbekommen.«

Seine Stimme hatte wieder diesen dunklen, hypnotischen Klang angenommen.

Ich spürte, wie sich meine inneren Muskeln bei seinen Worten unwillkürlich um die Kugel schlossen. Ich hätte es nie zugegeben, aber allein die Vorstellung, es zu tun und ihm zu gehorchen, erregte mich ungemein.

Dennoch hielt ich seinem tadelnden Blick stand und schüttelte langsam und nachdrücklich den Kopf.

»Gut. Wie du meinst, Ann-Sophie«, entgegnete Ian durch zusammengebissene Zähne. »Dann werde ich das eben für dich erledigen müssen.«

Seine eisblauen Augen fixierten mich streng, während er tatsächlich unter dem Tisch nach meinen Schenkeln tastete.

Zuerst schloss ich nur demonstrativ die Beine, dann überschlug ich sie.

»Du verweigerst dich mir?«, zischte Ian gereizt.

»Ich bin nicht deine Sklavin, über die du nach Belieben verfügen kannst, Ian Reed«, gab ich ebenso gereizt zurück.

»Aber du bist die Frau an meiner Seite und verantwortlich für das hier«, herrschte er mich an und griff nach meiner Hand, um sie zwischen seine Beine zu führen.

Ich hob überrascht beide Augenbrauen, als ich spürte, wie groß und hart er war.

»Nun, das ist in der Tat eine Notsituation«, entgegnete ich grinsend. »Was schlägst du vor, zu tun?«

»Mein Vorschlag ist, dass du mich jetzt entweder freiwillig zu den Waschräumen begleitest oder ich dich an dem goldenen Kettchen dorthin führen werde, das zwischen deinen Schenkeln baumelt. Such es dir aus, Darling.«

Hitze durchschoss mich augenblicklich und sammelte sich warm und feucht zwischen meinen Beinen.

Ian erhob sich und griff erneut nach meiner Hand. Diesmal verweigerte ich mich nicht. Bei dem schummrigen Licht und aufgrund seines Jacketts und der gut sitzenden Anzughose hätte wohl niemand etwas gesehen, dennoch beeilten wir uns.

Als Ian die Tür mit der Aufschrift *WC* hinter uns ins Schloss fallen ließ, konnte ich mich des Eindrucks nicht erwehren, dass diese Waschräume für genau solche *Notsituationen* konzipiert worden waren. Ian schob mich förmlich durch eine der Türen ohne Geschlechterdifferenzierung, hinter der sich eher ein Boudoir denn eine Toilette auftat. Der überaus großzügig bemessene und mit bordeauxroter Stofftapete, kristallenem Kronleuchter und einem mit goldenen Armaturen versehenen Waschbecken spektakulär und ebenso luxuriös ausgestattete Raum entsprach eher meinen Vorstellungen von einem Bordellzimmer des 19. Jahrhunderts. Das in dieser Hinsicht aussagekräftigste Detail war das plüschig mit dunkelrotem Samt bezogene Rokoko-Kanapee, das strategisch auffällig genau gegenüber dem großen Antikglas-Spiegel stand und über dem eine goldgerahmte Kopie von François Bouchers *Ruhendem Mädchen* angebracht war. Das hinter einem verschnörkelten Paravent verborgene Klosett dagegen musste man förmlich suchen.

»Jetzt wird mir so einiges klar«, sagte ich und kräuselte die Lippen.

Ian sah mich fragend an.

»Warum du dieses Restaurant so sehr schätzt. Wie viele deiner Huren hast du schon auf diesem Sofa gevögelt, Ian?«

Er hob eine perfekt geschwungene Augenbraue.

»Ein so unanständiges Wort aus deinem hübschen Mund, Ann-Sophie? Das überrascht mich. Aber um deine Frage zu beantworten: Ich gehe nicht mit dir an Orte, die auf diese Art *vorbelastet* sind. Das sollte dir inzwischen aufgefallen sein.«

»Aber …«

»Dieses Interieur ist ironisch gemeint. Das ist Thierrys Humor. Mit den Damen, von denen du sprichst, habe ich nie die Orte aufgesucht, die mir wirklich etwas bedeuten. Dazu gehört auch das *Maud* als mein Lieblingsrestaurant in London.«

Mit diesen Worten hob er mich auf seine Arme und manövrierte mich im nächsten Augenblick auf den Diwan. Er schlug den Rock meines Wickelkleides auseinander und verfolgte mit sanften Fingern die Linie meiner Strumpfhalter.

»Was machst du nur mit mir?«, raunte er kehlig. »Ich kann einfach nicht genug von dir bekommen, Ann-Sophie.«

»Viel besorgniserregender finde ich, was du mit mir machst, Ian. Seit ich mit dir zusammen bin, erkenne ich mich kaum wieder.«

»So wie du bist, bist du wundervoll, Darling«, sagte er, und der liebevolle Blick in seinen herrlichen Augen in Verbindung mit dem rauen Klang seiner Stimme ließ mich erschauern.

Mit geübten Griffen öffnete Ian die vier Schiebeverschlüsse, die meine Strümpfe hielten, und ich hob mein Becken an, als er mir das Höschen mit den daran befestigten Strapsen abstreifte.

Er streichelte meine bestrumpften Waden, liebkoste meine Oberschenkel, ehe seine fordernden Hände zwischen meine Beine drängten und ich sie willig für ihn öffnete.

Er packte mein linkes Bein am Knöchel und legte es über die schräg zulaufende Lehne des Diwans, während er das rechte vom Sofa schob, sodass ich mit dem Fuß Halt am Boden hatte und weit gespreizt vor ihm lag.

Als ich den Kopf zur Seite neigte und diese verruchte Szene in dem großen Spiegel betrachtete, wurde mir bewusst, wie sehr meine Pose der von Bouchers Marie-Louise O'Murphy glich, der Mätresse Ludwigs XV. Auch wenn sie splitternackt und bäuchlings auf ihrem Kanapee posierte, war die Ähnlichkeit doch unübersehbar.

Ich fühlte mich wehrlos und unvorstellbar verdorben, so weit geöffnet dazuliegen, Ians Blicken ausgeliefert und meinen eigenen im Spiegel.

Ich atmete schneller, als Ian seine Hand auf meinen Venushügel legte und begann, seinen kundigen Daumen auf meiner Klitoris kreisen zu lassen. Ich stöhnte auf und vergrub die Finger in dem weichen Samt, während er leicht an dem Kettchen zog, das aus meinem Schoß hing, und mit dem kleinen Kügelchen spielte, das daran befestigt war.

Er tastete nach meinen weichen, geschwollenen Lippen, streichelte sie und teilte sie sanft. Dann waren zwei seiner sündigen Finger erneut in mir, und ich wand mich wollüstig auf dem Sofa, ließ mein Becken um seine Finger kreisen, während er in mir mit der Kugel spielte. Wieder fand er intuitiv die empfindsamsten, erogensten Stellen meines Inneren, während sein Daumen noch immer meine erregte Perle liebkoste. Ich glaubte, es nicht mehr auszuhalten, warf den Kopf zurück und spürte, wie sich mein lüsternes Fleisch zuckend um Ian schloss, der seine Finger in stets wechselndem Rhythmus vor und zurück gleiten ließ und auf erfindungsreiche Weise in mir bewegte.

»Du wirst erst kommen, wenn ich es dir gestatte. Ist das klar?«, verlangte er streng, und ich nickte schwach. Ich hätte ihm alles versprochen, wenn er nur weitermachte.

Ich keuchte und meine inneren Muskeln krampften bereits heftig, als er das sinnliche Spielzeug schließlich aus mir herauszog und es dann vor meinen Augen hin- und herschwingen ließ. Es war eine kunstvoll verzierte goldene Kugel, ähnlich den chinesischen Yin-und-Yang-Kugeln, und ich schämte mich ein bisschen, als ich erkannte, wie feucht sie glänzte.

Ian grinste, als er meinen Blick auffing, und hielt sich die Kugel an die Nase.

»Du duftest betörend, Ann-Sophie«, erklärte er, und seine schönen Augen funkelten verklärt. »Dein Duft, dein Körper, das ist für mich die köstlichste Droge. Du machst mich abhängig, Liebling. Und die Abstände, in denen ich diesen Kick brauche, werden immer kürzer.«

Er ließ die Kugel in seiner Jacketttasche verschwinden, dann war sein Kopf plötzlich zwischen meinen gespreizten Beinen und ich wand mich ekstatisch, während seine Zunge meine äußeren Lippen streichelte und meinen feuchten Eingang erkundete.

»Bitte Ian«, stieß ich hervor und presste die Lippen heftig aufeinander, um nicht zu laut zu schreien. Seine talentierte Zunge stieß in mich, immer wieder, ehe sie meine pochende Klitoris umkreiste. Ian stülpte seine samtigen Lippen über meine geschwollene Perle, saugte daran und ließ seine dämonische Zungenspitze immer wieder dagegenschlagen. Das Blut toste in meinen Ohren, ich war nur noch reine Empfindung, während sich meine Finger so tief in das Samtpolster gruben, dass es wehtat.

»Komm jetzt für mich!«, forderte Ian, und ich kam – augenblicklich und so heftig, dass es schmerzte. Mein Körper bebte, mein Herz raste und Schweiß stand mir auf der Stirn, während alle Muskeln meines Körpers rebellierten und ich von diesem gewaltigen, alles verzehrenden Orgasmus übermannt wurde.

Als ich wieder zu mir kam, sah ich in Ians silberblaue Augen, die mich fasziniert musterten. Sie waren voller Liebe und voller Lust.

»Ich habe noch nie etwas so Schönes gesehen«, erklärte er. »Und noch nie etwas derart Erregendes. Bist du bereit für die zweite Runde?«

Ich wollte den Kopf schütteln, ihm sagen, dass ich das nicht überleben würde. Aber Ians sündiger Daumen lag schon wieder auf meiner übersensibilisierten Klitoris.

Instinktiv wollte ich meine Schenkel schließen, doch Ian ließ es nicht zu. Systematisch verteilte er meine eigene Feuchtigkeit zwischen meinen Beinen, vertrieb damit nach und nach das Gefühl der Überempfindlichkeit und weckte erneut meine Lust.

Obwohl ich es nicht für möglich gehalten hatte, kam ich mit Ian zusammen noch ein zweites Mal, und diesmal war er es, der meinen Namen keuchte und seine Lippen in meiner Halsbeuge vergrub, um nicht zu laut zu stöhnen, als er tief in mir explodierte und sich wie ein glühender Lavastrom in mich ergoss.

Als wir an unseren Tisch zurückkehrten, zitterten meine Beine wie nach einem Marathon, und ich hatte das Gefühl, jeden einzelnen Muskel in meinem Körper zu spüren. Hätte Ians Arm nicht so verlässlich um meine Taille gelegen, wäre ich vermutlich über meine hohen Absätze gestolpert.

Immerhin waren wir beide jetzt richtig hungrig und genossen unseren Saibling in Rote-Beete-Fumet und das köstliche Hibiskus-Dessert.

Inzwischen war Iggy Pop von David Bowie abgelöst worden, der mit dunkler, verführerischer Stimme *Cat People* sang.

»Ein kluger, scharfsinniger Song«, meinte Ian und sang leise ein paar Zeilen mit. *You wouldn't believe what I've been through – and I've been putting out fire with gasoline.*

Das feine Vibrato seiner Stimme passte gut zu Bowies Timbre.

Nachdem Ian vierhundert Pfund in die lederne Kladde gelegt hatte und wir uns von Thierry verabschiedet hatten, wurde es Zeit für unseren Besuch bei Bethany.

Mark holte uns direkt vor der Restauranttür ab, diesmal ohne Matthew, und wir fuhren etwa eine Viertelstunde in nordwestlicher Richtung, bis wir uns mitten in Notting Hill befanden, unweit der berühmten Portobello Road. Der Wagen hielt vor einem typischen viktorianischen Stadthaus mit weißer Stuckaturfassade und schmiedeeisernem Zaun um den kunstvoll angelegten Vorgarten mit seinen üppig blühenden, violetten Hortensienbüschen.

Ian nahm meine Hand, als wir ausstiegen und die wenigen Stufen zur Haustür hinaufgingen. Irgendwie war ich nervös. Ich fühlte mich ein bisschen, als würde er mich seinen Eltern vorstellen.

Doch meine Anspannung verflog im selben Moment, in dem die Tür aufging. Ian hatte nicht einmal klingeln müssen, als mir plötzlich die exotischste und auf ihre Weise attraktivste Frau gegenüberstand, der ich je begegnet war. Obwohl sie eine ältere Dame war und vielleicht sogar bereits die siebzig überschritten hatte, war die zierliche Person mit ihrer schlanken, fast elfenhaften Gestalt, dem milchkaffeefarbenen Teint, den riesigen dunklen Augen und dem kunstvoll frisierten Haar eine strahlende Schönheit mit einer Aura, wie ich sie noch nie zuvor erlebt hatte. Sie trug ein extravagantes, weit fallendes Kleid in herrlichen Blau- und Türkistönen, viel goldenen Ethnoschmuck und hatte außerdem ein seidenes Tuch in ihr üppiges Haar gewoben, was ihre hohe Stirn betonte. Mit ausgebreiteten Armen und strahlenden Augen stand sie da, und ich war wie verzaubert von ihrem Anblick.

»Sie müssen Ann-Sophie sein«, sagte sie mit dunkler, samtig klingender Stimme und drückte mich im nächsten Augenblick an sich. Ihre langen beringten Finger strichen zärtlich über mein Haar, ehe sie sich ein wenig streckte und einen Kuss auf meine Stirn setzte.

Es war eine so liebevolle Geste, dass ich gar nicht anders konnte, als sie ebenfalls zu umarmen.

»Lassen Sie sich ansehen.« Sie fasste mich an den Schultern und blickte mich mit ihren riesigen, schillernden Augen an. »Sie sind so hübsch. Hübsch und klug, das sehe ich in Ihren Amethyst-Augen.«

»Danke.« Ich spürte, wie ich ein wenig errötete.

»Ich freue mich, dass ihr hier seid. Kommt herein«, bat Bethany und griff nach meiner Hand, die Ian soeben losgelassen hatte.

So herzlich die Begrüßung ausgefallen war, so einladend war auch die Möblierung ihres Hauses. Die hauptsächlich antiken Möbel strahlten in elegantem Weiß und bildeten eine zurückhaltende Kulisse, während die Hauptakzente von üppigen Grünpflanzen und herausragenden Kunstwerken gesetzt wurden. Über dem viktorianischen Kamin hing ein abstraktes Glasbild von Gerhard Richter in herrlich brillanten Farben und über der Couch ein großformatiges Assemblage-Werk von Yves Klein mit aufgesetzten und in strahlendes Klein-Blau getauchten Schwammstrukturen.

»Das sind nicht meine«, sagte Bethany fast entschuldigend, als sie neben mich trat. »Ich betrachte sie als Leihgaben, und Ian genießt es, wenn er hier ist und sie sehen kann. Es sind die, von denen er sich nicht trennen kann, sonst hätte er sie schon längst in irgendwelchen Museen verteilt. Für das Archiv sind sie zu schön, und einen Ort, wo er sie selbst aufhängen könnte, hat er ja leider nicht mehr. Also sind sie hier bei mir und ich erfreue mich jeden Tag an ihrem erhabenen Anblick.«

»Das kann ich gut verstehen. Seinen Alltag mit solchen Kunstwerken teilen zu dürfen muss ein fantastisches Privileg sein«, sagte ich und konnte es kaum glauben, so hochkarätigen Meisterwerken in einem privaten Raum zu begegnen.

In diesem Moment klingelte Ians Smartphone und er ging mit einer entschuldigenden Geste in den Flur, um den Anruf entgegenzunehmen. Ich hörte, wie er mühelos vom Englischen ins Französische wechselte, und ich konnte verstehen, dass es erneut um die Investition in Tanger ging, die Ian schon seit Wochen beschäftigte.

»Schon wieder dieses Ding«, schimpfte Bethany. »Kommen Sie, Liebes. Das Wetter ist so herrlich, dass wir ebenso gut im Garten sitzen können.«

Sie öffnete die doppelte Kassettentür mit den kunstvollen Glaseinsätzen, die vom Wohnzimmer nach draußen führte, und mit einem Mal wähnte man sich nicht mehr in London, sondern in einem Garten in den amerikanischen Südstaaten. Überall wucherte, blühte und duftete es aus fliederfarbenen Glyziniendolden und saftigem Blattwerk, das den ganzen Garten in ein magisches, grünliches Licht tauchte. Purpurviolett blühende Bougainvillen standen in alten tönernen Pflanzkübeln, dazu pinkfarbene Magnolien und wilde Schwertlilien. In der Mitte gab es ein von bemoosten Steinplatten gesäumtes rechteckiges Wasserbassin und dahinter eine lauschige Laube unter alten Weinranken – mit einer Sitzgruppe aus in die Jahre gekommenem Teakholz.

»Dieser Garten ist ein Stückchen Heimat für mich«, erklärte Bethany und zerrieb eine der samtenen, fein duftenden Glyzinientrauben zwischen den Fingerspitzen. Ihr Blick wirkte für einen kurzen Moment wehmütig verklärt.

»Sie sind gebürtige Amerikanerin?«, fragte ich, denn trotz des starken britischen Einflusses war ihr Zungenschlag noch unüberhörbar vom Southern Drawl der Südstaaten geprägt.

»Ja, ich habe kreolische Wurzeln; aufgewachsen bin ich im French Quarter in New Orleans, ehe ich als Kindermädchen hierherkam.«

Ian erschien auf der Türschwelle und machte erneut eine entschuldigende Geste, ehe er mit dem Smartphone am Ohr wieder im Inneren des Hauses verschwand.

Bethany bot mir einen der gemütlichen Gartensessel an, griff nach der großen gläsernen Karaffe mit strahlend roter Flüssigkeit und einem nostalgischen Eiswürfeleinsatz und schenkte uns beiden ein.

»Vielen Dank«, sagte ich und nippte an dem eisgekühlten Getränk. »Mhm. Was ist das?«

Sie lächelte. »Sweet Tea mit Himbeersaft und Minze. Eine Spezialität aus meiner Heimat.«

»Es ist köstlich und ausgesprochen erfrischend. Warum sind Sie in London geblieben, Bethany?«

»Ich habe Freunde hier und fühle mich wohl und zu Hause. Aber geblieben bin ich auch wegen Ian. Er braucht eine verlässliche Instanz, wissen Sie? Dieses Haus hat er mir gekauft, als er zum Studieren in die Schweiz ging, lange vor dieser schrecklichen Geschichte damals. Danach hätte ich es nicht mehr übers Herz gebracht, ihn dieses Ankers zu berauben.«

»Was genau ist vor fünfzehn Jahren passiert?«, fragte ich und stellte mein Glas auf den Tisch.

»Er hat Ihnen noch immer nicht von der Entführung erzählt?«

»Entführung?«, wiederholte ich mit tonloser Stimme und schüttelte den Kopf. »Nein.«

Ich dachte an Ians Reaktion in der Prager Ausstellung und an sein Verhalten während des Stromausfalls.

»Nun, vielleicht ist er mit Ihnen hergekommen, damit ich das für ihn übernehme«, sagte Bethany mit ihrer ruhigen, samtig herben Stimme.

»Bitte erzählen Sie mir, was ihm zugestoßen ist«, bat ich und meine Stimme zitterte.

»Ian war damals siebenundzwanzig Jahre alt und seit drei Jahren an der Seite von Mycroft Baine mit der Geschäftsführung der *Reed Group* betraut.«

Ich registrierte, dass sie den Namen von Ians früherem Compagnon mit ebensolcher Verachtung aussprach, wie er selbst es getan hatte.

»Es dauerte eine Weile, bis er die mafiösen Strukturen und skandalösen Geschäftspraktiken durchschaute, denen sich Baine nach dem Tod von Mr. Reed Senior bedient hatte. Es ging um die Zusammenarbeit mit Wäschereien in Indien und Bangladesch, die nachweislich Kinderarbeiter beschäftigten, und um Nahrungsmittelspekulationen, an denen sich Baine mit Firmenkapital beteiligt hatte. Aber das alles kann Ian Ihnen weitaus besser erzählen als ich. Jedenfalls konfrontierte Ian Baine mit seinen Entdeckungen und legte ihm nahe, seinen Hut zu nehmen und den Posten als CEO freiwillig zu räumen. Ian war außer sich vor Zorn darüber, dass Baine die Firmenphilosophie der *Reed Group* derart mit Füßen getreten hatte, und dennoch war er so großherzig, ihm zwei Wochen Zeit zu geben, um seine Angelegenheiten zu regeln. Baine hätte sogar eine stattliche Abfindung erhalten, um jeglichen Skandal und eventuelle Negativpresse zu vermeiden. Aber Ian hatte die Rechnung ohne Baines kriminelle Energie gemacht.«

Bethanys Stimme bebte vor Verachtung und sie nahm einen großen Schluck Sweet Tea, als müsse sie sich stärken, ehe sie weitererzählte.

»Ian musste dann jedenfalls geschäftlich nach Argentinien. Damals gehörten ihm noch überall auf der Welt Privatimmobilien, auch eine Villa in San Isidro, einem eleganten Vorort von Buenos Aires. Es geschah mitten in der Nacht in seinem eigenen Haus. Sie haben ihn verschleppt und acht Tage lang in irgendeiner Hütte gefangen gehalten, ehe ihm die Flucht gelang.«

Ich versuchte, meinen rasenden Puls zu beruhigen, indem ich mein Handgelenk an mein eisgekühltes Sweet-Tea-Glas presste. Erst dabei sah ich, wie sehr meine Hände zitterten.

»Er konnte sich aus eigener Kraft befreien?«, krächzte ich.

Bethany nickte. »Aber er hat nie über die Umstände gesprochen. Ebenso wenig wie über seine Behandlung in der Gefangenschaft. Jedenfalls war er danach nicht mehr derselbe. Zusammen mit seinen Anwälten sorgte er dafür, dass nie etwas über diese Entführung in die Presse gelangte. Er verkaufte alle seine Häuser, Wohnungen und Apartments, sogar die Jacht, die seinem Vater gehört hatte. In den ersten drei Monaten dachte ich, Baine hätte gewonnen. Ian zog sich aus dem operativen Geschäft zurück und führte das Leben eines Playboys mit rauschenden Partys, viel Alkohol, Sex und Drogen. Doch dann fing er sich, und was folgte, war ein Rundumschlag, mit dem niemand gerechnet hatte. Am allerwenigsten Baine. Köpfe rollten und Baine selbst wurde wegen Veruntreuung und weiterer Delikte verurteilt.«

»Nicht wegen der Entführung?« Mir war schwindelig und ein bisschen übel.

»Nein.« Bethany schüttelte den Kopf. »Es konnte ihm keinerlei Verbindung zu den Entführern nachgewiesen werden. Aber die Kidnapper selbst, eine Gruppe von Kleinkriminellen, hat man zeitnah verhaften und verurteilen können.«

In diesem Moment trat Ian in den Garten und Bethany verstummte.

»Entschuldigt bitte. Aber nachdem ich ein paar Tage für niemanden erreichbar war, gibt es jetzt Dinge, die keinen weiteren Aufschub dulden. Ich hoffe, ihr habt euch auch ohne mich gut unterhalten?«

»Wir sprachen gerade über eisgekühlten Tee. Setz dich und trink ein Glas mit uns«, erwiderte Bethany schnell und machte eine ebenso einladende wie resolute Handbewegung, der Ian umgehend Folge leistete.

»Was ist mit dir, Darling? Du siehst aus, als hättest du einen Geist gesehen«, sagte er zu mir, nachdem er in dem Sessel neben meinem Platz genommen hatte.

»Es ist nur die Wärme, mit der ich hier in London nicht gerechnet habe«, log ich und zwang mich zu einem Lächeln. Tatsächlich wollte ich ihn am liebsten umarmen; ihm sagen, wie leid mir tat, was ihm zugestoßen war. Doch das sollte ich besser tun, wenn wir allein waren, und Bethany hatte mir mit dem Themenwechsel Gelegenheit gegeben, selbst einen geeigneten Zeitpunkt zu wählen.

Wir verbrachten den ganzen Nachmittag im Garten, und die Gespräche drehten sich um ganz alltägliche Dinge.

»Hat Ian Ihnen schon erzählt, dass er Ihre Doktorarbeit gelesen hat?«, fragte Bethany mich, und ich schüttelte den Kopf.

»Er hat sie verschlungen wie einen Roman. Er hat mir sogar Passagen daraus vorgelesen.«

Ians Blick glich dem eines Teenagers, dessen Mutter ungeniert über ihn sprach und sich gar nicht daran störte, dass er selbst anwesend war.

»Ian hat auch davon gesprochen, dass Sie demnächst eine Ausstellung der Sammlung Reed kuratieren werden.«

»So, hat er das?«, fragte ich und warf Ian einen eindeutigen Blick zu.

»Ich sagte, dass ich mir wünschen würde, dass du es tust, Ann-Sophie. Aber ich weiß auch, dass du mit deinem Habilitationsvorhaben, der Hochschullehre und nicht zuletzt mit mir mehr als genug um die Ohren hast.«

Bei den letzten Worten sah er mich auf eine Weise an, die unterstrich, auf welche Art er mir meine Zeit zu stehlen gedachte, und ich musste unwillkürlich grinsen.

»Was haltet ihr davon, wenn ich uns zum Abendessen eine schöne scharfe Red Jambalaya mache?«, schlug Bethany später vor.

»Das wäre wunderbar!«, meinte Ian und begann, den gleichnamigen Hank-Williams-Song zu summen.

Ich grinste. »Das Lied kenne ich, aber das Gericht ...«

»Ist eine Spezialität aus Louisiana. Eigentlich ein simples Reisgericht, aber ideal für diese warmen Tage.«

»Und meine absolute Leibspeise«, erklärte Ian, und seine wunderbaren Augen strahlten voller Vorfreude.

»Wenn das so ist, würde ich Ihnen gern beim Kochen über die Schulter schauen, wenn das gestattet ist.«

»Das ist nicht nur gestattet, das ist ausdrücklich erwünscht, Liebes«, erklärte Bethany in ihrer herzlichen Art.

Ich folgte ihr in die Küche, der man ansah, dass sie nicht zur Zierde da war, sondern regelmäßig und ausgiebig in Gebrauch war.

Gemeinsam schnitten wir Hähnchenbrustfleisch und eine kräftig geräucherte Andouille, von der mir Bethany ausdrücklich versicherte, dass sie nicht aus Innereien, sondern aus Schweinefleisch bestand, in kleine Würfel, die sie dann scharf anbriet.

Mir drückte sie eine grüne Paprikaschote, eine Gemüsezwiebel und Staudensellerie in die Hand.

»Ebenfalls klein würfeln«, wies sie mich an. »Das ist das Wichtigste. Paprika, Zwiebeln und Sellerie, diese Kombination nennen wir in New Orleans *The Holy Trinity*.«

Ich musste grinsen. Bethany wirkte mit ihrer zierlichen Gestalt eigentlich so ätherisch und doch war sie eine unglaublich handfeste, sinnliche Frau.

Man konnte mich nicht unbedingt als Meisterköchin bezeichnen, aber ich war ziemlich begabt im Bereich der Küchenhilfe. Fleisch häuten, Frikadellen formen, Torten verzieren, Quiches und Kuchen belegen oder akkurate Würfel schneiden, darin war ich gut.

Bethany stemmte die Hände in die Hüften und sah mir zu.

»Sie machen das mit echter Hingabe«, sagte sie ohne Ironie in ihrer samtigen Stimme. »Sie machen das für ihn. Das kann ich sehen.«

Ich legte das große Messer beiseite und schaute hoch. Ich blickte geradewegs in ihre riesigen mandelförmigen Augen. Sie wirkten so wissend und so gütig, dass es eine Wohltat war, sich in ihnen verlieren zu dürfen.

Dennoch senkte ich den Blick, weil es sich einfach nicht schickte, jemandem so lange und intensiv direkt in die Augen zu sehen.

Doch im gleichen Moment legte Bethany ihre lange schlanke Hand auf meine. Es war eine sehr vertrauliche, fast intime Geste, und ich betrachtete diese schöne Hand, zu deren Farbe der üppige folkloristische Goldschmuck besonders kontrastierte und strahlend zur Geltung kam.

»Ich bin so froh, dass er Sie gefunden hat, Ann-Sophie. Sie tun ihm so gut. Ian ist eine verletzte Seele, und ich kann mir gut vorstellen, dass es nicht immer leicht ist, mit ihm zusammen zu sein. *Jesus*, er ist ein komplizierter Mensch. Aber er bemüht sich redlich, das kann ich Ihnen versichern. Er hat in den letzten Wochen so sehr gelitten wie noch nie in seinem Leben. Sie sind sein Leben, Ann-Sophie. Und ihr seid ein wunderschönes Paar.«

Zum zweiten Mal an diesem Tag küsste Bethany mich auf die Stirn, und ich schloss für einen Moment die Augen, weil ich keinesfalls weinen wollte.

Dann ging es weiter mit der Jambalaya. Das Gemüse wurde ebenfalls angedünstet und mit Knoblauch und Tabasco gewürzt, ehe das Fleisch und Dosentomaten hinzukamen. Unter ständigem Rühren fügte Bethany schließlich rohen Langkornreis und Hühnerbrühe hinzu.

Während das duftende Gemisch weiterköchelte, holte sie eine Schüssel mit Black-Tiger-Garnelen aus dem Kühlschrank, die wir gemeinsam auslösten und entdarmten, ehe sie als letzte Zutat unter die Jambalaya gemischt wurden.

Als wir mit der Jambalaya ins Esszimmer kamen, hatte Ian bereits den Tisch gedeckt. Aus irgendeinem Grund erstaunte und berührte es mich, dass er häusliche Aufgaben auf so selbstverständliche Weise übernahm. Er hatte mit altem englischem Porzellan, opulenten Kristallgläsern und schweren sterlingsilbernen Bestecken im Jugendstil-Dekor gedeckt, und ich vermutete, dass es sich höchstwahrscheinlich um seine Erbstücke handelte und nicht um Bethanys. Es war ein gemütlicher Raum, der mit seinem kleinen verglasten Erker einen wundervollen Blick in Bethanys traumhaften Garten bot, und an den Wänden hingen zwei großformatige Gemälde, die diesen Blick in den verwunschenen Paradiesgarten zu spiegeln schienen. Beide muteten in ihrer hypnotischen Farbenpracht und surrealen Kleinteiligkeit geradezu psychedelisch an und schienen in ihrer ornamentalen Verspieltheit Anleihen bei indischen Mandalas und orientalischer Volkskunst genommen zu haben.

»Das sind Arbeiten von Fred Tomaselli und Raqib Shaw«, erklärte mir Ian. »Zwei zeitgenössische Künstler, die ich sehr schätze. Tomasellis schillernde Bildoberflächen bestehen aus einem Kunstharzgemisch, darunter befindet sich eine Assemblage aus Cannabisblättern und anderen Rauschmitteln, die unter seinem neobarocken Farbenteppich konserviert und damit auf eine rein optische, halluzinogene Wirkung reduziert werden.«

Ich trat näher an das Bild, das schillernde Paradiesvögel vor ornamentalem Blattwerk und einem hypnotischen Nachthimmel zeigte, und tatsächlich war die brillante Textur erhaben.

Auch das andere Gemälde wies eine glänzende, schimmernde Oberfläche auf und war aus unterschiedlichen Materialien collagiert.

»Shaw benutzt Email, farbiges Glas und glitzernde Puder für seine Bilder«, erläuterte Ian. »Ich mag den opulenten, luxuriösen, ausschweifenden Charakter dieser Arbeiten, die ihren hintersinnigen, konsumkritischen Gehalt erst bei genauerem Hinsehen preisgeben. Es ist ein bisschen wie mit dem Vanitas-Gedanken bei den Renaissancemalern.«

Tatsächlich erinnerte die ausschweifende, bunte Bilderflut mit ihren akkurat ausgeführten, kleinteiligen Figuren ein bisschen an die Gemälde von Hieronymus Bosch, wenn sie auch gleichzeitig deutlich von indischen Bildtraditionen geprägt war.

»Ich habe Shaws Arbeiten vor ein paar Jahren in der White Cube Gallery hier in London gesehen und war begeistert von seinen Bildfindungen.«

Ich mochte es, wie Ians Augen leuchteten, wenn er über Kunst sprach, und ich hörte ihm gern zu. Er war nicht einer dieser Snobs, die Kunst in erster Linie als Investment, Kapitalanlage und Spekulationsgegenstand betrachteten – er liebte die Kunst und er verstand auch etwas davon.

»So, ihr beiden Kunstfreunde. Jetzt aber genug des Fachsimpelns, sonst wird die gute Jambalaya noch kalt«, rief Bethany uns zur Ordnung und klatschte energisch in die Hände.

Das Essen schmeckte fantastisch. Die scharf-säuerliche Note war eine völlig neue Geschmackserfahrung für mich und zusammen mit dem vollmundigen Südstaaten-Wein, den Bethany dazu servierte, ein Genuss für alle Sinne.

Es war kurz nach elf, als die Limousine vor dem Klubhaus in der St. James's Street hielt. Ian war an diesem Abend so ausgeglichen und gut gelaunt, dass ich das Thema, das mir inzwischen seit Stunden auf der Seele lastete, und die vielen Fragen, die mir unter den Nägeln brannten, noch etwas zu vertagen beschloss.

Als wir das Apartment betraten, machte Ian Feuer im Kamin und drückte auf die Fernbedienung seiner High-End-HiFi-Anlage. Aus den verborgenen Boxen erklang in angenehmer Zimmerlautstärke die hypnotisch tiefe Stimme von Nico.

»Ich bin ein Fan der Velvets«, erklärte Ian. »*I'll Be Your Mirror* ist einer meiner Lieblingssongs.«

»Tatsächlich? Ich hätte gedacht, *Venus In Furs* träfe noch eher deinen Geschmack«, entgegnete ich grinsend.

»Wegen der Peitschenhiebe? Die sind mir in natura lieber«, erwiderte er und sein Lächeln wirkte ebenso diabolisch wie ironisch.

Dann nahm er eine Flasche Rotwein aus dem stylishen Winecase, das sich unterhalb der Bar befand, entkorkte sie und schenkte uns beiden ein.

»Das ist ein 2011er Pétrus Pomerol«, erklärte er, und obwohl mir das rein gar nichts sagte, las ich aus Ians Mienenspiel, dass es sich bei diesem Wein selbst in seinen Dimensionen um eine wahre Kostbarkeit handeln musste. Wir ließen uns auf der Couch nieder, nahmen den ersten Schluck Wein, und es versprach ein gemütlicher Ausklang des Abends zu werden, doch im gleichen Moment klingelte schon wieder Ians Handy.

»Es ist gleich halb zwölf«, sagte ich mit Blick auf die Uhr und einem leichten Vorwurf in der Stimme.

»Nicht in New York, Darling. Das ist Robert. Diesen Anruf muss ich noch entgegennehmen, so leid es mir tut«, entgegnete Ian und verschwand mit dem Smartphone am Ohr im Arbeitszimmer.

Aber er schloss die Tür nicht hinter sich, sondern nahm hinter seinem Schreibtisch Platz und betrachtete mich beim Telefonieren, wie ich mit meinem Rotweinglas in der Hand unschlüssig dasaß. Also folgte ich ihm und schlenderte erneut an der raumhohen Bücherwand entlang. Ich musste grinsen, als ich eine alte Ausgabe von Simone de Beauvoirs existenzialistischer Essay-Sammlung *Soll man de Sade verbrennen?* entdeckte. Sie stand zwischen Albert Camus' *Der Mensch in der Revolte*, in dem de Sades Freidenkertum ebenfalls viel Platz eingeräumt wurde, und Angela Carters feministisch geprägtem *The Sadeian Woman*. Man konnte Ian jedenfalls nicht vorwerfen, dass er sich nicht aus allen denkbaren Blickwinkeln mit seinen sexuellen Neigungen auseinandergesetzt hätte.

Wieder kam mir die Entführungsgeschichte in den Sinn, und allein der Gedanke daran versetzte mir einen Stich in der Herzgegend. Wer weiß, was er hatte durchmachen müssen. Vielleicht war seine Kontrollsucht in diesem schrecklichen Erlebnis begründet, und ich fragte mich, inwieweit auch sein Verhältnis zu anderen Menschen und zur Sexualität dadurch beeinflusst worden war.

Als ich mich zu ihm umwandte, saß Ian noch immer an seinem Schreibtisch und sprach mit Robert über die Sanierungspläne für ein Apartmenthaus in der Upper Eastside, doch seine schönen Augen waren nur auf mich gerichtet.

Mir war danach, ihm etwas Gutes zu tun.

Ich stellte mein Weinglas auf dem niedrigeren Schubladenelement des ikonischen Breuer-Schreibtisches ab und setzte mich auf die Schreibtischplatte. Ian wirkte im ersten Moment erstaunt, doch dann spielte dieses feine Lächeln um seine sinnlichen Lippen.

Zuerst überschlug ich die Beine und ließ den Rock meines Wickelkleides mit einer beiläufigen Handbewegung so auseinanderfallen, dass Ian einen ungehinderten Blick auf meinen bestrapsten Oberschenkel hatte.

Er lehnte sich in seinem schwarzen Eames-Bürostuhl zurück und sah mir zu, wie ich als Nächstes die Schleife löste, die mein Kleid zusammenhielt, mir die Träger über die Schultern rutschen ließ und mich nur mit meinen schwarzen Dessous und ebensolchen Stuart-Weitzman-Pumps bekleidet, auf seinem Schreibtisch rekelte.

Ian schluckte schwer, als ich die Spange löste, die mein Haar den ganzen Tag über gebändigt hatte, und mir meine aschblonde Mähne ebenso lasziv über die Schultern fallen ließ wie Charlotte Rampling auf der Newton-Fotografie, die ich mir für diesen kleinen Auftritt als Vorbild auserkoren hatte.

Wie sie lehnte ich mich auf die nach hinten auf die Tischplatte gestützten Hände, streifte dann aber meine Schuhe ab, ehe ich meine Füße links und rechts von Ians Hüften auf seinen Sessel stellte.

Ich konnte zuschauen, wie ihm Schweißperlen auf die Stirn traten. Seine Stimme klang rau und seine knappen Redebeiträge waren plötzlich deutlich weniger souverän und konzentriert, als ich meinen rechten Fuß über seinen Oberschenkel gleiten ließ und mit den Fußspitzen seinen Schritt streichelte. Ich konnte spüren, wie groß und hart er bereits war, und ich ließ mich von seinem Schreibtisch gleiten und kniete vor ihm nieder, um ihn mit Teilen meines Körpers zu verwöhnen, die mir dazu besser geeignet schienen als mein Fuß.

Ich konnte sehen, wie die Knöchel seiner langen Finger weiß hervortraten, so fest umklammerte er das Smartphone, als ich den Reißverschluss seiner Slimane-Hose öffnete und seinen beeindruckenden Penis aus den schwarzen Boxern befreite.

Ich blickte zu ihm auf, und seine schönen Augen wirkten fiebrig und verschattet, ehe ich meine Lippen wie in Zeitlupe über seine pochende Spitze wölbte und ihn mit Händen, Lippen und Zunge nach allen Regeln der Kunst zu verwöhnen begann. Er roch so gut nach Moschus und *Eau de Campagne,* und seine seidig pulsierende Härte an Lippen und Gaumen zu spüren, war ein Hochgenuss. Ian versuchte, sein Aufstöhnen am Telefon als Räuspern zu kaschieren, als er mit der freien Hand in mein Haar griff und mich in meinen rhythmischen Auf-und-ab-Bewegungen anleitete.

»Alles Weitere werde ich dir mailen. Wir sprechen uns morgen. Bye!«, keuchte er kurz angebunden ins Telefon, ehe er das Gespräch beendete und sein geliebtes Smartphone unachtsam auf den Schreibtisch warf.

An den zuckenden, pumpenden Bewegungen seines Beckens konnte ich genau sehen, dass er kurz davor war, zu kommen, doch statt mich den Blowjob beenden zu lassen, zog er mich mit zitternden Händen zu sich empor.

»Wenn du meine sexy Sekretärin spielen willst, werden wir dieses Spiel auf meine Weise spielen, Ann-Sophie«, erklärte er mir mit äußerst rauer Stimme und drückte meinen Oberkörper im nächsten Moment auf die Schreibtischplatte.

Ich spürte die Kälte des Stahlrohrs an meinem Bauch und zuckte ein wenig, doch Ians Hand lag unverrückbar in meinem Nacken und hielt mich in Position.

»Halten Sie sich an der Außenkante fest, Miss Lauenstein«, wies er mich schroff an, und im nächsten Augenblick traf ohne weitere Vorwarnung Ians flache Hand schallend auf mein Gesäß. Und gleich darauf noch einmal.

Ich schrie auf, vor Empörung und Wut.

»Hör auf, Ian!«, fauchte ich. »Ich verwöhne dich, und was tust du?«

Wieder trafen mich zwei kraftvolle Schläge auf die linke und auf die rechte Pobacke.

»Für Sie ab sofort Sir, Miss Lauenstein!«, wies er mich an und verlieh seinen harschen Worten mit zwei weiteren Klapsen Nachdruck. »Haben wir uns verstanden?«

»Spinnst du jetzt total?«, keuchte ich und erhielt zur Antwort zwei weitere Schläge, die mich über den Schreibtisch schoben wie die Stöße eines Liebhabers.

»Sie sind ziemlich renitent, Miss Lauenstein«, erklärte er mit einem ebenso erregten wie sarkastischen Beiklang in seiner dunklen Stimme. »Mir scheint, Sie haben erheblichen Nachholbedarf, was diese Art der Disziplinierung anbelangt.«

Ich stöhnte auf, als mich der nächste Hieb traf. Mein Po brannte bereits wie Feuer, doch wie schon in Prag griff der vibrierende Schmerz auch diesmal auf irritierende und geradezu sinnliche Weise auf meinen Schoß über, und ich ertappte mich dabei, wie ich ihm meinen geschundenen Hintern geradezu entgegenstreckte, in der Hoffnung, seine rasende Hand würde auch meinem vor Verlangen brennenden Schoß Linderung verschaffen.

Ian verstand sofort.

»Spreizen Sie Ihre Beine, Miss Lauenstein«, wies er mich schroff an, und ich gehorchte.

Im nächsten Augenblick war Ians fordernde Hand zwischen meinen zitternden Schenkeln und massierte mich durch den feuchten Stoff meines Höschens, ehe mich der nächste Schlag etwas tiefer und präzise so traf, dass meine gierige Mitte erhielt, wonach sie verlangte.

»Bitte, Ian«, keuchte ich atemlos, doch wieder wurde mein Flehen mit zwei heftigen Klapsen bestraft.

»Wie heißt das, Miss Lauenstein?«, wollte er wissen und unterstrich jedes einzelne Wort mit einem weiteren Hieb.

»Bitte Mr. Reed, Sir«, presste ich hervor und wand mich unter seinem eisernen Griff.

»Bitten Sie mich, Sie zu ficken, Miss Lauenstein«, forderte er, und fast wäre ich allein aufgrund des sündigen Klangs seiner sexy Stimme gekommen.

Ich schluckte hart.

»Bitte«, flüsterte ich und brach ab.

Wieder spürte ich Ians Finger zwischen meinen Beinen, die mich fast um den Verstand brachten, gefolgt von einem neuerlichen Klaps auf meinen geschundenen Po.

»Bitte Sir, ficken Sie mich!«

Im gleichen Moment vernahm ich das Geräusch von reißendem Stoff, als Ian mich auf seine Art von meinem Höschen befreite, und dann spürte ich seine immense Härte in meinem Rücken. Ich hielt das Stahlrohr umklammert, während Ian endlich in mich drang.

Er nahm mich mit langsamen, genüsslichen Stößen, gemächlich und unglaublich tief, ehe er das Tempo allmählich steigerte und wir schließlich gemeinsam Erfüllung fanden. Es war ein Orgasmus wie eine Urgewalt, und Ian flutete mich mit seinem heißen Samen wie ein Sturzbach, der gar nicht daran dachte, zu versiegen.

Ich blieb noch einen Moment erschöpft und schwer atmend über den Schreibtisch gebeugt liegen und genoss die Kühle des Stahlrohrs unter meinen Händen, als ich hinter mir hörte, wie Ian seine Hose schloss und seine Kleider ordnete.

Für einen schrecklichen Augenblick fühlte ich mich an die Sequenz aus Isabelles Video erinnert, doch schon im nächsten Moment hob Ian mich liebevoll auf seine Arme und trug mich nach nebenan, wo er mich auf der Couch absetzte. Dann nahm er eine dünne Cashmeredecke aus dem Art-Déco-Board und deckte mich damit zu, ehe er sich zu mir setzte und meine Füße auf seinen Schoß nehmen wollte. Doch ich zog sie zurück.

»Alles in Ordnung?«, fragte er vorsichtig und als ich nicht antwortete: »Habe ich dir wehgetan, Liebste?«

»Nicht als wir Sex hatten, Ian. Aber die Schläge waren heftig.«

»Aber du warst auch diesmal erregt, Ann-Sophie.«

»Natürlich.« Ich änderte meine Sitzposition. »Weil ich dich begehre, Ian. Nicht, weil ich mich so gern von dir züchtigen lasse.«

Er rieb sich mit der flachen Hand über sein hübsches Gesicht.

»Es tut mir leid, Darling. Du hast mich auf so betörende Art verwöhnt, und mir fällt nichts Besseres ein, als dir deinen entzückenden Hintern zu versohlen. Ich konnte dem Impuls einfach nicht widerstehen, dich zu beherrschen, Ann-Sophie.«

»Ist es …« Ich brach ab und suchte nach den richtigen Worten. »Hat das etwas mit Argentinien zu tun?«

Ich konnte zusehen, wie er erstarrte, wie seine Mimik gefror.

»Sie hat es dir erzählt.« Es war keine Frage, sondern eine Feststellung.

»Damit hast du doch sicherlich gerechnet, Ian.«

Er nickte langsam.

»Ich habe darauf gehofft und ich habe mich davor gefürchtet«, erklärte er mit tonloser Stimme.

»Warum hattest du Angst, es mir zu erzählen?«

»Weil du mir Fragen stellen wirst, Ann-Sophie. Und weil ich – wie immer in deiner Gegenwart – das Bedürfnis haben werde, mich dir rückhaltlos anzuvertrauen, ungeachtet jeglicher Konsequenzen.«

»Aber daran ist doch nichts verkehrt, Ian. Ich liebe dich und ich möchte den Mann kennen, den ich liebe, mitsamt seinen Träumen und Ängsten, seinen Hoffnungen und seinen inneren Dämonen.«

Er lächelte schwach.

»Erzähl mir, was damals in San Isidro passiert ist.«

Er zog geräuschvoll Luft zwischen den Zähnen ein.

»Also gut, versuchen wir es.« Er griff nach seinem Rotweinglas, das er schon vor dem Telefonat auf dem Couchtisch hatte stehen lassen. Dann nahm er meine Füße auf seinen Schoß und begann, sie zärtlich zu massieren.

»Ich war damals wegen eines größeren Immobilieninvestments in Buenos Aires. Außerdem betrieb ich zu jener Zeit noch leidenschaftlich Fechtsport.«

Ich hob beide Augenbrauen, und Ian lachte.

»Nicht im studentischen Sinne, sondern als Kampfsport in einem Klub. Beim Fechten muss man mit allen Sinnen präsent sein. Es schult die Reaktionsfähigkeit, die Körperbeherrschung, das Konzentrationsvermögen. Ich mochte das. Jedenfalls ging ich auch in Buenos Aires abends zum Training, wo ich Valentina kennenlernte. Sie war eine heißblütige Argentinierin, eine gute Sportlerin, und sie gefiel mir.«

Ich versuchte, mir nicht anmerken zu lassen, dass mir seine Worte einen Stich in der Herzgegend versetzten, weil ich wollte, dass er weitererzählte, doch Ian registrierte es natürlich sofort.

»Keine Sorge, Ann-Sophie. Valentina war nicht meine große Liebe, sondern einer der größten Fehler meines Lebens. Aber ich greife voraus. Jedenfalls gingen wir nach dem Training etwas trinken, und ich Idiot nahm sie noch am gleichen Abend mit zu mir nach Hause, und wir trafen uns auch an den beiden darauffolgenden Abenden. Um es kurz zu machen, Valentina war auch im Bett heißblütig, um nicht zu sagen dominant, und die diversen Cocktails, die wir zuvor gehabt hatten, taten ihr Übriges, sodass ich ihr bei unserem dritten Treffen die Führung überließ. Ich war ihren Liebeskünsten verfallen und letztendlich ließ ich mich von ihr mit Handschellen ans Bett fesseln – ein Fehler, den ich bitter bereuen sollte.«

Sein Griff um meinen Fuß wurde fester, während er sich mit der anderen Hand unwirsch durchs Haar fuhr.

»Ich war so dumm«, murmelte er kopfschüttelnd. »Nun, jedenfalls war Valentina gut vorbereitet. Sie wusste, wo sich der Sicherungskasten befand und schaltete die Hauptsicherung aus. Dann ließ sie ihre Kumpane ins Haus – drei Typen, davon zwei in gut bemessenem Kleiderschrankformat und ein schlanker, drahtiger, der offenbar das Sagen hatte. Das Beunruhigendste war, sie trugen keine Masken. Das ließ mich das Schlimmste befürchten. Ich wehrte mich nach Kräften, doch natürlich hatte ich keine Chance. Sie verbanden mir die Augen, dann spürte ich Valentinas Lippen auf meinen und ihren fordernden Griff zwischen meinen Beinen, als halte sie eine Trophäe in Händen.

Sie lachte schrill auf, ehe sie mir eine Spritze in die Armbeuge jagte.

Sie küsste mich nochmals hart auf den Mund. ›Schlaf gut, Ian. Du bist wirklich toll im Bett, aber leider überhaupt nicht mein Typ.‹ Und zu ihren Kumpanen gewandt fügte sie hinzu: ›Das sollte ihn für einige Stunden ausschalten und ihm ein paar hässliche Träume bescheren.‹

Als ich wieder zu mir kam, war ich in dieser Hütte. Ohne Augenbinde, dafür an Händen und Füßen gefesselt. Aber immerhin hatte man mir eine Jeans und ein Hemd angezogen. Mein Kopf dröhnte wie ein falsch eingestelltes Radio, und mein Rachen brannte und war trocken wie Sandpapier. In dem Raum, in dem ich mich befand, gab es nur eine Pritsche, einen Stuhl und einen Eimer, sonst nichts. Es gab kein Fenster, das dürftige Licht kam von einer nackten, abenteuerlich verdrahteten Glühbirne und die einzige Tür war eisenverstärkt. Ich habe heute noch diesen modrigen Geruch in der Nase.«

Seine schönen silbrigen Augen waren in eine unbekannte Ferne gerichtet, und ich sah, wie sich die Finger seiner freien Hand in der Cashmeredecke verkrampften. Er zuckte tatsächlich leicht zusammen, als ich meine Hand auf seine legte und ihn sanft streichelte, wie er es so oft bei mir getan hatte. Doch dann ließ er die Berührung zu und auch seine Augen schienen ganz allmählich ins Hier und Jetzt zurückzukehren.

»Es tut mir so leid, Ian«, sagte ich leise.

»Ich war unvorsichtig, Ann-Sophie. Und triebgesteuert. In meiner Position muss man damit rechnen, dass so etwas passiert.«

»Aber es ging nicht um Lösegeld, oder?«

»Nein. Aber danach sollte es aussehen. Deshalb haben sie mich auch verschleppt und nicht gleich an Ort und Stelle hingerichtet. Dass ich heute noch lebe, verdanke ich vermutlich der Tatsache, dass Mycroft Baine ein so notorischer Falschspieler ist, dass er es selbst bei der Bezahlung des Blutgeldes auf Verzögerungen ankommen ließ.« Er lachte freudlos. »Das nennt man wohl Ironie des Schicksals.«

Hinrichtung, Blutgeld – mein Herz raste und meine Stimme klang eigenartig blechern, als ich fragte: »Wie haben sie dich behandelt, Ian? Hat man dich …«

»Gefoltert?«, beendet er meine unausgesprochene Frage. »Ja. Diego, von den anderen nur ehrfürchtig *Comandante* genannt, war ein wahrer Sadist.« Obwohl Ians Stimme äußerlich ruhig geklungen hatte, sprach er durch zusammengebissene Zähne, und ich spürte an seiner Körperspannung, wie aufgewühlt er innerlich sein musste. Dann straffte er seine Schultern, als würde er die grausamen Erlebnisse abschütteln können wie einen bösen Traum, doch die Falten der Anspannung um seine sinnlichen Lippen straften die lässige Geste Lüge.

»Aber wie du siehst, ich lebe noch. Ich denke, das ist vorerst genug des Seelenstriptease. Sonst bekommst du am Ende noch ernsthaft Mitleid mit mir, und das wollen wir doch tunlichst vermeiden.«

»Wie könntest du mir nicht leidtun, Ian? Es ist furchtbar, was dir widerfahren ist.«

»Genau das ist der Grund, warum niemand davon erfahren sollte«, sagte er kühl.

»Aber ich liebe dich, Ian. Was ist verkehrt daran, wenn ich auch in dieser Sache mit dir fühle?«

»Nichts ist verkehrt daran, Ann-Sophie. Aber Mitleid zu erregen bedeutet in meinen Augen, eine Schwäche zuzugeben. Das kann und will ich mir nicht leisten.«

Ich nahm seine Hand und zog sie an meine Lippen.

»Nicht mir gegenüber«, sagte ich fest. »Ich habe Respekt und große Hochachtung davor, dass du über deinen eigenen Schatten gesprungen bist. Und ich bin dir dankbar dafür, dass du mich ins Vertrauen ziehst. Ich weiß, dass du meinetwegen zu qualvollen Erinnerungen vorgedrungen bist, die du eigentlich unter Verschluss halten wolltest.«

Er beugte sich zu mir herüber, um mich zärtlich zu küssen.

»Habe ich dir heute schon gesagt, wie sehr ich dich liebe, Ann-Sophie Lauenstein?«

»Ich habe nichts dagegen, es noch einmal zu hören«, entgegnete ich lächelnd.

Dann wurde seine Miene wieder ernst. »Manchmal kommt es mir so unwirklich vor, dass ich dich gefunden habe, Ann-Sophie. Dass du bei mir bist, obwohl ich bin, wie ich bin, immer wieder Fehler mache und du schon so vieles über mich und mein verkorkstes Leben weißt. Das ist wie ein Wunder für mich.«

»Und du bist mein Wunder, Ian. Du bist ein wundervoller Mensch und der Mann meiner Träume.«

Er schüttelte ungläubig den Kopf und runzelte die Stirn. »Trotz all meiner Macken?«

»Mit all deinen Stärken und Schwächen, deinen Tugenden und deinen Lastern«, entgegnete ich und streichelte sein hübsches Gesicht, um die tiefen Sorgenfalten von seiner Stirn zu vertreiben.

Ian zog mich in seine Arme und halb auf seinen Schoß.

»Du bist das Allerbeste, das mir je passiert ist, Ann-Sophie. Weißt du das? Du bereicherst mein Leben mit jedem Augenblick, den du bei mir bist, und ich bin dir zutiefst dankbar für deine Gegenwart und für dein Vertrauen. Auch für dein geduldiges Zuhören, Liebste, und dafür, dass du bereit bist, so viel von meinem Schattenreich mit mir zu teilen.«

Ich fühlte mich von dem vielen Sex am Vortag noch immer wund und ein bisschen verkatert, als ich in Ians Armen erwachte. Er schlief noch, den hübschen Kopf mit dem zerzausten Haar auf den gleichen Arm gebettet, in dem auch ich lag, das schöne, ebenmäßige Gesicht so friedvoll und entspannt wie das eines Engels. Eines schönen sündigen Engels mit sinnlich geschwungenen Lippen, perfekt geformten Brauen und den Wangenknochen eines Models. Äußerlich hatte das, was er erlebt hatte, keinerlei Spuren hinterlassen, und doch tobten hinter der hinreißend schönen Fassade die Dämonen seiner Vergangenheit. Ganz tief verborgen hinter dem Schutzschild des dominanten Milliardärs und der Maske des eloquenten wie selbstbewussten Geschäftsmannes verbarg sich eine tief verletzte Seele, zu der er mir gestern erstmals zaghaft Zutritt gewährt hatte. Was er mir am Abend anvertraut hatte, hatte mich lange nicht einschlafen lassen und mich noch bis tief in die Nacht beschäftigt, und auch jetzt ließen mich die Gedanken daran nicht los. Er hatte mir schon so vieles anvertraut und doch gab es offenbar noch so viel mehr. Man hatte ihn nicht nur über eine Woche lang gefangen gehalten, sondern ihn auch gefoltert. Mir wurde übel, wenn ich nur daran dachte, was er durchgemacht haben musste. Ich hatte noch so viele Fragen, aber ich nahm mir vor, ihn nicht damit zu überfordern und ihm die Zeit zu lassen, die er brauchte.

Ich dachte daran, dass ich um diese Zeit eigentlich schon längst neben Leander im Flieger nach Frankfurt hätte sitzen sollen und welche unvorhergesehene Wendung mein Wochenende unter Ian Reeds Einfluss wieder einmal genommen hatte.

Nach einem gemeinsamen Bad und einem kleinen, aber genussvollen Frühstück im Bett, im Übrigen beides Aktivitäten, die nach meinem Geschmack gern zu unserem allmorgendlichen Ritual werden durften, rief ich Kiki an, um ihr zu sagen, dass ich noch ein paar Tage in London bleiben würde und dass es mir sehr lieb wäre, wenn sie Coco und Filou so lange zu sich nehmen könnte.

»Kann ich gerne machen, Ann. Aber ich weiß noch nicht, ob ich sie dir dann noch mal zurückgeben werde. Sie sind einfach zu süß, um sich nach ein paar Tagen schon wieder von ihnen zu trennen«, erklärte Kiki, und ich hörte, wie sie nebenbei eine Mohrrübe kaute.

»Das Risiko muss ich dann wohl leider eingehen«, gab ich zurück. »Du bist ein Schatz, Kiki. Ich wüsste nicht, was ich ohne dich machen würde.«

»Nun hör aber mal auf. Ich erinnere mich an eine gute Freundin, die alles stehen und liegen lässt, um mich und irgendein Installationsobjekt oder einen sperrigen Flohmarktfund von Frankfurt bis nach Berlin zu kutschieren, und mitten in der Nacht zu mir ins Atelier kommt, um eine am Boden zerstörte Künstlerin in einer ihrer vielen Schaffenskrisen zu trösten. Von den ganzen Katalogtexten und Ausstellungsaufbauten ganz zu schweigen.«

»Trotzdem brauche ich in letzter Zeit immer so kurzfristig deine Hilfe.«

»Mach dir deshalb mal keine Gedanken. Genieß einfach die Zeit, wenn dir Ian Reed schon extra mit seinem Privatjet bis nach London hinterherreist.«

Zuerst wollte ich richtigstellen, dass er mir nicht gefolgt war, aber das hätte wieder weiterer Erklärungen bedurft, und außerdem spürte ich in diesem Moment Ians Arm, der sich um meine Taille legte und mich an seine Seite zog, während wir beide aus dem Rundbogenfenster seines Arbeitszimmers auf die Prunkbauten der St. James's Street hinabblickten.

»Diese Kiki steht dir sehr nah«, stellte Ian fest, nachdem ich aufgelegt hatte.

»Wir sind schon zusammen in den Kindergarten gegangen. Eigentlich sind wir grundverschieden und trotzdem irgendwie seelenverwandt.«

»Ja, das merkt man daran, wie du mit ihr sprichst. Es würde mich freuen, sie demnächst einmal kennenzulernen.«

Ich grinste. »Das würde Kiki sicherlich auch freuen. Aber mach dich besser auf ein paar heiße Grundsatzdiskussionen gefasst.«

Ian sah mich fragend an.

»Kiki ist bei Occupy und den Linken aktiv. Sie ist nicht nur eine brillante Künstlerin, sondern auch eine messerscharfe Analytikerin.«

»Klingt sympathisch.«

Er küsste mich auf die Schläfe.

»Was hältst du davon, wenn ich dir heute *mein* London zeige?«

»Klingt sympathisch«, wiederholte ich seine Worte.

Als wir wenig später den Klub verließen, fuhr Mark mit einem anthrazitfarbenen, offenen Wagen vor, dessen sonorer Sound und aerodynamische Formgebung ziemlich imposant wirkten.

»Was ist das denn?«, wollte ich staunend von Ian wissen, als Mark ausstieg und Ian die Wagenschlüssel reichte.

»Ein Aston Martin DB9 aus dem Fuhrpark des Londoner *Grand Reed*. Ich dachte, bei diesem Wetter gibt es keinen geeigneteren Wagen für eine Spritztour.«

»Wie praktisch, wenn man sich je nach Wetterlage das passende Fahrzeug aussuchen kann.«

Ian hielt mir die Wagentür auf, ehe er selbst hinter dem Steuer Platz nahm.

Bei herrlichem Sonnenschein fuhren wir in östlicher Richtung am Themse-Ufer entlang, vorbei am *Grand Reed* und mitten hinein ins Londoner East End, wo Ian den Wagen in einer schmalen, unauffälligen Wohnstraße parkte.

»Besuchen wir jemanden?«, wollte ich wissen, als wir ausstiegen.

»Lass dich überraschen, Darling«, erwiderte er grinsend und führte mich die Straße hinunter zu einem heruntergekommenen Wohnhaus mit wenig einladenden roten Fensterläden an den Fenstern im Erdgeschoss.

Ian klingelte und es dauerte eine Weile, bis sich die schwere ebenhölzerne Rundbogentür knarzend öffnete und eine rundliche, sommersprossige Dame Mitte vierzig mit wippendem rotem Pferdeschwanz auf der Türschwelle erschien.

»Ich habe Sie schon erwartet, Mr. Reed! Herzlich willkommen im *Dennis Severs' House*, dem wohl ungewöhnlichsten Museum Londons«, empfing sie uns mit deutlichem Cockney-Slang und trat beiseite, um uns ins Haus zu lassen.

»Danke, Amy«, sagte Ian, wobei ich erst jetzt sah, dass sie ein Namensschild trug.

»Dennis Severs war ein amerikanischer Künstler, der dieses Haus von 1979 bis zu seinem Tod 1999 bewohnte und nach seinen Vorstellungen im Stil des 18. und 19. Jahrhunderts gestaltete. Er hat alle zehn Zimmer des Hauses so ausgestattet, wie er sich die Lebensverhältnisse der ursprünglichen Bewohner vorstellte. Das Gebäude wurde unter der Regentschaft von

George I. in den 1720er-Jahren erbaut und bis ins frühe 19. Jahrhundert von hugenottischen Seidenwebern bewohnt«, erklärte Amy beflissen.

»Nochmals vielen Dank für die Sonderöffnung und die kenntnisreiche Einführung«, gebot Ian Amys Redeschwall auf sehr charmante Art Einhalt, und Amy errötete prompt.

»Wir danken für Ihren Besuch, Mr. Reed. Bei Fragen stehe ich Ihnen jederzeit gern zur Verfügung.«

»Ich dachte, es wäre langweilig, dich in die Tate oder in die National Gallery zu führen«, sagte Ian, nachdem Amy uns allein gelassen hatte.

»Und ich bin erleichtert, dass es kein SM-Klub ist.«

Ian sah mich fragend an.

»Wegen der roten Fensterläden und der heruntergekommenen Fassade«, erklärte ich.

Er lachte dieses schöne, melodische Lachen.

»Ich dachte, du wüsstest inzwischen, dass ich keinen Klub und keinen Kerker brauche, um dir deinen süßen Hintern zu versohlen, Ann-Sophie«, raunte er mir zu, indem er seinen Arm um meine Taille legte, und das Lächeln, das jetzt um seine Mundwinkel spielte, wirkte ebenso amüsiert wie verschlagen.

Das Haus war in der Tat eine Entdeckung.

Ich hatte schon viele außergewöhnliche Kunstprojekte gesehen und auch schon das eine oder andere Künstlerhaus besucht, von Gregor Schneiders *Totem Haus Ur* bis zu Erwin Wurms *Fat House*, aber dieses war ganz anders.

»Es ist so unglaublich detailverliebt. Man hat das Gefühl, die Bewohner sind nur kurz außer Haus«, sagte ich staunend zu Ian, als wir das Esszimmer verließen und den Smoking Room betraten. »Die flackernden Kerzen, die Obstschale, die Teetassen.«

»Ja, es ist faszinierend. Es ist wie ein begehbares Stillleben, *a time capsule* – wie sagt man in Deutsch?«

»Eine Zeitkapsel, stimmt.«

Auf vier Stockwerken hatte Severs zehn Räume vom Keller über die gemütliche, niedrige Küche mit ihren freiliegenden Deckenbalken bis zu den opulenten Schlafräumen mit allem ausgestattet, was zum täglichen Leben der vergangenen Jahrhunderte dazugehörte.

Es war wie ein begehbares Puppenhaus, ein perfekt ausgestattetes Filmset, nur auf seine Art noch viel lebendiger, denn im Kamin brannte echtes Feuer und durch die Kassettenfenster schaute man auf die echte Folgate Street.

»Schau mal, das Vorbild für Tracey Emins Lotterbett«, scherzte ich mit Blick auf ein geradezu fürstlich anmutendes Himmelbett mit schwerem rotsamtenem Baldachin und zerwühlten Laken.

Augenblicklich wurde Ians Griff um meine Taille fester.

»Meine Assoziation geht in eine etwas andere Richtung«, ließ er mich wissen. »Vielleicht sollte meine Spende für den Erhalt des Hauses diesmal noch etwas großzügiger ausfallen und dafür lässt man uns noch ein bisschen zur Authentizität des Interieurs beitragen.«

Ich grinste und tippte ihm gegen die Stirn.

Nach diesem besonderen Museumsbesuch ging es erneut quer durch die Stadt, und wir unternahmen einen sonntäglichen Einkaufsbummel, wie ich ihn noch mit keinem Mann, nicht einmal mit meinem shoppingverrückten Bruder, erlebt hatte.

Ian führte mich in die schönsten und trendigsten Interieurgeschäfte der pittoresken, regelrecht dörflich anmutenden Marylebone High Street, in die edelsten Boutiquen der Bond Street und schließlich in das traditionsreiche Kaufhaus Liberty mit seiner auffälligen Fachwerkfassade im Tudorstil und seinen charmanten umlaufenden Galerien aus knarrenden Schiffsbohlen.

Dabei war er wild entschlossen, mir alles zu kaufen, für das ich mich auch nur ansatzweise zu interessieren schien. Obwohl ich mich zierte und nicht müde wurde, seine verlockenden Angebote auszuschlagen, war ich am Ende dieser Luxus-Shoppingtour um einen Dior-Pullover, einen dazupassenden, äußerst ausgefallenen Lanvin-Rock, einen hippen Alexander-McQueen-Mantel und ein süßes, reich besticktes Sommerkleid meiner Lieblingsdesignerin Betsey Johnson reicher. Das Paar schwarze, viel zu teure und viel zu hohe Manolo-Heels war eher als ein Zugeständnis an Ian zu betrachten, da ich keine Ahnung hatte, wie ich mit diesen mörderischen, geradezu obszön hohen Absätzen mehr als drei Schritte zurücklegen sollte – und das war optimistisch beurteilt.

Später hatten wir den elegantesten Afternoon Tea meines Lebens im plüschig ausgestatteten Wintergarten des *Grand Reed* und naschten wunderschön dekoriertes süßes Gebäck und köstliche Sandwiches von silbernen Etageren zu sündhaft teurem Silver Needle White Tea und einem Glas Champagner.

Während sich meine wund gelaufenen Füße allmählich erholten und ich die besondere Atmosphäre dieses aus der Zeit gefallenen Grand-Hotel-Ambientes mit seinen kristallenen Lüstern, Spiegeln und Marmorböden genoss, stand Ian plötzlich auf und wechselte ein paar Worte mit dem jungen Pianisten an dem beeindruckenden Steinway-Flügel, bis sich dieser erhob und die Klavierbank mit einer einladenden Handbewegung für Ian räumte.

Ich hielt die Luft an. *Fly me to the Moon.* Es war einfach unbeschreiblich. Ich war zu Tränen gerührt, aber ich weinte nicht, da ich so sehr mit Lächeln beschäftigt war, dass meine Mundwinkel schmerzten. Ich hatte keine Ahnung, dass Ian Klavier spielen konnte, aber er beherrschte es – wie alles, was er tat – meisterhaft. Seine langen, feingliedrigen Finger glitten mit einer solchen Anmut, mit einem so sicheren Griff über die Tasten, dass es ein ebenso sinnliches wie musikalisches Vergnügen war und dabei so unvorstellbar romantisch.

Der Tea Salon war gut besucht und alle Blicke ruhten auf Ian, nachdem ein Raunen durch die Reihen gegangen und bekannt geworden war, wer da spielte.

Dennoch hatte er nur Augen für mich und nickte lediglich knapp in die Runde, ehe er unter Beifallssalven an unseren Tisch zurückkehrte.

Um etwas zu sagen, war der Kloß in meinem Hals viel zu riesig, und so fiel ich Ian stumm in die Arme, und ungeachtet der zahlreichen betuchten Gäste küssten wir uns auf eine Weise, die eigentlich keine Zuschauer duldete.

Als wir gegen sechs in den *Apollonion Club* zurückkamen, lag auf dem Bett eine große Schachtel, ähnlich der in Prag. Nur war sie diesmal mit dem Logo von Chanel versehen.

»Wir waren doch den ganzen Nachmittag zusammen einkaufen. Jetzt noch ein Geschenk?«, fragte ich ungläubig und runzelte die Stirn.

»Ich wollte Dinge mit dir kaufen, an denen du wirklich Freude hast. Das hier erfüllt nur den Zweck, dass du heute Abend etwas Passendes zum Anziehen hast.«

»Heute Abend?« Ich machte große Augen.

»Nichts Besonderes, Ann-Sophie. Nur Karten für die Oper.«

Eine knappe Stunde später betrat ich an Ians Seite in einem eisblauen Retrokleid mit schwingendem Fifties-Rock und einer Überfülle aufgesetzter Blüten am Oberteil das Royal Opera House. Er hatte meine Hand mit den kurzen, kunstvoll mit pastellfarbenen Blüten besetzten Spitzenstulpen, die zu meinem Chanel-Kleid gehörten, unter seinen angewinkelten Arm geschoben und hielt mich dicht an seiner Seite.

Ian trug an diesem Abend entgegen seiner sonstigen Gewohnheit einen schmal geschnittenen schwarzen Tom-Ford-Smoking mit Fliege und er sah auch in diesem klassischen Outfit einfach umwerfend aus.

Entsprechend waren alle Augen auf uns gerichtet, und ich war froh, dass unsere Ankunft quasi mit dem Klingelsignal zusammenfiel und sich alle auf den Weg zu ihren Plätzen machten.

Ich war überwältigt, als Ian mich zu einer direkt an die Donald Gordon Grand Tier angrenzenden privaten Loge führte, deren vier Plätze er alle reserviert hatte, damit wir Puccinis *La Rondine* ganz ungestört lauschen konnten, wie er sich ausdrückte.

Wir erlebten eine opulente Inszenierung im Stil der 1920er-Jahre, und die romantische Liebesgeschichte dieser leichten, lyrischen Komödie mit ihren wundervollen Melodien passte perfekt zu einem lauen Sommerabend.

Ungestört von fremden Blicken zog mich Ian in seine Arme, sodass mein Kopf an seiner Brust zu liegen kam, und er hauchte unzählige federleichte Küsse in mein Haar, auf meine Schulter, in meine Halsbeuge, während er leise Liebesbekundungen in mein Ohr wisperte.

Ich genoss seine Nähe, seinen Duft, die intime Atmosphäre, während ich mich gleichzeitig der Musik hingab und in der Pracht der Kostüme und der luxuriösen Art-Déco-Ausstattung schwelgte.

Dank der englischen Untertitel war es nicht schwierig, der italienisch gesungenen Oper zu folgen, die die Geschichte der romantisch veranlagten Kurtisane Magda erzählte, die sich gegen die materielle Sicherheit bei dem älteren Rambaldo und für den jungen, mittellosen Romantiker Ruggero entscheidet, sich seiner unschuldigen Liebe dann aber doch nicht für wert erachtet.

In der halbstündigen Pause zwischen dem zweiten und dritten Akt nahmen wir einen Champagner an der Bar, und wieder einmal stellte ich fest, wie prominent der Mann an meiner Seite tatsächlich war. Ständig nickten ihm Leute zu, grüßten ihn, legten ihm die Hand auf die Schulter, versuchten, irgendwen mit ihm bekannt zu machen, und rissen sich um seine Aufmerksamkeit.

Inzwischen kannte ich diesen geschäftsmäßig interessierten Gesichtsausdruck und auch die geschickt variierten Floskeln, die seine volle Aufmerksamkeit suggerierten, während Ians Hand unverrückbar um meine Taille lag und er mich all diesen Leuten vorstellte.

Es war kurz nach halb elf, als wir in den Fond des Panamera stiegen.

»Zurück zum Apollonion Club, Sir?«, fragte Mark.

»Nein, machen wir noch einen Abstecher zum *ME* am Strand«, entschied Ian.

»Zum *ME?*«, fragte ich.

»Ein hypermodernes Fünfsternehotel unweit des *Grand Reed*. Eigentlich direkte Konkurrenz, aber mit einer sehr guten Bar auf der Dachterrasse. So etwas hat unser Traditionshaus nicht zu bieten«, erklärte Ian grinsend.

Tatsächlich war der cleane Foster-Bau auf einem Eckgrundstück am Strand Geschmackssache, aber der phänomenale Blick von der Terrasse auf der zehnten Etage entschädigte für den herben Bruch mit der architektonischen Tradition. Die *Radio Rooftop Bar* mit ihren großen weißen Loungesofas bot einen regelrechten Rundumblick über die Londoner Sehenswürdigkeiten wie Tower Bridge, Tate Modern, London Eye, St. Paul's Cathedral und The Houses of Parliament.

Ehe wir uns setzten, traten wir an das gläserne Geländer, und ich bestaunte die Aussicht. Es war ein bisschen windig, aber warm und sternenklar.

Ian nahm mich in den Arm, und seine schöne raue Stimme ließ mein Herz schneller schlagen, als er sagte: »Erlaube mir, dir London zu Füßen zu legen, Liebste.«

Ich schmiegte mich in seine Umarmung und legte den Kopf an seine Schulter.

»Es ist wunderschön hier mit dir«, flüsterte ich und streichelte sanft seine Hand, die so vertraut um meine Taille lag. Ich spürte einen leichten Lufthauch, ehe Ians Lippen an meinem Hals entlangwanderten und schließlich auf betörende Weise meine Halsbeuge küssten, genau an der Stelle, an der ich schon einmal sein Liebesmal getragen hatte.

Auch an den darauffolgenden Tagen war das Wetter großartig, und obwohl die Urlaubsstimmung immer wieder von Ians Smartphone durchbrochen wurde, unternahmen wir viel. Wir besuchten die Tate Modern und die Penone-Ausstellung in der Whitechapel Gallery, aßen in hervorragenden Restaurants und gingen sogar einmal ins Kino, wo wir Bernardo Bertoluccis *Me and You* sahen, ein intimes und ebenso artifizielles Alterswerk des italienischen Ausnahmeregisseurs. Das historische Ambiente des legendären *Phoenix Cinema* war wie geschaffen für einen Bertolucci-Film, dessen jugendliche Protagonisten sich in den Katakomben eines italienischen Mietshauses zu den extravaganten Klängen von David Bowie und The Cure eine weltentrückte Enklave schufen. Wie schon öfter bei Bertolucci ging es in dem amourösen Geschwisterdrama um Weltflucht, Drogen, Inzest und Musik.

Es war dieser Zauber der Normalität, der mich diesen Kinoabend ganz besonders genießen ließ. Ians Arm lag auf so selbstverständliche Weise um meine Schultern, und ebenso selbstverständlich kuschelte ich mich in seine Umarmung und tätschelte sein Knie. Es war ein wunderbares Gefühl, die erste, von Nervosität und Zweifeln geprägte Phase unserer Beziehung allmählich hinter uns gelassen zu haben, in der ich mich immer wieder gefragt hatte, ob ich für ihn nicht doch nur ein kurzfristiger Zeitvertreib war. Dass dem nicht so war, hatte Ian vor allem in den letzten Tagen auf so vielfache Weise eindrucksvoll bewiesen. Auch wenn ihn noch immer die Aura des Geheimnisvollen umgab, so war er mir doch ungemein vertraut geworden.

Obwohl es fast halb zwölf war, als wir die Spätvorstellung verließen, zeigte mir Ian im Anschluss auf meinen ausdrücklichen Wunsch hin noch den Londoner Firmensitz der *Reed Group* in der Horseferry Street, ein beeindruckendes neoklassizistisches Palais mit sechs Etagen. Nur das puristische Messingschild wies das Gebäude als Head Office der *Reed Global Luxury Hotel Group* aus.

»Möchtest du mein Büro sehen?«, fragte Ian.

»Ach, du hast doch eins?«, fragte ich mit gespieltem Erstaunen zurück.

Dann zückte Ian eine Magnetkarte, und die große sicherheitsverglaste Tür öffnete sich wie von Geisterhand. Die kühle, marmorne Eingangshalle, in deren Zentrum sich der beeindruckende bis einschüchternde Empfangstresen befand, war sparsam mit einigen puristischen Wassily-Sesseln möbliert, an der Wand hing ein großformatiger Jackson Pollock und in die gegenüberliegende Wand eingelassen befand sich ein riesiger Flatscreen, auf dem lautlos eine Art Firmenvideo abgespielt wurde.

»Mr. Reed, Sir. Zu so später Stunde? Ist etwas passiert?« Die beiden Security-Männer, die wie zwei *Jacks in the Box* hinter der marmornen Rezeption hervorsprangen, wirkten alarmiert.

»Ich brauche nur ein paar Unterlagen aus meinem Büro«, erklärte Ian ruhig.

»Soll ich Sie nach oben begleiten, Sir?«, fragte einer der Zweimeterhünen, und erst jetzt erblickte ich die Waffe und das Walkie-Talkie an seinem Gürtel.

»Nein, nicht nötig, John«, winkte Ian ab und führte mich zu einem der drei Aufzüge.

»Ich bin so selten hier, dass meine Mitarbeiter völlig irritiert sind, mich zu sehen«, grübelte Ian, während er seine Magnetkarte in den dafür vorgesehenen Schlitz steckte und auf dem hypermodernen Bedienfeld *Etage Sechs* anklickte.

Oben angekommen erwartete uns die eleganteste Büroetage, die ich je gesehen hatte. Auch hier gab es einen schwarzmarmornen Empfangstresen, doch die großen Fenster, die weichen weißen Corbusier-Sessel, die üppigen Orchideen und die Gemälde von Lyonel Feininger gaben dem Raum eine ganz andere Atmosphäre, als es im Erdgeschoss der Fall war.

Ian führte mich durch einen Gang, der durch zwei weitere Glastüren unterbrochen wurde und zu dessen Seiten sich Türen mit den Aufschriften *Executive Assistant* und *Administration Assistant* befanden, und öffnete dann die überbreite Tür zu seinem Büro. Wobei die Bezeichnung *Büro* diesen Räumlichkeiten mit ihrer Säulenloggia und dem Blick auf die Themse nur unzureichend gerecht werden konnte.

Um einen puristischen Kamin war eine Le-Corbusier-Sitzgruppe gruppiert, während Ians imposanter Art-Déco-Schreibtisch eindrucksvoll vor der Balkonfront positioniert war. An den Wänden hingen experimentelle, jeweils auf ihre Art prismatisch aufgelöste Architekturen und Stadtansichten von Lyonel Feininger, Robert Delaunay und Umberto Boccioni. Hinter einer gläsernen Schiebetür befand sich ebenfalls mit Blick auf die Themse ein ebenso eleganter wie intimer Konferenzraum mit einem ovalen Tisch und sieben cremefarbenen Sesseln.

»Wow!«, brachte ich meine Begeisterung höchst unartikuliert zum Ausdruck. »Es ist umwerfend. Bist du wirklich so selten hier, wie du sagst? Hier kann man sich doch durchaus wohlfühlen«, ergänzte ich, nachdem ich die Sprache wiedergefunden hatte, mit Blick auf das Barcelona-Daybed von Ludwig

Mies van der Rohe, das mit dem Laccio-Coffeetable von Marcel Breuer noch eine weitere Sitzeinheit bildete.

»Du kennst meine Nomadennatur. Ich arbeite lieber außerhalb von Büros und Sitzungssälen.«

Ich griff nach dem elegant wirkenden, silbergrau satinierten Katalog mit dem geprägten *R*-Logo der Reed-Hotels darauf, der auf dem Laccio-Tisch gelegen hatte.

»Das ist unser aktuelles Portfolio«, erklärte Ian, während ich durch die Hochglanzfotografien blätterte. Rund 90 Fünfsternehotels in 33 Ländern, dazu Residenzen und Luxusapartments überall auf der Welt.

Gerade hatte ich das *Grand Reed* in Paris aufgeschlagen. Abgebildet war ein Badezimmer im Dachgeschoss mit einer riesigen quadratischen Wanne und einer Panorama-Fensterschräge mit Blick auf den Eiffelturm.

»Wir können jedes dieser Hotels zusammen besuchen, Ann-Sophie. Wir können gemeinsam reisen und überall auf der Welt zu Hause sein«, sagte Ian mit seiner verführerisch rauen Stimme ganz dicht an meinem Ohr. Er war hinter mich getreten und hatte seinen Arm um mich gelegt, während er mir über die Schulter sah.

Ich drehte mich in seiner Umarmung zu ihm um, um ihn zu küssen.

»Ja, Liebster. Ich möchte mit dir reisen, deine Welt kennenlernen. Aber im Gegensatz zu dir habe ich einen Job, der mich an einen Ort bindet. Und ehrlich gesagt brauche ich das auch. Einen Hafen, ein Zuhause.«

Ian zog mich noch enger an sich.

»Und ich brauche dich, Ann-Sophie.« Dann hob er mein Gesicht zu sich empor, indem er seinen Zeigefinger die Konturen meines Kiefers nachmalen ließ. Seine andere Hand lag in meinem Nacken, während er mich zärtlich küsste und mir das Gefühl gab, tatsächlich überall auf der Welt zu Hause sein zu können, wenn er nur bei mir war.

Am Mittwoch schließlich schlug Ian vor, einen Ausflug in das Londoner Umland zu unternehmen und einen Abstecher an die Küste zu machen.

Mit dem offenen Aston Martin fuhren wir nach Brighton, den berühmten Küstenort mit seinem kilometerlangen Sandstrand, dem verspielten Royal Pavillon mit seinen orientalischen Zwiebeltürmen und dem weit in den Ärmelkanal hineinragenden viktorianischen Pier.

Wir unternahmen einen ausgedehnten Strandspaziergang, bummelten durch die Lane und genossen die idyllische Atmosphäre des Residenzparks.

Für die Heimfahrt wählte Ian eine noch malerischere Strecke mit noch schmaleren Straßen, und es dämmerte bereits, als einige Meilen von London entfernt, umgeben von grünen Hügeln, ein majestätisches Herrenhaus im Tudorstil auftauchte.

»Das dort drüben ist *Gateskill Manor*, seit den 1870er-Jahren der Familiensitz der Reeds. Dort bin ich aufgewachsen«, sagte Ian, und es klang absolut unspektakulär aus seinem Mund.

»Du bist auf einem Schloss aufgewachsen?«, fragte ich staunend.

»Es ist kein Schloss, nur eine Art Landsitz«, betonte Ian.

»Ist der Tudorstil historistisch oder original?«

Ian grinste. »Alles original. *Gateskill Manor* wurde um 1600 erbaut.«

»Und heute ist es ein Hotel der *Reed Group?*«, riet ich, als uns die Straße noch etwas näher zum Haus führte und ich die Autos sah, die auf dem geschotterten Vorplatz parkten.

»Nein, obwohl es einem Hotel schon recht nahe kommt. Ich habe das Anwesen vor einigen Jahren in eine Stiftung für Geschädigte durch Entführungen und sexuelle Gewalt überführt. Es ist keine Klinik, eher tatsächlich eine Art Wellnesshotel. Ich finde es nicht gut, wenn Geschädigte eines Gewaltverbrechens anschließend stigmatisiert und pathologisiert werden. Das versuchen wir hier anders zu machen.«

Sexuelle Gewalt. Ich schluckte gegen den Kloß in meinem Hals an.

»Hättest du dir selbst damals eine solche Institution gewünscht?«, fragte ich mit belegter Stimme.

Ian zuckte mit den Schultern. »Ich weiß nicht, ob ich das Angebot angenommen hätte. Aber die Idee hätte mir gefallen. Viele von uns verzichten auf sogenannte professionelle Hilfe, weil sie jegliche Art der Viktimisierung ablehnen. Hier sind sie keine Opfer, sondern Gäste. Das macht einen Unterschied.«

Viele von uns. Diese Formulierung war unmissverständlich, und sie versetzte mir einen heftigen Stich in der Herzgegend.

Seine Stimme hatte so fest und sachlich geklungen und seine Miene war eine einstudierte Maske des Gleichmuts, aber ich konnte dennoch die kleinen Falten der Anspannung um seine Mundwinkel sehen und auch, wie fest er das Lenkrad umgriffen hielt.

Ich wusste, dass er in der Gefangenschaft gefoltert worden war, aber das hier gab dem noch eine zusätzliche schreckliche Dimension. Es ging nicht nur um psychische und physische Gewalt, sondern noch dazu um sexuelle.

Als ich Ian ansah, war sein Blick starr geradeaus in eine unbekannte Ferne gerichtet. Inzwischen kannte ich ihn gut genug, um zu wissen, dass er jetzt nicht weiterreden wollte. Vermutlich hatte es bereits eine zu große Überwindung bedeutet, überhaupt die Wir-Form zu wählen und mir so diesen Hinweis zu geben.

Daher legte ich nur meine Hand auf seine. Seine Finger zuckten unter meiner Berührung, und zuerst dachte ich, er würde sie wegziehen, doch das tat er nicht. Er ließ es zu, dass ich seinen Handrücken streichelte und meine Finger mit seinen verschränkte.

Dabei fragte ich mich, ob und wann Ian mir genug vertrauen würde, dass er bereit wäre, auch über diesen schrecklichen Teil seiner Erlebnisse mit mir zu sprechen.

Sechs

Sometimes you get so lonely
Sometimes you get nowhere
I've lived all over the world
I've left every place
Please be mine
Share my life
Stay with me
Be my wife

(David Bowie)

Als ich am Donnerstagabend vor zwei Wochen meinen kompakten Hartschalen-Trolley gepackt hatte, war ich davon ausgegangen, nur für ein Wochenende zu verreisen, um an einem Surrealismus-Symposium in London teilzunehmen. Doch dann war Ian Reed aufgetaucht und aus den zwei Tagen wurden vierzehn und aus dem dienstlichen Kurztrip in die britische Hauptstadt ein luxuriöses City Hopping durch einige der schönsten Metropolen und elegantesten Hotels Europas.

Wir waren noch zwei weitere Tage in London geblieben, doch von *Gateskill Manor* und der Entführung hatten wir nicht mehr gesprochen. Ian hatte mir an jenem Abend das Anwesen mit seinen ausgedehnten Ländereien gezeigt, wir hatten sogar im hauseigenen Restaurant zu Abend gegessen, und ich hatte das herrliche Turmzimmer mit Blick auf den englischen Landschaftsgarten gesehen, das einmal Ians Kinder- und Jugendzimmer gewesen war, inzwischen aber zum Wellnessbereich von *Gateskill Manor* gehörte. Er hatte mir einige Anekdoten aus seiner Kindheit und von seiner Zeit auf einem Eliteinternat bei Birmingham erzählt. Aber er schien fest entschlossen, kein Wort mehr über irgendetwas zu verlieren, das mein Mitleid erregen könnte. Selbst Fragen nach seiner herrschsüchtigen Großmutter blockte er ab, und das Thema Argentinien war fortan gänzlich tabu.

Von London aus hatte uns Ians Terminkalender wegen eines wichtigen Meetings nach Florenz geführt, von dort zu einer Hoteleröffnung nach Danzig und einer Charity-Veranstaltung nach Paris.

In diesen zwei Wochen meiner vorlesungsfreien Zeit hatte ich einen Eindruck davon gewonnen, wie Ians Alltag aussah, der sich so immens von meinem eigenen und dem der Menschen in meinem Umfeld unterschied. Wir waren mit seinem Privatjet gereist, hatten den Limousinenservice seiner Hotels genutzt, hatten in den spektakulärsten Grand-Reed-Suiten logiert und in den edelsten Restaurants diniert. Wir hatten Museen und Ausstellungen besucht, waren über die Ponte Vecchio und die Champs-Élysées flaniert, wie es alle verliebten Paare zu tun pflegen, und ich hatte erlebt, was es bedeutete, wenn Geld keine Rolle spielte. Und obwohl Ian mir und uns so viel Zeit widmete, wie irgend möglich, mir förmlich die Welt zu Füßen legte und unseren Aufenthalten zwischen seinen Geschäftsterminen den Anschein einer privaten Urlaubsreise zu verleihen wusste, wurde mir im Verlauf dieser vierzehn Tage bewusst, wie anstrengend und kräftezehrend das vermeintliche Jetset-Leben war, das dieser Mann seit fast zwanzig Jahren führte. Alle zwei Tage in ein Flugzeug zu steigen, sich auf eine neue Stadt, neue Menschen, eine neue Sprache und neue Aufgaben einzustellen, jede zweite Nacht in einem anderen Bett zu schlafen, sich in einer anderen Suite und einem anderen Hotel zurechtzufinden, das war aufreibend und wirklich stressig.

Ian hatte sich alle Mühe gegeben, mich an diesem Leben teilhaben zu lassen, und mir zu jeder Zeit das Gefühl vermittelt, ein äußerst wichtiger, wertvoller Teil dieses Lebens zu sein. Ich hatte in Danzig Robert McKenning kennen und schätzen gelernt, Ians rechte Hand und COO der *Reed Group*, Ian zu Geschäftsessen begleitet und zu der Wohltätigkeitsgala im Louvre. Er hatte mir geschäftliche Details anvertraut und mich immer wieder in den Prozess seiner Entscheidungsfindung einbezogen, auch wenn ich keinerlei Fachwissen aufbieten konnte, sondern nur gesunden Menschenverstand.

Kurz, er bemühte sich nach Kräften, die Verweigerungshaltung, die er an den Tag legte, was die erschütternden Themen seiner Vergangenheit betraf, zu kompensieren, indem er mich umso intensiver in sein gegenwärtiges Leben einbezog.

Es waren zwei äußerst erlebnisreiche Wochen gewesen, darunter einige der romantischsten und sinnlichsten Stunden meines bisherigen Lebens und wie geschaffen, um Ian und seinen besonderen Lebensentwurf besser kennen und verstehen zu lernen. Und doch war ich ziemlich froh, wieder zu Hause in Frankfurt zu sein, zumal mich Ian begleitete und mir fest versprochen hatte, ein paar Tage zu bleiben.

Wenn du mir gesagt hättest, dass du meinen zukünftigen Mäzen mitbringst, hätte ich vielleicht etwas anderes angezogen«, erklärte Kiki grinsend mit einem gespielten Vorwurf in der Stimme, als sie in der schweren Eisentür ihrer loftartigen Künstlerwohnung erschien und mich im nächsten Moment stürmisch umarmte.

Dann streckte sie Ian ihre mit großen, bunten Blumenringen geschmückte Hand entgegen. »Ist mir ein Vergnügen, Mr. Reed. Ich bin Katinka Freese. Aber Kiki genügt völlig.«

»Die Freude ist ganz auf meiner Seite, Kiki Freese.« Ian schenkte ihr dieses strahlende Lächeln, das wohl jede andere Frau aus der Fassung gebracht hätte, nur Kiki nicht.

»Dann kommt mal rein in die gute Stube«, sagte sie in ihrer gewohnt lockeren Art.

Ich konnte sehen, wie Ian mit wenigen Blicken seine Umgebung scannte, als wir den großen Raum im Industrial-Style betraten, der Kiki als Wohn-, Schlaf- und Arbeitszimmer diente und in den außerdem die kleine Küchenzeile integriert war. Es war in der Tat ein beeindruckender Ort, wenn man ihn zum ersten Mal betrat. Allein die ausgemusterten Metallspinte aus einer Schulsporthalle, die Kiki in knallig bunten Farben lackiert hatte und die ihr seither als Kleiderschrank dienten, waren ein Blickfang, ebenso wie der zum Küchentisch umfunktionierte Tapeziertisch mit seiner grellgelb lackierten Tischplatte.

Während ich Kiki zu dem abgesessenen braunen Ledersofa im originalen 1970er-Jahre-Look folgte und Coco und Filou begrüßte, die wie Ying und Yang ineinander verschlungen dalagen, hatte Ian eine von Kikis frühen Arbeiten entdeckt, die die grob verputzte weiße Wand zierte und doch nur den wenigsten Besuchern als Kunstwerk auffiel, weil sie Ton in Ton gehalten war und sich somit kaum von der sonstigen Wand unterschied.

»Respekt. Sie haben scheinbar wirklich ein Auge für Kunst«, meinte Kiki anerkennend.

»Danke für das Kompliment. Und ich gebe es gleich an Sie zurück, denn mir gefällt die puristische, zurückhaltende Ästhetik dieser Arbeit ausgesprochen gut. Dürfte ich fragen, wie sie entstanden ist?«

»Die habe ich gemacht, als ich vor drei Jahren hier eingezogen bin. Damals habe ich noch viel in der Fläche gearbeitet, aber schon versucht, mir die dritte Dimension zu erkämpfen. Quasi Malerei, die die Fühler zur Plastik ausstreckt. Das, was jetzt wie ein dunklerer Schatten wirkt, ist in Fresko-Technik auf dem feuchten Putz entstanden, ebenso wie die räumlichen Erhebungen. Da sind Gipselemente drunter. Die Vertiefungen dort sind später herausgekratzt worden und gehen teilweise bis auf die Grundsubstanz der Wand.«

»Wirklich interessant. Ich habe schon von Ann-Sophie gehört, dass Sie inzwischen vor allem raumfüllende Environments machen. Aber vielleicht könnten Sie ja noch einmal zu den Ursprüngen zurückkehren. Als Reminiszenz an eine frühere Schaffensphase gewissermaßen.«

»Wie meinen Sie das, Mr. Reed?« Kiki klang zu gleichen Teilen skeptisch wie neugierig, und auch ich war gespannt, worauf Ian hinauswollte.

»Nun, wir haben eine ziemlich große weiße Wand im Foyer der Sammlung Reed. Wir haben dort nie ein Kunstwerk angebracht, weil der Raum bewusst als Eingangsbereich konzipiert ist und eine Arbeit an dieser Stelle immer wie ein Vorzeichen wirken würde, unter dem die nachfolgende Ausstellung zu betrachten ist. Eine solche neo-minimalistische Konzeptarbeit aber wäre wie geschaffen für diese Raumsituation.«

»Ist das ein Auftrag, Mr. Reed?«

»Eher ein Angebot. Überlegen Sie es sich.«

Jetzt strahlte meine sonst so souveräne Freundin Kiki wie ein Honigkuchenpferd und wurde gleichzeitig ein bisschen rot.

»Das mit dem Mäzen vorhin hatte ich aber nicht so gemeint. Nicht, dass Sie sich zu irgendetwas genötigt fühlen, Mr. Reed.« Sie klang fast kleinlaut.

»Glauben Sie mir, Kiki. Ein solches Angebot spreche ich nicht aus reiner Höflichkeit aus. Die Arbeit ist großartig. Ich würde mich freuen, wenn wir übereinkämen.«

Dann tranken wir noch einen extrem starken Kiki-Spezial-Espresso, stilecht in der alten Bialetti-Caffettiera auf dem Herd gebrüht.

»Ich habe während eurer Reise übrigens zweimal mit deiner Mutter telefoniert und war sogar einmal mit ihr am Liebfrauenberg Kaffee trinken. Ich glaube, sie hätte dich am liebsten jeden Tag angerufen, aber weil sie sich das nicht getraut hat, hat sie eben mit mir vorliebgenommen. Sie platzt fast vor Neugier wegen ...« Kiki machte eine vielsagende Kopfbewegung in Ians Richtung.

Genau das war der Grund, warum ich es bislang vorgezogen hatte, nicht mehr als nötig mit meiner Mutter über Ian zu sprechen. Erst als ich mich entschlossen hatte, mit ihm in London zu bleiben, hatte ich ihr am Telefon von unserer Beziehung erzählt. Von den dramatischen Wendungen im Vorfeld, von unseren Startschwierigkeiten und dem Liebeskummer, den ich seinetwegen durchgestanden hatte, ahnte sie nichts.

Meine Mutter war Psychologin, ihres Zeichens Paar- und Sexualtherapeutin und in Beziehungsfragen über jeden Zweifel erhaben – ein Umstand, der auf alle Beziehungen zutraf, nur auf ihre eigene Ehe nicht. Meine Eltern hatten sich scheiden lassen, als ich dreizehn Jahre alt war und mein Bruder zu seinem achtzehnten Geburtstag sein Coming-out verkündete. Meine Mutter war damals dahintergekommen, dass mein Vater sie mit einer Doktorandin betrog, die in seine Forschungsgruppe gehörte. Die Dame war also praktischerweise bei jeder seiner Exkursionen und Forschungsreisen dabei, und sie war auch nicht die erste ihrer Art. Soviel ich gehört hatte, hielt er das mit den Doktorandinnen bis heute so.

Jedenfalls hatte ich bislang wenig Lust verspürt, mit meiner Mutter über unser Sexualverhalten zu diskutieren, ein Thema, das sie gern und ohne Umschweife aufs Tapet brachte, um es genüsslich und detailreich zu analysieren.

»Wir könnten deine Mutter zum Essen einladen oder sie besuchen, solange ich noch in Frankfurt bin«, schlug Ian vor. »Ich bin in diesen Dingen ein altmodischer Mensch, Ann-Sophie. Ich würde mich gern mit den Eltern meiner Freundin bekannt machen.«

Ich musste grinsen.

»Manchmal überraschst du mich wirklich mit deiner anachronistischen Weltsicht. Aber um meinen Vater kennenzulernen, müsstest du vermutlich nach Borneo oder auf die Galapagosinseln reisen. Keine Ahnung, durch welchen Urwald er sich dieses Jahr kämpft.«

Als wir die Katzenkörbe auf der Rückbank der Audi-Limousine verstaut hatten, die Ian aus dem Fuhrpark des *Grand Reed* ausgeliehen hatte, griff er das Thema noch einmal auf.

»Du hast sehr bitter geklungen, als du vorhin von deinem Vater gesprochen hast.«

»Ja, das sollte auch so klingen. Es ist nicht so, dass wir keinen Kontakt hätten. Wir telefonieren drei-, viermal im Jahr und sehen uns auch ab und an. Aber ich habe ihm nie verzeihen können, dass er meine Mutter so dreist betrogen und uns verlassen hat. Ich war in der Pubertät und Conny war in der vermutlich schwierigsten Phase seines Lebens. Das war hart und ziemlich unfair.«

Ian nickte. »Entschuldige, Darling. Ich wollte nicht, dass du das Gefühl hast, dich und deine Haltung verteidigen zu müssen. Ich kann dich sehr gut verstehen. Es gibt Dinge, die kann man nicht verzeihen.« Dann startete er den Motor.

»Aber warum du davor scheust, mich mit deiner Mutter bekannt zu machen, verstehe ich nicht. Du hast während unserer Reise immer wieder mit ihr telefoniert, und es klang jedes Mal so herzlich, als stündet ihr euch sehr nah.«

»Das tun wir auch, Ian. Ich habe ein fantastisches Verhältnis zu meiner Mutter. Sie ist eine sehr kluge und starke Frau und sie war immer für Conny und mich da.«

»Dann hast du also Angst, dass ich ihren Ansprüchen an einen Mann an der Seite ihrer Tochter nicht genügen werde?« Er klang nicht vorwurfsvoll, sondern ehrlich besorgt.

»Nein, natürlich nicht. Wie kommst du denn auf so was?« Ich schüttelte vehement den Kopf. »Sie würde dich toll finden. Vermutlich würde sie aus dem Schwärmen nicht mehr herauskommen. Aber ich habe dir auch erzählt, wie sie tickt. Sie beschäftigt sich professionell mit Beziehungsfragen und Fragen der Sexualität, und sie ist wirklich gut in ihrem Job. Ich kann mir eben beim besten Willen nicht vorstellen, dass du Lust hast, mit meiner Mutter über deine sexuellen Vorlieben zu diskutieren.«

Ian runzelte die Stirn und grinste dabei schief. »Du glaubst also wirklich, sie würde über unser Sexualleben sprechen wollen?«

»Das glaube ich nicht, das weiß ich. Und ich weiß auch, dass sie keine fünf Minuten brauchen würde, um deine Neigungen zu erkennen.«

»Und dann würde sie dir raten, dich von diesem Monstrum von Mann fernzuhalten?«

»Vermutlich wäre sie nicht eben erfreut darüber, wohin ihre antiautoritär feministische Erziehung geführt hat. Verurteilen würde sie dich deshalb sicher nicht. Aber wahrscheinlich würde sie mit Feuereifer versuchen, die tieferen Ursachen für deine Vorlieben zu ergründen, und sie würde nach einer Erklärung dafür suchen, warum ihr Erziehungskonzept so kläglich versagt hat.«

Ian fuhr sich mit der Hand durchs Haar und atmete hörbar aus. »Ich denke, du hast mich davon überzeugt, von einem Anstandsbesuch vorerst vielleicht doch besser abzusehen.«

Kaffee. Starker, schwarzer Bohnenkaffee aus der alten Paluxette.

Ich erwachte von dem vertrauten Duft, der mir seit dem Erwerb meines teuren Kaffeevollautomaten nur noch selten in die Nase gestiegen war.

Jemand war in meiner Küche und kochte Kaffee. Ian.

Eigentlich hätte ich mich in den zwei Wochen unserer gemeinsamen Reise an seine Anwesenheit gewöhnt haben müssen, doch in meinem eigenen Bett aufzuwachen und festzustellen, dass er hier war, hier in meiner Wohnung, meinem Alltag, meinem Leben, ließ mein Herz auch am zweiten Morgen nach unserer Ankunft in Frankfurt noch immer höherschlagen.

Ich schlüpfte in meinen bunt gemusterten kaftanähnlichen Morgenmantel, machte dann einen Bogen um den Ankleidespiegel, um meinem derangierten Äußeren aus dem Weg zu gehen, und begab mich direkten Weges in die Küche.

Im Gegensatz zu mir war Ian bereits vollständig angezogen, und er sah umwerfend aus, wie er mit meinem Küchengeschirr hantierte und sich dann schwungvoll zu mir umdrehte.

»Guten Morgen, Darling.« Er schenkte mir sein phänomenales Lächeln und küsste mich zärtlich. »Wie geht es dir?«

»Fantastisch.«

Ich strahlte zurück, doch er betrachtete mich plötzlich kritisch.

»Du siehst aber sehr müde aus, Liebste.«

»Nur ein bisschen verkatert.«

»Nur verkatert?«, hakte er nach und hob eine Augenbraue.

»Und ziemlich wund«, schob ich mit koketter Verlegenheit nach.

»Na, das hoffe ich doch!« Jetzt grinste er breit.

Jetzt erst fiel mein Blick auf Coco und Filou, die auf der Küchenanrichte hockten und schnurrend den Biolachs verspeisten, den ich am Vorabend gekauft hatte.

»Der war eigentlich nicht als Katzenfutter gedacht.« Ich kräuselte die Lippen.

»Nicht? Aber er schmeckt ihnen.«

Ians jungenhafte Unschuldsmiene ließ mich lächeln.

»Sie gehören eigentlich auch nicht auf die Anrichte und ihre Näpfe ...«

»Wer möchte schon aus einem Blechnapf fressen und dann noch zu den Füßen seiner Mitbewohner?«, unterbrach mich Ian und kraule Coco hinter ihren silbergrauen Ohren. Sofort schmiegte meine divenhafte Korat-Dame ihr seidiges Köpfchen an seine Hand, und dieses entzückende Bild der verschworenen Eintracht zwischen Ian und meinen beiden Samtpfoten erstickte jeden weiteren Protest meinerseits im Keim.

»So und jetzt ab mit dir zurück ins Bett, Ann-Sophie. Du erkältest dich sonst noch mit deinen hübschen nackten Füßen. Ich bringe den Kaffee gleich mit ins Schlafzimmer.«

Ich hob beide Augenbrauen, sagte aber nichts und machte auf dem Absatz kehrt.

Ian Reed würde mir Kaffee ans Bett bringen.

Ich konnte nicht anders und schüttelte den Kopf über die wunderbare Absurdität dieser Situation, während ich kurz darauf tatsächlich unter die Bettdecke kroch und auf ihn wartete.

In einer perfekt sitzenden Dior-Hose und einem weit offenstehenden weißen Hemd betrat der Mann meiner Träume mein Schlafzimmer, vor sich ein antikes Betttablett mit Kaffee, Saft und Kuchen balancierend, das eigentlich einmal für Krankheitsfälle gedacht und angeschafft worden war, aber seit Jahren auf meinem Küchenschrank vor sich hinvegetierte.

Ian hob das Tablett, das auf geschnitzten Klappfüßen stand, unfallfrei auf das Bett und nahm dann im Schneidersitz auf seiner Bettseite Platz.

Er hatte die Petit Fours, die wir am Vortag zusammen bei *Zarges* gekauft hatten, auf einer zweistöckigen Etagere arrangiert und sogar noch ein paar Obststücke dazugelegt.

»Habe ich dir schon gesagt, dass mir deine Küche gefällt? Ich mag diese nostalgischen Details – die alte Küchenwaage, die Kaffeemühle, den Sixties-Toaster, die Paluxette-Maschine.«

Ich musste lachen.

»Was ist daran so lustig?«

»Ich weiß auch nicht. Es ist bloß so wunderbar *normal*. Dass du hier bist, meine Küchenutensilien lobst und mir das Frühstück ans Bett bringst. Das kann ich kaum glauben.«

Jetzt lachte er ebenfalls.

»Ich bin eben ein Mann mit vielen Facetten.«

Ich nippte an meinem Kaffee, prüfte die Temperatur mit der Oberlippe und stellte fest, dass er noch zu heiß war.

Über den Tassenrand konnte ich förmlich dabei zusehen, wie sich der Ausdruck in Ians schönen Augen veränderte.

»Stell die Tasse hin!«, hörte ich ihn plötzlich mit kehliger, doch resoluter Stimme sagen.

Ich runzelte die Stirn, stellte die Kaffeetasse jedoch irritiert zurück auf das Tablett.

»Nimm die Hände hinter den Rücken«, befahl er mit gespielter Strenge.

»Warum? Ich verstehe nicht …«

»Tu es einfach«, unterbrach er mich unwirsch und stieg aus dem Bett.

Er ging ans Fenster und löste die beiden nostalgischen Seidenbänder, mit denen die langen Vorhänge links und rechts in Form gehalten wurden. Dann trat er an meine Bettseite und sah mich vielsagend an.

»Was hast du vor?«

Doch Ian antwortete mir nicht, während er das Tablett auf seine Bettseite stellte und mir dann mit geübten Griffen die Handgelenke im Rücken fesselte. Die Fesselung war ganz leicht, geradezu spielerisch. Ich hätte die Hände nur etwas heftiger bewegen müssen, um mich zu befreien, doch ich wehrte mich nicht.

Mit dem zweiten Seidenband verband er mir im nächsten Moment die Augen, und ich ließ mir auch das gefallen.

»Was soll das werden, Ian?«, fragte ich nochmals und merkte dabei selbst überrascht, dass nicht ein Hauch von Furcht in meiner Stimme lag; da war nur Neugier gepaart mit Ungeduld und Leidenschaft.

Dann spürte ich etwas Kaltes, Feuchtes an meinen Lippen.

Ich gab einen überraschten Laut von mir und zuckte leicht zusammen. Doch als ich mir mit der Zunge über die Lippen fuhr, erkannte ich die fruchtige Melonensüße und öffnete bereitwillig den Mund.

Ian schob mir den Melonenwürfel vorsichtig zwischen die Zähne und fuhr dann sanft mit der Daumenkuppe über meine Unterlippe, an der noch ein Tropfen Fruchtsaft hing.

»Mhm. Ich weiß, dass es Melone ist, aber es schmeckt irgendwie anders, auf diese Weise«, erklärte ich kauend.

Doch da war schon etwas anderes an meinen Lippen, und ich zuckte zurück.

»Was ist das? Es ist haarig und piekst«, beschwerte ich mich.

»Nein, das ist es nicht«, lachte Ian. »Mach den Mund auf, Liebste.«

Ich presste die Lippen zusammen.

»Vertrau mir«, raunte er schmeichelnd.

Misstrauisch öffnete ich den Mund. Allerdings nicht weit genug.

Ian schob mir das eigenartige Objekt mehrmals mit leicht kreisenden Bewegungen zwischen den Lippen vor und zurück, bis ich selbst über dieses unanständige Schauspiel lachen musste und zubiss.

Eine Erdbeere. Etwas von dem süßsauren Fruchtsaft rann mir am Kinn hinunter.

»Ich bin verrückt nach deinem Erdbeermund«, flüsterte Ian, während er den süßen Tropfen mit den eigenen Lippen auffing und mich dann zärtlich küsste. Ich beugte mich vor und erwiderte seinen Kuss, obwohl ich ihn weder sehen noch berühren konnte.

Ich spürte, wie Ian die Schleife meines seidenen Morgenmantels löste. Ich hatte nackt geschlafen, und so brauchte er mir die weiten Ärmel nur nach hinten über die gefesselten Arme zu streifen, um meine Brüste zu entblößen.

Mein Herz schlug schneller. Ich erschauerte angesichts der Kühle, die meinen nackten Oberkörper streifte, und in Anbetracht der Situation, in der ich mich befand. Wieder einmal war ich Ian ausgeliefert und wieder einmal erregte mich diese Vorstellung zutiefst. Ich konnte spüren, wie sich meine Brustwarzen augenblicklich versteiften und wie sich eine feine Gänsehaut auf meinem Dekolleté ausbreitete.

Dann streifte etwas Kühles, Feuchtes meine linke Knospe, und ich quiekte auf und schreckte abermals zurück. Doch Ian folgte mir, von meiner Reaktion gänzlich unbeeindruckt, und fuhr nun mit gemächlichen, kreisenden Bewegungen den Warzenhof nach.

Es war ein bisschen, als würde er meinen Körper mit einem Pinsel und feuchten Farben bemalen, doch tatsächlich war es erneut ein Stückchen Melone, das er mir im nächsten Moment in den Mund schob.

Es war faszinierend, wie bewusst ich den Geschmack dieses kleinen Obstwürfels wahrnahm, seine saftige Honigsüße, seine glatte Oberfläche und die leicht mehlige Konsistenz. Dann spürte ich, wie sich Ians weiche Lippen um meine Knospe schlossen, und ich hielt die Luft an. Er saugte an meiner Brustwarze, erst ganz sanft, dann fast schmerzhaft intensiv und erkundete mit seiner verruchten Zunge den feuchten Hof.

»Du schmeckst einfach köstlich«, raunte er und kniff spielerisch mit den Zähnen zu.

Ich stöhnte auf. Ich wollte ihn berühren, die Hände in seinen duftenden Haaren vergraben, doch mir blieb nichts weiter übrig, als den Kopf zu ihm herabzubeugen und seinen Schopf mit meinen Lippen zu suchen. Ich legte das Kinn auf seinen Kopf, schmiegte dann meine Wange in sein seidiges Haar, und er bedeckte meinen Hals, mein Dekolleté und meine Brüste mit unzähligen zärtlichen Küssen.

Dann war er plötzlich für einen Augenblick verschwunden.

»Mach den Mund auf, Liebste«, forderte Ian mit sonorer Stimme, und ich gehorchte zögernd.

Ich ertastete mit Lippen und Zunge das Törtchen, das er mir hinhielt, und instinktiv wollte ich die eigenen Hände zu Hilfe nehmen.

»Vertrau mir«, raunte er und führte das Gebäck so an meinen Mund, dass ich bequem davon abbeißen konnte.

»Gut so«, sagte er und strich mir mit einem sanften Daumen die Krümel aus dem Mundwinkel.

Es war ein unbeschreibliches Gefühl, sich so auf einen anderen Menschen zu verlassen; sinnlich und ausgesprochen aufregend. Ich hatte das Gefühl, dass sich meine Sinneswahrnehmungen unter der Augenbinde um ein Vielfaches intensiviert hätten. Ich nahm alle Nuancen dieses Mango-Kiwi-Törtchens wahr, seine Geschmackskomponenten ebenso wie seine vielseitige Konsistenz. Und ich nahm Ian wahr. Seine Nähe, die mich gleichzeitig erregte und beruhigte.

Er wartete geduldig, bis ich fertig gekaut hatte, um das Törtchen dann erneut an meine Lippen zu führen. Und wieder war da seine zärtliche Hand, die die Krümel auffing.

Dann hörte ich ein porzellanartiges Klingen. Ich ahnte, dass er die Kaffeetasse vom Tablett genommen hatte. Wollte er mich tatsächlich mit verbundenen Augen trinken lassen? Das konnte ja nur danebengehen.

»Nein, lass das. Wir werden alles verschütten«, protestierte ich und versuchte meine Hände zu befreien.

»Vertrau mir, Ann-Sophie«, wiederholte Ian mit ungemein samtiger Stimme, als er zärtlich nach meinem Kinn griff und die Tasse ganz behutsam an meine Lippen führte.

Zaghaft öffnete ich ein wenig den Mund, und Ian neigte den Tassenrand so vorsichtig, dass ich tatsächlich einen Schluck nehmen konnte.

Natürlich ging dennoch ein wenig daneben, doch die große befürchtete Kaffeepfütze blieb aus, und das feine Rinnsal, das mir am Mundwinkel hinablief, fing Ian mit seinen Lippen auf.

Dann löste er meine Augenbinde, und ich blickte in die silberblaue Tiefe seiner herrlichen Augen, ehe mein Blick tiefer wanderte.

»Es erregt dich, mich zu füttern?«, fragte ich ein wenig belustigt.

»Wie könnte es das nicht? Es war ein sehr sinnlicher Anblick. Und es gefällt mir, wenn du dich so auf mich einlässt. Wenn du mir die Kontrolle überlässt.«

Mit diesen Worten beugte er sich über mich, löste meine Fesseln und dirigierte mich gleichzeitig in die Waagerechte. Wir liebten uns zärtlich und ruhig, auf fast meditative Weise an diesem Sonntagmorgen, und wieder einmal war ich fasziniert von Ians Qualitäten als Liebhaber und seiner geradezu übermenschlichen Ausdauer.

Natürlich reiste Ian weiterhin um die Welt, und ich war weder fähig noch willens, ihn dabei ständig zu begleiten. Dennoch fanden wir mit der Zeit zu einer durchaus praktikablen Lösung, die es uns ermöglichte, uns sogar öfter und länger zu sehen, als es für die meisten Paare mit herkömmlichen Wochenend- und Fernbeziehungen realisierbar war. Wann immer es ging, schob Ian zwischen seinen Geschäftsreisen ein- oder mehrtägige Zwischenstopps in Frankfurt ein, und wann immer ich es mir einrichten konnte und sein Terminkalender zudem ausreichend Raum für ein bisschen Zweisamkeit und Sightseeing bot, reisten wir für ein paar Tage gemeinsam.

Dann kam Anfang September die Finissage, der festliche Abschluss der Bellmer-Bourgeois-Ausstellung der Sammlung Reed, bei der Ian und ich uns vor etwa vier Monaten kennengelernt hatten. Diese zufällige Begegnung im Eingangssaal der Ausstellung, das erneute Aufeinandertreffen auf der Terrasse des Museumscafés, der vermeintliche One-Night-Stand in der Präsidentensuite des *Grand Reed*, all das lag kaum mehr als ein Vierteljahr zurück, und doch schien sich seitdem einfach alles verändert zu haben. Seither war so viel geschehen, dass es mir fast so vorkam, als wäre es ein zweites, neues Leben, das an jenem sonnigen Mai-Nachmittag für mich begonnen hatte. Eines voller Höhen und Tiefen, voller Liebe und Leidenschaft und so extremer Emotionen, wie ich geglaubt hatte, sie in meinem soliden, vorhersehbaren und gut strukturierten Wissenschaftlerleben niemals in natura kennenzulernen.

Ich hatte mich in einen der reichsten, attraktivsten und unstetesten Männer der Welt verliebt, und aus unerfindlichen

Gründen hatte auch er sich in mich verliebt. Dabei war ich keine Frau, in die man sich allzu leicht verliebte, jedenfalls weit entfernt von den duckmäuserischen Frauchen, die gern zu einem erfolgreichen Mann aufblickten, und ebenso weit entfernt von den langbeinigen Partygängerinnen, mit denen das Leben versprach, ein riesiger Spaß zu werden. Aber ich war auch keine knallharte Hedgefonds-Managerin, keine kosmopolitische Karrierefrau, die Ian hätte mit ihren Bonusmeilen und ihrer weltgewandten Souveränität das Wasser reichen können. Vielmehr war ich eine oft ein bisschen zu verkopfte Geisteswissenschaftlerin, eine meist ein wenig zu kühle Blondine mit Flugangst und eher übersichtlicher sexueller Erfahrung.

Dennoch hatte sich Ian Reed ausgerechnet für mich entschieden. Und hatte ich anfangs noch befürchtet, nur eine unter vielen Jagdtrophäen zu sein, die aus dem einen oder anderen Grund seinen sportlichen Ehrgeiz geweckt hatten, hatte Ian in den vergangenen Monaten auf unglaublich vielfältige Weise unter Beweis gestellt, dass dem nicht so war. Er hatte buchstäblich um mich gekämpft, war Kompromisse eingegangen, hatte seine ureigenen Prinzipien immer wieder verletzt, Ängste überwunden und Grenzen überschritten und hatte sich mir Stück für Stück geöffnet.

Mit Ian hatte ich die romantischsten Stunden verlebt und den besten Sex meines Lebens gehabt, an seiner Seite hatte ich die größten Glücksmomente erlebt und einige der schönsten Orte Europas gesehen, aber ich hatte auch den schlimmsten Liebeskummer durchgestanden und Dinge erfahren, die mich zutiefst schockiert, in meinen Grundfesten erschüttert und unendlich traurig gemacht hatten.

Heute Abend würde ich die Ausstellungsfinissage an Ians Seite besuchen, in einem schwarzen Lanvin-Kleid, das wir gemeinsam für diesen Anlass gekauft hatten, und mit einem opulenten Jugendstil-Collier um den Hals, das er mir in Prag zum Geschenk gemacht hatte.

»Du siehst hinreißend aus«, ließ er mich wissen, und das sonore Vibrato seiner herrlichen Stimme sorgte dafür, dass sich all die feinen Härchen meines Körpers aufrichteten.

Ich strich mit dem Daumen über seine zur Abwechslung einmal glatt rasierte Wange und zupfte seinen weißen Hemdkragen unter der perfekt sitzenden schwarzen Anzugjacke zurecht. Er trug auch zu diesem Anlass keine Krawatte.

»Du siehst auch gut aus, Ian.« Ich lächelte und schüttelte den Kopf. »Nein, besser als gut. Die Frauen dort werden mich lynchen.«

Ian grinste jungenhaft. »Das werde ich zu verhindern wissen. Ebenso wie jeden Annäherungsversuch der zahllosen Herren, denen du heute Abend den Kopf verdrehen wirst.«

Als die schwarze Jaguar-Limousine pünktlich um halb acht am Schaumainkai direkt vor dem Museum für fantastische Kunst der Sammlung Reed hielt und Mark um den Wagen herumging, um uns die Tür aufzuhalten, waren wieder einmal alle Augen auf Ian und mich gerichtet. Das grelle Blitzlichtgewitter ließ mich auch diesmal zusammenzucken, und natürlich kniff ich auch wieder die Augen zusammen, obwohl ich mir vorgenommen hatte, diesem Reflex dieses Mal zu widerstehen. Aber insgesamt fühlte ich mich an Ians Seite weitaus sicherer und souveräner als noch bei der Charity-Gala im Louvre und um Welten wohler als bei meinen ersten öffentlichen Gehversuchen damals in Prag. Wie jedes Mal, wenn wir einen gemeinsamen öffentlichen Auftritt zu absolvieren hatten, lag Ians Arm unverrückbar um meine Taille.

Dann traten wir ins Foyer, wo es einen Sektempfang gab. Von allen Seiten wurde Ian zu der erfolgreichen Ausstellung beglückwünscht, die einen Besucherrekord hatte erzielen können, doch er wurde nicht müde, auf seine hervorragenden Mitarbeiter, den Sammlungskurator Harald Sperling und sein Team zu verweisen, denen das eigentliche Lob gebühre.

Ich weiß nicht, wie viele Hände wir an diesem Abend schüttelten, jedenfalls war vom Kommunalpolitiker bis zum Kultusminister, vom Herausgeber einer großen Tageszeitung bis zur Chefredakteurin eines legendären Hochglanzmagazins, von den schillernden Frankfurter Society-Ladys bis zum Bankenchef und Vertretern des *Freundeskreises des Museums für fantastische Kunst* alles vertreten, was in der Frankfurter Gesellschaft Rang und Namen hatte.

Dann folgte der offizielle Teil, den Ian mit einer kurzen Rede einleitete, bei der er zwei Neuerwerbungen vorstellte, die an diesem Abend in den Sammlungsbestand der Sammlung Reed eingehen sollten; ein Mappenwerk mit zwölf Kaltnadelradierungen von Salvador Dalí und ein allegorisches Gemälde des bedeutenden Symbolisten Arnold Böcklin.

»Wie Sie wissen, realisiert das Museum für fantastische Kunst neben der Präsentation seiner ständigen Sammlung jährlich nur eine temporäre Sonderausstellung im Sommerhalbjahr. In diesem Jahr werden wir mit dieser Konvention brechen und auch im Winterhalbjahr eine große Sonderschau mit dem Titel *Bound – Gefesselte Körper in der Kunst* präsentieren. Ich bin sehr glücklich und ausgesprochen stolz, dass wir als

Gastkuratorin die renommierte Frankfurter Kunstwissenschaftlerin Frau Dr. Ann-Sophie Lauenstein gewinnen konnten.«

Ian hatte mir gesagt, dass er das Ausstellungsprojekt heute ankündigen würde, und trotzdem traf es mich völlig unvorbereitet, als mich plötzlich alle ansahen. Mein Herz schlug bis zum Hals und meine Wangen glühten, als ich tapfer lächelte und freundlich in die Runde nickte.

In den darauffolgenden Wochen lag die Forschungsarbeit für mein Habilitationsvorhaben weitestgehend auf Eis. Neben meiner Tätigkeit an der Universität in nur drei Monaten eine themengebundene Gruppenausstellung von internationalem Rang auf die Beine zu stellen, war eigentlich ein Ding der Unmöglichkeit. Normalerweise ging man bei der Realisierung eines Ausstellungsprojekts von dieser Größenordnung von einer Vorbereitungszeit von etwa zwei Jahren aus. Ohne Ians Unterstützung wäre ich schon allein an dieser Vorstellung verzweifelt.

Allerdings arbeitete wohl auch kein Kurator einer öffentlichen Einrichtung unter so luxuriösen Bedingungen, wie sie Ian für mich geschaffen hatte. Mir standen nicht nur drei kuratorische Assistenten und zwei wissenschaftliche Mitarbeiter zur Verfügung, sondern auch im Hinblick auf Leihgaben, Versicherungs- und Transportkosten gab es keinerlei finanzielle Einschränkungen. Ich hatte also weder mit einem knappen Budget zu kämpfen, noch brauchte ich mich um Drittmittel und Sponsoring zu kümmern und konnte mich somit ganz auf meine eigentlichen kuratorischen Aufgaben konzentrieren, die im Wesentlichen aus Sichtung, Konzeption und Beschaffung bestanden. Auch ein repräsentativer Begleitkatalog hätte unter gewöhnlichen Umständen innerhalb dieses knappen Zeitfensters niemals rechtzeitig fertig werden können, aber Ian ließ auch hier seine Beziehungen spielen, und so konnten wir einen überaus renommierten Kunstbuchverlag für den Druck und von mir hoch geschätzte Kollegen aus aller Welt für Beiträge gewinnen.

Aber das eigentliche Highlight der immer wieder auch sehr stressigen Ausstellungsvorbereitung waren meine zahlreichen

Aufenthalte im Depot der Sammlung Reed. Hin und wieder begleitete mich Ian in das Fort-Knox-artig gesicherte Kellergeschoss des Museums für fantastische Kunst, wo die derzeit nicht im Sammlungskontext präsentierten Kunstwerke gelagert und in hochmodernen deckenhohen Schiebeschränken verwahrt wurden. Es fühlte sich an wie eine sinnliche Entdeckungsreise in die Geschichte der Kunst, wenn man eine dieser Schiebewände herauszog und dabei immer wieder neue und andere Meisterwerke entdeckte.

An diesem stürmischen Freitagabend in der letzten Oktoberwoche begutachteten wir die sammlungseigenen Werke, die ich für die Ausstellung ausgewählt hatte. Vor allem aus dem Umfeld des Symbolismus besaß die Sammlung Reed eine Reihe repräsentativer Gemälde zum Andromeda-Thema von Gustave Moreau, Edward Burne-Jones und Gustave Doré, aber auch zwei wunderbare Darstellungen des an den Kaukasus geketteten Prometheus von Moreau und Franz von Stuck. Hinzu kamen eine Darstellung des von Brunhilde gefesselten Gunther von Johann Heinrich Füssli sowie hervorragende Werke zum Thema der erotischen Fesselung aus der Strömung des Surrealismus mit passenden Hauptwerken von Clovis Trouille und Leonor Fini.

Außerdem verfügte das Archiv über eine umfangreiche Sammlung von Druckgrafiken und Fotografien, aus der ich erstklassige Arbeiten von Man Ray, Max Ernst und natürlich von Hans Bellmer ausgesucht hatte.

Gemeinsam betrachteten wir auch das Modell der drei Ausstellungsräume, das ich zusammen mit meinen Assistenten erstellt hatte. Die beiden jungen Studentinnen, die mir zuarbeiteten, waren zwar eine Weile mit Basteln beschäftigt gewesen, bis das maßstabsgetreue 3-D-Modell fertig gewesen war, aber jetzt konnte man mit Miniaturabbildungen der vorgesehenen Kunstwerke ganz bequem verschiedene Hängungen ausprobieren und diskutieren, obwohl viele der Arbeiten aus aller Welt erst kurz vor Ausstellungsbeginn eintreffen würden und im Original nicht für derartige Experimente zur Verfügung standen.

»Ich liebe dieses Bild«, sagte ich nach dieser Trockenübung zu Ian und zog eine der Schiebtüren auf. »Jedes Mal, wenn ich in den letzten Wochen hier unten war, musste ich diese Schiebewand herausziehen und es eine Weile betrachten. Ich bin ohnehin ein Fan von Max Ernst, aber dieses ist wie die Essenz seines Schaffens. Die Grattage-Technik ist so unglaublich filigran angewendet und die Farben sind einfach brillant. Es tut den Augen gut. Und der Seele.«

Ian stand direkt hinter mir, und jetzt legte er seine Arme um mich und küsste mich sanft auf die Schulter.

»Ja, es ist ein Meisterwerk. Ich habe es letztes Jahr bei einer Auktion in New York erworben, weil ich mich ebenso sehr in dieses Bild verliebt habe wie du. Vielleicht habe ich es deshalb bislang auch noch nicht in den Sammlungsbesitz überführt.«

Ich konnte das sonore Timbre seiner Stimme förmlich spüren und schmiegte mich in seine Umarmung. Gemeinsam betrachteten wir die surrealistische Waldlandschaft mit ihren stalagmitenhaft aufragenden schroff spitzen Felsen und wuchernden Fantasievegetationen, changierend in satten Nuancen zwischen Smaragdgrün und Saphirblau.

»In jedem Fall ist es zu schade für das Depot«, sagte ich.

»Das ist es in der Tat. Aber an den Außenkanten ist es in einem katastrophalen konservatorischen Zustand. Es wartet hier unten auf seine Restauration, aber vor Herbst nächsten

Jahres werden sich die Restauratoren kaum bis zu diesem Werk durchgearbeitet haben. So könnten wir es jedenfalls nicht präsentieren, selbst wenn ich wollte.«

Dann trat ich an den Lichttisch, der uns zur Sichtung einiger grafischer Arbeiten gedient hatte, und legte vorsichtig die Leonor-Fini-Lithografien zusammen, die zu einem Mappenwerk mit Illustrationen zur *Histoire d'O* gehörten.

Es waren feinnervige Tuschezeichnungen, mit schnellem, fast aggressivem Strich von einer begnadeten Künstlerin zu Papier gebracht und mit sehr wässriger Aquarellfarbe in erdiger, oft blutfarbener Palette großflächig koloriert. Aus diesen düsteren erotischen Visionen sprach mehr Aggression, mehr brutale Rohheit als die verklärte Sinnlichkeit, die die meisten männlichen Künstler dieser streitbaren literarischen Vorlage abgerungen hatten.

»Die hast du jetzt schon mindestens dreimal durchgesehen. Dabei dachte ich, es stände längst fest, dass du sie in der Ausstellung haben willst.«

Ian küsste mich in die Halsbeuge und knabberte sanft an meinem Ohrläppchen.

Ich zuckte mit den Schultern und drehte mich zu ihm um. »Ja, sie werden auch auf jeden Fall gezeigt. Es wird sogar einen Katalogtext dazu geben.«

»Warum haderst du dann immer noch mit diesen Grafiken?«

»Ich hadere nicht mit den Grafiken, Ian. Die Lithos sind großartig und sie unterscheiden sich sehr von den übrigen Arbeiten auf Papier, die in dem grafischen Kabinett zu sehen sein werden.«

»Aber dann bist du dir deiner Sache doch ganz sicher.« Er sah mir so tief in die Augen, dass es mir schwerfiel, diesem prüfenden Blick standzuhalten.

Während ich mir den weißen Baumwollhandschuh abstreifte und die aufwendig gestaltete Grafikbox verstaute, sagte ich: »Ich hatte in den letzten Wochen so viel mit Kunstwerken zu tun, die sich auf die eine oder andere Weise mit SM oder Bondage beschäftigen. Obwohl einige davon sehr viel expliziter sind als diese Aquarelle, erscheinen sie mir doch am verstörendsten. Ich frage mich die ganze Zeit, ob sie auch die authentischsten sind.«

Ian hob eine perfekt geschwungene Augenbraue.

»Du fragst dich, ob es das ist, was ich mag?« Seine Stimme klang dünn. »Frauen, die auf dem Boden kauern, die an den Haaren gezogen und mit Ketten gewürgt werden?«

»Nein.« Ich schüttelte den Kopf. »Ich weiß, dass du kein Sadist bist ...«

»Oh doch, Ann-Sophie«, unterbrach er mich ruhig, aber gleichzeitig waren da ein fast schroffer Unterton und ein gefährliches Blitzen in seinen schillernden Augen. »Ich habe durchaus sadistische Neigungen. Du weißt, dass ich dir gern deinen hübschen Hintern versohle, und es würde mir auch gefallen, dich mit anderen Instrumenten bekannt zu machen als nur mit meinen Handflächen. Ich würde dir zum Beispiel gern zeigen, wie lustvoll, wie erotisch und höchst sinnlich eine Peitsche sein kann. Aber was diese Bilder zeigen, ist etwas vollkommen anderes. Diese O wird erniedrigt, gequält, vernichtet. Das wäre niemals meine Intention.«

Mit diesen Worten hob er mich ohne weitere Umschweife auf den Lichttisch, und ich quiekte auf – zum einen, weil die von unten beleuchtete Milchglasplatte überraschend heiß war, zum anderen, weil mir der Tisch für derartige Aktionen schlicht zu wertvoll erschien.

Ians ebenso kosende wie fordernde Hände glitten über meine Oberschenkel und ertasteten durch den Stoff meines Kleides die Häkchen meiner Strumpfhalter.

Er grinste selbstgefällig und hob anerkennend beide Augenbrauen.

»Ich gehe davon aus, die trägst du für mich? Sehr schön. Und durchaus angemessen, wenn man bedenkt, dass ich die letzten drei Tage in Barcelona ununterbrochen an dich gedacht und mich jede Nacht nach dir verzehrt habe.«

Plötzlich klang seine Stimme fast ein wenig drohend, während er meine Beine ganz beiläufig auseinanderschob.

»Ich werde dich jetzt ficken, Ann-Sophie. Hart und schnell. Irgendwelche Einwände?«

Seine Stimme klang dunkel und fordernd, aber um seine sinnlichen Lippen spielte der Hauch dieses faszinierenden Lächelns.

Mein Herzschlag setzte für einen Augenblick aus, während ich wie auf Knopfdruck Hitze und Feuchtigkeit zwischen meinen Beinen spürte.

»Hier?« Meine Stimme überschlug sich fast, ebenso wie meine Gedanken und Gefühle.

»Ja, genau hier, Darling«, erklärte Ian, ohne mit der Wimper zu zucken, und ging vor mir in die Hocke.

»Das geht nicht. Absolut unmöglich«, stotterte ich, während ich das schwarze Moschino-Kleid wieder nach unten zog, das seine Hände gerade im Begriff waren, mir über die Hüften zu schieben.

»Du bist doch gar nicht so prüde, wie du gerade tust, Liebste. Wir sind ganz allein hier«, meinte er spöttisch und ließ seine Hände meine Waden streicheln und sie dann langsam an meinen Beinen hinaufwandern.

In der Tat waren wir allein im Depot und abgesehen vom Wachpersonal im Erdgeschoss auch allein im Gebäude. Das Museum hatte schon seit zwei Stunden geschlossen.

»Aber was ist mit der Überwachungstechnik?«

Ian grinste, und ich folgte seinem Blick. »Hier haben die Kameras einen toten Winkel.«

Wieder schob ich den Stretchstoff über mein Knie, doch nicht mehr so vehement wie beim ersten Mal.

Ian grinste mich von dort unten an, während er den dritten Versuch unternahm und seine Hände erneut seelenruhig über meine Beine streicheln ließ.

Seine langen schmeichelnden Finger hatten inzwischen den breiten Spitzensaum meiner Strümpfe erreicht, und ich spürte, wie sich meine Atmung beschleunigte. Seine Daumen ertasteten wie in Zeitlupe den spitzenverzierten Strumpfhalter, ehe er mir das Kleid vollends über die Hüften raffte, und diesmal ließ ich es geschehen.

Ian erhob sich und stand plötzlich so nah vor mir, dass unsere Körper einander berührten. Ich nahm die Erektion in seiner Hose wahr, die sich gegen meine Knie presste.

»Spreiz deine Beine für mich«, raunte er mir ins Ohr, und es klang tatsächlich wie ein Befehl.

Als ich ihm nicht umgehend Folge leistete, drängte er meine Schenkel mit den eigenen Händen auseinander.

Seine wendigen Finger schoben sich an meinem String vorbei und entlockten mir ein heiseres Aufstöhnen. Immer wieder, erst mit betörender Langsamkeit, dann schneller und heftiger, ließ er Zeigefinger und Mittelfinger in meinen Schoß gleiten, bis ich erneut aufstöhnte und mich unter dieser Behandlung wand.

Seine silberblauen Eisaugen fixierten mich unverwandt mit diesem hypnotisch sphinxhaften Blick, während Ian seine feuchten Finger an seine schöne gerade Nase führte, die daraufhin zu beben begann, wie die Nüstern eines Raubtiers, das Witterung aufnimmt.

»Du duftest betörend«, raunte er und verteilte meine eigene Feuchte auf meinem Dekolleté.

Dann fuhr eben dieser sündige Zeigefinger den großen U-Boot-Ausschnitt meines Kleides nach, nur um das feine Stretchmaterial so zu überdehnen, dass es gleichzeitig meine Arme an meinen Oberkörper presste und meine Brüste entblößte, die er gleich darauf aus ihren BH-Schalen hob.

Wie von einer Büstenhebe emporgepresst, sprangen ihm meine Brüste förmlich entgegen, und meine beschleunigte Atmung sorgte dafür, dass sie sich auf sehr sinnliche Weise hoben und senkten.

Einen Moment lang betrachtete Ian sein Werk und trotz seines unergründlichen Blicks wirkte er sehr zufrieden mit dem, was er sah. Dann öffnete er den Reißverschluss seiner Hose und hob mich im nächsten Moment ein wenig hoch, während er meinen String einfach beiseiteschob und mit einem einzigen harten Stoß in mich drang.

Ich schrie auf, weil ich nach diesem ausführlichen und zärtlichen Vorspiel nicht mit einem so plötzlichen und rohen Angriff gerechnet hatte.

»Schling deine Beine um meine Taille und leg die Arme um meinen Hals«, wies er mich mit schroffen Worten an, und ich gehorchte.

Ians Stöße waren unbarmherzig, schnell und unglaublich tief. Seine sinnlichen Lippen und seine verruchte Zunge zwangen meinen Mund auf, und ich erwiderte seinen gierigen, alles verschlingenden Kuss. Ich klammerte mich an ihn, und meine Fingernägel gruben sich tief in die seidige Haut seines Nackens, während mein Po auf dem Lichttisch glühte und ich Ians gnadenlosem Rhythmus ausgeliefert war.

Ich stöhnte in seinen Mund und verkrallte mich noch mehr in seinem Rücken, während ich von einem unglaublichen Orgasmus überrollt wurde und auch Ian kurz darauf tief in mir explodierte.

Langsam und selbst schwer atmend zog er sich aus mir zurück und half mir, mein Kleid zu ordnen, nachdem er seine Hose geschlossen hatte.

Ich glitt von dem heißen Lichttisch, und Ian zog mich in seine Arme.

»Was, wenn uns doch einer der Wachmänner gesehen hat?«, murmelte ich an seiner Brust.

Er lächelte dieses atemberaubende Lächeln.

»Keine Sorge. Er würde seinen Chef vermutlich lediglich darum beneiden, dass es ihm gelungen ist, die schönste Frau des Planeten flachzulegen.«

Auch ich musste lächeln. »Nein, Ian. Ein Sadist bist du nicht. Aber ein gnadenloser Verführer.«

Seit ich an dem Ausstellungsprojekt arbeitete, waren mir das Museum für fantastische Kunst und sein Depot gewissermaßen zur zweiten Heimat geworden, aber ebenso begannen sich mit der Zeit auch das Frankfurter *Grand Reed* und speziell die Präsidentensuite in für mich sehr vertraute Orte zu wandeln.

Wenn Ians Zeitplan einen mehrtägigen Aufenthalt in Frankfurt zuließ, wohnte er selbstverständlich bei mir, wenn er aber nur für einen Tag oder gar nur für einige Stunden bleiben konnte, trafen wir uns im Hotel, wo uns die Annehmlichkeiten von Restaurant, Spa und Zimmerservice gestatteten, die wenige Zeit, die uns blieb, ohne jegliche Alltagspflichten ganz für uns zu haben.

An diesem Mittwochnachmittag Anfang November war ich von der Uni direkt zum *Grand Reed* gefahren. Ians Jet aus Wien würde zwar erst in frühestens einer Stunde landen, aber zuerst nach Hause zu fahren lohnte sich auch nicht, und so nahm ich meine Arbeit in Gestalt eines Bücherstapels aus der Universitätsbibliothek einfach mit ins Hotel.

»Was liest du da, Liebste?«, fragte die melodische Stimme, die ich sosehr liebte, und ehe ich mich erheben und mich zu Ian umdrehen konnte, war er schon bei mir und hatte mich über die Sofalehne hinweg in den Nacken geküsst. Ich hatte mich offenbar sosehr in die Arbeit vertieft, dass ich nicht einmal gehört hatte, wie er den Raum betreten hatte.

»Bist du schon länger hier?«, fragte ich daher und legte den Bildband auf den Tisch.

»Nur einen Augenblick. Ich habe gesehen, wie konzentriert du arbeitest und wie wunderschön du dabei aussiehst. Ich wollte dich nicht unterbrechen, Darling.«

Ich strahlte ihn an und dehnte meine Glieder. »Ich habe den ganzen Nachmittag auf diese Unterbrechung gewartet.«

Ian stand noch immer hinter mir und begann sanft, meine verspannten Schultern zu massieren.

»Robert Mapplethorpe?«, fragte er mit Blick auf den großen Fotoband vor mir.

Ich nickte und beugte mich nach vorn, um das Buch wieder zur Hand zu nehmen.

»Ich gehe das Werkverzeichnis durch. Ich denke darüber nach, eine oder zwei seiner prägnanteren Fotografien in die

Ausstellung aufzunehmen. Quasi als Gegenüberstellung zu Helmut Newton.«

Ich blickte zu Ian auf und sah, dass er skeptisch die Stirn in Falten legte.

»Oder hältst du das für zu harten Tobak?«

»Ich weiß nicht, Ann-Sophie.« Das Thema schien ihm wirklich unangenehm zu sein.

»Dann komm zu mir und sieh sie dir mit mir zusammen an. Ich nehme sie nur auf, wenn du einverstanden bist.«

»Es ist deine Ausstellung. Du bist die Kuratorin. Ich werde dir in deine Konzeption ganz gewiss nicht hineinreden.«

»Komm schon, Ian. Das ist unser gemeinsames Projekt, du hast mich dazu gedrängt und stellst alle Mittel zur Verfügung. Sieh es dir mit mir an.«

Ich rückte ein Stück, und er setzte sich neben mich.

Gerade war ein Bild von zwei typischen Vertretern der schwulen Lederszene der ausgehenden 1970er-Jahre aufgeschlagen, die brav für die Kamera posierten, während der eine den anderen an eisernen Ketten hielt.

»Wenn du meinst, dass es in die Ausstellung gehört.« Es klang gedehnt und wenig erfreut.

»Es muss ja nicht unbedingt dieses sein. Es ist nur so, dass mit Man Ray und Helmut Newton tendenziell misogyn geprägte SM-Bilder zu sehen sein werden. Zudem die klassischen Bondage-Fotografien von Gilles Berquet und Nobuyoshi Araki. Ich fände die Gegenüberstellung mit Mapplethorpes homosexuellen Protagonisten also ganz gut.«

Ich blätterte weiter. »Was hältst du zum Beispiel hiervon?«

Ian starrte auf die Fotografie, die ich ihm hinhielt. Das Schwarz-Weiß-Bild zeigte einen attraktiven jungen Mann in lasziver Pose, möglicherweise ein Selbstporträt des Künstlers. Er war bis zur Hüfte nackt, mit einer Art Schlafmaske über den Augen und mit einem Strick und Handschellen gefesselt. Mich erinnerte das Motiv stark an Darstellungen des Heiligen Sebastian, eine Parallele, die man auch in der Ausstellung gut hätte aufgreifen können.

»Kommt nicht infrage!«, polterte Ian, und ich hätte fast vor Schreck den wertvollen Bildband fallen lassen. »Dieses Bild wird in meinem Museum nicht gezeigt werden!« Seine Augen funkelten erbost und um seine Mundwinkel zuckte es verdächtig.

»Okay, wie du meinst«, gab ich konsterniert zurück. »Wenn die passive Person eine Frau wäre, hättest du allerdings keine Probleme mit diesen Bildern, vermute ich.«

»Es geht nicht darum, ob es ein Mann oder eine Frau ist, Ann-Sophie.« Ians Stimme klang schneidend.

»Offenbar schon, denn gegen meine Auswahl von Newton- und Ray-Fotografien hattest du nichts einzuwenden. Aber ich lasse den Mapplethorpe selbstverständlich weg, wenn du solche Probleme mit seinen Arbeiten hast.« Das hatte schnippischer geklungen als beabsichtigt.

»Mapplethorpe war ein begnadeter Fotograf, ich habe kein Problem mit seiner Arbeit. Aber diese schwulen SM-Fotografien will ich in meinem Museum nicht sehen.« Da war er wieder, dieser strenge, keinen Widerspruch duldende Tonfall. Aber gleichzeitig sah ich die kleinen weißen Falten der Anspannung, die sich um Ians Mundwinkel gebildet hatten. Er war richtig aufgewühlt, seine schönen Hände bebten.

»Was ist los, Ian?«, fragte ich sanfter. »Wir diskutieren hier doch nicht nur über Mapplethorpe. Diese Aversion, ist die …«

Ich traute mich kaum, es auszusprechen. »Hat das auch etwas mit Argentinien zu tun?«

Er schluckte hart. »Ich bin nicht homophob, Ann-Sophie. Aber diese Bilder, die kann ich kaum ertragen.«

Er erhob sich in dieser dynamisch-eleganten Art, die ihm eigen war, und ich konnte förmlich dabei zusehen, wie sich die Maske der Unnahbarkeit wie eine gut einstudierte Theaterrolle über sein schönes aristokratisches Gesicht legte und jede Gefühlsregung aus seinen Zügen zu verbannen drohte, jede Emotion niederzukämpfen schien.

Ich legte den Bildband weg. Mein Herz raste.

»Sieh mich an, Ian. Ich liebe dich mehr als alles andere auf der Welt. Bitte sprich mit mir, Liebster.« Es hätte fest und zuversichtlich klingen sollen, aber es klang eher flehend.

Der innere Kampf, den er ausfocht, war fast mit Händen zu greifen, als er an die Bar trat, um sich einen Whiskey einzuschenken. Erst sah es so aus, als würde er die Flasche an ihren Platz zurückstellen, doch dann überlegte er es sich offensichtlich anders und stellte sie auf den Couchtisch, ehe er am anderen Ende des großen Sofas Platz nahm.

»Ich sagte ja bereits, Diego war ein wahrer Sadist – er quälte mich zum reinen Zeitvertreib und zu seinem ureigenen Amüsement. Dass er auch homosexuell war, merkte ich erst etwas später.«

Wieder einmal hatte Ians Stimme äußerlich ruhig und gefasst geklungen, und doch blieb mir seine immense innere Anspannung nicht verborgen.

Oh Gott! Bisher hatte ich angenommen, die sexuelle Gewalt, der Ian während seiner Gefangenschaft ausgesetzt gewesen war, sei von Valentina ausgegangen. Dass man ihn zu schwulem Sex gezwungen haben könnte, war mir gar nicht in den Sinn gekommen.

Meine Kehle war staubtrocken und mir wurde übel. Mein Bruder war schwul und er war ein sexuell sehr aktiver Mensch, der schwulen Sex seit seiner Jugend leidenschaftlich und äußerst lustvoll praktizierte. Aber die homosexuelle Vergewaltigung eines virilen, heterosexuellen Mannes, das war abscheulich und unfassbar erniedrigend.

»Ian, es tut mir so leid«, flüsterte ich, weil ich nicht wusste, was ich sonst hätte sagen sollen.

Doch er ignorierte mich und sprach bereits weiter.

»Als ich ihm am ersten Abend meiner Geiselhaft die saure Bohnensuppe ins Gesicht spuckte, folterte mich Diego zum ersten Mal. Ich musste mein Hemd ausziehen und Raúl, einer seiner beiden Handlanger, fesselte meine Handgelenke mit einem Strick, der durch eine Öse in der Decke gezogen wurde. Dann schlug Diego mich mit seinem Gürtel, wieder und wieder und mit so unglaublicher Wucht, dass mich der beißende Schmerz taumeln ließ. Anschließend fuhr er mit fast zärtlichen Fingerspitzen die blutigen Schwielen in meinem Rücken nach. Dabei trat er ganz dicht hinter mich und flüsterte mir mit seiner schrecklich nasalen Stimme ins Ohr: ›Valentina hat recht, du bist wirklich ein attraktiver Mann. Dein athletischer Körperbau beeindruckt mich. Man hat das Gefühl, du hast jeden einzelnen deiner Muskeln unter Kontrolle. Und du hast nicht geschrien. Dazu gehört eine Menge Selbstdisziplin – und Stolz. Aber den werde ich dir schon auszutreiben wissen.‹

Er war mir so nah, dass ich seine Härte in meinem Rücken spüren konnte, und mir wurde bewusst, wie sehr ihn das Schauspiel erregt hatte. In den nächsten Tagen ließ Diego keine Gelegenheit aus, mich für irgendwelche Vergehen zu bestrafen, die er meist selbst erfand. Ebenso ließ er sich keine Gelegenheit entgehen, mich dabei so nackt wie möglich zu sehen und so oft als irgend möglich zu berühren. Diego genoss es, mich leiden zu sehen, und mir gegenüber machte er auch keinen Hehl aus seinen Neigungen.

›Dein Körper ist geschunden, aber du weckst noch immer mein Begehren. Unter der schwieligen Haut fühle ich deine eindrucksvollen Muskeln‹, flüsterte er verträumt in gebrochenem Englisch, weil seine Kumpane die Sprache nicht verstanden, und ließ seine Fingerspitzen über meinen Bauch bis zum Bund meiner Jeans hinabgleiten. Die Fesseln ließen es nicht zu, ihn zu erwürgen, aber es gelang mir, ihm erneut mitten ins Gesicht zu spucken.

›Verschone mich mit deinen Perversitäten, Diego‹, knurrte ich.

In einer allzu affektierten Geste wischte er sich meinen Speichel von der Wange, dann schlug er mir ins Gesicht. Aber solange seine Kumpane dabei waren oder nebenan warteten, wagte er es nicht weiterzugehen. Nach einem missglückten Fluchtversuch ließ Diego mich nackt und geknebelt an einen Stuhl fesseln, dem die Sitzfläche fehlte und verabreichte mir mit seinem Ledergürtel Schläge auf Gesäß und Hoden. Diese Schmerzen werde ich nie vergessen.« Ian schluckte hart.

Ich hatte atemlos an seinen Lippen gehangen und seinen Worten mit zunehmender Fassungslosigkeit gelauscht. Während sein Bericht anfangs so neutral und distanziert geklungen hatte, wirkte er jetzt aufgewühlt.

»Ich hatte ja keine Vorstellung davon, was du durchgemacht hast«, sagte ich mit belegter Stimme.

Ian schien jetzt völlig in seine eigene Geschichte vertieft zu sein. Ich ahnte, dass die Ohnmacht und der unbändige Zorn auf Diego und Mycroft Baine für ihn wieder ganz lebendig geworden waren, und ich fürchtete, dass die schrecklichen Erinnerungen ganz von ihm Besitz ergriffen haben könnten. Ich überlegte, wie ich ihn sanft ins Hier und Jetzt zurückholen könnte, doch gleichzeitig schien es ihm auf eigenartige Art gut zu tun, all das loszuwerden.

»Obwohl die sexuelle Konnotation der Folter unübersehbar war, blieben mir handfeste sexuelle Übergriffe erspart, solange Diego als *El Comandante* sein Gesicht zu wahren bestrebt war. Aber dann bekam ich mit, wie die Unruhe in der Gruppe von Tag zu Tag wuchs, weil das Geld für meine Exekution noch immer nicht vollständig bezahlt worden war, und man diskutierte heftig darüber, ob es nicht sicherer sei, meine Hinrichtung endlich zu vollziehen. Nachdem mein letzter Fluchtversuch so kläglich gescheitert und so grausam bestraft worden war und ich mich außerdem von Tag zu Tag schwächer fühlte, musste ich mir einen anderen Ausweg einfallen lassen, und ich entschied, mich Diego anzubieten.«

Ich nahm die ungewohnte Fahrigkeit wahr, mit der Ian sich Whiskey nachschenkte und das gut gefüllte Glas in einem einzigen Zug leerte.

»Diego sorgte dafür, dass wir zum ersten Mal allein in der Hütte waren, und genau darin bestand mein Plan. Ich hätte es niemals mit allen dreien aufnehmen können, aber Diego allein, der mir in Statur und Körpergröße ähnlich war, traute ich mir zu, obwohl meine einzige Waffe eine Sprungfeder aus der durchgelegenen Matratze meiner Pritsche war. Natürlich misstraute er mir und fesselte mich streng, ehe er mir die Hose herunterzerrte, seinen stinkenden Speichel auf meinen Anus spuckte und mich zum ersten Mal von hinten nahm.«

Ich erstarrte bei Ians Worten und ich empfand einen ungekannten Hass auf den Mann, der ihm das angetan hatte.

»Nachdem ich mich nicht gewehrt hatte, glaubte Diego wohl, uns verbände eine gemeinsame Neigung, und so fesselte er am nächsten Abend nur noch meine Hände, ehe er mich auf die Knie zwang und mir seinen Schwanz in den Rachen schob. Am dritten Abend schließlich war Diego so geil, dass er auf die Fesseln gänzlich verzichtete, als er mich zu einem erneuten Blowjob zu Boden zwang, und diesmal nutzte ich meine Chance. Ich entmannte ihn mit der zur Drahtschlinge umfunktionierten Feder, nahm ihm den Schlüssel ab und konnte fliehen. Ich befand mich irgendwo in der Villa Miseria, dem inoffiziellen Elendsviertel auf dem Retiro-Bahnhofsgelände mitten in Buenos Aires und meine Kleider standen vor Dreck. Es grenzte an ein Wunder, dass ein junger Argentinier anhielt und mich mit seinem Käfer bis zur Polizei mitnahm– ich selbst hätte mich nicht einsteigen lassen.«

Einen Moment lang herrschte Stille, und ich betrachtete Ians schönes, von Abscheu und Schmerz verzerrtes Gesicht.

»Ich habe mich prostituiert, Ann-Sophie! Ich habe mich Diego angeboten und mich von ihm ficken lassen wie eine Hure.« Ians Stimme bebte vor Bitterkeit und Ekel, den er vor sich selbst empfand. Seine schlanke Hand hielt das Whiskey-Glas so fest umklammert, als wollte er es zerbrechen. Er senkte den Blick und wich dem meinen aus.

»Sieh mich an, Liebster«, bat ich und streichelte sanft über die seidige Haut seiner Schläfe.

»Da ist nichts, wofür du dich schämen müsstest. Du hast so gehandelt, um dein Leben zu retten. Es war der einzige Weg, der dir blieb, um nicht sterben zu müssen, und ich habe Hochachtung und großen Respekt davor.«

»Respekt vor einem Mann, der sich hat demütigen, erniedrigen und vergewaltigen lassen? An jenem Abend wäre ich lieber tot gewesen, Ann-Sophie. Und das geht mir bis heute so, wenn ich daran zurückdenke. Du hast also Respekt vor meiner Feigheit?« Er lachte bitter auf, und seine Stimme klang so hart und schneidend, dass es mich frösteln ließ.

»Nein.« Ich schüttelte den Kopf. »Ich habe Respekt vor deinem eisernen Willen, Ian. Vor deiner Unbeugsamkeit und deinem Stolz.«

Er runzelte die Stirn und sein Antlitz offenbarte die unterschiedlichsten Empfindungen.

»Du verachtest mich nicht für das, was ich getan habe?«, fragte er ungläubig.

»Nein. Natürlich nicht, Ian. Dir ist Schreckliches widerfahren, aber dadurch ändern sich doch nicht meine Gefühle für dich. Ich liebe dich. Und daran wird sich nichts ändern.«

Das zaghafte Lächeln, das für Sekundenbruchteile über sein hübsches Gesicht huschte, bestärkte mich darin, näher an ihn heranzurutschen und mich an seine Brust zu schmiegen. Ich genoss es, als er ganz sanft seine Arme um mich legte. Doch dann hielt er mich plötzlich von sich weg und zwang mich, ihn anzusehen.

»Bist du dir sicher, Ann-Sophie? Sicher, dass es Liebe ist und nicht Mitleid, das du für mich empfindest? Wenn wir miteinander schlafen, wird da nicht Abscheu in dir sein?« Seine Stimme hatte wieder diesen harten Ton angenommen, und er taxierte mich streng mit seinen herrlichen Augen.

»Wie könnte ich dich verurteilen oder gar verabscheuen, Liebster? Ich liebe dich und ich begehre dich, Ian. Kein bisschen weniger als zuvor.«

Mit dem, was ich dann tat, schien er in keiner Weise gerechnet zu haben. Sein schönes, angespanntes Antlitz verriet seine Verwirrung, seine Überraschung, sein Unverständnis, als ich im nächsten Moment den Reißverschluss seiner Hose öffnete und mich über ihn beugte, um ihm zu zeigen, wie sehr ich ihn begehrte. Ich verwöhnte ihn voller Zärtlichkeit und inniger Hingabe mit Lippen und Zunge, und es war wundervoll zu spüren, wie er unter meinen Liebkosungen schwoll und wuchs. Ich übersäte seinen Schaft mit unzähligen weichen Küssen, schloss dann die Lippen um seine Spitze und saugte daran. Ich nahm ihn weit in meinen Mund auf und ließ meine Lippen an der seidenweichen Haut vor und zurück gleiten. Ich ließ meine Zunge gegen seine pochende Spitze stoßen und tauchte mit der Zungenspitze in die empfindliche Kerbe, bis Ian laut aufstöhnte und die Finger der einen Hand ins Sofa krallte, während er die andere in mein Haar wob.

»Bitte, Ann-Sophie«, keuchte er, und ich blickte zu ihm auf. Seine irisierenden Augen waren glasig und verschattet vor Lust. Er biss die Zähne zusammen und schien sich mit aller Kraft beherrschen zu wollen.

»Du musst das nicht tun, Liebste«, presste er heiser hervor.

»Ich weiß. Aber ich will es so«, sagte ich und nahm ihn erneut in meinen Mund auf, während ich mit den Händen sanft seine Hoden massierte und sie gefühlvoll drückte.

Ich konnte spüren, wie er endlich losließ, wie sich alle Muskeln seines Körpers anspannten, jede Ader seines Leibes pulsierte. Und dann ergoss er sich in meinen Mund, und er schmeckte köstlich.

Ian zog mich zu sich empor und in seine Arme. Eine Weile hielt er mich einfach so, und ich genoss es, an seiner harten Brust zu liegen, die sich noch immer schwer hob und senkte.

»Das war unglaublich, Liebste. *Du* warst unglaublich. Warum hast du das für mich getan?«

»Weil deine Lust auch meine Lust ist, Ian.«

»Aber ein Blowjob ist erniedrigend, und du hattest nichts davon.«

»Deshalb wolltest du nie, dass ich dich auf diese Weise verwöhne. Weil du es als demütigend und entwürdigend erlebt hast. Aber es ist etwas anderes, wenn man denjenigen liebt, Ian. Für mich ist es wie ein Geschenk, deine Lust so unmittelbar zu erleben. Weil du der Mann bist, den ich über alles liebe.«

»Nach alldem? Das hätte ich nicht zu hoffen gewagt, Ann-Sophie«, sagte er, und dann lagen seine Lippen auf meinen.

Eigentlich waren wir an jenem Abend zu einer Ballettveranstaltung in der Alten Oper eingeladen, aber wir ließen die Karten verfallen und bemühten stattdessen den Zimmerservice.

Und doch sah Ians Vergangenheitsbewältigung ganz anders aus, als sie sich wohl bei den meisten anderen Menschen geäußert hätte. Er hatte mich ins Vertrauen gezogen, mir seine verwundbarste, seine verletzlichste Stelle offenbart, aber mein Mitleid wollte er nicht.

Stattdessen liebten wir uns in dieser Nacht immer und immer wieder, bis zur Erschöpfung und darüber hinaus. Erst unendlich zärtlich, dann voll urwüchsiger Leidenschaft und schließlich mit der rasenden Intensität der Verzweiflung nahm Ian meinen Körper und meinen Geist in Besitz, schien sich meiner immer wieder vergewissern zu müssen und trieb uns beide an den Rand der Entkräftung.

»Ich will, dass du mein bist, Ann-Sophie! Ich will, dass du mir ganz und gar gehörst!«, forderte er mit rauer Stimme und fiebrigem Blick, während er sich mit solcher Wucht in mich trieb, dass ich das Gefühl hatte, er durchbohrte mit jedem seiner gnadenlosen Stöße mein Innerstes.

»Ich will, dass du mir für alle Zeiten angehörst! Gib dich mir ganz, Ann-Sophie!«

Und wie auf sein Kommando erbebte mein Körper in einem so heftigen Orgasmus, dass mir Tränen aus den Augen rannen. Keuchend und zitternd lag ich kraftlos und völlig ausgelaugt unter ihm, während auch Ian tief in mir Erfüllung fand und seinen glühenden Samen in mich pumpte.

Doch dann änderte sich schlagartig der entrückte Ausdruck in seinen schönen Augen und machte tiefer Besorgnis Platz.

»Aber du weinst ja, Liebste. Bitte verzeih, ich wollte dir ganz gewiss nicht wehtun«, erklärte er mit heiserer Stimme, aber ich schüttelte nur schwach den Kopf und strich ihm eine verschwitzte Strähne aus dem Gesicht.

Ich fuhr mir mit der Zunge über die geschwollenen, wundgeküssten Lippen.

»Du hast mir nicht wehgetan, Ian. Es sind nur *Tränen der Lust*, wie du sie einmal genannt hast«, erwiderte ich lächelnd mit ebenso rauer Stimme.

Ohne ein weiteres Wort zog er meinen bebenden Körper in seine Arme und hielt mich ganz fest, bis das Zittern nachließ und ich in seiner Umarmung einschlief.

Ian hatte seine Maske abgelegt und mich hinter die Fassade blicken lassen, die ihn seit fünfzehn Jahren vor der Welt beschützte und die ihm seither zur zweiten Natur geworden war. Obwohl ich mir so sehr gewünscht hatte, dass er mir eines Tages genug vertrauen würde, um mir zu erzählen, was genau ihm in Argentinien widerfahren war, hatte ich mich auch vor diesem Moment gefürchtet. Ich hatte Angst davor gehabt, welche Art von Wunden es bei ihm aufbrechen würde, ob ich selbst *richtig* reagieren würde – richtig für ihn und richtig für mich –, und davor, dass er es bereuen könnte, so offen mit mir gesprochen zu haben. Schließlich konnte zu viel oder gar erzwungenes Vertrauen auch ins Gegenteil umschlagen, und auch davor fürchtete ich mich. Aber nichts von alledem trat ein. So erschütternd die Wahrheit, so schockierend die Details auch waren, so wichtig war es doch für unsere Beziehung, dass sie nicht mehr als blinder Fleck zwischen uns standen.

Von Ians Geburtstag am 22. November erfuhr ich ganz beiläufig und geradezu zufällig, als ihn der verfrühte Geburtstagsgruß eines exzentrischen Geschäftspartners aus Fernost in Gestalt eines ledernen Kaugummitäschchens von Hermès zwei Wochen zu früh erreichte und er das Präsent umgehend an mich weiterverschenkte. Es hatte genau die richtige Größe für meinen Lieblingsgloss und gab somit ein sehr stilvolles Lipstick-Case ab.

»Wann hättest du mir erzählt, dass du Geburtstag hast, Ian?«, wollte ich von ihm wissen.

Er zuckte mit den Schultern. »Eventuell abends, wenn ich von dieser Ortsbegehung aus Zürich zurück sein werde.«

»Eventuell?«, fragte ich stirnrunzelnd.

»Ja, sofern ich daran gedacht hätte.«

»Ian, ich bitte dich. Wir kennen uns jetzt seit beinahe einem halben Jahr und du wirst nicht müde zu behaupten, ich sei der wichtigste Mensch in deinem Leben. Und nun erklärst du mir, du hättest mir *eventuell* an deinem Geburtstagsabend erzählt, dass es dein Geburtstag ist, sofern du daran gedacht hättest?« Mein Tonfall sollte eigentlich eine ironische Färbung haben, aber tatsächlich klang ich lediglich gekränkt.

»Ich habe meinen Geburtstag schon seit fünfzehn Jahren nicht mehr gefeiert, Ann-Sophie. An den exakten Termin erinnert werde ich nur durch Bethany, die eigentlich immer versucht, mich an diesem Tag telefonisch zu erreichen.«

Ich klappte den Mund auf und wieder zu.

»Aber was ist mit Freunden, Bekannten, Menschen, die dir wichtig sind?«

»Wirklich wichtig sind mir nur zwei Menschen auf der Welt, das weißt du, Ann-Sophie. Und für die anderen veranstalte ich jedes Jahr im Frühsommer irgendwo auf der Welt ein Charity-Event, das sich als Sommerfest tarnt, bei dem irgendwelche Stars auftreten und bei dem es gutes Essen, teuren Champagner und eine Fünfsterne-Gratisübernachtung gibt. Da fällt es gar nicht weiter auf, wenn der Gastgeber selbst gar nicht anwesend ist.«

Es klang so sarkastisch, dass es fast wehtat.

Statt seinen Geburtstag gemeinsam zu feiern, würde Ian also frühmorgens nach Zürich fliegen, während ich in Frankfurt bleiben und zwei Seminare und meine Sprechstunde absolvieren würde. Abends würden wir uns dann im *Grand Reed* treffen und im *Petite Europe* zu Abend essen.

In meinen Augen gab es so viele gute Gründe, Ians Geburtstag sehr viel gebührender zu feiern, aber wenn es schon nicht anders ging, wollte ich ihm wenigstens ein besonderes Geschenk machen.

Aber was schenkte man einem Mann, der sich alles leisten konnte und doch nichts zu brauchen schien? Über welches Geschenk würde sich ein Mensch freuen, dessen Leben in einen Koffer passte und der alles als überflüssigen Ballast empfand, was nicht leicht und funktional genug war für diesen rasanten Lebenswandel?

Ziel- und planlos durchstreifte ich in den nachfolgenden Tagen Kaufhäuser, Buchhandlungen, Antiquariate und Galerien, aber eigentlich war mir schon dabei bewusst, dass ich auf diese Weise nicht fündig werden würde. Immerhin würde es das erste Geschenk sein, das ich dem Mann machte, der im letzten halben Jahr zum wichtigsten Menschen in meinem Leben geworden war und der mich in den vergangenen Wochen mit Aufmerksamkeit und kostbaren Geschenken förmlich überhäuft hatte. Ich konnte Ian unmöglich irgendetwas schenken, das man einfach in einem x-beliebigen Laden kaufen konnte. Und Kunst in der Liga, in der sie Ian sammelte und für die Sammlung Reed erwarb, kam ohnehin nicht infrage. Es ging mir schon ein bisschen besser, als ich zu dieser Erkenntnis gekommen war und die chaotisch sinnlose Suche einstellte. Das befreite mich zwar nicht von der weiterhin andauernden Grübelei, gab mir aber zumindest das Gefühl, der Antwort schon eine Idee nähergekommen zu sein.

Der eigentliche Geistesblitz ereilte mich dann erst am nächsten Tag, als ich an meinem Schreibtisch saß und über einer Formulierung in dem geplanten Katalogvorwort brütete. Wie so oft drehte ich mich mit meinem Schreibtischsessel langsam um die eigene Achse und ließ meinen Blick dabei über die Buchrücken wandern, die dicht an dicht in dem Regal hinter mir standen. Und da fiel es mir ins Auge. *Gegeben sei: die Gabe*, ein kleiner kluger Essay-Band über Argumentationsfiguren bei Marcel Duchamp.

Duchamp war nicht nur einer der bedeutendsten Wegbereiter der Moderne, Mitbegründer von Dadaismus, Surrealismus und Konzeptkunst und berühmt für seine Readymades, darunter der zum Kunstwerk erhobene Flaschentrockner und das *Fountain* getaufte Urinal, die dafür gesorgt hatten, dass der Kunstbegriff neu diskutiert und definiert werden musste. Duchamp hatte auch gesagt: »Alles Wichtige, was ich getan habe, kann in einen kleinen Koffer gepackt werden.« Das Produkt dieses Statements war seine *Boîte-en-valise*, eine Art tragbares Künstlermuseum in Gestalt einer Schachtel im Koffer, in der sich kleine, faltbare Reproduktionen seiner Meisterwerke befanden. Natürlich konnte ich Ian keinen Duchamp-Koffer schenken – die wenigen Exemplare befanden sich in Museen und bedeutenden Kunstsammlungen, vielleicht verbarg sich sogar einer im Archiv der Sammlung Reed. Aber die Idee eines Museums für die Westentasche war perfekt.

Mit Kikis tatkräftiger, fachkundiger Unterstützung entstand, während Ian in Kopenhagen weilte, an einem weinseligen Frauenabend und einem Nachmittag bei Kaffee und Kuchen in mühevoller Detailarbeit eine an Duchamps Klappkoffer angelehnte Schatulle mit verkleinerten hochwertigen Reproduktionen all jener Kunstwerke, die Ian besonders am Herzen lagen. Sie enthielt die Arbeiten von Gerhard Richter und Yves Klein aus Bethanys Haus, die Architektur-Gemälde der klassischen Moderne aus Ians Büro und die Andromeda-Darstellungen und Newton-Fotografien aus seinem Apartment sowie eine Replik des herrlichen Max Ernst aus dem Sammlungsdepot. Sogar eine Miniaturausgabe von Auguste Rodins *Danaide* war vertreten.

Zwar hatte ich mit dem Modell für die Ausstellung bereits ein bisschen Erfahrung mit der Herstellung kleinteiliger Miniaturen gesammelt, aber ohne Kikis künstlerisch-handwerkliche Fertigkeiten wäre mein Vorhaben vermutlich dennoch kläglich gescheitert und ganz gewiss nicht zu einem so professionellen Ergebnis gelangt.

Und dann kam ich auf dem Heimweg von Kikis Wohnung an *Juliette/Justine* vorbei, einer Boutique für teure Dessous und erotische Spielzeuge – speziell für Frauen.

Ich hatte mir schon öfter die Auslage angesehen, denn das geschmackvoll dekorierte Schaufenster hatte nichts gemein mit trivialen Sexshops. Dennoch ließ die ausgestellte hochpreisige Designer-Lingerie keinen Zweifel an der Ausrichtung dieses Fachgeschäfts, und so hatte ich noch nie einen Fuß in diesen Laden gesetzt.

Heute jedoch folgte ich einem inneren Impuls, setzte den Blinker, nahm die Parkbucht, die gerade direkt vor der Tür frei wurde, und trat über die Schwelle. Eine junge Asiatin mit Namen Tami begrüßte mich mit einem verbindlichen Händedruck und bot mir als Erstes eine Erfrischung an. Auf einer dunklen Konsole standen Wasser, Sekt und eine Nespresso-Maschine bereit – ich lehnte dankend ab. Wir waren allein im Laden. Das Interieur mit den glänzenden Holzbohlen und den rotgrundigen, floralen Stofftapeten hatte den gleichen boudoirhaft plüschigen Charakter wie die Waschräume im *Maud*, erinnerte mit den hier und da aufgestellten erotischen Skulpturen und barocken Plüschsesseln aber noch deutlicher an ein Pariser Bordell der Jahrhundertwende.

»Kann ich Ihnen bei Ihrer Wahl behilflich sein?«, erkundigte sich Tami.

»Ich weiß nicht«, gestand ich wahrheitsgemäß.

Tami lächelte und nickte. »Verstehe. Dann sehen Sie sich erst einmal um und lassen Sie sich inspirieren.«

In verglasten, edelhölzernen Vitrinen, in denen man eigentlich kostbares Porzellan vermutete, und auf barocken Konsolentischen waren ausgefallene Sextoys aus noch ausgefalleneren Materialien dekoriert. Venezianische Federmasken lagen neben gläsernen Dildos und strassbesetzten Plugs. In einer anderen Vitrine waren Schmuckstücke aus Silber, Gold und Perlen ausgestellt, deren spezielle Verwendungszwecke sich mir erst bei genauerem Hinsehen erschlossen. Dessous und seidene Nachtwäsche hingen eng gedrängt auf Kleiderbügeln in nostalgischen Wandnischen, ausgefallene Einzelstücke waren auf gusseisernen Kleiderbüsten arrangiert. La Perla, Aubade, Lise Charmel, Simone Pérèle und Chantal Thomass – es schien keine Luxusmarke für Lingerie zu geben, die hier nicht zu finden war.

Und dann fiel mein Blick auf ein Dessousset, das auf einem rotsamtenen Puppentorso präsentiert wurde. Ich wusste sofort, dass es das Richtige war, auch wenn ich noch keine Ahnung von den versteckten Details und keine Vorstellung von dem utopischen Preis hatte.

»Ein besonderer Anlass?«, riet Tami.

»Eine Geburtstagsnacht.«

Sie nickte. »Eine tolle Wahl und das Highlight der aktuellen Kollektion. 70C würde ich sagen und Kleidergröße 34?«, erriet Tami und ich nickte verblüfft, während sie schon in einer der Wandnischen nach den Einzelteilen in meiner Größe suchte.

Selbst die Umkleiden in diesem Geschäft waren ein echtes Erlebnis – schwere Brokatvorhänge, barocke Wandleuchter aus Messing und Ausmaße wie ein gut bemessenes Ankleidezimmer ließen mich staunen. Wie selbstverständlich begleitete Tami mich in die Kabine, was ich zuerst irgendwie befremdlich fand und dann doch recht hilfreich, denn ohne sie hätte ich vermutlich eine mehrseitige Bedienungsanleitung für diese Dessous gebraucht. Tatsächlich trieb es mir die Schamesröte ins Gesicht, als ich begriff, für was ich mich da entschieden hatte. Und doch wuchs meine Überzeugung nur noch, dass es genau das Richtige war.

»Die Lingerie ist die Königsdisziplin der Damenschneiderei. Dessous sind dann perfekt, wenn die Frau, die sie trägt, sich wie eine Königin fühlt, und wenn der Mann, der sie betrachtet, in ihr eine Göttin sieht«, erklärte Tami, während sie die große Schleife vor meinen Brüsten band.

»Sie sehen toll aus«, befand sie im Brustton der Überzeugung.

Ich atmete tief durch und nickte.

Sie hatte recht. Die filigrane schwarze Spitzenstickerei, der gerüschte Tüll, die opulenten Satinschleifen, das alles wirkte höchst elegant, kein bisschen verdorben, höchstens ein wenig verrucht.

»Wie wäre es jetzt noch mit den passenden Accessoires?«, erkundigte sich Tami, nachdem ich mich wieder angezogen hatte und BH, Strumpfgürtel und String sorgfältig in weiße Schachteln und champagnerfarbenes Seidenpapier verpackt waren.

»Den passenden Accessoires?«, wiederholte ich.

»Nun, das ist gewissermaßen Haute-Couture-Lingerie, und sie ist wie dafür geschaffen, zum Spielen zu verführen«, erklärte Tami in verschwörerischem Ton.

Ja, das war sie in der Tat. Allein bei dem Gedanken, zu welcher Art von Spielen diese Dessous Ian verführen würden, spürte ich, wie meine Wangen glühten.

»Wie wäre es mit einer passenden Augenmaske aus Spitze oder einem goldenen Kettchen für die Brustwarzen?«, bot Tami an, und ich musste schlucken.

»Was sind das für Schleifchen?«, fragte ich stattdessen und deutete auf zwei kleine goldene Schleifen in der gleichen Vitrine, die an zierliche Haarklemmen erinnerten.

»Die sind auch ganz zauberhaft und würden toll zu den Satinschleifen passen. Ebenfalls für die Brustwarzen und hochwertig vergoldet, aber kaum schmerzhaft. Probieren Sie es mal.« Sie öffnete die Vitrine und klemmte mir die kleine Schleife versuchsweise in die weiche Stelle zwischen Daumen und Zeigefinger. Es zwickte ein bisschen, aber der Klemmmechanismus war durch Schaumstoff abgefedert und dadurch tatsächlich weit weniger schmerzhaft als gedacht.

»Ich weiß ja nicht, wie experimentierfreudig Sie und Ihr Liebster sind, aber ich könnte Ihnen noch ein paar andere Spielzeuge zeigen, die hervorragend zu *Mystère du péché* passen würden.«

»Zu *Mystère du péché?*«, fragte ich stirnrunzelnd.

»Der Name des Dessoussets, für das Sie sich entschieden haben«, erklärte Tami. »Immerhin gewährt es sehr sündige Einblicke und könnte den Herrn zu Experimenten der etwas härteren Gangart verführen, sofern Sie es ihm gestatten.«

Dass man Ian dazu nicht erst verführen musste und es ihm erst recht nicht zu gestatten brauchte, musste ich Tami ja nicht unbedingt erzählen.

Dennoch ließ ich mich zu einem unverbindlichen Erkundungsgang in den zweiten Raum der Boutique überreden, und hier verschlug es mir fast den Atem. Im ersten Moment glaubte ich, fälschlicherweise in ein Fachgeschäft für Pferdebedarf geraten zu sein, denn die mannigfaltigen Schlag- und Dressurinstrumente, die kunstvoll dekoriert an den Wänden hingen, konnten doch unmöglich alle allein erotischen Zwecken dienen.

»Too much?«, fragte Tami besorgt.

»Ja, ich glaube schon.«

Letztlich entschied ich mich aber doch für einen elegant wirkenden Flogger aus feinen Nappalederriemen und einen besonders zierlichen gläsernen Plug mit einem funkelnden Swarovski-Kristall, den mir Tami zum »Einstieg« empfahl.

Die Summe, die ich an der charmant altmodischen Registrierkasse für diesen kleinen, sündigen Einkauf zu bezahlen hatte, trieb mir zwar beinahe Tränen in die Augen, aber ich musste auch zugeben, dass ich mich beinahe diebisch darauf freute, dieses besondere Geburtstagsgeschenk mit Ian zu teilen.

Obwohl ich inzwischen regelmäßig Gast im *Grand Reed* war, kostete mich der Schritt über die Türschwelle am Abend von Ians Geburtstag fast ebenso viel Überwindung wie vor einem halben Jahr, als ich Ians erster Einladung gefolgt war. Doch dann fasste ich mir ein Herz und schritt durch die Lobby geradewegs auf Wilfried Suter zu, den ebenso charmanten wie diskreten Concierge des *Grand Reed*.

»Frau Dr. Lauenstein, wie schön, Sie zu sehen«, begrüßte mich der alte Herr im schwarzen Frack lächelnd und trat hinter dem Rezeptionstresen hervor, um mich formvollendet und mit einem angedeuteten Bückling willkommen zu heißen.

»Was kann ich für Sie tun, Frau Doktor? Mr. Reed ist leider noch nicht zurück.«

»Ich weiß«, entgegnete ich einsilbig und wusste plötzlich nicht mehr, wie ich meine Frage formulieren sollte.

»Aber wie Sie wissen, erwarten wir ihn noch heute Abend zurück. Darf ich Ihnen etwas zu trinken anbieten, oder möchten Sie in der Präsidentensuite auf ihn warten?«, bot mir Wilfried Suter an.

Ich atmete tief durch und schüttelte den Kopf.

»Könnten Sie mir vielleicht sagen, welche Suite Mr. Reed bevorzugte, wenn er ...« Ich stockte. »Wenn er in anderer Begleitung hier gewesen ist?«

In diesem Moment erkannte ich, was einen guten Concierge ausmachte. Wie ein Butler in alten englischen Filmen verzog Wilfried Suter keine Miene, als er verständig nickte.

»In früheren Zeiten«, betonte er, »bevorzugte Mr. Reed bisweilen die *Regency Suite*.«

»Wäre die *Regency Suite* heute Nacht ...«

»Sie steht Ihnen selbstverständlich zur Verfügung«, erriet der alte Herr meine Frage und trat hinter den Rezeptionstresen, um mir eine entsprechende Chipkarte auszuhändigen.

»Genau gegenüber der Präsidentensuite«, ließ mich Wilfried Suter mit einem Augenzwinkern wissen. »Ich werde Mr. Reed entsprechend informieren, wenn er eintrifft. Haben Sie sonst noch irgendwelche Wünsche, Frau Doktor?«

»Ja, bitte lassen Sie uns eine Flasche von Mr. Reeds Lieblingschampagner aufs Zimmer bringen.«

»Selbstverständlich.«

Im Aufzug fragte ich mich, ob das Ganze wirklich eine gute Idee gewesen war. War ich nicht gerade im Begriff, mich freiwillig auf das Niveau von Ians Gespielinnen, seinen Huren zu begeben? Ein Niveau, das er für mich nie vorgesehen hatte? War ich nicht dabei, mich aus freien Stücken und eigenem Antrieb auf eine Weise zu erniedrigen, wie es Ian nie von mir verlangt hatte?

Nein, gerade weil Ian mich nie so gesehen hatte, konnte ich es riskieren, dieses Spiel zu spielen und ihm dieses Geschenk zu machen.

Ich hatte Ians Vertrauen eingefordert, und er hatte es mir geschenkt, ohne Umschweife, ohne Absicherung, ohne Rücksicht auf mögliche Konsequenzen, und nun war ich an der Reihe, ihm zu vertrauen. Ich hatte mir gewünscht, alle Facetten des Mannes kennenzulernen, den ich liebte, hatte es gar zur Bedingung für unsere Beziehung gemacht, und nun war es an der Zeit, auch den Teil seiner Persönlichkeit kennenzulernen, der mir am fremdesten war, vor dem ich am meisten zurückscheute. Auch er wünschte sich mein tiefstes Urvertrauen, und wie sollte ich ihm das gewähren, wenn ich mich dem verschloss und verweigerte, was ihm die größte Lust bereitete? Wenn ich nicht einmal kannte, was ich ihm verweigerte? Nach und nach hatte er mir ganz behutsam Einblicke in diese Welt der schmerzhaften Lust gewährt und ich hatte mich darauf eingelassen und es hatte mir trotz allen Befremdens gefallen. Aber das Video, das mir Isabelle zugespielt hatte und das mich so sehr schockiert hatte, hatte mir vor Augen geführt, wie sehr er sich bei mir nach wie vor zurückhielt.

Heute war es an mir, Ian zu zeigen, wie sehr ich ihm vertraute, und ich fühlte mich bereit dazu, ohne Bedingungen, ohne Beschränkungen.

Mit vor Neugier klopfendem Herzen schob ich die Chipkarte in den Türschlitz und trat über die Schwelle zu einem Raum, der zu Ians *anderem* Leben gehörte, zur dunklen, lasterhaften Seite seiner Seele.

Auf den ersten Blick unterschied sich die Regency Suite kaum von der Präsidentensuite auf der anderen Seite des Korridors. Sie schien nur unwesentlich kleiner, Farbwahl und Interieur waren fast identisch, nur einige Luxusdetails fehlten.

Doch dann trat ich durch die große Schiebetür vom Wohnzimmer zum Schlafbereich, und hier gab es einige markante Unterschiede. Anders als in der Präsidentensuite stand das Kingsize-Bett nicht an der Wand, sondern fast mittig im Zimmer. Zur Strukturierung des Raumes diente ein aus zwei Teilen bestehender, deckenhoher Raumteiler hinter dem Bett, dessen Elemente jeweils mit den Nachttischen verbunden waren. Die beiden paraventähnlichen Wandteile bestanden aus schwarzem Metall, dessen kunstvoll geometrische Auslassungen an die Formensprache des Art Déco erinnerten.

Statt einer Bettbank gab es eine schwarze Klavierlack-Konsole in der Breite des Bettes und der Höhe eines Tisches.

Dann klopfte der Zimmerservice, und statt eine Flasche und zwei Gläser in der Hand zu halten, rollte der junge Mann einen ganzen Servierwagen ins Zimmer. Darauf befanden sich ein mit Eis gefüllter Sektkühler, eine Flasche 1995er Dom Pérignon Rosé Vintage, zwei elegant geschliffene Gläser und ein silberner Champagnersäbel.

Nachdem ich wieder allein war, schaute ich auf meine Uhr. Wenn Ian pünktlich sein würde, und davon ging ich aus, würde er in einer halben Stunde hier sein. Ich sollte mich also besser beeilen.

Ich war nervös, und wieder fragte ich mich, ob ich das Richtige tat.

Mit bebenden Fingern nahm ich die beiden Schmuckschatullen mit den goldenen Schleifchenklemmen und dem gläsernen Plug aus meiner Handtasche und stellte beide im geöffneten Zustand auf einen der Nachttische. Den Flogger drapierte ich aufgefächert auf dem champagnerfarbenen Bettüberwurf.

Dann ging ich ins Bad, um mich frisch zu machen und herzurichten. Ich hatte mich nicht getraut, die fast skulptural anmutenden Dessous mit ihren auftragenden Satinschleifen unter meinem Kleid zu tragen, und so hatte ich sie ebenfalls in meiner geräumigen Balenciaga-Tasche verstaut, die mir Ian in Paris gekauft hatte.

Zum ersten Mal seit der Anprobe bei *Juliette/Justine* schlüpfte ich in meine sündhaft teure Edel-Lingerie, und fast hätte ich mir Tami hergewünscht, um mir bei diesem komplizierten Akt behilflich zu sein.

Es war nicht ganz einfach und brauchte ein paar Versuche, bis ich eine ansehnliche Schleife über meinem Po gebunden hatte. Vor der Brust ging das bedeutend leichter. Ich drehte mich vor dem großen Spiegel um die eigene Achse. Mein Outfit wirkte zwar höchst verführerisch, aber seine sündigen Details würde es erst offenbaren, wenn Ian die Schleifen öffnen oder ich die Beine spreizen würde. Die opulente Schleife auf meinem Po würde auf ihn wie eine Einladung wirken, mir den Hintern zu versohlen, und wenn er sie dann erst öffnen würde ...

Gebadet, rasiert, parfümiert und geschminkt hatte ich mich schon zu Hause, sodass ich nur meinen Lippenstift noch einmal auffrischen und eine allzu widerspenstige Haarsträhne feststecken musste. Dann war ich fertig.

Doch ich hatte die Rechnung ohne das Warten gemacht, und diese Wartezeit erwies sich als das Schrecklichste an dem ganzen Unterfangen. In einen Hotelbademantel gehüllt blätterte ich nervös durch die Coffee Table Books, die auf dem Wohnzimmertisch der Suite bereitlagen, nahm aber gar nicht richtig wahr, was ich mir eigentlich ansah. Der monumentale Botticelli-Prachtband interessierte mich eigentlich wirklich, aber ich ertappte mich dabei, wie ich die Seiten umschlug, ohne richtig hinzusehen.

Noch hätte ich einen Rückzieher machen können und Ian hätte nie etwas von diesem Vorhaben erfahren. Wir hatten heute Morgen zusammen in meiner Wohnung gefrühstückt, und Ian hatte sich außerordentlich über meine Version der Duchamp'schen *Boîte-en-valise* gefreut. Er war richtig gerührt gewesen, hatte immer wieder betont, dass ihm noch niemals jemand ein so persönliches Geburtstagsgeschenk gemacht hätte. Er hatte die Schachtel und die Miniaturen so vorsichtig angefasst, sie so behutsam behandelt, als seien sie die größten Kostbarkeiten auf Erden.

Es war mir fast peinlich, zumal ich wusste, dass diese wunderschönen Hände den Umgang mit wirklichen Kostbarkeiten, mit Kunstwerken von unschätzbarem Wert gewohnt waren.

Deshalb hatte ich ihm gesagt, dass er nicht so vorsichtig damit sein müsse, dass es mir nur um die Idee gegangen sei und dass die Schachtel dafür gedacht sei, dass er sie auf seinen Reisen bei sich haben könnte. Daraufhin hatte er sie ganz behutsam beiseitegelegt, um mich sehr lang und intensiv zu küssen.

»Das ist das schönste und wertvollste Geschenk, das ich je bekommen habe, Ann-Sophie. Weil du es für mich gemacht hast und weil du mich besser kennst als jeder andere Mensch.«

Ich musste das hier also nicht tun. Jedenfalls nicht, um Ian ein besonderes Geburtstagsgeschenk zu machen. Das war mir bereits gelungen. Doch obwohl ich mit meiner eigenen Courage und meinem natürlichen Fluchtinstinkt rang, wurde mir von Minute zu Minute klarer, dass ich es tun *wollte*. Ich würde heute Abend über meinen eigenen Schatten springen müssen, aber ich tat es nicht für Ian allein, sondern ich tat es ebenso für mich. Es war gewissermaßen ein Geschenk an uns beide. Ich wollte nicht nur den Mann, den ich liebte, in all seinen Eigenschaften kennen und begreifen, sondern auch mich selbst.

Dann endlich hörte ich das leise Klacken, mit dem eine Chipkarte in den Türöffner-Schlitz geschoben wurde.

Eilig schälte ich mich aus dem kuscheligen Bademantel, stieg in meine extremen Londoner Manolos und wäre bei dem Spurt ins Schlafzimmer fast über meine eigenen Füße gestürzt.

Keine Sekunde zu früh kniete ich mit leicht gespreizten Beinen, gesenktem Haupt und hinter dem Rücken verschränkten Armen auf dem weichen Veloursteppich – ganz so, wie ich es in der einschlägigen Literatur immer wieder gelesen hatte.

»Ann-Sophie.« Ians Stimme klang vollkommen überrascht, irritiert, fast konsterniert. »Was hat das zu bedeuten?«

»Happy Birthday, Mr. Reed«, sagte ich mit meiner verführerischsten Stimme, während ich den Blick noch immer gesenkt hielt.

Trotzdem sah ich, wie Ian anmutig vor mir in die Hocke ging, und mein Puls raste, als er seinen langen Zeigefinger unter mein Kinn legte, um meinen Kopf sanft anzuheben.

»Sieh mich an«, raunte er zärtlich, und doch klang es wie ein leiser Befehl.

Zögernd hob ich den Blick und sah in diese unglaublichen Augen. Heute Abend funkelten Ians verboten schöne, silberblaue Augen wie flüssiges Metall.

»Du bist keine Sklavin, Ann-Sophie«, sagte er ernst.

»Heute Nacht schon. Lass mich dir gehören, Ian.«

Jetzt spielte ein feines Grinsen um seine Mundwinkel, obwohl er gleichzeitig die Stirn runzelte.

»Ich fürchte, du weißt nicht, worauf du dich da einlässt, Liebste.«

Wieder schwang ein Hauch von Strenge, fast eine unterschwellige Drohung in seiner schönen, schmeichelnden Stimme mit.

»Doch. Ich glaube, das weiß ich. Ich möchte dein sein heute Nacht.«

Ian zog geräuschvoll Luft zwischen den Zähnen ein und schien eine nicht eben einfache Entscheidung zu treffen, ehe er sich in einer einzigen eleganten Bewegung schwungvoll erhob.

Ich wollte ebenfalls aufstehen.

»Bleib so!« Die plötzliche Schärfe in seiner Stimme ließ mich zusammenzucken. »Du rührst dich erst, wenn ich es dir gestatte. Ist das klar?«

»Ja.«

Ich konnte förmlich dabei zusehen, wie sich sein Blick veränderte, dunkel und verschattet wurde, und auch um seine Mundwinkel spielte jetzt ein strenger Zug.

»Wie heißt das, Miss Lauenstein?«

»Ja, Mr. Reed, Sir.«

Das Spiel hatte begonnen.

Der Puls pochte mir im Hals und meine Haut prickelte, als stände sie unter Hochspannung, während ich dahockte und abwartete.

Ian bewegte sich mit langsamen Schritten durchs Zimmer, als inspiziere er es, und wieder einmal war ich fasziniert von diesem gleichsam lässigen wie selbstbewussten Gang, den ich in dieser Ausprägung noch bei keinem anderen Mann beobachtet hatte. Er bewegte sich mit einer gemessenen Kraft, einer eleganten und doch durch und durch männlichen Anmut, die keinen Zweifel an seiner dominanten Wesensart ließ.

Mittlerweile stand er vor dem Nachttisch, auf dem ich die beiden Schatullen arrangiert hatte. Er nahm eine der kleinen Schleifen heraus und probierte den Klemmmechanismus aus.

Dann fiel sein Blick auf den Plug und er hob eine seiner perfekt geschwungenen Augenbrauen, als er ihn mir hinhielt.

»Bist du sicher, dass du diese Erfahrung machen möchtest, Ann-Sophie?«, fragte er skeptisch, und diesmal ließ seine Stimme jeden Hauch von Sarkasmus oder Strenge vermissen.

Ich zuckte wahrheitsgemäß mit den Schultern. Ich wusste es wirklich nicht. Aber wenn ich es ausprobieren würde, dann mit ihm.

Ich hörte, wie Ian laut Luft holte, während er den Plug in seine Hosentasche steckte.

Dann trat er an das Bett und nahm den Flogger in die Hand. Diesmal grinste er und entblößte dabei seine herrlich weißen Zähne.

»Das ist ein wirklich exquisites Spielzeug.« Er ließ die weichen Lederriemen durch seine Finger gleiten. »Aber die Betonung liegt auf Spielzeug.«

Er legte den Flogger zurück.

»Ich will, dass du dich keinen Millimeter vom Fleck rührst«, wies er mich streng an und verließ im nächsten Moment den Raum, ohne mir zu sagen, wohin er ging.

Ich wartete. Zwei Minuten, fünf Minuten, zehn Minuten. Was sollte das nun wieder? Meine Füße fingen an einzuschlafen, und meine Knie schmerzten. War er am Ende nach unten gegangen und betrank sich an der Hotelbar, während ich in meinen verruchten Dessous auf dem Fußboden hockte und auf ihn wartete? Ich konnte es kaum fassen. Das war unverschämt und irgendwie typisch. Und obgleich ich nicht recht wusste, warum, behielt ich die inzwischen schmerzhaft gewordene Position bei, obwohl es in meinem Inneren heftig brodelte.

»Wo warst du?«, fauchte ich, als Ian endlich zurückkam.

Er hatte sein Jackett ausgezogen und die weißen Hemdsärmel lässig bis zum Ellbogen hochgekrempelt.

Wieder hob er missbilligend eine Augenbraue. »Ich glaube kaum, dass das der Ton ist, der einer Sklavin zusteht, Miss Lauenstein«, erklärte er drohend. »Für diesen Fauxpas werde ich Sie wohl bestrafen müssen.«

Erst jetzt sah ich das schwarzlederne Prada-Bordcase, das er in der Hand hielt und nun auf der Konsole vor dem Bett abstellte.

Mit betonter Gemächlichkeit legte er die mit klirrenden Ketten verbundenen Ledermanschetten aufs Bett, die ich schon öfter getragen hatte, doch was dann folgte, ließ mir den Atem stocken. Wie Mary Poppins zauberte er aus seinem Wunderkoffer immer mehr beängstigende Folterinstrumente hervor – einen Flogger, der weit weniger niedlich aussah, als der, den ich gekauft hatte, eine Art lederne Fliegenklatsche und eine kurze Reitgerte, wie ich sie bei *Juliette/Justine* gesehen hatte, sowie einen undefinierbaren Salbentopf, den er auf der Klavierlack-Konsole abstellte.

Dann trat er vor mich hin. Er sah so unglaublich sexy aus.

»Steh auf und lass dich betrachten«, befahl er mir mit undurchdringlichem Blick, und ich gehorchte.

Warum fühlte es sich plötzlich so anders an, so ungewohnt fremd und aufregend prickelnd, als Ians Zeigefinger die Konturen meines schwarzen BHs nachmalte? Er ließ seinen Daumen über mein Dekolleté streichen, ehe er die große Satinschleife ertastete, die meine Brüste bedeckte.

»Welch ein reizendes Geschenk«, murmelte er, als er langsam um mich herumging und die andere große Schleife in Augenschein nahm, die meinen Po zierte. Seine Fingerspitze verfolgte die Linie meiner exquisiten Strapshalter und strich sanft über die opulente Spitze am oberen Strumpfrand.

Dann plötzlich zog er unvermittelt meine Hände auf den Rücken und fesselte sie mit den kleinen kettenlosen Ledermanschetten, die er immer in seinen Hosentaschen zu haben schien.

»Jetzt beug dich über die Konsole und spreiz deine Beine für mich«, wies mich Ian an und verlieh seinen Worten Nachdruck, indem mich seine Hände in die gewünschte Position dirigierten.

Mit gefesselten Handgelenken lag ich wehrlos auf der glatten Klavierlack-Konsole und streckte ihm meinen als opulentes Geschenk geschmückten Po entgegen.

Und dann waren seine wunderbaren Finger zwischen meinen Beinen, berührten mich auf diese unvergleichlich zärtliche und gleichzeitig fordernde Weise. Er ertastete die beiden Spitzenbänder, die zwischen meinem Po und meinen Schenkeln und von dort links und rechts meiner geschwollenen Lippen durch meinen Schritt verliefen.

»Sehr praktisch«, flüsterte Ian mit sonorer Stimme, und ich hörte ihn förmlich hinter mir lächeln.

Immer wieder kreisten seine kundigen Finger über meiner pulsierenden Klitoris, massierten sie mit meiner eigenen Feuchtigkeit, bis ich leise und genüsslich aufstöhnte. Ian tauchte einen Finger in meinen warmen, feuchten Schoß, nur um meinen Lustsaft dann auch an der empfindlichen Stelle zwischen meiner Vagina und meinem Anus zu verteilen.

Dann erst öffnete er die Schleife, und er tat es mit einer solch frivolen, äußerst erregenden Langsamkeit, die mich wissen ließ, wie genussvoll er dieses Geschenk auszukosten gedachte.

Mein Spitzenhöschen fiel nach beiden Seiten auseinander, nur noch gehalten von den Zierbändern, die zwischen meinen Beinen verliefen.

Wieder und wieder befeuchtete Ian meine intimsten Stellen, ließ sich unendlich viel Zeit, bis sein Zeigefinger meine zuckende Rosette fand und auch sie zärtlich liebkoste. Mit einer ungemein zartfühlenden Fingerspitze streichelte er mich, tastete sich äußerst behutsam Millimeter für Millimeter vor, während seine andere Hand noch immer meine Klitoris verwöhnte und dafür sorgte, dass ich vor Lust fast zerfloss.

Ich hatte keinerlei Erfahrung mit Analsex, aber Ian ging so gewissenhaft und vorsichtig vor, dass ich mich trotz der ungewohnten Berührungen unter seinen Händen entspannte, wie ich es immer tat.

Dann griff er nach dem Salbentopf, und eine neue Substanz kam ins Spiel, die mich laut aufstöhnen ließ.

Viel zu schnell, als dass ich mich hätte wehren können, hatte er das kühle, glitschige Gel zwischen meinen Schenkeln und auch weiter hinten verteilt, und ich spürte augenblicklich die äußerst erregende, stimulierende Wirkung, ähnlich der des Ingwers damals in unserer zweiten Liebesnacht.

»Was ist das?«, wollte ich atemlos wissen, doch meine Frage wurde lediglich mit einem sanften Klaps auf meinen dargebotenen Po beantwortet.

Dann waren Ians Finger erneut zwischen meinen Beinen, und während der kreisende Daumen auf meiner Klitoris mich fast zum Orgasmus brachte, schob Ian mithilfe des Gels mühelos seinen Zeigefinger in meinen Anus. Mehrmals imitierte er die rhythmischen Vor-und-zurück-Bewegungen, nach denen sich mein vor Erwartung glühender Schoß verzehrte, und dehnte mich sanft und gewissenhaft, ehe er seinen Finger in einer einzigen flüssigen Bewegung mit dem kleinen Plug vertauschte, der ebenso leicht und nahezu schmerzfrei in mich glitt.

Ich gab einen überraschten Laut von mir und kam fast im gleichen Moment. Meine bebenden Muskeln zuckten um die ungewöhnliche, kalt-gläserne Füllung, während Ians magische Finger mich zu einem phänomenalen klitoralen Höhepunkt brachten.

Er befreite meine Handgelenke und half mir dabei, mich aufzurichten, zog mich in seine starken Arme und hielt mich, während ich mich in den Wogen dieser besonderen, ungekannten Lust zu verlieren drohte. Er ließ mir Zeit, auch die letzten Ausläufer meines Orgasmus auszukosten und den neuen, eigenartigen Empfindungen nachzuspüren, die der Plug auslöste.

»Alles in Ordnung?«, fragte er sanft, und ich nickte.

Dann führte er mich zu der Rückseite des Bettes, und es war ein seltsames Gefühl, sich mit dem Eindringling im Po zu bewegen.

In nun wieder strengem Ton wies mich Ian an, Arme und Beine x-förmig auszubreiten und dann fesselte er mich mit den mit klirrenden Ketten versehenen Manschetten zwischen den beiden Raumteilern.

Ich stand schwer atmend da, Ian den Rücken zugewandt und mit dem Gesicht zum Bett; auf mörderischen High Heels, an Hand- und Fußgelenken gefesselt, mit Beinen, die noch zitterten von dem soeben erlebten Orgasmus, dem Plug im Po und einer Substanz zwischen den Schenkeln, deren Wirkung mich fast um den Verstand brachte.

»Welch ein hinreißender Anblick«, sagte Ian und ließ eine seiner Fingerspitzen über meinen sündig dargebotenen Po streicheln, ehe er ihn genau auf den Strass legte und sanften Druck darauf ausübte. Einen Moment lang ließ er seinen Finger da und es war ein ebenso erniedrigendes wie erregendes Gefühl, wie der gläserne Zapfen noch etwas tiefer in meinen Po gedrückt wurde.

Dann spürte ich Ians Hände, die meinen Rücken liebkosten, meine verspannten Schultern massierten, den Schwung meiner Wirbelsäule nachfuhren und bis zu meinem Po hinabglitten. Und ich spürte seine weichen, sinnlichen Lippen, die zärtliche Küsse auf meine Schulterblätter, in meinen Nacken und in die Kuhle meines Steißbeins hauchten. Ich begann, mich zu entspannen, mich auf seine Zärtlichkeiten einzulassen und mich seinen sanften Liebkosungen hinzugeben.

Doch plötzlich waren seine Hände und Lippen wieder verschwunden, und ich sah, wie Ian in meinem Blickfeld erschien und die Objekte begutachtete, die er selbst auf dem Bett abgelegt hatte. Schließlich griff er nach allen drei Schlaginstrumenten und bedachte mich mit einem diabolischen Grinsen, ehe er wieder hinter mich trat.

»Bereit für Ihre Bestrafung, Miss Lauenstein?«, fragte er in ironischem Ton, doch mit einem eindeutig dunklen und gefährlichen Beiklang.

»Ich weiß nicht.« Meine Stimme klang wie ein heißeres Krächzen.

Dann traf mich der erste Schlag auf meinen gefüllten Po. Ich wusste nicht, mit was Ian zugeschlagen hatte, aber eindeutig nicht mit der bloßen Hand. Ich schrie auf.

»Wie heißt das, Miss Lauenstein?« Und gleich der nächste klatschende Schlag.

»Ich weiß nicht, Sir«, wiederholte ich brav, doch es nützte nichts. Immer wieder sauste das Objekt klatschend auf meine Pobacken nieder, ließ mein festes Fleisch heftig vibrieren und meine inneren Muskeln auf unbeschreibliche, höchst erregende Weise um den kleinen Zapfen kontraktieren.

Inzwischen war ich ziemlich sicher, dass Ian die lederne Fliegenklatsche benutzte, denn die Fläche, mit der das Objekt auftraf, war fast so groß wie seine Hand.

Unter den gleichmäßigen, immer im Wechsel links und rechts verabreichten Schlägen wurde mein Po erst angenehm warm, dann schmerzhaft heiß, bis er förmlich zu glühen schien.

»Bitte aufhören«, keuchte ich und wand mich in meinen strengen Fesseln, soweit es die klirrenden Ketten zuließen.

»Aufhören?« Ians Stimme klang sarkastisch. »Wir haben doch gerade erst angefangen. Das Paddle dient lediglich zum Aufwärmen, Miss Lauenstein.«

»Das soll doch hoffentlich ein Scherz sein«, platzte ich heraus. »Mehr halte ich nicht aus.«

»So, mehr hältst du also nicht aus, Ann-Sophie?« Seine schöne Stimme war noch immer voller Spott und gleichzeitig äußerst kehlig, voller Erregung. Im nächsten Augenblick spürte ich etwas zwischen meinen Beinen, und ich zuckte zusammen, denn es waren nicht Ians Hände.

Atemlos blickte ich auf die Reitgerte, die er mir im nächsten Moment vor die Nase hielt.

»Du läufst förmlich aus und willst mir erzählen, dass du schon genug hast?«

Er hatte recht. Die teuflische Substanz zwischen meinen Beinen sorgte dafür, dass ich mich ständig dem Orgasmus nah fühlte. Meine Klitoris pochte verlangend, und mein brennender Schoß sehnte sich nach Erlösung.

Ian strich mit der feuchten Gertenspitze unter meinem Kinn entlang und über mein Dekolleté, ehe er wieder hinter mich trat.

Und gleich darauf bekam ich zum ersten Mal in meinem Leben eine Reitgerte zu spüren. Es war ein scharfer, aber schnell verfliegender Schmerz, der mich aufschreien ließ, als er meinen geschundenen Po zeichnete. Obwohl jeder einzelne Hieb einen kurzen, beißenden Schmerz verursachte, nahm ich wahr, dass Ian nie mit voller Kraft zuschlug. Er bemaß die Schlagkraft sorgfältig und verteilte die Hiebe so, dass sie niemals die gleiche Stelle trafen. Ich spürte die schmalen, akkuraten Linien, die die Gerte in schneller Folge auf mein brennendes Fleisch malte, ehe Ian sie eine Idee tiefer auf meine empfindlichen Schenkel treffen und mich aufjaulen ließ. Und doch mischte sich der Schmerz auch diesmal mit wilder Wollust, als Ian die feinen Linien mit der Fingerspitze nachmalte und seine Hand dabei ganz beiläufig zwischen meine gespreizten Schenkel schob.

Natürlich konnte er spüren, wie sehr mein Körper bebte und sich nach ihm verzehrte. Sein Daumen glitt ein paarmal über meine geschwollene Perle, bis ich heiser aufstöhnte.

»Möchtest du, dass ich dich kommen lasse, Ann-Sophie?«

»Ja.« Meine Stimme war noch immer nur ein Krächzen, und ich räusperte mich, doch da hatte mich die Gerte schon wieder erwischt.

»Ja, Sir«, verbesserte ich mich schnell.

»Mit der Gerte?«

Ich erstarrte.

»Nein!« Panik stieg in mir auf. Er konnte mich doch unmöglich mit diesem Folterinstrument zwischen die Beine schlagen wollen.

»Wie heißt das, Miss Lauenstein?« Und erneut traf ein präzise ausgeführter Hieb meine Schenkel.

»Nein, Sir!«

»Dann mit dem Paddle?«

»Nein. Nein, bitte auch das nicht, Mr. Reed.«

Er lachte sein perlendes Lachen.

»Dann werden wir uns eben etwas anderes einfallen lassen müssen.« Ians Stimme klang jetzt wieder samtweich.

Wieder begann er, mich zu streicheln, doch diesmal tat er es nicht mit seiner Hand. Etwas Weiches, Sanftes glitt über meinen Körper, liebkoste fast kitzelnd meinen Rücken, meinen Nacken, meine angespannten Arme und Achselhöhlen. Er ließ es über meinen geschundenen Po wandern und auch meine Oberschenkel und schließlich meinen Schritt erkunden.

Ich zuckte ein wenig zusammen, als das kühle, weiche Leder die Innenseiten meiner Schenkel liebkoste und meine Klitoris berührte.

Der Flogger. Ich erstarrte erneut. Doch schon im Augenblick der Erkenntnis verwandelte sich das sanft kosende Objekt in das Folterinstrument, das es eigentlich war und traf in schneller Folge auf meine Schenkelinnenseiten, ehe Ian es gleich darauf mittig auf meinen brennenden Schoß und meine pochende Perle treffen ließ.

Ich zerrte an meinen Fesseln und schrie in einer wilden Mischung aus Schmerz und Ekstase, doch Ian ließ sich nicht beirren und wiederholte die grausame Prozedur noch zwei weitere Male, bis ich in einem fulminanten Orgasmus explodierte.

Erneut löste er blitzschnell meine Fesseln und diesmal kippte ich ihm förmlich entgegen, und er hob mich auf seine Arme, um mich aufs Bett zu legen. Mein ganzer Körper zuckte und bebte in diesem einmaligen, qualvollen Höhepunkt, der mir fast die Sinne raubte. Das Blut rauschte mir in den Ohren, mein Puls raste und ich hatte das Gefühl, jeden Muskel meines Körpers zu spüren. Bunte Farben tanzten in psychedelischen Mustern vor meinen Augen, während jede Faser meines Körpers jubilierte und sich das Rauschen in meinen Ohren zu der Melodie von *Fly me to the Moon* formierte.

Vermutlich war ich wirklich einen Moment lang weggetreten, denn als ich allmählich wieder zu mir kam, erkannte ich, dass es nicht mein Blut war, das diese Melodie angestimmt hatte, sondern Ian, der leise summte, während er mir liebevoll das Haar aus der Stirn strich. Als ich die Augen aufschlug, blickte ich geradewegs in die silberblau schimmernde Tiefe seiner schönen Augen, die zärtlich und voller Liebe auf mich herabblickten.

»*Fly me to the Moon?*«, fragte ich lächelnd und meine Stimme klang rau und ein bisschen belegt.

»Nun, das ist unser Lied. Und außerdem bist du gerade geflogen.«

Ich runzelte die Stirn.

»Das rauschhafte Gefühl der Ekstase im Moment völliger Wehrlosigkeit, das nennt man *Fliegen*.«

Dann küsste er mich zärtlich und zog mich in seine Arme.

Ich änderte meine Position und legte mich in Ians Umarmung auf die Seite, weil mein Po schmerzte. Dabei sah ich die große Beule in seiner Hose, und ich spürte den Plug, der noch immer in mir war.

»Soll ich dir helfen, ihn zu entfernen?«, erriet Ian meine Gedanken.

»Kann man ihn auch beim Sex drinlassen?«

Er hob skeptisch eine Augenbraue. »Natürlich. Aber du wirst noch enger sein als sonst. Ich könnte dir wehtun.«

Obwohl er sich bemühte, ihn zu überspielen, hörte ich den rauchig kehligen Klang der Erregung in seiner Stimme.

Natürlich war Ian von dem Anblick erregt, den ich ihm geboten hatte. Er war nur Gentleman genug, nicht sofort über mich herzufallen und mir die Zeit zu lassen, die ich brauchte, um wieder einigermaßen zu Kräften zu kommen.

Statt die Diskussion noch weiter zu führen, nahm ich wieder die Rückenlage ein und öffnete kokett die Schenkel für ihn.

»Ich sagte doch, ich möchte dir gehören heute Nacht.«

Der luxuriöse Ouvert-String machte es unnötig, den Strapsgürtel zu öffnen oder das kaum vorhandene Höschen auszuziehen, und so war Ian schon im nächsten Augenblick über mir.

Ich hielt die Luft an, als er die große Schleife öffnete, die verbarg, dass dieser BH lediglich eine kunstvoll verzierte Büstenhebe war.

»Noch so ein exquisites Präsent«, sagte er lächelnd und ließ die schwarzen Satinschluppen über meinen Bauch gleiten, ehe seine Hände meine so einladend präsentierten Brüste in Besitz nahmen. Mit ungemein zärtlichen Fingerspitzen reizte er meine pochenden Knospen und wölbte dann seine Lippen darüber, um sie mit sanften Zungenschlägen noch weiter schwellen zu lassen.

Ian übersäte meinen Körper mit unzähligen sanften, federleichten Küssen, und diesmal war da keine Spur von Gewalt oder Rohheit. Er war unendlich zärtlich und es war fast, als berühre er mich zum allerersten Mal. Seine schönen Hände liebkosten meinen Leib voller Ehrfurcht und schienen dabei überall gleichzeitig zu sein. Wie er mich jetzt verwöhnte, übertraf all meine Erwartungen und jeden meiner Wünsche.

»Du bist wunderschön«, raunte er liebevoll, während seine Hände und Lippen akribisch jedem Detail meines Körpers huldigten.

Ich half ihm dabei, sich von Hemd und Hose zu befreien, und es lag etwas Magisches darin, seinen herrlichen Körper noch einmal aufs Neue so ernsthaft und bewusst zu erforschen. Ich ließ meine Fingerspitzen über seine kleinen harten Brustwarzen wandern, über die beeindruckenden Bauchmuskeln und die pulsierenden Sehnenstränge seiner Leistengegend. Wir waren auf wunderbare Weise vertraut miteinander. Ich streichelte ihn zärtlich und sah zu, wie sein majestätisches Glied unter meinen Berührungen zu noch imposanterer Größe wuchs.

Dann umfingen Ians Hände mein Gesicht, streichelten meine Wangen- und Kieferknochen so zärtlich, als befürchte er, es könnte unter der Kraft seiner Finger zerbrechen.

Während er zwischen meine Schenkel drängte, sah er mich mit seinen funkelnden Augen an, als ersuche er mein Einverständnis. Zur Antwort vergrub ich meine Hände in den weichen Haaren seines Nackens und zog ihn zu mir heran.

Ian senkte seine Lippen auf meine, küsste mich innig und voller Leidenschaft, während er gleichzeitig vorsichtig in mich drang. Ich stöhnte, als ich erkannte, wie eng ich tatsächlich war, und er hielt augenblicklich inne.

»Vertrau mir, Liebste. Ich werde dir nicht wehtun«, versprach er leise.

Dann folgte der nächste behutsame Stoß, und wieder erstickte er mein Stöhnen mit einem wundervollen Kuss.

Es war ein unbeschreiblich intensives Gefühl, so vollkommen ausgefüllt zu werden, ihn so eng zu umschließen und Ians pulsierende Härte mit allen empfindsamen Fasern meines Inneren zu spüren. Er schien alle erogenen Zonen gleichzeitig zu stimulieren, und ich meinte auch zu spüren, wie Ians Glied und der gläserne Zapfen auf höchst sinnliche Weise von beiden Seiten gegen den gleichen zarten Wall stießen.

»Du fühlst dich so gut an«, raunte Ian mit sinnlich verklärtem Blick und vor Erregung rauer Stimme, während er mich gleichzeitig von innen und außen liebkoste. »Du bist so unfassbar eng, Ann-Sophie.«

Seine gemächlichen und doch außerordentlich kraftvollen Stöße hallten wie magische Rhythmen durch meinen Körper bis in mein Hirn. Mit unglaublicher Ausdauer führte Ian mich immer wieder bis an die Grenzen und darüber hinaus, in immer neue Sphären, in denen nur die Magie unserer einander begehrenden Körper existierte.

Als wir schließlich gemeinsam kamen, schienen unsere Orgasmen auf wunderbare Weise eins zu werden. Ich spürte Ians pumpendes, pulsierendes Zucken so unmittelbar in meinem Inneren, als wäre er ein elementarer Teil meiner Selbst, und meine kontraktierenden Muskeln schlossen sich im gleichen Rhythmus um ihn.

Ian keuchte heftig, und er rief meinen Namen, als er tief in mir explodierte und schließlich über mir zusammenbrach.

»Warum, Ann-Sophie?«, fragte Ian mit seiner wunderbar feinherben Stimme, nachdem wir von der gleißenden Novembersonne geweckt worden waren, aber beide viel zu träge waren, um aufzustehen und ins Bad zu gehen. Ich lag in Ians Armen und genoss die wohltuende Wärme seines Körpers, seine unmittelbare Nähe, seinen köstlichen Duft.

»Weil ich dich liebe, Ian.«

Er küsste mich sanft.

»Aber ich hätte das nie im Leben von dir verlangt.«

»Ich weiß. Darum habe ich ja die Initiative ergriffen. Eigentlich war es auch kein Geburtstagsgeschenk; das war nur der perfekte Anlass.«

»Und warum ausgerechnet an diesem Ort?«

Ich zuckte mit den Schultern. »Weil er auch zu dir und deiner Vergangenheit gehört. So wie diese besondere Art von Sex. Ich will nicht, dass du meinst, einen Teil deiner Persönlichkeit vor mir verschließen zu müssen. Ich liebe dich, Ian, und zwar mit allen deinen Eigenschaften.«

»Es hat dir also gefallen?« Um seine Mundwinkel spielte ein ironisches Lächeln, während er die Stirn gleichzeitig skeptisch in Falten legte.

Ich grinste. »Der Sex war jedenfalls phänomenal. Das mit den Peitschen muss ich mir aber noch einmal gründlich überlegen, und mein Po hat dazu ohnehin eine ganz eigene Meinung.«

Knapp zwei Wochen später war es so weit. Nachdem ich die letzten drei Tage quasi ununterbrochen im Museum für fantastische Kunst zugebracht und jedes Detail der Hängung überwacht hatte, wurde die Nervosität am Abend der Ausstellungseröffnung von einer guten Portion Erleichterung begleitet. Es war aber nicht nur mein großer Abend, sondern ebenso Kikis, deren wandfüllende Arbeit im Foyer der Sammlung Reed heute ebenfalls erstmals der Öffentlichkeit präsentiert werden sollte.

Es waren die zwei Stunden zwischen der Schließung der Dauerausstellung und der Ankunft der Vernissage-Gäste, in denen die Stehtische im Foyer aufgebaut wurden und ich mit Ian den letzten prüfenden Rundgang durch die Räume der Ausstellung machte.

Im Zentrum des ersten Raumes, genau an der Stelle, an der vor einem halben Jahr Hans Bellmers Puppe ihren Platz gehabt hatte, standen sich jetzt Man Rays *Venus restaurée* und Michelangelos *Sterbender Sklave* gegenüber, die überlebensgroße Marmorskulptur eines makellosen nackten Jünglings, der nur durch einen mehrfach quer über die Brust laufenden Strick und durch leichtes Anlehnen an den hinter ihm aufragenden Felsen vor dem Zusammenbrechen bewahrt wurde.

»Ich bin so aufgeregt«, gestand ich Ian, als ich zum gefühlten hundertsten Mal die Wirkung der Raumflucht begutachtete, die dem Besucher aus dieser Perspektive einen gleichzeitigen Blick auf drei Meisterwerke aus drei Epochen gewährte.

Ian legte von hinten die Arme um meine Taille und hauchte einen Kuss auf meine Schulter, die das schwarze Shelli-Segal-Kleid freiließ.

»Du hast eine großartige Ausstellung gemacht, in meinen Augen die beste, die dieses Haus je gesehen hat. Du bist ausgesprochen klug und wunderschön, Darling. Es gibt also überhaupt keinen Grund, dir Sorgen zu machen.«

Ich legte meine Hand auf seine, die fest und sicher auf meinem Bauch ruhte, und verschränkte meine Finger mit seinen.

Es kamen all jene zur Vernissage, die auch die Finissage der letzten Ausstellung besucht hatten, aber es kamen auch alle, die mir nahestanden. Selbstverständlich war Kiki da, die mit ihrem ansteckenden Lachen und in ihrem bunten und weit schwingenden Patchwork-Mantel das Lieblingsmotiv der meisten Fotografen war, aber auch Conny war extra aus Köln angereist.

»Du siehst bezaubernd aus, Schwesterherz!«, erklärte mein Bruder und umarmte mich stürmisch. »Ich bin so, so, so stolz auf dich. Ich könnte platzen vor lauter Stolz!«

»Danke, Conny«, brachte ich gerührt heraus. »Und danke, dass du gekommen bist.«

»Wie bitte? Dafür wäre ich vom anderen Ende der Welt hergekommen! Meine Schwester kuratiert eine internationale Ausstellung mit Werken von der Antike bis zur Gegenwart. Nichts und niemand hätte mich davon abhalten können, heute hier zu sein und jedem, der es wissen will oder nicht, zu erzählen, dass du meine kleine Schwester bist.«

Er umarmte mich nochmals und hob mich dabei ein Stückchen hoch, um mich einmal im Kreis zu wirbeln, wie er es schon früher immer mit mir getan hatte.

Neben Ian war Conny mit seinem lässigen Johnny-Depp-Outfit, dem verwuschelten Blondschopf und seinen stahlblauen Augen eindeutig der attraktivste Mann im Saal und entsprechend sahen uns ziemlich viele Leute zu, als er mich wieder herunterließ. Obwohl Conny bekennend homosexuell war, gehörte er zu den Schwulen, die ihre Orientierung nicht durch Attitüde kommunizierten. Er legte nur mehr Wert auf sein Äußeres, war stilsicherer und feinfühliger als die meisten heterosexuellen Männer. Kurz, er gehörte zu der Sorte Homosexueller, in die sich die Frauen scharenweise unglücklich verliebten.

»Ich hole dir nur ein Glas Sekt und schon küsst du fremde Männer?«, fragte Ian scherzend und reichte Conny die Hand.

»Constantin Lauenstein, also Conny, Ann-Sophies Bruder. Schön, Sie endlich mal kennenzulernen, Mr. Reed.«

»Ian. Die Freude ist ganz auf meiner Seite. Ich bin ein großer Fan Ihrer Kolumne im *Music Tribune*. Genau genommen sind Ihre Beiträge der Grund, warum ich die App des Magazins abonniert habe. Ihr Leitartikel *Warum die Welt David Bowie braucht* war Pulitzer-verdächtig.«

Ich war mindestens ebenso überrascht wie Conny. Ich hatte Ian zwar erzählt, dass mein Bruder Musikjournalist war und für renommierte Magazine schrieb, aber ich hatte nicht gewusst, dass er ihn und seine Arbeit zuordnen konnte.

»Ian Reed liest den *Tribune*? Das hätte ich nicht gedacht. Ehrlich gesagt hatte ich Sie eher für einen Liebhaber klassischer Musik gehalten.«

»Da liegen Sie nicht ganz falsch, Conny. Aber nach meinem Dafürhalten sind Klassik und Classic-Rock durchaus kompatibel. Denken Sie nur an den Auftritt der English National Opera mit Wagners *Walküre* beim Glastonbury-Festival 2004 – zwischen Paul McCartney und Oasis.«

Connys Augen leuchteten. »Der Mann weiß, wovon er spricht.«

»Ein solches Urteil aus Ihrem Mund, das ehrt mich«, entgegnete Ian. »Was halten Sie davon, wenn wir das zum Anlass nehmen und zum Du übergehen?«

Ich überließ Conny mein Glas, damit die beiden Brüderschaft trinken konnten.

»Stoßen wir auf die Frau an, wegen der wir heute Abend hier sind. Und die dir scheinbar genauso viel bedeutet wie mir. Auf mein Schwesterchen.«

»Auf Ann-Sophie!«

Es war schön zu sehen, dass die zwei sich verstanden, und es tat gut, die beiden wichtigsten Männer in meinem Leben an diesem aufregenden Abend an meiner Seite zu haben.

Dann betrat meine Mutter das Foyer – eiligen Schritts und ein bisschen verhuscht wie eh und je.

Mit wehendem Mantel und vom Sturm zerzausten Haaren schob sie sich mit schnellem, geübtem Griff die Lesebrille mit der markanten schwarzen Fassung ins Haar, was ihre Frisur vollends zunichtemachte. Ihre aschblonden Haare mit den vereinzelten silbrigen Reflexen waren zu dem typischen kurzen Pferdeschwanz gebunden, doch die widerspenstigen Strähnen hatten sich längst in alle Richtungen verselbstständigt.

Sie drückte mich so fest an sich, dass die Brillengläser andernfalls sicherlich Fettflecken davongetragen hätten.

»Ich bin so stolz auf dich, mein Schatz!« Sie gab mir einen dicken Kuss. »Ich dachte schon, ich wäre zu spät. Der Wagen wollte nicht anspringen und dann die Sache mit dem Parkplatz. Ich stehe jetzt hier auf dem Museumsgelände, direkt beim Lieferanteneingang. Ich hoffe, das stört keinen.«

Während sie noch redete, drückte sie Conny an sich und zupfte dabei ganz beiläufig den Fransenschal zurecht, den er zu seinem grauen T-Shirt trug.

»Das mit dem Parkplatz geht in Ordnung«, meldete sich Ian mit seiner wundervoll samtigen Stimme zu Wort.

»Ach, du liebe Güte! Jetzt habe ich ja glatt den Gastgeber übersehen. Ich bin Aglaia. Aglaia Lauenstein.«

»Ann-Sophies Mutter, wie man unschwer erkennen kann. Sie sehen einander sehr ähnlich«, erklärte Ian lächelnd und küsste meiner überraschten Mutter formvollendet die Hand.

»Meine Tochter hat recht, Sie sind noch attraktiver als auf den Pressefotos. Und dazu eine Geste von solch altmodischem Charme – Sie wissen jedenfalls, wie man Frauen schwachmacht, Mr. Reed. Und mein Sohn schaut auch schon ganz verzückt«, platzte sie heraus.

Ihr Einstand hätte nicht typischer ausfallen können und trieb Conny und mir wieder einmal gleichermaßen die Schamesröte ins Gesicht. Darin war sie unerreicht. Doch Ian lachte nur sein perlendes Lachen.

»Das Ausstellungsplakat draußen finde ich übrigens super. Der gefesselte, strahlend weiße Skulpturentorso vor dem schwarzen Hintergrund, sehr gut gewählt. In der Skulptur steckt natürlich der Verweis auf die kunsthistorische Tradition, aber es wird auch deutlich, dass die Fesselung ganz klar auch ein Fetisch ist. Das ist sie immer. Und natürlich ist es ein nackter Frauentorso und natürlich geht das Seil durch den Schritt. Unterwerfung, Demütigung, Machtausübung, Zwang, Kontrolle, Fremdbestimmung, das steckt alles drin im Akt des Fesselns.«

»Ja, Mama. Das sind alles Aspekte, die in der Ausstellung und auch im Katalog zur Sprache kommen«, versuchte ich sie auszubremsen.

»Aber es ist schon bezeichnend, dass es kein männlicher Torso ist. Und wäre es einer, würde er wahrscheinlich vor dem Penis aufhören. Jedenfalls würde man den Penis nicht so explizit in Fesseln legen wie die weibliche Scham, oder?« Sie blickte auffordernd in die Runde.

Ich räusperte mich. »Du wirst sehen, dass es in der Ausstellung auch durchaus Beispiele für männliche Submission gibt. Prometheus, der gefesselte Burgunderkönig Gunther, der heilige Sebastian.«

Meine Mutter nickte zustimmend. »Klar gibt es die, Schatz. In der Kunst wie im wahren Leben. Aber davon ist eben nie der Penis betroffen. Außer man hat es mit männlichen BDSM-Sklaven zu tun. Da gibt es dann auch die restriktive Penisfolter ...«

»Ich glaube, wir haben deinen Standpunkt verstanden.« Diesmal war es Conny, der ihren Redeschwall unterbrach, während Ian ziemlich amüsiert dreinschaute.

»Ich wollte ja nur sagen, dass das In-Fesseln-Legen der weiblichen Sexualität als ästhetisches, erotisches Motiv allgemein akzeptiert ist, während das Beschneiden männlicher Virilität tabuisiert wird.«

Dann begann zum Glück der offizielle Teil der Veranstaltung.

Wieder machte Ian den Anfang und wieder einmal bewunderte ich ihn für die unaufgeregte Souveränität, mit der er solche Auftritte absolvierte und eine Rede hielt, ohne dass es wie eine Rede klang. Er stellte Kiki und ihre Arbeit vor und sagte ein paar Worte über die neue Ausstellung.

»Aber ich möchte nicht zu viel vorwegnehmen, sondern das Wort nun lieber der Frau übergeben, die diese herausragende Schau konzipiert und verwirklicht hat. Bitte begrüßen Sie die Kuratorin von *Bound*, meine Lebensgefährtin Frau Dr. Ann-Sophie Lauenstein.«

Hatte er das wirklich gerade gesagt? Vor der Presse und mehr als hundert geladenen Gästen?

Meine Mutter drückte ganz fest meine Hand, ehe sie mir förmlich einen Schubs gab, wie sie es seit den Theateraufführungen in der Grundschule immer zu tun gepflegt hatte.

Bei meinen ersten Worten hörte man meiner Stimme noch an, wie aufgeregt ich war – sie war ein bisschen brüchig und zittrig –, aber dann fand ich in den richtigen Tritt und letztlich war es auch nicht anders, als in den gleichen Räumlichkeiten vor einer Gruppe von Studenten zu sprechen. Ich erläuterte das Ausstellungskonzept, bedankte mich bei meinem Team, bei den Katalogautoren und natürlich bei den Leihgebern.

»Und ich bedanke mich bei Ian Reed, der die Idee zu dieser Themenausstellung hatte. Er hat dieses ehrgeizige Projekt nicht nur zu einhundert Prozent finanziert, sondern mich mit seinem Engagement und Enthusiasmus auch vom ersten Tag an so tatkräftig unterstützt, dass das Unmögliche möglich wurde und wir vom Louvre bis zur Villa Borghese die bedeutendsten Sammlungen für die herausragenden Leihgaben gewinnen konnten, die wir uns für diese Schau gewünscht haben. Ich danke dir, Ian, und ich liebe dich.«

Diesmal war es ein silberner Porsche Cayenne, mit dem uns Mark kurz vor Mitternacht von der gelungenen Eröffnungsfeier abholte. Nach dem offiziellen Teil und einer exklusiven Ausstellungsbesichtigung hatte es in den gediegenen Räumlichkeiten des Museumscafés noch einen Umtrunk mit Häppchen und Wein gegeben, und Conny, der mit dem Zug aus Köln angereist war, war mit Mama nach Hofheim gefahren, um das Wochenende bei ihr zu verbringen, wenn er schon einmal in der Region war.

Nachdem wir im Fond des SUV Platz genommen hatten, zog Ian einen schwarzen Seidenschal mit den berühmten Louis-Vuitton-Initialen aus seiner Hosentasche.

»Ich würde dir jetzt gern die Augen verbinden, Liebste«, sagte er mit seiner schönen, sonoren Stimme.

»Die Augen verbinden?«, fragte ich stirnrunzelnd. »Du willst mich doch nicht etwa nach Roissy verschleppen, Ian?« Es hätte ironisch klingen sollen, aber tatsächlich verriet meine Stimme meine plötzliche Verunsicherung.

Doch Ian lachte sein melodisches Lachen. »Um die Frau, die ich liebe, zu einer willenlosen Sklavin zu machen, Ann-Sophie? Sicherlich nicht. Aber ich würde dich gern überraschen, wenn du es mir gestattest. Vertraust du mir, Darling?«

Ich nickte. Ja, natürlich vertraute ich ihm.

Mit zärtlichen Fingern nahm Ian meine Haare zusammen und verknotete den weichen Schal an meinem Hinterkopf.

Die Fahrt dauerte vermutlich nur ein paar Minuten, und doch kam sie mir endlos vor. Ian hielt währenddessen ununterbrochen meine Hand, und obwohl ich noch immer nervös war, wirkten seine zärtlichen Liebkosungen durchaus beruhigend auf mich.

Dann hielten wir plötzlich an, und Ian half mir aus dem Wagen, ehe er mich schwungvoll auf seine Arme hob. Ich gab einen überraschten Laut von mir und krallte meine Fingernägel in seinen Nacken.

»Keine Angst, Liebste. Ich lasse dich nicht fallen. Du kannst deine Krallen ruhig wieder einziehen.«

Dennoch ließ ich meine Arme eng um Ians Hals geschlungen, denn obwohl er mich schon öfter getragen hatte, war es ein ganz anderes, vollkommen ungewohntes Gefühl, wenn man dabei nichts sah.

Ich konnte spüren, wie er mit mir durch die kalte Nachtluft schritt, dann zwei oder drei Stufen hinauflief, und ich vernahm auch das surrende Geräusch einer schweren, sich öffnenden Tür. Jetzt hallten Ians zielstrebige Schritte auf einem anderen, steinernen, vielleicht marmornen Untergrund, und ich hörte die höfliche Stimme eines jungen Mannes, die zu einem Gruß ansetzte, aber nach den Worten »Guten Abend, Mr. –« plötzlich verstummte, als habe man ihm ein Zeichen gegeben, zu schweigen. Dann blieben wir stehen und warteten. Das diskrete Klingelgeräusch, das kurz darauf folgte, ließ mich vermuten, dass wir einen Aufzug betraten. Meine Vermutung wurde bestätigt, als sich der Lift mit gefühlter Hochgeschwindigkeit in Bewegung setzte.

»Vorsicht, Liebste. Ich lasse dich jetzt hinunter«, sagte Ian und hauchte einen Kuss in meine Halsbeuge, ehe er mich ganz sanft aus seinen Armen gleiten ließ, mich aber noch immer umarmt hielt, damit ich nicht stürzte.

Dann hörte ich, wie sich die Tür öffnete, und im gleichen Moment löste Ian auch meine Augenbinde.

»Willkommen zu Hause, Ann-Sophie!«

Ich blinzelte gegen die plötzliche Helligkeit an.

Wir betraten einen riesigen loftartigen, weiß getünchten Raum mit hellem Parkett und bodentiefen Fensterfronten mit einem atemberaubenden Blick auf die Lichter der nächtlichen Frankfurter Skyline.

»Zu Hause?«, wiederholte ich vollkommen desorientiert und reichlich schwer von Begriff.

»*Unser* Zuhause, Darling«, konkretisierte Ian lächelnd. »Es wirkt jetzt noch ein bisschen kühl und leer, aber ich wollte dir so viele Gestaltungsfreiheiten lassen wie irgend möglich.«

»Du hast diese Wohnung gekauft?«

»Nun, im engeren Sinne ist es ein Penthouse und die Immobilie ist schon ein bisschen länger im Besitz der *Reed Group*. Aber nach Abschluss der Sanierungsarbeiten habe ich mich entschlossen, die oberste Etage nicht, wie üblich, unserem Maklerbüro zu übergeben, sondern sie selbst zu nutzen.«

»Eine gemeinsame Wohnung, Ian? Für ein gemeinsames Leben?«, fragte ich ungläubig.

»Jemand hat mir einmal gesagt, dass jeder Mensch einen Ort braucht, an dem er sich geborgen fühlt und ankommen kann. Und zufällig gebe ich sehr viel auf das Wort dieses Jemands, ich vertraue ihm förmlich blind.«

»Oh, Ian!« Ich fiel ihm um den Hals, und er schloss im gleichen Augenblick seine Arme um mich und liebkoste zärtlich meinen Rücken, während er mich an sich zog, um mich zu küssen.

Dann nahm er mich an die Hand. »Komm, Liebste. Du sollst schließlich nicht die Katze im Sack kaufen, sondern wissen, worauf du dich einlässt, wenn du dich entschließen solltest, mit mir zusammenzuziehen.«

Es stellte sich heraus, dass das, was ich für den Hauptraum der Wohnung gehalten hatte, lediglich der Eingangsbereich war.

»Acht Zimmer, etwa 320 Quadratmeter Wohnfläche und ein Pool«, erklärte Ian, als wir in den spektakulären Wohnbereich traten. Und was bei jedem anderen ziemlich großspurig geklungen hätte, klang aus seinem Mund lediglich informativ. Auch dieser Raum war bis auf einen schwarzen Steinway-Flügel noch gänzlich unmöbliert, aber der in die strahlend weiße Wand eingelassene Kamin und die über Eck verlaufende vollverglaste Außenwand machten ihn schon jetzt zu einem Design-Highlight.

Dann drückte Ian auf einen Knopf des unauffälligen Bedienfeldes an der Wand und die Glaswände öffneten sich mit einem Schiebetürmechanismus zu beiden Seiten, bis man den Eindruck hatte, dass innen und außen förmlich miteinander verschmolzen. Erst jetzt stellte ich fest, dass es wohl einen vorgelagerten Balkon geben musste.

»Ich vergaß, die Dachterrasse zu erwähnen«, ergänzte Ian grinsend, als er den Arm um meine Taille legte und mich nach draußen führte. Mir stockte der Atem. Die Terrasse war einfach riesig. Sie verlief ebenfalls über Eck, und während man von der einen Seite einen fantastischen Blick auf die Wolkenkratzer der Frankfurter Skyline hatte, blickte man von der anderen direkt auf den Main.

»Das ist unglaublich!«, brachte ich überwältigt hervor, als wir an das puristische weiße Geländer traten. »Ich wusste nicht einmal, dass es Gebäude mit einem solchen Blick in Frankfurt gibt.«

»Es gefällt dir also?«

»Ich bin überwältigt, Ian. Der Blick ist ein einziger Traum.«

»Das beruhigt mich, Ann-Sophie. Ich hatte schon befürchtet, du würdest mir und dieser Wohnung aus Protest gegen Gentrifizierungsmaßnahmen und Luxussanierung einen Korb geben«, erklärte er und hob spöttisch eine seiner perfekt geschwungenen Augenbrauen.

»Ich fürchte, in diesem Fall bin ich eindeutig befangen.«

Wieder küssten wir uns lange und intensiv, ehe Ian feststellte, dass ich fröstelte, und wir die Besichtigung drinnen fortsetzten.

Erst als wir wieder ins Wohnzimmer traten, sah ich das Gemälde an der Wand gegenüber dem Kamin. Max Ernsts surreale Waldlandschaft aus dem Archiv der Sammlung Reed.

»Ich habe die Restauration vorziehen lassen. Es soll dir gehören, Ann-Sophie. Mein Geschenk zum Einzug sozusagen«, erklärte Ian lächelnd.

»Das geht nicht, Ian. Das ist ein Meisterwerk, ein Hauptwerk und ein Vermögen wert.« Meine Stimme zitterte, während ich meinen Kopf schüttelte, als hätte ich einen Wackelkontakt.

Ian nahm mein Gesicht zärtlich in beide Hände und küsste mich sanft.

»Sieh mich an, Ann-Sophie. Ja, es ist ein Meisterwerk. Und dein Lieblingsbild. Deswegen mache ich es dir zum Geschenk, Liebste.«

»Nein«, ich wollte nochmals protestieren, aber meine Stimme erstarb unter einem weiteren Kuss.

»Doch«, entgegnete Ian und diesmal lag in seiner schönen Stimme diese wunderbar herb-strenge Färbung, die keinen Widerspruch gelten ließ.

Ich hatte die Episode mit dem Ernst-Gemälde noch nicht ansatzweise verdaut, als Ian erneut nach meiner Hand griff und die Wohnungsbesichtigung unbeirrt fortsetzte.

Die nächsten Highlights waren der Pool mit ebenfalls komplett zu öffnender Glasfront zur Dachterrasse, die elegante, höchst professionell ausgestattete Hightech-Küche mit dem modernen Küchenblock im Zentrum sowie das zukünftige Esszimmer von den Ausmaßen eines veritablen Bankettsaals. Dann folgten zwei Gästeschlafzimmer mit dazugehörigen Marmorbädern, die jedem Grand-Reed-Bad Konkurrenz gemacht hätten. Außerdem gab es zwei große, nahezu identische Räume, die sich durch eine breite Schiebetür verbinden ließen und von denen Ian meinte, dass sie in Zukunft unsere Arbeitszimmer beherbergen sollten.

»Wenn ich dich bisher noch nicht zu einhundert Prozent von unserem zukünftigen Eigenheim überzeugt haben sollte, hoffe ich, dass der nächste Raum dafür sorgen wird, dass du bleibst.«

Mit diesen Worten öffnete er eine weitere Tür, und diesmal kamen mir die Tränen, denen ich schon wegen des Max Ernsts nah gewesen war.

»Das sind ja meine Bücher. Und deine aus London«, brachte ich stockend hervor und trat an eines der deckenhohen dunklen und teils verglasten Bibliotheksregale im Stil des Art Déco, um den Buchrücken meiner alten Dorian-Gray-Ausgabe zu berühren. Ich musste es einfach anfassen, um zu begreifen, dass es tatsächlich hier war und ich nicht träumte.

»Wann hast du die hierhergeschafft?«

»Meine schon vor ein paar Tagen, deine heute während der Vernissage«, erklärte Ian schmunzelnd.

»Ich komme mir vor wie im Märchen«, gestand ich gerührt.

Dann erst folgte ich Ians Blick zur Decke. Die Bibliothek war als Oberlichtsaal gestaltet mit Glaselementen im grafischen Stil der 1920er-Jahre.

»Das ist die schönste Bibliothek, die ich je gesehen habe.«

»Ich bin froh, dass sie dir gefällt. Ich war nicht sicher, ob ich nicht zu viel wagen würde, als ich deine Bücher herbringen ließ. Ich wollte dich keinesfalls bevormunden.«

Ich trat zu ihm und versiegelte seine sinnlichen Lippen mit einem sanften Kuss.

»Das hast du nicht, Ian, und doch adelt es dich, dass du darüber nachgedacht hast. Du weißt, wie ungern ich mich vor vollendete Tatsachen stellen lasse, aber in diesem Fall liegen die Dinge doch ganz anders. Du bist es doch, der hiermit einen riesigen Schritt vollzieht, der gegen seine ureigenen Prinzipien verstößt, eine große Hürde nimmt und dieses Wagnis eingeht, seinen Lebensentwurf von Grund auf zu ändern. Ich bewundere dich für diesen Mut und ich bin unendlich glücklich, dass du mir, dass du *uns* so sehr vertraust.«

»Das habe ich von dir gelernt, Ann-Sophie. Du hast mir immer wieder dein unerschütterliches Vertrauen entgegengebracht, obwohl ich dir so oft Anlass zum Gegenteil gegeben habe. Du hast mich nie aufgegeben, obwohl ich dir die dunkelsten Bereiche meiner Seele offenbart habe. Du hast sie mit mir erkundet, ohne Scheu, ohne zu wissen, worauf du dich einlässt, und du hast sie mit deinem Licht erhellt, meine Dämonen gebändigt.«

»Ich habe nichts weiter getan, als mich in dich zu verlieben, Ian. Und das habe ich nicht einen einzigen Augenblick bereut.«

Von dem gigantischen Ankleidezimmer und dem spektakulären Marmorbad des Penthouses sah ich an diesem Abend nichts mehr, denn Ian führte mich direkten Weges ins Schlafzimmer.

»Das war ja klar«, sagte ich lachend, als ich das opulente Kingsize-Bett inmitten des sonst leeren Raumes mit der spektakulären Fensterfront zum Mainufer sah.

»Das Bett dient nur Illustrationszwecken zur möglichen Nutzung des Zimmers«, entgegnete Ian mit einem jungenhaften Grinsen, während er an den Nachttisch trat, auf dem ein Sektkühler mit zwei Gläsern bereitstand.

»Illustrationszwecken, sagst du? Wie ich dich kenne, dient es eher Demonstrationszwecken, Ian Reed.«

Routiniert entkorkte er den Dom Pérignon und schenkte uns beiden ein.

»Auf dein Wohl, Ann-Sophie, *rose of my heart, mistress of my soul, love of my life.*«

Und ich sah in seinen wundervollen silberblauen Augen das Versprechen, dass ich die erste Nacht in unserer gemeinsamen Wohnung niemals vergessen würde.

Lust kennt viele Farben

KAJSA ARNOLD

Colours of the Night

Roman

Rhys Cunningham ist ein reicher Geschäftsmann, und Gefühle lässt er nicht zu. Zumindest, bis seine neue Assistentin Jaz Darling seine angeblich nicht vorhandene Gefühlswelt auf den Kopf stellt und seinem dunklen Geheimnis viel zu nahe kommt. Jaz wiederum ist fasziniert von diesem zunächst so abweisend erscheinenden Mann – der eine unwiderstehliche Anziehung auf sie ausübt. Neugierig lässt sie sich ein auf jene Welt voller Verlangen und Sehnsucht, die er ihr verspricht.

Colours of the Night enthält die drei Bände 5 Farben Blau, 4 Farben Platin und 3 Farben Purpur von Erotik-Bestsellerautorin Kajsa Arnold.

KNAUR

KAILA KERR

Nights in White Satin

Erotischer Roman

Lilou nimmt nach dem Studium eine Stelle als Assistentin in der Redaktion einer Modezeitschrift an. Eingestellt wurde sie vom Herausgeber gegen den Willen ihres direkten Chefs, des Chefredakteurs Abir. Letzterer begegnet Lilou von der ersten Begegnung an feindselig – doch mit der zur Schau gestellten Abneigung versucht er nur, seine Gefühle für sie zu vertuschen. Als sie sich schließlich doch näherkommen, erlebt Lilou ungeahnte Befriedigung, als Abir sie in die Welt des BDSM entführt.

Ein heißer Erotikroman um BDSM und mehr – an anregenden Schauplätzen …

feelings
* emotional eBooks

AIMEE LAURENT

Wilde Obsession

Erotischer Roman

Joana hat von Männern eigentlich gerade die Nase voll, als sie den charismatischen Victor kennenlernt. Victors wechselhaftes Temperament und seine dominante Attitüde nerven und reizen sie zugleich, und nach anfänglicher Scheu lässt sie sich auf seine erotischen Spiele ein, in die auch Victors Mitbewohner Gordian verwickelt ist. Je mehr sie mit den beiden zu tun hat, desto faszinierter ist sie von ihnen und erlebt nie geahnte sexuelle Erfüllung. Doch es passieren auch sehr irritierende Dinge, denn ihre Gespielen haben ein Geheimnis ...

Eine prickelnde Geschichte über eine verführerische Beziehung zu dritt!